国家出版基金项目
NATIONAL PUBLICATION FOUNDATION

本卷主编 ◎ 宋喜坤

1945—1949年

东北解放区文学大系

戏剧卷 ④

总主编 ◎ 丛 坤

黑龙江大学出版社

哈尔滨

图书在版编目（CIP）数据

1945—1949 年东北解放区文学大系．戏剧卷 / 丛坤
总主编；宋喜坤分册主编． -- 哈尔滨：黑龙江大学出
版社，2021.10
    ISBN 978-7-5686-0468-0

Ⅰ．①1… Ⅱ．①丛… ②宋… Ⅲ．①解放区文学—作
品综合集—东北地区—1945-1949②戏剧文学—作品综合
集—中国—1945-1949 Ⅳ．① I218.3

中国版本图书馆 CIP 数据核字（2021）第 101536 号

1945—1949 年东北解放区文学大系　戏剧卷
1945—1949 NIAN DONGBEI JIEFANGQU WENXUE DAXI XIJUJUAN
宋喜坤　主编

责任编辑　杨琳琳　魏　玲　高　媛　于　丹　宋丽丽　徐晓华　范丽丽　常宇琦
出版发行　黑龙江大学出版社
地　　址　哈尔滨市南岗区学府三道街 36 号
印　　刷　哈尔滨市石桥印务有限公司
开　　本　720 毫米 ×1000 毫米　1/16
印　　张　312
字　　数　3494 千
版　　次　2021 年 10 月第 1 版
印　　次　2021 年 10 月第 1 次印刷
书　　号　ISBN 978-7-5686-0468-0
定　　价　998.00 元（全十册）

本书如有印装错误请与本社联系更换。

《1945—1949 年东北解放区文学大系》

学术顾问（按姓名笔画排序）

冯毓云　刘中树　张中良　张毓茂

编委会（按姓名笔画排序）

主任： 于文秀

成员： 叶　红　丛　坤　刘冬梅　那晓波
　　　　孙建伟　李　雪　杨春风　宋喜坤
　　　　张　磊　陈才训　金　钢　赵儒军
　　　　侯　敏　郭　力　戚增媚　彭小川
　　　　蓝　天

出版说明

　　1945 年到 1949 年的东北解放区，社会风云变幻，文学繁荣发展。当时的文学创作者们以激昂向上的笔触，再现了波澜壮阔的解放战争和轰轰烈烈的土地改革，讴歌了人民军队可歌可泣的英雄事迹，描绘了劳动人民翻身后的喜悦心情，书写了时代的大主题。为了再现这段文学风貌，我们编辑出版了《1945—1949 年东北解放区文学大系》。

　　这套丛书大体以体裁分编，计小说卷（长篇、中篇、短篇）、散文卷、戏剧卷、诗歌卷、翻译文学卷、评论卷及史料卷七种，所收录作品以新文学为主。此阶段作品浩如烟海，而部分文字资料因时间久远或受当时技术所限出现严重缺损，考虑到丛书篇幅有限，故仅收入代表性较强的作品。对于因原始资料不全、不清晰而无法完整呈现，或受条件所限未收集到权威版本的篇目，则整理为存目，列于丛书卷末，以备读者参考。

　　丛书编辑过程中，多数篇目由原始版本辑录，首次收入文集，也有些篇目参照了此前出版的多种文集。原始文献若有个别字迹不清确不可考的，丛书中以□代替。

　　丛书收录作品以 1945 年 8 月至 1949 年 10 月为时间节点，个别作品的完成时间略有延伸。大部分作品结尾标注了写作时间，以及初次发表或结集出版的版本信息。作品编排大体以作者姓名笔画为序（特殊情况除外，如集体创作作品列于卷末）。

就筛选标准而言，所收主要为东北作家创作的主题作品，也有非东北籍作家创作的有关东北解放区的作品。除此之外，还有此时期公开发表的反映抗日战争题材的作品，以及在东北出版的反映其他解放区的、革命主题特色鲜明的作品。需要指出的是，在本丛书的史料卷中，还有一部分作品创作于新中国成立之后，但反映了解放战争时期东北解放区的文学发展面貌，或记述了一些典型事件、代表性人物，亦具珍贵的史料价值，为完整呈现当时的文学风貌，这部分作品亦收入丛书，以"节选"的方式呈现。

需要特别说明的是，此时期的个别作家受时代限制，思想表现出了一定的历史局限性，体现在文学创作方面可能表现为不同程度的瑕疵，这一群体的作品，只要总体导向是正面的、积极的，从保证史料全面性、完整性的角度考虑，我们也将其予以收录。个别作家在解放战争时期是积极追求进步的，但随着社会环境的变化，却出现思想动摇甚至走向错误道路，对于其作品，本丛书只选取其有代表性的、取向积极的篇目，对于其他时期该作家的不当言论、思想，我们不予认同。此外，在当时复杂的政治环境下，还有一些作品中的个别表述可能存在一些偏差，但只要其主题思想是积极进步的，则丛书亦予以收录。

丛书旨在突出东北解放区文学原貌，侧重文献整理，故此在编辑过程中，重点对作品中会影响读者理解的明显讹误进行了订正，对于字词、标点符号以及句法等，尊重原文的使用习惯，不予调改，以突出其史料价值。此外，由于此时期文学作品肩负宣传进步思想的重任,而读者对象大多文化程度较低,创作者亦水平不一,因此创作主旨以通俗易懂为要,一些篇目语言风格通俗、浅白,甚至个别篇目、细节存在一些俚语表达,为遵从原貌,丛书仅对不雅字、词、句加以处理,其余不予调改。本书选文除作者原注外,亦保留原文在初次出版时的编者注,供读者参考。

《1945—1949 年东北解放区文学大系》

戏 剧 卷 ④

总序 …………………………………………………… 1

总导言 ………………………………………………… 1

戏剧卷导言 …………………………………………… 1

陈其通

炮弹是怎样造成的 …………………………………… 1

陈明

老少心 ………………………………………………… 106

武照题

立功 …………………………………………………… 126

罗丹

在敌人后方 …………………………………………… 143

罗伯忠

参军 …………………………………………………… 196

周戈

一朵红花 ·· 204

荒草

烧炭英雄张德胜 ·································· 213

胡零

火 ·· 238

收割 ·· 309

柳顺

换工插犋 ·· 331

轻影

平鹰坟 ·· 347

晋驼

炼狱 ·· 355

存目 ·· 397

敬告 ·· 403

总　序

张福贵

从古至今,东北在中国历史与文化进程中,特别是近代以来都是决定中国社会政治发展走向的重要因素。当然,这种作用不单纯是东北自生的,更是多种因素叠加和交汇的结果。东北文化既是文化空间概念,同时更是历史时间概念,是不同空间、区域的多种历史文化的积累,是一种时空统一的文化复合体。值得注意的是,除了抗战时期的特殊因缘使"东北作家群"名噪一时外,作为东北历史文化和现实社会表征的东北文学特别是东北解放区文学,在相当长的时间里却未得到应有的关注。黑龙江大学出版社在对过去为数不多的东北文学史料进行整理的基础上出版的东北文艺史料集成——《1945—1949 年东北解放区文学大系》,因而可以说是特别值得关注的。

《1945—1949 年东北解放区文学大系》内容丰富,除了包括小说卷、诗歌卷、散文卷、戏剧卷之外,还包括评论卷、史料卷和翻译文学卷。这是一个前所未有的大工程,也是一件大善事。正如"总导言"中所说的那样,丛书注重发掘新资料,通过回归文学现场,复现了东北解放区文学的整体面貌。东北解放区文学处于东北现代文学快速繁荣发展的历史时期，在土改文学、工业文学、战争文学等方面代表了20世纪40年代解放区文学的成就，是对《在延安文艺座谈会上的讲话》所确立的文艺观念的全面实践。对东北解放区文学的系统研究有利于更全面地总结解放区文学的成就，有利于把握延安文艺传统与东北解放区文学的内在联系，以及解放区文学对新中国文学制度、观念、创作等方面的影响。以"历史视角""时代视角"对东北解放区文学，尤其是解放战争时期的土改题材、工业题材的小说和戏剧进行分析，可以勾勒出政治意识形态对东北解放区文学运动、文学社团、文学形态、文学制度、文学风格、文学论争等产生的影响，有利于把握东北解放区文学的历史价值、认识价值、审美价值与当代意义，同时对于挖掘东北地区的文化历史和建设东北文化亦具有现实意义。东北解放区文学是基于延安文艺传统而创作的，对东北解放区文艺运动、文艺理论的全面审视具有重要的历史价值和理论意义。此外，对东北解放区文学进行深入研究，探寻人民文艺理论的历史源头，对于当代文艺创作、审美观念的引导亦具有一定的启示作用。但是，受地域因素、资料整理程度、研究者文化背景等条件的制约，东北解放区文学在中国当代文学史上的特殊地位与价值一直以来并未引起研究者的足够重视。

东北解放区文学无论是在中国大文学史中还是在东北文学和文化发展的历史中，都是具有特殊意义的存在。

虽然现代东北文学在新文学运动初期晚于也弱于关内文学的发展，但是1931年九一八事变发生，新起的东北文学及东北作家被国难推到了文坛中心，萧红、萧军等青年作家更是直接受到鲁迅的关注和扶持，迅速成为前沿作家。这一批流落到上海等都市的青年作家由此被称为"东北作家群"，他们奠定了东北文学在中国大文学史上的特殊地位。然而，正像全面抗战进入相持阶段之后，中国文坛也变得相对平静、舒缓一样，除了萧红、萧军等人外，东北文学和东北作家也逐渐失去了文坛的关注。应当承认，一些东北作家的文学成就和文坛名声之间并不完全相符，是时代造就了他们，提高了他们的文学史地位。然而，另一方面，我们对其中有些作家及作品的价值却又是认识不足的。对此，我自己也有一个认识转化的过程：过去单纯依据多数东北作家的创作进行判断，感觉某些艺术价值之外的因素在评价中发生了作用，其地位可能有些"虚高"；但是，对于20世纪的中国文学史来说，艺术之外的价值判断就是艺术判断本身，或者说，社会判断、政治判断就是中国文学史评价的根本性尺度。因为在中国作家或者说在知识分子的群体意识之中，政治的责任感和社会的使命感几乎是与生俱来的，而中国20世纪风云激荡的社会现实又为这种责任感和使命感提供了最好的生长环境。"悲愤出诗人"，"文章憎命达"，文学创作是与政治、思想、伦理等融为一体的，脱离了这一切，文艺也就失去了时代与大众。所以说，无论是具体的作品分析，还是文学史研究，没有了这些"外在因素"，也就偏离了其本质。"东北作家群"是时代的产物，也是时代文艺的产物，20世纪中国文学史中应该有他们浓墨重彩的一笔。作为后人，对历史做出评价往往是轻而易举的，但是这"轻而易举"往往会导致曲解甚至歪曲了历史，委屈了历史人物。"东北作家群"的价值和意义不是单一的，因为对中国现代文学史的评价从来就不是一种艺术史、学术史的评价，而是一种思想史和政治史的评价。正如鲁迅当年为萧军的成名作《八月的乡村》所作的序中所写的那样，"这《八月的乡村》，即是很好的一部，虽然有些近乎短篇的连续，结构和描写人物的手段，也不能比法捷耶夫的《毁灭》，然而严肃，紧张，作者的心血和失去的天空，土地，受难的人民，以至失去的茂草，高粱，蝈蝈，蚊子，搅成一团，鲜红地在读者眼前展开，显示着中国的一份和全部，现在和未来，死路与活路。凡有人心的读者，是看得完的，而且有所得的"。《八月的乡村》不仅是中国现代第一部抗日题材的长篇小说，也是世界反法西斯战争题材的第一部长篇小说，其意义和价值是特殊的、特有的，不可单单以艺术审美的标准来看待这部作品。"东北作家群"的存在及其创作的意义，不只是为20世纪30年代的中国文坛增添了特有的地域文化内容和东北文学特有的审美风格，更在于最早向全国和世界传达出中华民族抗敌御辱的英勇壮举，最早发出反法西斯的声音。此外，在抗战大历史观视域下，"东北作家群"的创作为十四年抗战史提供了真实的证据。特别是东北解放区的早期文学直书十四年历史的特殊性，这是十分可贵的和独特的。于毅夫的散文《青年们补上十四年这一课》，深刻而沉重地描写了十四年殖民统治下东北人的精神状态和文化演变：

> 这许多现象，说明了东北在十四年殖民统治的过程中，文化生活上是起了很大的变化。翻开伪满的《满语国民读本》一看，真是"协和语"连篇，如亚细亚竟写成アジヤ，俄罗斯竟写成ロシヤ，有的人一直到现在还把多少元写成多少円，这都是伪满"协和语"的残余，说明殖民统治残余的文化还在活着，还没有死去，这在今天不能不说是一件遗憾的事！仔细想来，这也难怪，因为日本的魔手，掌握了东北十四年，今天一旦解放，希望不着一点痕迹，这是完全做不到的，要从历史上来看，它切断了东北历史

十四年,这十四年的历史是很黯淡地被抹掉了,十四年来也的确是一个大变化,在这期间多少国家兴起了,多少国家衰落了,多少血泪的斗争、多少波浪的起伏,都被日本鬼子的魔手所遮断!我回到家乡接触到成千成百的青年,几乎都不大明了这十四年来的历史真相,有的连中国内部有多少省都不知道,连云南、贵州在哪里都不晓得。

难能可贵的是,作者较早地认识到在经历了十四年的奴化教育之后,对东北人民进行民族和民主意识的启蒙是至关重要的。"不过历史是不能停滞的,殖民统治残余的文化必须要肃清,法西斯毒化思想也必须要肃清,既然是日本鬼子切断了东北历史十四年,既然法西斯分子要篡改这一段历史,那我们就应该设法补足这十四年的历史!""要做到这点,我想青年们今天的迫切要求,不是如何加紧去学习英文、代数、几何、物理、化学,读死书本事,争分数之短长,准备到社会上去找一个饭碗,而是如何加紧去学习新文化,如何加紧学习社会科学,如何去改造自己的思想,如何进一步地去改造这遭受法西斯思想威胁的半封建的半殖民地的社会!""因此我向青年们提议要加强你们对于新文化的学习,加强对于社会科学的学习,特别是政治的学习,不要把自己圈在课堂里,圈在死书本子上。""新青年要掌握着新文化,新思想,才能创造起新中国新东北!"(《东北日报》1946 年 10 月 13 日)

在一批最前沿的左翼作家流亡关内之后,东北文学经过了一段艰难而相对平静的发展阶段。在表面繁华而内在凶险的沦陷区文艺界,中国作家用各种文艺手段或明或暗地与侵略者进行抗争,并为此付出了血的代价。这种状况直到 1945 年光复之后才发生根本性转变,东北文艺创作者们一方面回顾过去的苦难,另一方面表现出对新生活的憧憬,这正是后来东北解放区文艺的心理基础,而日渐激烈的解放战争又为东北文艺的走向和解放区文艺的诞生提供了具体的现实基础。这与以萧军、罗烽、舒群、白朗、塞克、金人等人为代表的东北籍作家的返乡,以及在东北沦陷区留守的左翼作家关沫南、陈隄、山丁、李季风、王光逖等人的坚持,是分不开的。当然,随我党十几万军政人员一同出关的延安等地的众多文艺家,在东北文艺的创设中更是起到了引领和带头作用。这其中已经成名的有刘白羽、周立波、丁玲、草明、严文井、张庚、吴伯箫、华山、陆地、公木、方青、任钧、雷加、马加、陈学昭、西虹、颜一烟、林蓝、柳青、师田手、李克异、蔡天心等。

东北解放区文艺的创作直接继承了延安文艺特别是毛泽东《在延安文艺座谈会上的讲话》精神。在党的直接领导下,东北解放区先后创办了《东北日报》《中苏日报》《东北民报》《关东日报》《辽南日报》《西满日报》《大连日报》《松江日报》《合江日报》《吉林日报》《胜利报》等,这些报纸多为党的机关报,其文艺副刊发表了大量的文艺作品、理论文章及文艺动态。这些报纸副刊对于东北解放区文学的引导与建构起到了重要的作用。与此同时,《东北文学》《东北文化》《东北文艺》《文学战线》《人民戏剧》《白山》《戏剧与音乐》等文学杂志,以及东北书店、大众书店、光华书店等出版机构相继创办,这些文艺刊物和书店对解放区文艺的发展也起到了很大的推动作用。

革命的逻辑和阶级的理论是东北解放区文艺创作的普遍主题。这是一种革命的启蒙,与左翼文艺一脉相承,只不过东北的社会现实为这种主题提供了更为广泛而坚实的生活基础。抗战胜利后,为了开辟和巩固东北解放区,使之成为解放全中国的军事和经济基地,我党进军东北,抢占了战略制高点。可是,在东北,人民军队所处的环境与山东等老解放区完全不同,殖民统治因素加之国民党的宣传,使得我们的政治优势在最初未能完全发挥出来。正如李衍白在散文《黎明升起——巨大变化的东北一年间》中所写的那样:"群众在犹豫中,岁月在艰苦里,这就是我们在东北土地上刚刚开始播种,还没有发芽开花时的现实遭遇。"随着革命形势的发展,革命军队传统的政治思想工作优势又体现了出来。我党在部队中开展了以"谁养活了谁"为主题的"诉苦运动",这颠覆了中国东北乡村社会的封建伦理,提高了官兵的阶级觉悟,极大地增强了部队的战斗力。

这种革命的逻辑在土改题材的作品中表现得最为突出。方青的短篇小说《擦黑》讲述了这个朴素的道理:

"……像赵三爷那号人,把咱穷人的血喝干了,咱们才不得不去找口水喝饮饮嗓;他们喝干了咱们的血没有一点过,咱们找口水喝饮饮嗓子就犯了罪?旧社会就是这么不公平!他们还满口的仁义道德,呸!雇一个扛活的,一年就剥削好几十石粮食,还总是有理!穷人的孩子偷他个瓜吃,就叫犯罪,绑起来揍半天,这叫什么他妈的道德?咱们要讲新道德,咱们贫雇农的道德;就是用新道德来看咱们贫雇农;像上边说的那些犯了点毛病的,都不要紧,脸上有点黑,一擦就干净了,只要坦白出来,都是穷哥儿们好兄弟。一句话:只要是姓穷的就有理,穷就是理!金牌子上的灰一擦净,还是金牌子。家务事怎么都好办！"李政委讲的话刚一落音，大伙高兴地乱吵吵起来："都亲哥儿兄弟么！"

除此之外，还有在"你给地主害死爹，我给地主害死娘……"的事实教育下，认识到了彼此都是阶级弟兄，大家都是穷苦人的"无敌三勇士"，他们从此"火线上生死抱团结"。（刘白羽《无敌三勇士》）

土地改革是东北解放区文艺最引人关注的问题。东北解放区文学作品中有许多极具写实性的"穷人翻身"故事，如周立波的《暴风骤雨》、马加的《江山村十日》、白朗的《孙宾和群力屯》、井岩盾的《瞎月工伸冤记》、李尔重的《第七班》、西虹的《英雄的父亲》等文艺经典作品。

方青的《土地还家》描述的就是这一历史巨变给贫苦农民带来的心理和生活的变化：

　　二十年了，郭长发又重新用自己的手来耕作自己的土地了。这是老人留下的命根，叫它长出粮食来养活后代的儿孙：可是二十年的光景，它被野狼吞了去，自己没有吃过它一颗粮食——他想到是旧社会把他的地抢走了。

　　现在呢？他又踏在这块地上铲草了。他感到自己已经离开家二十年，如今又回到母亲的怀里，亲切地叫着："娘！我回来了。"——于是他又感到是：这是新社会把我的地要回来的。他这样想着，不由得拉长了声音跟儿子说：

"柱儿！想不到啊，盼了二十年，那时候你才三岁。多亏共产党……记住！可别忘了本啊！"

他直起腰来，两手拉着锄把，又沉重地重复着这句话：

"柱儿！记住，可别忘了本啊！"

佚名的《永北前线担架队速写》则写了老乡们在一天的时间里就组织起了八百余人的担架大队，作者经过和担架队员们的交谈，感受到了新解放区人民的觉悟。大队长问担架队员们："你们这次出来抬担架，怕不怕?"大伙回答："不怕!"大队长又问："为什么不怕?"大伙答："不怕，这是为了自己。"担架队员们相信唯有民主联军存在，他们才能活着。他们说："胜利是我们的，土地才是我们的。""赶走国民党反动派，保卫我们的土地和民主。"这与《白毛女》"旧社会使人变成鬼，新社会使鬼变成人"和《王贵与李香香》"要是不革命，穷人翻不了身，要是不革命，咱俩结不了婚"的主题是一样的。淮海战役的胜利是山东人民用手推车推出来的，而东北解放区的建立和辽沈战役的胜利又何尝不是如此！

战争书写是东北解放区文艺中最主要的内容，革命理想主义、革命集体主义和革命英雄主义精神，是东北文艺的思想主题，也是东北文艺的审美风尚。这种简单明了的思想、昂扬向上的精神本身就具有一种审美特质，它奠定了新中国文艺的审美基调。就东北解放区文艺而言，无论是描写抗日战争还是描写解放战争的作品，都普遍具有鲜明而朴素的阶级意识、粗犷而豪迈的革命情怀。

蔡天心的诗歌《仇恨的火焰》，描写了在觉醒的阶级意识支配下东北民主联军官兵的战斗情怀：

仇恨燃烧着，

像火一样烧灼着广阔的土地。

听啊——

大凌河在狂呼，

辽河在咆哮，

松花江在怒吼，

在许多城市和乡村里，

哪儿出现反动派的鬼影，

哪儿就堆成愤怒的山，

哪儿有敌人的迹蹄，

哪儿就燃起仇恨的火焰……

……

我们要

用剪刀剪断敌人的咽喉，

用斧头砍下他们的头颅，

用长矛刺穿他们的胸脯，

用棍棒打折他们的脚胫，

用地雷炸弹毁灭他们，

用从他们手里夺过来的武器，

打垮他们，

然后用铁镐把他们埋掉！

我们要用生命，用鲜血，

保卫这自由解放的土地，

不让反动派停留！

"赶走敌人啊，
赶快消灭它！"
让这充满着力量和胜利的声音，
随同捷报传播开去，
让千百万颗愤怒的心，
燃起
仇恨的火焰！

这种激情在东北解放区的散文、报告文学和战地通讯中表现得最为明显，如丁洪的《九勇士追缴榴弹炮》、马寒冰的《雪山和冰桥》、王向立的《插进敌人的心腹》、王焰的《钢铁英雄王德新》等。这些作品内容真实，情感深沉厚重，延续了抗战时期散文书写浪漫主义与现实主义相结合的审美特征。这些既有写实性又有抒情性的东北解放区散文作品在战争中凝聚人心，彰显力量，具有极大的宣传、鼓舞作用。

最为难得的是，面对东北发达的近代工业景观，作家们更多地描写了工人们的斗争和生活，这些作品成为东北文艺中最为独特而珍贵的展示，而且直接影响了新中国工业题材文学的创作。战争期间，沈阳、长春、大连等地的工业设施惨遭破坏。光复之后，为了保护工厂和恢复生产，工人们表现出了忘我的精神和高超的技术。这使得从未见过现代工业景象的文艺家们感动和激动，他们纷纷用笔来描写现代工业生产和城市新生活，从而给中国现代文学带来了前所未有的新气象。大连大众书店于 1948 年 8 月出版的

《"工农园地"选集》，就收录了城市工人拥护并融入新生活的历史片段，如袁玉湖《锉股的"火车头"》，郓景明、孙聚先《熔化炉的话》等。此外还有李衍白《工人的旗帜赵占魁》，草明《工人艺术里的爱和恨》，张望《老工友许万明》等。李衍白在散文《黎明升起——巨大变化的东北一年间》中，描写了东北现代工业的风貌和工人们的热情：

> 今日的城市也正在改变着一年以前的面貌，先看一看今天的哈尔滨，代表它新气象的是全部工业齿轮的旋转，是市中心区黑夜中的灯光如昼，是穿插在四条线路的廿五台电车和六条线路上卅台公共汽车，是一万五千吨自来水不停地输送给工厂、商店和住宅。这些数目字不仅超过了去年今日（蒋记大员们劫掠后所造成的混乱情况），而且有些超过了伪满。在紧张的战争中加速地恢复这些企业，同样不是依靠别的，而仅仅是由于工人的觉悟。你想一想，一个工人为了修理一个发电的锅炉，但又不能停止送电，于是就奋不顾身钻进可以熔化生铁、数百度的锅炉高热中，他穿着棉衣，外面的人用水龙朝他身上喷冷水，就这样工作一会熬不住了跑出来，再钻进去，来回好多次，最后，完成了任务。我们有好多这种感人的事例。

我们在这些描写工友的散文里，看到了解放区新生活带给城市工人的希望。他们积极上工，传授技术，加班加点，争着当劳动英雄。这在中国同时期其他地域的文学作品中是极少见的。

质朴单一的写实手法是东北文艺的普遍表现方式,这种质朴不单是一种审美风格,更是一种直面大众的话语策略。这一传统与近代"政治小说"、五四新文学、左翼文学和抗战文艺等都是一脉相承的。文艺作为一种宣传和斗争的工具,自然要承担起团结和争取最广大人民群众的历史任务。因此,质朴单一的写实手法、通俗易懂甚至有些粗俗的语言风格,成为东北解放区文艺的普遍表现形式。

鲁柏的诗歌《夸地照》用简朴的形式表达了翻身农民淳朴的感情:

> 一张地照领回家,
> 全家老少笑哈哈;
> 团团围住抢着看,
> 你一言我一语来把地照夸:
>
> 长方形,四个角,
> 宽有八寸长两拃;
> 雪白的纸上写黑字,
> 红穗绿叶把边插。
>
> 上边印着毛主席像,
> 四季农忙下边画;
> 地照本是政委会发,
> 鲜红的官印左边"卡"。
>
> 里面写着名和姓,

　　地亩多少填分明，

　　拿到地照心托底，

　　努力生产多收成。

　　这首诗歌不仅使用了农民的口语，而且用东北农村方言来直观地描摹地照的具体形状和细节，表达了翻身农民朴素的情感。这种描写和表现方式与中国古代民歌传统有直接的联系。

　　井岩盾的小说《瞎月工伸冤记》以一个雇农自述的方式讲述自己的悲苦经历和内心感受。当工作队员问他是否受地主老赵家的气，他说："大伙吃他的肉也不解渴啊，都叫他给熊苦啦。"于是在工作队的启发和支持下，他"找大伙宣传去了"："张大哥，李大兄弟啊，咱们都是祖祖辈辈受人欺负的人呀！这回来了八路军啦，八路军给咱们穷人做主呀！有话只管说呀！有八路军，咱们啥都不用怕呀！"这是东北解放区贫苦农民普遍具有的经历和感受，而这种质朴无华的语言也是地道的东北农民的日常语言，具有天然的亲和力。

　　邓家华的小说《打死我也不写信》从情节到语言都相当质朴，甚至有些幼稚，但是那种情感是真挚的。"我"被敌人抓去，遭到严酷的鞭打，"当时我痛得忍不住，皮肤里渗透出一条一条青的红的紫的血痕，可是打死我也不写信的，他们看到我昏过去了，也就走了。等我清醒过来时，浑身疼痛，我拼死命地弄坏了门逃了出来，可是不巧得很，又碰到了伪军，又把我抓起来了，他们还是逼迫我写信，我坚决地说：'死了心吧！就是死了，我父亲会帮我报仇的。'救星来了，在繁星的晚上，忽然西面枪声不停地响着，新四军老部队来攻击了，伪军们都吓得屁滚尿流地逃走了，啊！新四军救出我了,我很快地到了家里,见了爸爸妈妈,心里真是高兴得流泪了"。

李纳的散文《深得民心》记叙了长春一个米面商人对民主联军和共产党的淳朴情感:"他已经将红旗展开,举到我的眼前,我看到七个大字:'中国共产党万岁!'""'中国共产党万岁!'他重复着这七个字,从眼镜里透露出兴奋的眼睛。这脸,比先前更可爱更慈祥了:'我喜欢这七个字,所以我选择了它。'""大会开始了,人们都向着会场移动,老先生也站起来要走,临走时他问我在什么地方工作,我告诉了他,他高兴地说:'好,都是民主联军。深得民心,深得民心。'"抛开其内容不论,作品文字风格的朴素也显露出解放区文艺在艺术层面幼稚和不甚精致的弱点,而这弱点又可能是许多新生艺术的共有问题。也许,正因为幼稚,它才有更广阔的发展空间。

形式的多样性特别是短小化是东北解放区文艺创作的普遍特点,短篇小说、墙头诗、快板诗、散文、战地通讯、说唱文学等成为最常见的艺术形式。战争的环境、急剧变化的生活和读者的接受水平与习惯等,决定了人们需要并且适应这种短平快的表达方式,而这也是延安文艺和抗战文艺形式的延续。天意的《县长也要路条》描写了两个一丝不苟的儿童团员在放哨时不放过民主政府的县长,硬是把他和警卫员带到乡长那里查证的故事。其篇幅短小,不到400字,但是内容蕴意深刻,语言风趣自然,简直就是一篇微型小说。

小区区的短诗《一心一意要当兵》,将人物的关系、思想、表情和语言都生动形象地表现出来,极具说服力和感染力:

　　葫芦屯有个小莲青,

一心一意要当兵——

他爹说：

"你去吧。"

他娘说：

"你等一等！……"

他老婆说：

"哪能行？！……"

忸忸怩怩来扯腿；

哭哭啼啼不放松：

"你去当兵啥时还？

为老为少撇家中！"

小莲青，

脸一红：

"小青他娘，

你醒醒：

八路同志千千万，

哪个不是老百姓？！

我去当兵打蒋贼，

咱们才能享太平。"

　　当然，东北解放区文艺中也有许多保留了浓郁的文人气息的作品，这些作品与五四新文学的"纯文艺"审美风格有明显的承续性。例如大宇的诗歌《琴音》：

　　一个琴师

把琴音遗失在幽谷里

滑落在幽谷的谷缝里了

琴音栽培了心原上的一棵草儿

琴音赞咏了艺术的生命

一支灿烂的强烈的光焰

我就永住在这琴音里了

就仿佛身陷于一片梦的缘边

仿佛浴着一片无际的云海

无垠的生旅无限的生涯

何处呀

我摸索到何处呀

琴音丢在幽谷里

滑落在幽谷的谷缝里了

十分明显,这不是东北解放区文艺创作的主流。

《1945—1949年东北解放区文学大系》的编者耗费了大量精力来做这样一项浩大的地域性文学工程,这不只是对东北文艺的巨大贡献,更是对新中国文艺的巨大贡献。在此之后,东北文艺研究将迈上一个新台阶。

总导言

丛 坤

从 1945 年抗战胜利到 1949 年新中国成立这个时期,对于东北而言是极为特殊的。抗战胜利后,中共中央发布了《建立巩固的东北根据地》的指示,迅速成立了以彭真为书记的东北局,抽调了四分之一的中央委员、两万名党政干部、十三万主力部队赶赴东北,与国民党反动派展开激烈的斗争。在广大人民群众的支持下,中国共产党及其领导的军队从最初的战略防御转为战略反攻。1948 年 11 月,辽沈战役胜利,全东北获得解放。在解放战争时期,在中国共产党的领导下,东北人民反奸除霸,建立民主政府,消灭土匪,进行土地改革,在政治上、经济上翻身做了主人。东北的政治、经济、文化、教育等各个领域都发生了翻天覆地的变化,尤其是在文学创作方面,东北地区取得了不可低估的成就,文学创作出现了前所未有的发展和繁荣的局面。

"东北作家群"的回归、党中央选派的文化宣传干部的到来、文学新人的成长使得解放战争时期东北地区的创作队伍不断壮大。在东北沦陷后从东北去往关内的进步作家中,除萧红病逝于香港、姜椿芳在上海从事党的地下工作外,塞克(即陈凝秋)、舒群、萧军、罗烽、白朗、金人等都积极响应党的号召,陆续返回东北。1945年9月至11月,党中央从陕甘宁边区和各个解放区抽调一大批优秀的文化工作者到东北解放区。据不完全统计,这一时期来到东北解放区的文化工作者有刘白羽、陈沂、周立波、草明、严文井、张庚、吴伯箫、华山、西虹、陆地、李之华、胡零、颜一烟、公木、林蓝、江帆、李纳、魏东明、夏葵、常工、方青、任钧、李则蓝、煌颖、侯唯动、李熏风、雷加、马加、袁犀、蔡天心、鲁琪、李北开等。① 中共中央东北局宣传部与东北文艺协会在"土地还家"口号的基础上,提出了"文艺还家"的口号,号召广大文艺工作者在与农民同吃、同住、同劳动的同时,领导农民群众参加土地改革运动,帮助农民成立夜校、学习文化、办黑板报、成立文艺宣传队,提高他们的写作能力与文艺欣赏能力,在农民、工人等基层劳动者中培养了一大批"文学新人"。创作队伍的空前壮大为东北解放区文学的繁荣奠定了坚实的基础。

东北解放区文学的繁荣也与当时出版事业的空前繁荣密不可分。东北局宣传部将建立思想宣传阵地(即报刊、出版机构)、改造思想、建构意识形态话语权确定为首要任务。进入东北不久,东北局于1945年11月在沈阳创办了机关报《东北日报》(1946年5月28日由沈阳迁至哈尔滨,1948年12月12日搬回沈阳)。该报面向东北全境的党政军发行,是东北解放区发行量最大的报纸。之后,东北解放区创办、发行的报纸近百种。据《黑龙江省志·报

---

① 彭放:《黑龙江文学通史(第二卷)》,北方文艺出版社2002年版,第354页。

业志》的统计，当时黑龙江地区（5省1市）的每个省市不仅有党政机关报，而且有人民团体和大行业的专业报纸，有些县也出版油印小报。仅哈尔滨出版的大报就有《哈尔滨日报》《哈尔滨公报》《哈尔滨工商日报》《大众白话报》《午报》《自卫报》《北光日报》《新民日报》《民主新报》《学生导报》《文化报》等。这一时期的报纸，无论设没设副刊，都或多或少地发表过文学作品。

东北局还出资创办了东北书店、光华书店、大连大众书店、辽东建国书店、兆麟书店、吉东书店、辽西书店等众多的图书出版机构。其中，东北书店是东北解放区规模最大、贡献最大的书店，在东北全境建有201个分店，发行网点遍布东北全境。除出版、发行图书外，东北书店还创办了《知识》《东北文学》《东北画报》《东北教育》等期刊。这些出版机构大量出版政治读物、教材和文学书籍，促进了东北解放区出版业的发展。仅以东北书店为例，从1946年到1948年，东北书店总共出版图书杂志760种、各类图书1520余万册。① 东北解放区纸张和印刷质量上乘的大量出版物不仅发行于东北各地，还随着东北野战军入关和南下，成为陆续解放的北平、天津、武汉等地人民群众急需的读物。历史上一向"文风不盛"的东北第一次有大量的出版物输送到关内文化发达之地，这成为一时之盛事。

此外，东北解放区先后创办的文学类期刊的数量是惊人的。如1945年至1947年创办的文学期刊有《热风》（半月刊）、《文学》（月刊）、《文艺》（周刊）、《文艺工作》（旬刊）、《文艺导报》（月

---

① 逄增玉：《东北解放区文学制度生成及其对当代文学制度的预制》，载《文学评论》2017年第4期。

刊)、《东北文艺》(月刊)。1947年以后创刊的大型专业期刊有《部队文艺》、《文学战线》(周立波主编)、《人民戏剧》(张庚、塞克主编),综合性期刊有《东北文化》(吴伯箫主编)、《知识》(舒群主编)等。其中,《东北文化》与《东北文艺》的影响最为突出。《东北文化》的主要任务是协同东北文化界,从政治上、思想上启发广大的东北青年和文化工作者,提高他们的自觉性,激发他们的革命热情、积极性和创造性,使他们在东北人民解放的伟大事业中发挥应有的作用。《东北文艺》是纯文艺性的刊物,刊载小说、戏剧、散文、诗歌、漫画、速写、报告文学、杂文、书刊评价,以及文学理论、有关文艺运动史的论著等。《东北文艺》聚集了一大批优秀的作者,如周立波、赵树理、罗烽、公木、萧军、塞克、舒群、白朗、严文井、刘白羽、西虹、范政、宋之的、金人、马加、雷加等。在他们的影响下,《东北文艺》还不断提携文学新人,这成为该刊的传统。从创刊到终结,《东北文艺》在新中国成立前后产生了很大的影响,20世纪50年代成长起来的许多作家、诗人是从这里起步的。可以说,《东北文艺》在解放战争和革命胜利后对新中国文学新人的培养起到了重要的作用。报纸、文学期刊、综合性期刊和出版机构的大量涌现,为东北解放区文学的发展创造了良好的条件。

与此同时,为了更好地团结广大文艺工作者,东北局于1946年在黑龙江佳木斯成立了东北文化工作委员会,成员有张闻天、吕骥、张庚、塞克等。此后,若干文艺与文化团体陆续成立,其中最有影响的是1946年10月19日由全国文协的老会员萧军、舒群、罗烽、金人、白朗、草明6人在哈尔滨发起筹备的"中华全国文艺协会东北总分会"。这个文艺团体表面上是由文人自由结社,实际上主体是来自延安、具有干部身份的文化人,其中不少人是党员或东北文艺界的领导干部。"中华全国文艺协会东北总分会"对东北解放区文学的发展起到了不可忽视的作用。此外,中苏文化协会、鲁迅文艺研究会等文艺社团相继成立。1948年3月,中共东北局宣传部首次召开了由文学、戏剧、音乐、美术、电影等部门的150余名文艺工作者参加的文艺工作者会议。会议对抗战胜利以来的东北解放区文艺工作进行了总结,并制订了随后一段时间的文艺工作计划。此外,中共中央东北局宣传部内部成立了文艺工作委员会,吕骥、舒群、刘白羽、张庚、罗烽、何世德、严文井、袁牧之、朱丹、王曼硕、华君武、白华、向隅、田方、沙蒙、吴印咸任委员,负责指导东北解放区的文艺工作。

1946年秋,已迁至哈尔滨的原延安鲁迅艺术学院,按照东北局的指示北撤至佳木斯,并入东北大学,更名为鲁艺文学院。同年12月,东北局又决定让鲁艺脱离东北大学,组建东北鲁艺文工团。1948年秋冬之际,随着沈阳的解放,东北鲁艺文工团在经历了三年多艰苦卓绝的转战与工作后进入沈阳,随后正式复名为鲁迅艺术学院,恢复了延安鲁迅艺术学院的学校建制。文艺团体的纷纷建立为东北解放区文学创作队伍的培养提供了组织保证。

为了纪念解放东北这段革命岁月,为了展现东北解放区文学的勃兴与繁荣,我们编辑出版了《1945—1949年东北解放区文学大系》,分别从小说、散文、戏剧、诗歌、翻译文学、评论、史料等体裁角度进行整理、收录。

一

抗战胜利后的东北解放区文学是延安文艺的延伸与发展,东北解放区四年所发生的巨大变化,都生动、形象地展现在东北解放

区的小说创作中。东北解放区小说充分展示了当时的社会生活，塑造了形形色色的人物形象，给人们留下了时代的缩影与历史的印迹。

东北解放区小说创作大体可以分为两个阶段。第一个阶段是从1945年日本投降到1946年中共东北局通过"七七"决议，第二个阶段是从1946年通过"七七"决议到1949年新中国成立。在当时的局势下，中国共产党要最广泛地发动群众，进入东北的文艺工作者便肩负了与武装部队同样重要的"文化部队"的任务。他们用文学作品教育、引导群众，积极参与了粉碎旧的国家机器和意识形态的过程。在党的文艺方针政策的指引下，东北解放区的作家们广泛深入到农村土地改革、前方战斗生活和工厂建设之中，亲身体验群众生活。这使得东北解放区的小说能够迅速地反映生产、生活、军事等各个领域的变化与东北人民精神世界的变化。

从1931年日本发动九一八事变到1945年日本投降，十四年的沦陷历史构成了东北文学不可磨灭的创痛记忆。对沦陷时期东北社会生活的回忆，是这一时期小说的一个重要题材。而抗战题材小说则是对异族侵略者铁蹄下民生困难的真实记录，也是对战争年代民族精神的热情颂扬。但娣的《血族》、陆地的《生死斗争》、范政的《夏红秋》、骆宾基的《混沌——姜步畏家史》等都是这方面的代表作品。

土改斗争是东北解放区小说三大题材的重中之重。在那场深刻改变了中国农村政治、经济关系的运动中，东北解放区作家将强烈的政治使命感与巨大的创作热情相融合，创作出了大量的优秀作品，周立波的《暴风骤雨》、马加的《江山村十日》、安危的《土地底儿女们》等至今仍被读者反复阅读。

小说创作需要一个孕育的过程,相对来说,中长篇小说需要更长的时间来构思和写作,而短篇小说则完成得较快。在复杂、激烈的土改运动中,东北解放区作家们努力笔耕,迅速创作出大量的短篇小说。在这些小说中,我们可以看到东北农民在土改运动中的精神变化,农民经历了几千年的封建压迫,他们身上的枷锁不仅是物质上的,更是精神上的,从奴隶到主人的蜕变需要一个心灵的搏击历程。

反映前线战争是东北解放区小说的另一个重要题材,这些小说真实地体现了军民的鱼水情谊。西虹的《英雄的父亲》、纪云龙的《伤兵的母亲》等都是当时影响较大的作品。1947 年至 1948 年是解放战争中我党从防御转为反攻的时期,随着战事的推进,中国人民解放军(1948 年 1 月 1 日,东北民主联军改称为东北人民解放军,同年 11 月 13 日改称为中国人民解放军)的队伍急剧壮大,部队官兵的成分因而趋于复杂化。为此,部队采用诉苦的办法对广大指战员进行阶级教育,提高他们的政治觉悟和思想觉悟。诉苦教育消除了战士之间的隔阂,为解放战争的胜利打下了坚实的思想基础。刘白羽的短篇小说集《战火纷飞》、李尔重的中篇小说《第七班》等反映了这一主题。

除上述三大题材外,解放战争时期东北涌现出来的工业题材小说,亦可视为中国现代工业题材小说的发端,这也从一个方面证明了东北解放区小说的文学史价值和文化价值。

东北解放区的工业在新中国发展史上占有非常重要的地位。在这一方面,影响最大的是女作家草明的中篇小说《原动力》。这篇小说虽然存在粗糙和简单等不足之处,但作为新中国成立前描写工业生产和工人思想的作品,是值得关注和肯定的。此外,李纳

的《出路》、鲁琪的《炉》、韶华的《荣誉》、张德裕的《红花还得绿叶扶》等作品也广受好评。这些小说充分展现了东北解放区工业蓬勃发展的景象,展现了工业生产对人的改造,也开创了新中国工业文学的先河。

东北解放区的相当一批小说,强调小说的政治价值,强调创作为工农兵服务,大多通俗易懂,而缺乏对心理深度和史诗境界的发掘。然而,东北解放区小说明朗新鲜,创造性地继承了延安文艺精神,反映了东北解放区的历史巨变和社会变革中诸多的社会问题,为新中国成立后的十七年文学开辟了道路。

二

散文卷在本丛书中占有重要的分量,真实地记录了解放战争中东北解放区人民的巨大贡献,独特的作品体例亦标示出其在新中国散文创作史中的独特地位。

解放战争时期东北战区的胜利,不仅是军事史上的奇迹,更是人民意志创造历史的丰碑。许多作者都以醒目而直接的题目记录了解放军普通战士勇敢战斗、不畏牺牲的英雄事迹,以真挚的情感,突出了普通战士大无畏的战斗精神和取得战斗胜利的信心。这些作品表现了同一个主题:解放军是人民的军队,中国共产党是全心全意为人民服务的。这也是新中国强大的根基体现。

散文卷中还有一部分作品,叙述了悲壮的抗联斗争的事迹,如纪云龙的《伟大民族英雄杨靖宇事略》、菽沅的《老杨——人民口中的杨靖宇将军》、陈堤的《悼念李兆麟将军》等。英勇不屈的民族气节是抗联英雄所具的崇高品质,也是抗联精神最真实的写照。而东北书店于1948年6月出版的《集中营》,以革命者的亲身经历叙述了大义凛然、为真理献身的革命志士的事迹,让后人真正理解了"头可断血可流,革命意志不能丢"的气节,"永不叛党"是英烈们用鲜血和生命刻写在党章之中的。

从 1946 年到 1948 年,尽管国民党军队在东北重要城市盘踞并负隅顽抗,但是东北农村却发生了翻天覆地的变化。中国共产党在根据地开展土改运动,领导农民推翻了地方统治势力,领导农民斗地主、分田地,农民欢欣鼓舞,迎来了新生活。强大的后方农村根据地为部队供给提供了保障,同时,许多年轻的子弟为了保护胜利果实自愿参加了解放军,这改变了国共双方在东北的兵力布局。《永北前线担架队速写》等作品反映了这一主题。

此外,解放区散文作家的笔下还洋溢着新生活的喜悦,如严文井的《乡间两月见闻》。除了乡村,对于那些在战后重新回到人民手中的城市,我党也开始接管,并进行初步的恢复性建设。在作家们的笔下,新生活带来了新气象。大连大众书店于 1948 年 8 月出版的《"工农园地"选集》,就收录了描写城市工人拥护和融入新生活的散文。在这些描写工厂、工友的散文里,我们可以看到解放区的新生活给城市工人带来了希望。

这些散文作品大多短小精悍,有迅速性、敏捷性和战斗性等特点,具有独特的艺术特征。这与当时许多作家的出身密切相关。如刘白羽、草明、白朗、华山、西虹等作家对战争环境和百姓生活有着敏锐的观察力和真实的体验,他们的作品使得东北解放区 1945 年至 1949 年的散文创作呈现出独特的风格,表现出纪实性和文学性相结合的特点。此外,由众多从延安来到东北的文艺干部组成的随军记者,以大量的新闻报道反击了国民党的舆论污蔑,记录了解放军战士不畏艰险、顽强抗敌的英雄事迹,同时表现了后方人民

在解放区土改过程中翻身解放、分得土地的喜悦心情。

散文作家记录这些真人真事的报道在东北解放战争中起到了巨大的宣传作用,成为鼓舞人心的强大的精神力量。东北解放区散文也因为内容真实、情感真实而呈现出历久弥新的生命力,往往给读者带来身临其境的感受,也让人忽略了作品本身的艺术特质。实际上,这些散文正是在真实的基础上,以生动与丰富的细节给读者留下了深刻的印象,在真实性的基础上呈现出文学性。华山的《松花江畔的南国情书》就是代表作品之一。

细节的生动亦使东北解放区散文具有鲜明的文学性。东北解放区散文将我军战士的大无畏精神写得非常真实、感人。在展示解放区新生活、新风尚方面,许多拥军爱民的片段写得细腻、真实。

东北解放区散文在主题内容上具有很高的价值,大量的散文颂扬了东北人民解放军的集体主义精神和英雄主义精神,表现了我军指战员的英勇气概,体现了战士们浩气长存的革命豪情。因此,东北解放区散文具有较高的文学价值,其明朗的表现方式恰恰是后来共和国文学明确表达和高度肯定的。题材广泛、内容真实和情感深厚的纪实性文学,使得东北解放区散文在战争时期凝聚了强大的精神力量。反映中国人民解放军不畏艰险、英勇战斗的长篇报告文学,在风格上激情澎湃,体现出解放军崇高的革命乐观主义精神。这一时期的散文把东北解放历史进程的全貌和战士们的英勇壮举再现了出来,东北解放区散文也因此具有了军事史和共和国历史的资料留存价值。东北解放区散文在创作上因为具有纪实性与文学性相结合的特点,为军旅散文创作提供了新的美学范式。

三

在东北解放区文学中,戏剧具有内容丰富、种类繁多、通俗明了、利于传播等特点,兼之创作群体庞大,故而获得了巨大的丰收,这成为东北解放区文学繁荣的重要标志之一。东北解放区的戏剧具有鲜明的启蒙性、宣传性和战斗性等特征,对生产建设、围剿土匪、土改运动和解放战争发挥着不可替代的宣传作用。

东北解放区戏剧的繁荣首先得益于东北解放区报刊对戏剧的支持。例如,《东北日报》刊发的剧作涉及歌唱新生活、感恩共产党、批判美蒋、拥军劳军、参军保家、歌颂劳模等多方面的内容。1947年5月4日创刊的《文化报》则是东北解放区第一份纯文艺性质的报纸,主要刊载一些文学常识、短文、小诗、书评、剧报等。此外,《前进报》《北光日报》《合江日报》等都刊发了大量的戏剧作品。而从刊载量来看,期刊对戏剧的支持力度更大。在众多的文艺期刊中,对戏剧传播影响较大的是《东北文学》《东北文化》《东北文艺》《文学战线》《知识》和《人民戏剧》等。

从1945年年底开始,东北解放区以各家出版社为依托陆续出版了许多戏剧作品,这是解放区戏剧传播的重要途径。较有影响的是东北书店和人民戏剧社等。在解放战争期间,东北书店出版的各类戏剧作品和理论书籍近百种,形式包括话剧(独幕话剧、多幕话剧)、京剧、评剧、二人转、歌舞剧(广场歌舞剧、儿童歌舞剧)、歌剧、新歌剧、小歌剧、道情剧、活报剧、秧歌剧、小喜剧、小调剧、皮影戏等。其中,秧歌剧超过一半。

文艺团体的迅猛发展是解放区戏剧广泛传播的最终体现。1945年11月以后,东北文工团等数十个文艺团体在东北局宣传部的领导下先后成立。这些文艺团体以《在延安文艺座谈会上的讲话》为指导,坚持走文艺大众化的道路,活跃在东北城市和乡村,战斗在前线和后方。他们创作、表演了一系列以支援前线、土地改革、翻身当家为主题的作品,这些作品受到人民群众的好评。

从内容方面来看,歌颂工人阶级是东北解放区戏剧的一个重要内容。东北光复后,作为解放全中国的大本营,哈尔滨、沈阳等工业城市的作用得以凸显,工人阶级成为时代的主角。从剧作内容来看,第一种是反映工人生活的剧作,如王大化、颜一烟创作的《东北人民大翻身》;第二种是歌颂先进个人无私支援解放区建设、帮助工厂恢复生产的剧作,较有影响的有《献器材》《十个滚珠》《一条皮带》《刘桂兰捉奸》;第三种是歌颂党的政策的剧作,代表作品有《比有儿子还强》和《唱"劳保"》。工业题材戏剧的大量创作,极大地拓宽了解放区戏剧的创作领域,为新中国工业题材戏剧的发展奠定了坚实的基础。

东北解放区戏剧中描写农民翻身解放、分得土地的农村题材的戏剧的比重最大。第一类是反映东北农民翻身解放,通过新旧对比来歌颂新农村、新生活的剧作。第二类是反映粉碎各类阴谋、同复辟分子做斗争的剧作,代表剧作有《反"翻把"斗争》等。第三类是反映改造后进、互助合作,表现农民积极开展大生产运动的剧作,如《二流子转变》。第四类是描写劳动妇女反抗封建婚姻、争取民主权利、积极参加劳动生产的剧作,如《邹大姐翻身》。

东北解放后,群众的思想还比较保守,革命启蒙的任务十分重要,尤其是要帮助东北人民认同和接受中国共产党及其领导的人民军队。在描写军队的戏剧中,既有表现人民军队英勇战争、不怕牺牲、勇于献身的剧作,也有以军民互助、拥军支前为主要内容的剧作,这类剧作完整地再现了东北人民从最初的误解民主联军到后来积极送子参军、送夫参军、拥军支前的全过程。前者的代表作有《老耿赶队》《鞋》《两个战士》等,后者的代表作有《透亮了》《收割》《支援前线》等。

在艺术特点上,虽然东北解放区戏剧的整体水平不是最高的,但是其庞大的作者群体、巨大的创作数量、伟大的历史功绩,使得解放区戏剧创作达到了巅峰状态。东北解放区戏剧因对传统戏剧和西方舶来戏剧的融合而具有现代性,在这种融合的过程中实现了本土化,并形成了民族化、大众化、乡土化的特征。东北解放区戏剧的民族化特征源于延安时期戏剧的"中国化"。而其大众化特征是指具有广泛的群众基础,且创作群体亦十分大众化。东北解放区戏剧的乡土化则主要表现在地域特色上。

在创作方法上,东北解放区戏剧继承了延安戏剧的传统,剧作家们用现实主义的方法把自己身边刚发生或正在发生的事情通过戏剧的形式真实地反映出来,集中表现工、农、兵的日常生活。东北解放区戏剧起到了鼓舞斗志、颂扬先进、宣传政策、支援前线的作用。

在戏剧结构上,东北解放区戏剧的戏剧冲突尖锐而集中,叙事模式多元,表现方式多样。在人物塑造上,剧作塑造了一个个爱憎分明、个性突出、敢作敢为的人物形象。这些人物形象生动丰满、有血有肉,为观众熟悉和喜爱。

东北解放区戏剧在取得较高的艺术成就和发挥重要的宣传作用的同时,也存在一定的不足。然而瑕不掩瑜,民族化、大众化、乡土化的特征,使得戏剧的宣传性、教育性、战斗性的作用得以充分发挥出来。东北解放区戏剧对光复后进行的民众文化启蒙、文化宣传具有不可替代的作用,对解放区的土地改革和解放战争做出了不可磨灭的贡献。

四

东北解放区诗歌秉承了我国诗歌的优秀传统,具有红色革命基因。它一方面与伪满时期的诗歌做了彻底的割裂,另一方面又延续了东北抗联诗歌的革命精神和爱国主义情怀,集中书写了山河易色、异族入侵带给东北人民的苦难和屈辱,书写了受难的人民在共产党领导下的觉醒与反抗,书写了东北人民在艰苦的自然环境与战争环境中形成的坚韧、乐观、幽默的性格。

东北解放区诗歌是中国解放区诗歌的重要组成部分,与其他解放区诗歌保持着一致性和连续性。它之所以能复制延安解放区的文学模式,主要是因为其创作队伍中的很大一部分是来自延安解放区的革命文艺工作者,故在文学制度和文学政策上与全国其他解放区能保持一致。东北解放区诗歌的作者主要有四种身份:一是中共中央派驻到东北的文艺工作者;二是抗战时期流亡到关内的"东北作家群"(在抗战结束后返回东北);三是虽然本人不在东北解放区,但是其作品在东北解放区的重要报刊上发表过并产生了一定影响的诗人;四是来自各行各业的业余诗人。《东北日报》文艺副刊曾陆续发表过很多业余诗人的作品,这些业余诗人中既有宣传干部,又有工人、农民、战士、学生(其中有许多人使用笔名,甚至使用多个笔名,今天有些作者的真实姓名已很难核实)。有一些诗人并不在东北解放区工作,但是其作品在东北解放区的重要报刊上发表过,并对全国解放区的文学发展产生过重要影响,如艾青、田间等。东北解放区的代表诗人有公木、方冰、马加、严文井、鲁琪、冈夫、天蓝、韦长明、刘和民、李北开、彤剑、侯唯动、胡昭、李沅、夏葵、林耘、顾世学、萧群、蔡天心、杜易白、西虹、师田手、白刃、白拓方、叶乃芬、丁耶、孙滨、阮铿等。

从内容上看,东北解放区诗歌主要是反映当时东北解放区的经济建设、军事斗争、农村工作和城市建设等,具有现实性、时代性。从艺术形式上看,诗歌谣曲化、大众化、民间化的特点突出。抒情诗、叙事诗、街头诗、朗诵诗、歌谣、童谣等成为当时最常见的诗歌体裁。东北解放区诗歌具有以下几个显著特点:

第一,诗歌内容具革命性且高度政治化。东北解放区文学是为中国共产党解放东北和建设东北的政治任务服务的,其主要功能和目的是紧密贴近和配合解放区的主流政治运动。很多诗歌是为满足当时的政治需要而作的,充分体现了《在延安文艺座谈会上的讲话》在诗歌创作方面的实践成绩。东北解放区诗歌与中国解放区诗歌在题材选择、审美价值上保持着一致性,并具有东北解放区特有的地域性特点。揭露、批判、颂扬是东北解放区诗歌的三大主旋律,诗人们以工人、农民、士兵、英雄人物、劳动模范等为书写对象,歌颂英雄人物,记录战争风云,赞美新农民,抒发家国情怀。

第二,具有鲜明的战争文学特点。东北经历了十四年艰苦卓绝的抗日战争,接着又经历了五年的解放战争,近二十年间,始终处于战争状态。诗歌也呈现出战时文学特质,记录了艰苦卓绝的战争场景与生活现实。对于重大战役的抒写与记录,英雄主义、乐观精神、必胜信念的情感基调,加之大东北茫茫雪原、天寒地冻的地域特点,使得东北解放区诗歌具有鲜明的东北地域特色。

第三,农村题材也是东北解放区诗歌的重头戏。东北经过十四年的抗日战争,土地荒废,农民思想落后。抗日战争结束后,解放军入驻东北,一方面做农民的思想工作,进行思想启蒙,另一方面在农村贯彻党的土改政策,进行土地革命,让农民成为土地真正的主人。因此,在东北解放区,启蒙农民思想、反映土改运动、揭露地主阶级剥削农民的本质、塑造新农民形象成为农村题材诗歌的主要内容。

第四,工业题材诗歌在东北解放区诗歌中独领风骚。《文学战线》等报刊还专门设立了工人专栏,如《文学战线》专辟"工人创作特辑",作者均来自生产第一线。工业题材诗歌丰富了东北解放区诗歌的样态,也成为东北解放区诗歌的重要组成部分。

第五,叙事诗是东北解放区诗歌的主要体裁。长篇叙事诗体量大,便于完整地呈现人物或事件的变化过程,便于刻画生动、饱满的艺术形象,因此很受东北解放区诗人的青睐。在《东北文艺》《文学战线》等杂志和个人诗集中,带有浓郁的东北民间话语特色,反映土改运动、翻身农民踊跃参军等内容的长篇叙事诗一时间大量出现。

第六,诗歌审美倡导大众化、通俗化。在解放战争时期,文学要担负着团结人民、教育人民、打击敌人的任务,因此,战时诗歌不能一味地追求高雅的诗意,它既要通俗易懂,便于启蒙民众,又要迎合普通大众的审美需求,适应战争时期的宣传需要。东北解放区诗歌的谣曲化倾向突出,诗作大多出自部队宣传干部、战士、工人、农民之笔,以社会现象为题材,具有相当强的时效性,普遍具有语言通俗易懂、直抒胸臆、为群众所熟悉和易于接受等特点,真正达到了为工农兵服务的目的。

东北解放区诗歌也存在一些不足。由于过于强调宣传性、鼓动性和战斗性,重内容而轻艺术,艺术水准较低,东北解放区诗歌未能达到思想性和艺术性相结合的高度。

五

东北翻译文学兴起于20世纪20年代末,当时的《北国》《关外》等文学期刊上都登载过翻译作品,对俄苏、英、美、日等国家的民族文学作品,以及批判现实主义、"普罗文学"等文艺理论均有译介。但这种生动、活跃的局面随着1931年九一八事变的发生而不复存在。1931年至1945年,在长达十四年的沦陷时期,东北翻译文学出现了两块文学阵地:一个是以沈阳、大连为中心的"南满文学"阵地,另一个是以哈尔滨为中心的"北满文学"阵地。辽南文坛在九一八事变以后出现了一股译介欧美和日本文学及其理论的潮流,主要刊发、翻译消极的浪漫主义、自然主义的文艺作品和理论,只刊发少量的俄苏文学。相对而言,北满文坛对俄苏现实主义文学作品及其理论的翻译有着更重要的意义。

解放战争时期的东北解放区文学的传播模式主要是"延安模式"。在翻译文学方面,东北解放区文艺工作者侧重译介的目的性和计划性。从目前了解到的情况来看,当时很多期刊都设有翻译栏目,其中《东北日报》《东北文艺》《前进报》《群众文艺》《知识》等都设立了介绍苏联文学的专栏,经常发表苏联社会主义建设时期和卫国战争时期的作品。此外,侧重刊发翻译文学的报纸、期刊还有《文学战线》《文化报》《知识》《东北文化》等。文学观念是文学创作的潜在基础,规范和支配着这个时代的文学创作。解放区的作家们译介了大量的苏俄作品,其中大部分是社会主义现实主义作品。除报刊外,东北解放区翻译文学的出版途径还有书店。由书店、期刊、报纸构成的媒介场,有效地促进了东北作家与世界文艺思潮的交流,尤其是苏联所倡导的革命现实主义文学创作思想对东北的文艺运动发挥了指导作用。

《东北日报》的译介主要集中在俄苏文艺思想、作家作品方面,其中刊发爱伦堡、法捷耶夫等文艺理论家的作品的数量最多,产生的影响也最为深刻。这些作品极大地开阔了东北知识分子的视野。《东北文艺》每期都对俄苏文学作品、作家进行介绍,较有代表性的是1947年曾连载过的金人翻译的苏联作家华西莱芙斯卡娅的中篇小说《只不过是爱情》。《文化报》介绍了大批的俄苏作家,刊载了一些文艺评论、文学作品等。《文学战线》在刊发原创作品的同时,则侧重于介绍俄苏文学作品和翻译俄苏文艺理论。

东北书店出版了大量的翻译过来的苏联文艺论著和苏俄文学作品,目前搜集到的翻译文艺论著的种类达110余种。其翻译出版的俄苏文学作品具有丰富的题材,包括电影文学剧本、报告文学、游记、书信集、诗歌、小说等。辽东建国书社、大连大众书店、光华书店等也是翻译作品重要的出版机构。

翻译文学的发展有助于文学创作的繁荣与文艺理念的更新,但东北解放区译介作品的内容较为单一,翻译的作品几乎全都来自苏联,俄苏文艺思想、文艺理论和文艺作品得到高度关注,成为文坛的主流。其原因有如下几个方面:

首先,从地缘因素来看,东北与苏联有着天然的地缘关系。东北地区与苏联的东西伯利亚地区有着相似的自然环境,都处于高纬度寒带地区,气候寒冷,地广人稀。自然环境和原始文化的相似为思想的交流提供了基本契合点。

其次,从政治因素来看,俄苏文学在中国的兴衰与中俄之间的政治文化交流有着密切的关系。当时的文人也希望通过译介苏联文学作品来改造和影响人们的思想意识,以及树立新民主主义革命的奋斗目标和未来社会主义的奋斗目标。

最后,从社会现实来看,东北解放区的沈阳、大连等地在中国人民解放军进驻之前已经驻有苏联红军,而且在经济、文化等方面与苏联交往密切,苏联文学作品的翻译、出版自然丰富。

1942年之后,延安文艺工作者主要是对苏联等少数社会主义国家的文学作品进行译介。对于与苏联接壤的东北解放区来说,由于与外界接触困难,能获得的外国文学作品更少,在建设新文学方面,除了以五四新文学和老解放区文学为资源外,苏联文学便是重要的资源。苏联文学对建设中的东北解放区文学具有不同寻常的意义。

六

东北解放区建立后,文学创作繁荣一时。然而,文学创作在繁荣的背后也存在着一些问题,其中一个突出的问题就是创作者的背景复杂,其中有来自抗日根据地的,也有来自关内国统区的,还有本土的。不同的思想意识、价值取向、艺术趣味掺杂在各类作品中,部分作品的创作倾向出现了偏差。这些问题引起了文艺界的关注。东北解放区的主要报刊和杂志纷纷开辟评论专栏,采用编者按、读者来信、短评、述评、观后感等形式开展文艺批评,为确立正确的文艺路线提供思想保障。

初到东北的文艺工作者首先感受到的是新老解放区之间政治环境和文化环境的差异。自清朝灭亡到抗战胜利的三十多年间,东北民众饱受战乱的痛苦。抗战胜利后,虽然旧的社会结构和文化体制已经解体,但旧的意识形态还残留在一些人的头脑中,东北民众与新政权之间存在着一定的隔膜。刚刚到达东北的大多数文艺工作者对东北特殊的历史环境认识不足，尚未做好相应的思想准备，仍然延续过去的创作方法和思维方式，脱离群众和实际。以什么样的形式和内容来服务刚刚从殖民者的铁蹄下解放出来的人民，是当时文艺工作迫切需要解决的问题。

文艺争鸣与文艺批评既是抗日根据地文艺工作的优良传统，也是党指导文艺工作的重要手段。毛泽东同志在《在延安文艺座谈会上的讲话》中指出，文艺界的主要的斗争方法之一，是文艺批评。此时，东北文艺工作者的首要任务就是对旧的意识形态进行批判和改造，从而构建与延安解放区主体同构的新的意识形态场域。因此，在本地区文艺界开展一场广泛的文艺批评运动就显得十分迫切和必要。1945年11月，陈云同志在《对满洲工作的几点意见》中提出了党在东北的几项重要任务："扫荡反动武装和土匪，肃清汉奸力量，放手发动群众，扩大部队，改造政权，以建立三大城市外围及长春铁路干线两旁的广大的巩固根据地。"这既是党在东北的中心工作，也是东北文艺界所面临的主要任务。东北解放区的文艺队伍自觉地将创作与政治任务结合起来，坚持为人民服务的创作方向，以《在延安文艺座谈会上的讲话》为指导来进行创作。东北这块古老而又年轻的土地上结出了丰硕的艺术成果。这些作品在内容上贴近当时东北的现实生活，在形式上生动活泼，富有浓郁的地方乡土气息，在教育人民、鼓舞人民、组织人民、团结人民、打击敌人方面发挥了重要作用。东北解放区文艺作为革命文艺版图中的一个独立板块开始形成，它既是"延安文艺"的派生，又具备地域文化品格。它不是由内而外自发产生的，而是在改造和清除原有旧文化的基础上通过外部输入逐步确立的。

与"延安文艺"相比,东北解放区文艺自身也出现了一些新的特质,特别是在文艺批评方面,文艺工作者表现出了强烈的自觉性。他们坚持无产阶级和人民大众立场,从不同层面和角度开展文艺界的批评与自我批评,引导东北解放区文艺朝着正确的方向发展。

东北解放区文艺的根本任务与延安文艺的根本任务保持着高度一致,但又具有特殊性。如果简单地照搬、照抄延安文艺的经验,那么东北解放区文艺很难适应革命发展的需要。东北解放区文艺首先具有启蒙的意义,它不仅具有文化启蒙的意义,也具有政治启蒙的意义。为此,东北解放区的文艺工作者以《在延安文艺座谈会上的讲话》精神为指导,树立起无产阶级的文艺大旗,以新文化来改造旧社会,重塑民众的国家意识、民族意识和政治意识,把东北建设成为中国革命的战略大后方。

在延安文艺旗帜的指引下,东北文艺界通过理论探讨和思想整风,统一了广大文艺工作者对革命文学根本属性的认识,东北的文艺工作焕然一新。广大文艺工作者在理论和实践两个方面取得了很大的成就,既继承和发扬了延安文艺思想,也将《在延安文艺座谈会上的讲话》精神与具体实践结合起来。夏征农、蔡天心、铁汉、甦旅、萧军、胥树人等知名的文艺界人士都对这个问题做了深入研究,产生了较大的影响。

与延安文艺相比,这个时期的东北文艺作品主题更丰富,创作者以切身的生命体验为基础,再现了解放战争时期东北所发生的波澜壮阔的革命斗争,以及在这个过程中东北人民的生活与精神面貌。

东北解放区的文艺发展也不是一帆风顺的,它也走了一些弯路。但是,在毛泽东《在延安文艺座谈会上的讲话》的指引下,文艺工作者不仅投身到创作之中,也开展了广泛的文艺批评,营造了一个宽松的舆论环境,作家们畅所欲言,在批评他人的同时也开展自我批评。这为创作的繁荣奠定了理论基础,也为新中国的文艺创作和文艺批评积累了资源和经验。

七

史料卷是大系的综合卷,其编撰初衷是反映东北解放区文学创作的初始背景,呈现当时的政策和文学创作的大环境,通过对资料的梳理,为弘扬东北解放区文学创作的优良传统提供第一手的基础资料。史料卷共分为七大部分。

一是文艺工作政策方针。文艺工作的政策方针是党根据一定历史时期的总路线和总任务确立的文艺指导原则,反映了一定时期文艺创作的总体规划、部署和要求。史料卷旨在呈现东北解放区创作繁荣的大背景下中国共产党对文艺工作的总体规划和实施情况。史料卷主要收录了与东北解放区相关的宣传文件,以及部分会议发言和讲话等内容,其中有出版、通讯、写作的相关规定,也有重要领导对文艺工作的指示要求,同时还收录了部分重要会议成果。

二是重要报纸、期刊。报纸、期刊大量创办是文艺繁荣的重要标志之一。报纸、期刊直接促进了文学事业整体的发展和繁荣,使优秀作品产生了广泛的社会影响。1945 年 11 月《东北日报》创办后,东北解放区先后创办、发行的报纸近百种。此外,在东北局宣传部的统一领导下,地方与军队也创办了数十种文学与文化类刊物。从成人刊物到儿童刊物,从高雅刊物到面向大众的通俗刊物,从文学到艺术,靡不具备。诸多的文艺报刊为文学作品的生产提供了园地,成为东北解放区文学创作的先锋阵地。

三是文艺团体、机构。在东北解放区,多个文艺团体和机构活跃在文艺创作和宣传的第一线,对东北解放区文艺事业的发展发挥了重要作用。东北局先后出资创办了东北书店等众多的图书出版机构,使得东北解放区报刊出版和传媒得到快速发展。1946年,东北局在佳木斯成立了东北文化工作委员会,此后,中苏文化协会、鲁迅文艺研究会等文艺社团也相继成立。东北文艺工作团等文艺团体也迅速发展。在组建大量的文艺团体和文工团之际,军队与地方政府和宣传部门还非常重视文艺人才的培养和文学教育体系的建立,在演出之余,也招收和培养文艺人才。在短短的四年间,东北解放区建立了众多的文艺工作团体与人才培养学校。这体现了我党对教育人民、教育部队和动员人民参与革命的重视。

四是作家及创作书目。从延安来到东北的革命文艺工作者数以百计,此外,20世纪30年代从哈尔滨流亡到关内各地的东北作家群成员也陆续返回东北。这些文化工作者云集黑龙江,办报纸,办杂志,从事广泛的文化艺术活动,使得东北解放区文学艺术以全新的姿态向共和国迈进。史料卷收录了活跃在东北解放区的多位作家的生平和创作情况,当然,由于这一历史时期具有特殊性,作家区域性流动较为频繁,对作家的遴选和掌握主要以创作活动的轨迹和作品发表的区域为依据。

五是东北解放区文学回忆与纪念。为了弥补现有资料不足的缺憾,史料卷特别收录了部分文学界前辈及其家人的回忆与纪念文章,其中既有参加文艺团体的亲历感受,也有对文艺创作细节的点滴回忆。由于年代久远,这些资料的某些细节无法准确、翔实地体现出来,但这些资料记录了东北解放区文艺工作者的亲历感受,对补充和完善史料卷的内容大有裨益。

六是大事记。为了对解放区文学创作资料进行细致整理,进而为读者提供一个简明的、提纲挈领式的线索,史料卷呈现了大事记。大事记旨在将反映文学活动和文艺创作的各种资料予以浓缩,按照时间线索对史料进行编排。大事记简明扼要地记述了1945年9月至1949年9月东北解放区文学方面的大事、要事,涵盖了部分文艺作品创作、文艺团体成立的时间节点,有助于读者了解东北解放区文学的发展脉络。

七是索引。鉴于东北解放区文学总体呈现出体裁广泛、内容丰富等特点,史料卷以作者为线索,将分散在小说卷、散文卷、诗歌卷、戏剧卷、评论卷、翻译文学卷中的作品整理出来,形成丛书索引。索引以作者为基点,将作者在各卷中的作品情况(作品名称、所在卷册、页数)逐一列出,可以在一定程度上呈现出东北解放区文学的整体情况,亦可以体现出作者的创作风格和特点,进而从不同角度展示出东北解放区文学发展的脉络和趋势。

随着军事上的胜利和东北解放区的形成,东北的政治面貌、经济面貌发生了根本性的变化,特别是文化呈现出前所未有的发展和繁荣的局面。东北解放区在政策制定、政策实施、新闻出版、文艺社团、文艺教育体制、作家培养等涉及文艺发展与繁荣的各个方面,继承、发展和完善了延安文艺体制,对当代文学和文艺制度产生了重要和深远的影响。

尽管东北解放区文学得到前所未有的发展和繁荣,但这份珍贵的文化资料始终没有得到系统整理,有关资料分散在哈尔滨、齐齐哈尔、牡丹江、佳木斯、长春、沈阳、大连等地,加上年代久远,这给编选工作带来了很大的困难。一方面,区域性的文学史料不易引起一般研究者的重视,文学史料的保留和整理工作在通常情况下很不理想,尽管编选者在前期已有一定的资料积累,但是很多工作还需要从头开始。另一方面,由于年代久远,加之当时的出版印刷技术有限,许多资料的保存和整理已经成为一大难题。许多珍贵的文学资料甚至已经出现严重的、不可恢复的缺损,因此,整理和出版东北解放区的文学史料,对东北解放区文学和中国现代文学的研究具有重要意义,同时,对人们了解和认识东北解放区这段历史也具有重要意义。

东北解放区文学创作距今已有七十年的历史,从 20 世纪 80 年代开始,东北解放区文学作为中国现代文学的一部分开始进入研究者的视野,搜集、整理与研究工作逐渐深入,一大批有分量的成果随之产生。其中,具有代表性的成果有两项,一项是林默涵主编的《中国解放区文学书系》(重庆出版社,1992 年出版),另一项是张毓茂主编的《东北现代文学大系》(沈阳出版社,1996 年出版)。这两部著作以文学价值作为侧重点,对东北解放区文学进行了很好的梳理。此外,黑龙江、辽宁与吉林三省的社会科学院文学研究所通力编辑出版的《东北现代文学史料》(共九辑),其价值亦不可低估,当时资料的提供者或为亲历者,或为亲历者之亲友,这从文献抢救的角度来看可谓及时。尽管《中国解放区文学书系》和《东北现代文学大系》对东北解放区文学进行了较大规模的搜集与整理,但由于编辑侧重点不同,这两部著作对东北解放区文学作品只是有选择性地收录,东北解放区文学作品分散在各地图书馆与散落在民间的态势并未改变。进入 21 世纪后,随着时间的流逝,

承载东北解放区文学作品的旧报、旧刊、旧图书流失和损毁的情况日益严重，对东北解放区文学进行进一步搜集与整理的必要性在中国现代文学界达成共识。2008 年，东北现代文学研究者、黑龙江省社会科学院文学研究所研究员彭放在主编完成《黑龙江文学通史》（北方文艺出版社，2002 年出版）之后，提出了编辑出版《东北解放区文学大系》的建议，这一建议得到了认可。事隔十年，2018 年，由黑龙江省社会科学院文学研究所与黑龙江大学出版社联合策划的《1945—1949 年东北解放区文学大系》荣获国家出版基金资助出版，这完成了老一代东北现代文学研究者的夙愿。

《1945—1949 年东北解放区文学大系》的编者，力求完整地体现东北解放区文学的整体风貌，在文学价值之外，亦注重作品的文献价值，以文学性与文献性并重作为搜集、整理工作的出发点。

《1945—1949 年东北解放区文学大系》的篇目编选工作，由黑龙江省社会科学院发起，联合黑龙江大学、哈尔滨师范大学、哈尔滨学院等黑龙江省多所高校共同开展。为了保证学术性，本丛书特聘请多位东北现代文学领域的专家组成编委会，各卷主编均为中国现代文学方面学养深厚的研究者。本丛书的篇目编选工作得到了北京、吉林、辽宁等地多家相关单位的支持。东北现代文学界德高望重的老一代学者亦给予大力支持，刘中树、张毓茂与冯毓云三位先生欣然允诺担任本丛书的学术顾问，本丛书的姊妹著作《1931—1945 年东北抗日文学大系》的总主编张中良先生亦为学术顾问。特别应提及的是，张毓茂先生在允诺担任本丛书学术顾问不久后就溘然离世，完成这部著作就是对先生最好的悼念。

本丛书的资料搜集工作，除得到东北三省各家图书馆的支持外，还得到了中国现代文学馆、黑龙江省浩源地方文献博物馆的大力支持。东北红色文献收藏人胡继东、华东师范大学历史系博士崔龙浩，以及华东师范大学历史系高铭阳、雷宇飞等人为本丛书的集成提供了大量珍贵而稀缺的第一手资料。对于他们的无私奉献，在此表示诚挚的感谢！此外，黑龙江大学文学院、哈尔滨师范大学文学院许多在读的博士生、硕士生和本科生也参与了资料搜集工作，在此，请恕不一一列名。

《1945—1949年东北解放区文学大系》除入选2019年度国家出版基金资助项目之外，还被列入黑龙江历史文化研究工程项目，在此谨致谢忱。

戏剧卷导言

东北解放区戏剧创作导论

宋喜坤

　　东北解放区文学是东北解放战争时期的文学，"抗战胜利后的东北解放区文学，则是延安文艺的延伸与发展"①。随着哈尔滨的解放，已完成伟大历史使命的东北抗日文学在延安文学的指导和改造下，带着余热迅速转型为东北解放区文学。1945 年至 1949年，来自延安和各沦陷区的知识分子，以及东北地区的革命群众在中国共产党的领导下，创作了大量的东北抗战文学作品。② 戏剧具有内容丰富、种类繁多、通俗易懂、利于传播等特点，获得了创作上的巨大丰收，这成为东北解放区文学大繁荣的重要标志之一。东

---

① 张毓茂、阎志宏：《东北现代文学史论》，载《社会科学辑刊》1994 年第 2期。

② 东北解放区的戏剧创作数量颇丰，据统计，各类剧目约有 332 种，已查找到剧目 234 个。

北解放区戏剧是中国共产党领导下的群众性戏剧,具有启蒙性、宣传性和战斗性等特点。在中国共产党领导下的东北解放区,戏剧对生产建设、围剿土匪、土改运动和解放战争发挥着不可替代的宣传作用。

一

1946年春天,延安的革命文化机构和文艺团体集中转移到佳木斯,佳木斯成为指导东北文化的中心,被称为东北"小延安"①。在中国共产党的领导下,哈尔滨、佳木斯、齐齐哈尔、大连、沈阳等地的文化运动蓬勃开展起来。东北解放区戏剧种类繁多,内容和题材丰富,创作群体庞大,因此东北解放区开展了大规模的群众戏剧运动,这促进了东北解放区文学的繁荣。

东北解放区戏剧的生成是政治文化和民间文化糅合的结果,这主要表现为党的组织领导得力、多元文化交融、作家阵容强大。组织领导得力是指在党的领导下建立了各级"文艺协会"来领导和指导东北文艺工作。1945年9月15日,中共中央东北局成立,在宣传部部长凯丰(何克全)的领导下,东北解放区的文化工作如火如荼地开展起来。1946年10月19日,"中华全国文艺协会东北总分会"筹备会在哈尔滨召开。1946年11月24日,"中华全国文艺协会佳木斯分会"成立。1947年6月15日,"关东文化协会"成立。随着革命文化工作的迅速开展,哈尔滨、佳木斯、齐齐哈尔、长春、沈阳、大连等城市都成立了"文艺协会"等文化组织。这些"文

---

① 王建中、任惜时、李春林等:《东北解放区文学史》,辽宁大学出版社1995年版,第63页。

艺协会"的成立符合当时东北文化的发展状况,这些"文艺协会"所提出的开展"民主的科学的文化运动"与新启蒙思想相吻合。"文艺协会"作为东北文艺的领导组织对东北解放区戏剧的发展做出了不可磨灭的贡献。

东北地域文化的成分复杂,悠久的关外本土文化融合了中原儒家文化,形成了既粗犷又细腻、既豪放又婉约的关东文化。随着中国革命文化大军战略目标的转移,东北文化又融入了先进的延安文化,经延安文化改造后,发展为融政治话语和民间话语为一体的东北解放区文化。东北解放区戏剧文化是党的主流政治文化,兼容了东北民间文化。东北解放区戏剧在内容上以政治话语为核心,在艺术形式上以民间话语为依托,以改造后的东北民间舞蹈、东北大秧歌、北方萨满神舞、民间莲花落子、鼓书等为载体,以东北方言为基础。东北解放区戏剧实现了"旧瓶装新酒"。

东北解放区拥有一支经验丰富的戏剧创作队伍。1946 年,有着光荣的革命传统和文化传统的哈尔滨汇集了从延安来的各路文艺工作者。知名的戏剧作家丁玲、萧军、端木蕻良、塞克、宋之的、刘白羽、阿英、草明、骆宾基、严文井、颜一烟、王大化、张庚等,加之陈隄等原东北作家,以及青年学生、部队文艺工作者、工人作者群、农民作者群,形成了一支文化经验丰富、创作热情高涨的规模宏大的创作队伍。这为东北解放区戏剧的发展和繁荣做好了准备。在革命文化指导下生成的革命戏剧,必然要反映时代生活,并为革命政治服务。民间话语和政治话语的融合,以及民间文化和政治文化的糅合,共同促进了东北解放区戏剧的发展和繁荣。

专业剧作者和工农兵群众创作的戏剧由报刊刊载和书店发行后,经专业戏剧团体演出后与观众见面,发挥着宣传、教育和启蒙的作用,促进了东北解放区戏剧的快速传播。

1945年11月1日,中共中央东北局的机关报《东北日报》创刊,其宗旨是"通过宣传报道,打破当时在部分人中存在的和平幻想,揭露美蒋制造中国内战的阴谋"①。《东北日报》刊载的文学作品中不乏戏剧作品。据不完全统计,该报副刊从1946年7月9日至1949年10月13日共刊载话剧、广场剧、秧歌戏、快板、鼓词、二人转、小演唱等各类剧作38个。这些剧作涉及歌唱新生活、感恩共产党、批判美蒋、拥军劳军、参军保家、歌颂英雄模范等内容,如《支援前线》《唱"劳保"》《军民拜年》《十二个月秧歌调》等群众性作品。1947年5月4日,由萧军任主编的《文化报》在哈尔滨创刊,该报是东北解放区第一份纯文艺性质的报纸,刊载一些文化常识、短文、小诗、书评、剧报等。其中有评剧(如《武王伐纣》)、说唱(如《李桂花的故事》),以及一些喜剧评论。除《东北日报》和《文化报》外,《前进报》《合江日报》《牡丹江日报》《关东日报》《大连日报》《西满日报》《哈尔滨日报》《辽南日报》《安东日报》等都刊载了大量的戏剧作品。这些报纸有力地配合《东北日报》宣传马列主义和党的政策方针,对东北解放区的文化启蒙做出了应有的贡献,产生了广泛的影响。

虽然东北解放区的期刊数量没有报纸多,但是其戏剧的刊载量却比较大。在众多的文艺期刊中,对戏剧传播产生较大影响的是《东北文学》《东北文化》《东北文艺》《文学战线》《知识》《人民戏剧》《生活知识》等。1945年12月创刊的《东北文学》以刊载小

---

① 哈尔滨市地方志编纂委员会:《哈尔滨市志·报业广播电视》,黑龙江人民出版社1994年版,第88页。

说、诗歌、散文为主,偶尔也刊载戏剧作品,如由言的《各怀心腹事》等。1946年5月,《知识》在长春创刊,王大化、颜一烟等都在《知识》上发表过作品,其中较有影响的作品有颜一烟的《徐老三转变》、雪立的《揭底》、李熏风的《把红旗插遍全中国》、田川的《一个解放战士》等。1946年10月创刊的《东北文化》的主要任务就是"协同整个东北文化界,从政治上思想上启发广大的东北知识青年、知识分子以及文化工作者,提高他们的自觉性,鼓舞他们的革命热情,与为人民服务而斗争的积极性、创造性,使之在东北人民解放的光荣伟大事业中发挥应有的作用"①。《东北文化》刊载的戏剧作品不多,较有影响的是塞克的《翻身的孩子》。1946年12月创刊的《东北文艺》是纯文艺性刊物,刊载小说、戏剧、散文、诗歌、翻译作品、漫画、速写、报告文学、杂文、书刊评价作品等。《东北文艺》与"东北文协"同时诞生,它的作家阵容强大,其刊载的戏剧作品有冯金方等人的《透亮了》、张绍杰等人的《人民的英雄》、鲁亚农的《买不动》、莎蕻的《拥军碗》、李熏风的《农会为人民》等。这些剧作具有多样化的形式和多元化的题材,具有宣传性和战斗性,充分发挥了东北解放区文学的"武器"作用。1946年12月,《人民戏剧》在佳木斯创刊,其宗旨是帮助解决一部分剧本的问题,提供一些理论和技术材料。在两年多的时间里,鲁艺文工团的创作组和群众作者在《人民戏剧》上发表秧歌剧、独幕剧、儿童剧、歌剧、历史剧等多种形式的剧作20多篇,如《参军》《缴公粮》《打黄狼》等。另外,《人民戏剧》还翻译、刊载了《白衣天使》(苏联)、《莆劳伦丝》(美国)等国外戏剧,促进了中外戏剧的交流,显

---

① 《发刊词》,载《东北文化》(创刊号),1946年第1卷第1期。

示出了编者们的国际视野。周立波主编的《文学战线》主要刊载文艺论文、小说、戏剧、诗歌、报告文学、人物传记、散文、速写、日记、民间故事、翻译作品和书报评介等。《文学战线》刊载了不少优秀剧作,如田川的《一个解放战士》、李熏风的《把红旗插遍全中国》等。《文学战线》刊载的剧作主要反映人民群众的斗争和生活。

东北解放区在1945年底开始以各级出版社为依托陆续出版戏剧作品,这是东北解放区戏剧传播的重要途径。戏剧作品的出版单位主要是各类书店,较有名气的书店有东北书店、人民戏剧社、哈尔滨光华书店、新华书店、大连新中国书局、大连大众书店、辽东建国书店等。在诸多书店中,东北书店是东北解放区影响最大、规模最大、出版贡献最大的书店。东北书店在东北全境有201个分店,《知识》《东北文学》《东北画报》《东北教育》等都是东北书店发行的刊物。在解放战争期间,东北书店出版各类戏剧作品和理论书籍,发行数十万册。戏剧形式包括话剧(独幕话剧、多幕话剧)、京剧、评剧、二人转、歌舞剧(广场歌舞剧、儿童歌舞剧)、歌剧、新歌剧、小歌剧、道情剧、活报剧、秧歌剧、小喜剧、小调剧、皮影戏等。其中,秧歌剧超过一半。东北书店不仅出版了戏剧作品,还出版了不少有关戏剧理论和戏剧经验的著作,如贾霁的《编剧知识》等。

文艺团体的迅猛发展是东北解放区戏剧传播的最终体现。1945年11月2日,东北文工团在东北局宣传部的领导下成立。后来,东北三省相继成立了数十个文艺工作团体,其中较有影响的有东北文工一团、东北文工二团、总政文工团、东北鲁艺文工团、东北文协文工团、东北炮兵文工团、东北军政治部文工团、东北军政大学文工团、兆麟文工团、黑龙江省文工团、齐齐哈尔文工团、旅大文工团等。这些文艺团体以《在延安文艺座谈会上的讲话》为指导，坚持走文艺大众化的道路，坚持文艺为工农兵服务的原则，活跃在东北城乡，战斗在前线和后方，开展各种文艺活动，宣传革命文艺思想，教育和争取人民群众。这些文艺团体表演了《我们的乡村》《军民一家》《东北人民大翻身》《血泪仇》《二流子转变》等剧作。这些作品以支援前线、土地改革、翻身当家为主题，具有积极的教育意义，在组织群众、支援前线、开展土改运动、发展生产等方面起到了巨大的作用，取得了良好的启蒙效果，受到了人民群众的好评。

二

时代呼唤着文学，文学紧跟着时代，文学是时代的映像。毛泽东在 1942 年的《在延安文艺座谈会上的讲话》中指出："所以我们的文艺，第一是为工人的，这是领导革命的阶级。第二是为农民的，他们是革命中最广大最坚决的同盟军。第三是为武装起来了的工人农民即八路军、新四军和其他人民武装队伍的，这是革命战争的主力。第四是为城市小资产阶级劳动群众和知识分子的，他们也是革命的同盟者，他们是能够长期地和我们合作的。"[①]有关戏剧的文艺批评是政治和艺术的统一、内容和形式的统一，要符合政治标准。受到《在延安文艺座谈会上的讲话》的影响，加之作者主要来自延安解放区，东北解放区的戏剧创作从一开始就是为主流政治服务的，东北解放区戏剧成为革命宣传的"武器"。东北解

---

① 毛泽东:《在延安文艺座谈会上的讲话》，见《毛泽东选集》第 3 卷，人民出版社 1991 年版，第 855 页。

放区戏剧的服务对象以工农兵和城市市民为主,剧作内容集中体现了人民群众在东北光复后的喜悦心情和对党的歌颂,展现了工人积极参加生产斗争、农民积极参加土改斗争、军人奋勇参加解放战争等一系列革命政治生活面貌。

歌颂工人阶级是解放区戏剧的一个重要内容。东北光复后,作为老工业基地的哈尔滨、沈阳等工业城市的作用得以凸显,工人阶级成为时代的主角。获得新生的工人阶级当家做主,以百倍、千倍的热情投入到新中国的建设中,谱写了一曲曲拥军爱民、积极生产、支援前线的动人乐章。

从剧作内容来看,第一种是反映工人生活的剧作。例如,王大化、颜一烟创作的《东北人民大翻身》生动地再现了东北工人阶级翻身后的喜悦,反映了东北人民的生活和历史变迁。《二毛立功》是大连锻造工厂工人王水亭以自己为原型自编、自导、自演的一部秧歌剧,集中展现了工友二毛"后进变先进"的思想转变过程,展现了工人自己的新生活。正如罗烽所说:"但它所走的是生活结合艺术、艺术结合生产、工人结合知识分子的道路,它就一定能逐渐完美起来。"①这类描写工人思想转变或描写劳动英雄的戏剧还有《立功》《不泄气》《红花还得绿叶扶》《取长补短》《师徒关系》等。

第二种是歌颂先进个人无私支援解放区建设、帮助工厂恢复生产的剧作。其中,较有影响的有《献器材》《十个滚珠》《一条皮带》和《刘桂兰捉奸》。《献器材》《十个滚珠》《一条皮带》反映的是东北解放后,为了实现早日开工的目标,工厂组织工人捐献生产器材,使得人们明白"献器材,争模范"的道理。独幕话剧《刘桂兰

---

① 王水亭:《二毛立功》,东北书店 1949 年版,第 2 页。

捉奸》描写的是在刘老汉将两箱机器皮带献给工厂的过程中,女儿刘桂兰和李大嫂发觉工厂里有潜伏的特务,最终机智地将特务李德福抓获。这些剧作均是以工人无私捐献物品为主线,展现了家人从反对、不理解到支持捐献的思想转变过程。这些剧作虽然有些程式化,但是贴近生活,比较真实。

第三种是歌颂党的劳保政策的剧作。代表作品有《比有儿子还强》和《唱"劳保"》。独幕话剧《比有儿子还强》写的是铁路机务段工人高大爷在新社会有了"劳保",这被大家比喻成多个"儿子"。《唱"劳保"》则是通过写老纪老婆"猫下了"(生孩子)和张大哥工伤这两件事来体现新旧劳保制度的不同。这两部剧作通过比较新旧社会,歌颂了共产党和毛主席,指出了解放区政府和工会是工人真正的靠山,从而激发了工人努力生产、争当劳动模范的热情。在延安解放区戏剧中,工业题材戏剧的数量较少。工业题材戏剧的大量创作,极大地拓宽了东北解放区戏剧的创作领域,为新中国工业题材戏剧的发展奠定了坚实的基础。

在东北解放区戏剧中,描写农民翻身解放、分得土地的农村题材的戏剧所占的比重最大。1946 年 5 月 4 日,中共中央发出了《五四指示》①,开展土地改革运动,调动农民的积极性,加快东北解放战争的进程。为了配合土地改革运动和加强对农民的思想改造,文艺工作者创作了大量的反映农民翻身的戏剧。这主要表现在以下四个方面。

---

① 即《中共中央关于土地问题的指示》,通称《五四指示》。日本投降以后,中共中央根据农民对土地的迫切需求,决定改变党在抗日战争时期的土地政策,由减租减息改为没收地主土地分配给农民。《五四指示》的制定就体现了这种转变。

第一方面是反映东北农民翻身解放,通过新旧对比来歌颂新农村、新生活的剧作。在这类剧作中,秧歌剧《血泪仇》是最具代表性的一部作品。《血泪仇》讲述了国统区农民王东才被保长迫害,最终逃到解放区获得解放的故事。在剧作中,这种父子相残、妻离子散的故事真实地再现了旧社会农民的苦难生活,通过对比解放区的幸福生活,鲜明地表达了广大农民对翻身解放的渴望。通过描述地主对农民的剥削事件来突出地主阶级的罪恶,借以引起农民对地主阶级的仇恨,从而引发农民对新生活的向往。秧歌剧《土地还家》描写了群众在土改运动中存在的各种问题,农民最终彻底觉悟。剧作告诉人们,共产党、八路军才是农民的救星,封建压迫必须要肃清。除上述作品外,这类剧作还有《老姜头翻身》《永安屯翻身》等。

第二方面是粉碎各类阴谋、同复辟分子做斗争的剧作。《反"翻把"斗争》以东北解放区为背景,讲述了农民群众面对地主阶级的翻把挖掉坏根的故事,凸显了广大农民谋求翻身和解放的迫切心情。《一张地照》围绕土地的"身份证"——"地照"展开叙述,通过对比"中央军"与共产党对土地截然不同的态度,指出只有共产党才能帮助农民实现"土地还家"的愿望。《捉鬼》是一部批判封建迷信的优秀剧作,旨在告诉人们封建迷信是不可信的,要相信共产党,只有共产党才能真正救穷人。值得注意的是,在这些同地主、坏分子做斗争的剧作中,很多作品都设置了这样的情节:地主利用子女与贫苦农民联姻或用金钱收买农民,企图逃避制裁和划分成分。在主题思想方面,这方面的剧作既写出了农民在土地改革后的团结,又写出了被推翻的地主阶级的翻把;既写出了劳动人民的思想觉悟,又写出了反动阶级的阴险和毒辣。这方面的剧作塑造了许多真实的、有血有肉的人物形象。在解放区的戏剧中,地主阶级的伎俩从未得逞。

第三方面是反映改造后进、互助合作、积极进行大生产的剧作。解放区农村题材的戏剧在改造后进、互助合作、积极进行大生产方面起到了抓典型和介绍经验的作用,加速了土地改革的进程,为土地改革提供了政策保障和经验保障。在东北解放后,农村在土地改革的过程中经历了"开拓地""煮夹生饭""砍挖运动""平分土地"这四个阶段。农民当家做主,分得土地,真正成为土地的主人。但在土地改革初期,个别农民思想落后,仍然存在不少问题。《二流子转变》讲述的是"二流子"李万金在生产小组长于大哥等人的帮助和教育下幡然悔悟,最终改掉恶习、投入到"安家底"的生产建设中的故事。《焕然一新》讲述的是耍钱鬼、懒汉子方新生由消极变积极,最后当上区劳动模范的故事。同样成为模范的还有李万生①,李万生说服父亲和家人参与生产劳动,为前线作战的战士提供优质的物资,他最终成为解放区的生产模范。互助组具有重要作用,参加互助组的组员之间的合作态度直接影响春耕的速度和质量。《换工插锹》《互助》《大家办合作》等剧作指出,互助组组员之间的积极合作能调动农民的生产积极性,有利于促进农业生产,有利于提高生产效率和农民的生活质量。

第四方面是劳动妇女反抗封建婚姻、争取民主权利、积极参加生产劳动的剧作。东北解放区妇女解放主要体现在妇女翻身、婚姻自由和男女平等上。《邹大姐翻身》通过讲述邹大姐翻身上学的经历,突出了解放时期劳动妇女打倒地主、反对剥削、翻身解放、追

---

① 刘林:《生产小组长》,东北书店 1948 年版。

求平等的观念。在《新编杨桂香鼓词》中,杨桂香的父母被媒婆欺骗,迫于压力将女儿许配给老地主,杨桂香依靠民主政府成功退婚,成为识字队长,后来与劳动模范订婚,并鼓励爱人积极参军。韩起祥编写的《刘巧团圆》后来被改编成评剧《刘巧儿》。巧儿的父亲刘彦贵为了卖女儿撕毁了与赵家柱儿的婚约,后来巧儿和柱儿自由恋爱,经政府审判,一对劳动模范终于走到一起。这些剧作主题鲜明,虽然情节简单,但却将反抗封建婚姻、追求恋爱自由的民主观念根植到解放区人民群众的心中。在东北解放区戏剧中,批判重男轻女、提倡男女平等的作品也颇受欢迎。例如,《儿女英雄》表达了转变落后思想、争取劳动权利、倡导男女平等的观念;《干活好》讲述了妇女分得田地,受到平等对待,在提升地位后成为生产活动的参与者;《夫妻比赛》和《赶上他》通过讲述夫妻进行劳动比赛来表达男女平等、同工同酬的愿望;《一朵红花》《姐妹比赛》讲述了妇女积极参加生产劳动。在这些剧作中,妇女成为生产活动的主要参与者,不再受到歧视,甚至当上了劳动模范,成为美好家园的缔造者和新社会的主人。

在东北光复后,人民群众的思想还比较落后和保守,部分青年人甚至在光复前都不知道自己是中国人。这表明,"在东北青年学生中还有很大一部分没有摆脱敌伪的奴化教育和蒋党的愚民教育的影响,依然还是盲目正统观念,反人民思想在他们头脑中占统治地位"[①]。因此,对东北解放区人民进行革命启蒙就显得尤为重要。在启蒙的过程中,最重要的就是帮助东北人民认同和接受中国共产党及其领导的人民军队。在东北解放区戏剧中,描写军队

---

① 《尽量办好中学》,载《东北日报》1947年9月4日。

的戏剧既有英勇作战的壮烈场面,又有拥军优属的动人场景,完整地再现了东北人民从最初误解民主联军到后来积极送子参军、送夫参军和拥军支前的全过程。

第一类是表现人民军队英勇斗争、不怕牺牲、为解放中国勇于献身的剧作。《阵地》通过描写连长分配战斗任务和战士们争当爆破队员的场面,歌颂了解放军战士为了争取革命胜利不畏牺牲的精神。除了描写战斗场面以外,部分剧作还注重描写部队生活,表现战士们在艰苦的斗争生活中团结互助的精神,如《老耿赶队》《鞋》《两个战士》等。值得一提的是,在以战斗生活为主的军队题材的剧作中,出现了以后方医院的女护士照顾伤兵为情节的作品,小型歌舞剧《我们的医院》为充满硝烟的军队题材的剧作增添了色彩。这些剧作主题鲜明,塑造了各类英雄形象:既有孤胆英雄老丁,又有不怕误解、为伤员献血的护士和医生;既有"后进变先进"的杨勇[1],又有教导新兵立大功的马德全[2]。自萧军的"中国现代文坛上第一部正面描写满洲抗日革命战争的小说"[3]《八月的乡村》后,经抗日战争阶段的完善和发展,战争题材的戏剧作品在东北解放区得到丰富和补充。这为后来新中国同类题材的戏剧创作积累了不可或缺的宝贵经验。

第二类是以军民互助、拥军支前为主要内容的剧作。在东北解放初期,部分群众对共产党、八路军不了解,甚至有误解。因此,

---

① 一鸣等:《杨勇立功》,东北书店1948年版。

② 黎蒙:《马德全立功》,东北书店1949年版。

③ 乔木在《八月的乡村》这篇文章中写道:"中国文坛上也有许多作品写过革命的战争,却不曾有一部从正面写,像这本书的样子。这本书使我们看到了在满洲的革命战争的真实图画:人民革命军是和平的美丽的幻想,进一步认识出自由的必需的代价,认识出为自由而战的战士们的英雄精神。"

拥军题材的剧作在情节上也表现了从误解到拥护再到踊跃参军、奋勇支前的过程。《透亮了》将"天亮了"和"透亮了"呼应起来,预示劳苦大众迎来了解放,同时预示这种"透亮了"是老百姓精神和肉体的双重解放。《三担水》讲述的是刘大娘对民主联军从最初有戒心到最后拥护的过程,通过比较"中央军"和民主联军,老百姓终于认可了民主联军。《军民一家》描写了人民群众由猜疑、误会解放军到后来拥戴解放军的情景。在误解消除后,人民群众开展了轰轰烈烈的拥军活动。老百姓为部队送军鞋、送公粮,慰问部队。这表现出老百姓对解放军解放东北的渴望与感激。在拥军题材的剧作中,较有影响的是莎蕻的《拥军碗》,作品从战士和群众两个方面表现了军民鱼水情,体现了军民一家亲。《女运粮》则是从妇女能顶半边天这个视角出发,表现妇女在支援前线工作中的重要性。除上述剧作外,拥军题材的剧作还有《劳军鞋》《缴公粮》等。老百姓不仅拥军,而且积极送亲人参军。于是,剧作中出现了"老姜头送子参军"[①]和"四妯娌争相送丈夫参军"[②]等感人场景。这些剧作表现了老百姓的参军热情,表现了老百姓对前线解放军的积极支持,突出了人民要将革命进行到底的决心。东北解放区戏剧中也有军爱民、民拥军的戏剧。《军爱民、民拥军》讲述了王二一家代表村民们慰问八路军,为八路军送年货,表达对八路军的感激之情和拥护之心。《收割》讲述了战士帮助农户收割,却不接受农户给予的物品和福利,体现了人民解放军铁一般的纪律和为人民服务的优良传统。《支援前线》表现了老百姓听闻长春、沈阳

---

① 朱漪:《送子入关》,东北书店1949年版。
② 力鸣、兴中:《妯娌争光》,光华书店1948年版。

解放时的激动心情,在歌颂解放军的同时也体现了军民之间的团结。此外,《骨肉相联》《都是一家人》等作品也都表现了军民鱼水情,表现了人民与解放军一条心,表现了解放军一心一意为人民服务。

东北解放区戏剧以反映工农兵生活为主,很少以知识分子为主题。在现已收集到的剧作中,只有独幕剧《晚春》描写了城市知识女性与旧家庭的斗争。此外,儿童歌舞剧《老虎妈子的故事》采用童话的形式,批判了"老虎"象征的"中央军"反动势力。该剧作与童话《小红帽》相似,既有模仿,又有独创,显示出当时东北解放区文学与世界文学的紧密联系。

三

虽然东北解放区戏剧的整体艺术水平不是很高,但是其庞大的作者群体、巨大的创作数量、伟大的历史功绩,使得东北解放区戏剧创作达到了巅峰状态。中国现代戏剧诞生于新文化运动之中,到延安时期已经比较成熟。东北解放区戏剧继承延安戏剧传统,自然而然地完成了自身的现代化转变。东北解放区戏剧的现代性源于中国传统戏剧和西方戏剧的融合。在这种融合的过程中,东北解放区戏剧实现了本土化,形成了民族化、大众化、乡土化的特征。

东北解放区戏剧具有民族化特征,这种民族化源于延安时期戏剧的"中国化"。毛泽东曾谈道:"使马克思主义在中国具体化,使之在其每一表现中带着必须有的中国的特性……教条主义必须休息,而代之以新鲜活泼的、为中国老百姓所喜闻乐见的中国作风和中国气派。"①这段讲话既点明了马克思主义要实现中国化,又指出了文化和文学也要实现中国化,这在文学领域引发了解放区和国统区关于"民族形式"的讨论。对于民族形式问题,周扬也表明了自己对民族形式的看法,认为民族形式就是民间形式,指出必须对民间形式进行改造。在周扬看来,中国文艺理论没有得到建构的原因就是文艺工作者盲目地追逐西方文艺潮流。文艺的民族化实际上就是文艺的中国化。毛泽东和周扬的观点概括起来就是:文艺要实现中国化,中国化的表现形式就是民族形式,民族形式就是民间形式,旧的民间形式要进行改造。

东北解放区戏剧形式多样,种类繁多。其中既有由西方传入的"文明戏"(话剧),又有传统国粹京剧和评剧;既传承了本土固有的莲花落、大鼓、蹦蹦戏(二人转),又改造了歌剧和秧歌戏。话剧作为一种舶来的戏剧形式,是不同于中国传统戏曲的剧种。话剧在实现本土化的过程中,尤其是在毛泽东《在延安文艺座谈会上的讲话》发表后率先实现了民族化。这种民族化表现在以下几个方面。首先是对戏曲进行改编。如崔牧将传统戏曲与话剧融合在一起,将梆子戏《九件衣》改编成话剧。"虽然多少受了那出老戏的启发,但所表现的人和事,却完全是重起炉灶新创作的。"②虽然《九件衣》是由旧剧改编成的,但是它着眼于地主和农民的剥削关系,因此在进行农村阶级教育方面是有一定意义的。其次是继承传统戏剧的优秀遗产。《老虎妈子的故事》是将三姐妹、老虎和猎人的唱词连接在一起的儿童歌舞剧。整部歌舞剧具有较强的象征

① 人民教育出版社编:《毛泽东同志论教育工作》,人民教育出版社 1992年版,第 46 页。

② 崔牧:《九件衣》,东北书店 1948 年版。

意义：三姐妹象征着底层百姓，是"待宰的羔羊"；老虎象征着"中央军"，是"吃人的魔王"；猎人象征着人民子弟兵，以消灭"吃人的野兽"为己任。三个象征使整个戏剧具有超出戏剧本身的意味：解放军为人民伸张正义，消灭"中央军"，解放东北。《老虎妈子的故事》将"大灰狼和小白兔""老虎和小女孩""小红帽"等中国民间故事糅合在一起，以歌舞剧的形式表现出来，凸显出民族化的特征。除话剧、歌剧外，京剧、评剧、秧歌戏、大鼓、落子、二人转、快板、活报剧等本身就是民族戏剧（戏曲），其民族化、中国化主要表现在对旧戏的改造和"旧瓶装新酒"上。这类剧作有很多，如鲁艺根据评剧曲调改编的歌剧《两个胡子》。经过内容和形式的改造，东北解放区戏剧实现了民族化。

东北解放区戏剧具有大众化的特征，这种大众化指的是戏剧具有广泛的群众性。东北解放区戏剧涵盖的剧种较多，不同的剧种所面对的观众群体不同。话剧和歌剧的观众以青年学生、城镇市民、知识分子为主，改造后的京剧、评剧的观众以城乡老派民众为主，地方戏曲为普通工农大众所喜爱，而秧歌剧和新歌剧则受到新派市民的喜爱。在毛泽东《在延安文艺座谈会上的讲话》精神的指引下，东北解放区戏剧创作呈现出全面为工农兵服务的态势，剧作内容主要反映东北土地改革、剿灭土匪、解放战争等一系列革命政治事件。受到当时政治文化语境的影响，东北解放区戏剧创作者的主体意识减弱，非主体意识增强，因此各个剧种的主题和内容自觉地统一了。统一为工农兵题材的东北解放区戏剧得到了各个剧种观众的认可，从而实现了大众化。翻身后的东北解放区人民不只做戏剧的观众，还踊跃参演他们喜爱的戏剧。秧歌剧早在陕甘宁边区时期就已经发展成熟。有着丰富的创作经验的鲁艺文艺工作者到达东北后,将东北旧秧歌中的色情成分剔除,在剧作中加入了反映社会生产、生活的新内容。源于对东北地方舞蹈——大秧歌的喜爱,东北人民非常喜欢这种融民间音乐、民间舞蹈和狂野表演于一体的秧歌剧。在秧歌剧的演出过程中,东北人民被剧作感染,踊跃参加演出活动,"这些节目的演出,增强了东北人民当家作主的自觉性"①。东北秧歌剧具有贴近大众、对演出场地要求不高、适合露天表演等特点,因此这种大众参与、自娱自乐的形式很快就成为东北解放区的重要剧种。在东北解放区,秧歌剧种类繁多:有翻身秧歌剧,如《欢天喜地》《农家乐》等;有生产秧歌剧,如《二流子转变》《十个滚珠》《献器材》等;有锄奸惩恶秧歌剧,如《挖坏根》《买不动》《揭底》等;有拥军秧歌剧,如《拥军碗》《妯娌争光》等;有部队秧歌剧,如《荣誉》《斗争》《谁养活谁》等②。除秧歌剧外,快板、落子等剧种的大众化程度也很高。

东北解放区戏剧的大众化还表现为创作上的大众化,即作者的大众化。东北解放区戏剧的作者阵容庞大:既有来自陕甘宁边区的戏剧作者,又有东北本土的戏剧爱好者;既有文工团的文艺工作者,又有各行各业的普通劳动者;既有成熟的老作家,又有初出茅庐的学生。而各行各业的劳动者创作的戏剧,成为东北解放区戏剧的亮点。工人很爱话剧(包括秧歌剧),很爱从事戏剧活动,工人还善于迅速地把自己的新生活、新问题反映到戏剧创作里

---

① 弘弢:《生气勃勃 丰富多彩——解放战争时期东北解放区的文艺工作》,载《党史纵横》1997年第8期。

② 任惜时:《东北解放区的新秧歌剧创作》,载《辽宁大学学报》1995年第1期。

去。① 群众创作的戏剧有很多,如《二毛立功》就是大连锻造工厂工人王水亭根据自己的经历创作的。除了工人参与戏剧创作以外,东北解放区还出现了农民创作的戏剧。这类工农群众直接参与创作的作品反映的是工厂、农村、部队的真实生活,塑造的形象是他们身边熟悉的人物,戏剧的语言是大众化的群众语言。东北解放区戏剧真正实现了文艺为工农兵服务的目标,成为《在延安文艺座谈会上的讲话》精神在东北解放区得以全面贯彻的典范。

东北解放区戏剧的乡土化特征主要表现在地域文化特色上。1946 年,延安的革命文艺团体集中转移到东北,延安文学和东北地域文学在哈尔滨交汇。以《在延安文艺座谈会上的讲话》作为指导的延安文学比东北地域文学更具革命性,这就使得延安文学具有无可争议的合理性和正统地位。根据东北革命文化的发展需要,文艺工作者对东北地方曲艺的各剧种进行了整合和改造,并将其纳入新的革命文艺体系中。在对民间艺术进行改造的过程中,东北大秧歌和二人转是最早被改造的。改造前的东北大秧歌以娱乐为目的,舞蹈多,说唱少,色情成分多,教育意义小,舞蹈多为东北民间舞蹈,音乐多为东北民歌和二人转小调。改造后的秧歌剧加大了情节和台词的比重,内容以劳动生产、拥军优属、参军保家、肃清敌特为主,如《三担水》《参军保家》等。二人转在东北地区拥有大量的观众,民间有"宁舍一顿饭,不舍二人转"的说法。正因如此,二人转的宣传作用非常大。"蹦蹦又名二人转,亦称双玩意儿,流行于东北农村中(俗称蹦蹦戏,其实戏剧的意味较少),流行的戏有《蓝桥》《红娘下书》《卖钱》《华容道》《古城》《王员外休

---

① 草明:《翻身工人的创作》,载《东北文艺》1947 年第 2 卷第 3 期。

妻》等。演唱时一人饰包头（即花旦），手中拿一块红手帕，一人饰丑，用板胡和呱啦板伴奏，演员一面轮流歌唱，一面扭各种秧歌舞。舞蹈内容，主要是以逗情逗笑热闹为目的，与唱词往往无关。"①对二人转、拉场戏的改造与对秧歌的改造相同，主要是内容上的改造。二人转歌唱的内容大多源自民间故事或历史传说，如《干活好》就用了两个秧歌调子和一段评戏，其他都是蹦蹦戏。改造后的二人转减少了封建迷信内容和黄色故事情节，净化了语言，增加了拥军、生产等新内容，如《支援前线》《陈德山摸底》等。对东北大秧歌、二人转和拉场戏的改造集中表现在内容方面，而艺术上的改革力度并不大。秧歌继续"扭"和"浪"，演员仍然"逗"和"唱"，角色还是分为"旦"和"丑"，样式还是耍龙灯、跑旱船、踩高跷，步法始终离不了"编蒜辫""十字花""九道湾"。秧歌道具有所改变，红绸子、手绢、大红花、红灯笼的使用多了起来。在音乐方面，二人转的改变不大，音乐仍然是文武咳咳、胡胡腔、快流水、四平调等传统曲牌。秧歌剧的音乐还是以东北民歌和二人转曲牌为主。例如，《自卫队捉胡子》采用了东北民歌曲调"寒江调""铞大缸调""绣荷包调"；《光荣夫妻》采用了"花棍调"；《姑嫂劳军》《一朵红花》等秧歌剧还采用了二人转的文武咳咳、那咳等曲牌。东北有秧歌剧和二人转等表演形式，它们被东北人民认同，已经打上了乡土文化的烙印，其乡土化特征极其显著。

此外，东北解放区戏剧的乡土化特征，还离不开原汁原味的东北方言的运用。东北解放区戏剧"语言的运用都达到了当时话剧

---

① 肖龙等：《干活好》，东北书店 1948 年版。

创作的高水平"[1]，尤其是东北方言的运用。受到东北戏剧大众化的影响，原汁原味的东北方言的运用是戏剧被观众接纳和喜爱的重要因素，如嗯哪、老鼻子、下晚儿、眼巴巴、磨不开、个色、胡嘞嘞、膈应、猫下、不大离儿、拾掇、整、自个儿、消停、不着调、疙瘩、硌叽、重茬、唠扯、差不离儿、麻溜、急歪、昨儿个。此外，东北民间谚语和歇后语的运用也不容忽视。在这些剧作中，东北方言土语、民间谚语随处可见，使东北人民感到亲切和乐于接受，拉近了剧作和观众的距离，加强了宣传的效果。

四

东北解放区戏剧是中国现代戏剧的重要组成部分，具有承前启后的作用。它忠实而客观地记录了东北解放战争时期的历史风云，在戏剧史、革命史和社会史方面都具有重要的参考价值。东北解放区戏剧在民族化、大众化、乡土化和革命化的进程中，积累了丰富的经验，形成了鲜明的艺术特色，实现了从现代戏剧到当代戏剧的过渡。

在创作方法上，东北解放区戏剧继承了延安戏剧的传统，除《老虎妈子的故事》运用了象征手法外，其余剧作皆采用现实主义创作方法。剧作家们运用现实主义的方法，通过戏剧的形式把刚发生或正在发生的事情真实地反映出来。这些剧作集中描写了工农兵的日常生活，起到了鼓舞斗志、颂扬先进、宣传政策、支援前线的作用。在戏剧结构上，戏剧冲突尖锐而集中，叙事模式多元：劝诚模式的剧作有《二流子转变》，成长模式的剧作有《杨勇立功》

---

① 柏彬：《中国话剧史稿》，上海翻译出版公司1991年版，第307页。

《刘巧团圆》，误会模式的剧作有《三担水》《比有儿子还强》等。东北解放区戏剧具有多种表现方式，既有多幕剧，又有独幕剧。在人物塑造上，东北解放区戏剧作品塑造了一个个爱憎分明、个性突出、敢作敢为的人物形象，如《好班长》中的刘振标、《二毛立功》中的二毛、《买不动》中的王广生等。这些人物形象生动丰满，有血有肉，观众熟悉并易于接受。

东北解放区戏剧在取得较高的艺术成就和起到重大宣传作用的同时，也存在着不足。第一，东北解放区文学是典型的"革命文学"，东北解放区戏剧是典型的"革命戏剧"。导致这种状况出现的原因有两个：一方面，文学具有反映时代的使命，这是文艺的功用；另一方面，受到政治的影响，剧作家创作的自主意识弱化了，而政治意识强化了。《在延安文艺座谈会上的讲话》要求文艺为政治服务，这就使得戏剧创作出现了公式化、概念化的倾向。第二，不少剧作都是因宣传需要而创作的，是应时应事之作，因此创作时间短，艺术水准不高。此外，工人、农民、学生也参与创作，因此一些作品粗糙，质量不高。从整体上来看，专业作者要好于业余作者，鼓词、话剧等剧种要强于秧歌剧，多幕剧要优于独幕剧。第三，反动人物被类型化和丑化，语言也存在粗鄙、不干净的问题，脏话较多。不少剧作对"中央军"、地主阶级、特务等反动对象较多地使用脏话。这类语言的使用者多为革命的工农兵人物，针对的多为反动军队或地主阶级等对立的角色，因此这些粗鄙的语言被作者美化、合理化和合法化，这降低了戏剧语言的纯净度。

虽然东北解放区戏剧有以上不足之处，然而瑕不掩瑜，其民族化、大众化、乡土化的特征，使得戏剧的启蒙性、宣传性、教育性、战斗性的作用得以充分发挥。东北解放区戏剧对光复后东北人民进行的文化启蒙、拥军优属、动员参军、生产建设等具有重要意义，对解放区的土地改革和解放战争做出了不可磨灭的贡献。

（作者系哈尔滨师范大学教授）

◇ 陈其通

炮弹是怎样造成的

人物:何厂长——炮弹厂总厂长。四十多岁,工作认真,有毅力,在
　　　　军队中任过团长的老干部,自信力强。

　　　王厂长——炮弹厂厂长。三十八九岁,对人和气,原则性强,
　　　　有民主作风、有科学知识的老干部。

　　　杨厂长——修械厂厂长。二十八九岁,忠实朴素,缺主见,遇
　　　　事先问人,有点自由主义。

　　　李科长——总厂的工程科长。二十八九岁,热情肯干,有科学
　　　　知识;缺点是骄傲,不虚心。东北解放后的干部。

　　　邹丽——女,炮弹厂的指导员。直爽,斗争性较强,二十八九
　　　　岁的老干部。

　　　肖贞——女,总厂长的秘书。二十多岁,个性和缓,别人说她
　　　　什么,她总是要想一会儿再说。

　　　孙菲——四十多岁的工程师。

　　　老赵——工会主任,四十多岁的老工人。

1

老何——三十多岁的工人,钳工组组长,新党员。

老贺——二十多岁的学徒工人,新党员。

老周——青年积极工人。

老李——青年工人。

小李——十七八岁,总厂长的通讯员。

老张——二十八九岁的旋盘工人。

男工二十多人。

女工六七人。

时间:1948年初冬至1949年春。

地点:离上级较远的工厂里。

第一幕

时间:1948年冬,一个午后。

地点:总厂长的办公室。

布景:这是一个二层楼上的办公室,正中是两扇合页大门,门外直通
  楼梯栏杆。从大门望出去是被战争摧毁的工厂,屋里布置很
  简陋,墙壁上有很明显的机关枪眼,两个大玻璃窗已被打破三
  块,屋里有写字台和茶几、沙发、椅子。在开幕前是前序,当大
  幕拉开时,在二道幕里正激烈地战斗,一阵枪炮声、喊杀声过
  去后,一人高喊:"工友们啊! 快来救火啊! 万恶的国民党放
  火烧工厂啦! 快来保护工厂啊……"工人们从四面八方赶来
  救火,在汽笛和枪炮声中又有工人高声喊:"解放军来了,欢迎
  啊! 中国共产党万岁! 毛主席万岁! 解放军万岁!"在稍一沉
  静的时候,灯光明亮,人民解放军胜利歌声昂扬而起。

（唱《解放军进行曲》。）

（台上稍静些时，时间过去几天了。在歌声中开幕。通讯员小李在扫地，秘书肖贞在抄写东西。歌声渐远去。）

小李：肖秘书，你来看，你来看啊！

肖贞：看什么呀？

小李：你快来看吧！（拉肖贞起）你看！哎呀，坦克、大炮、汽车、骑兵、步兵都进关了，我们的队伍都进关啦！

肖贞：好嘛，进关打蒋介石还不好！

小李：他们好了，我们倒霉了。

肖贞：咦！你倒什么霉呀？

小李：我们团长是老革命，有功劳，有本领，干什么都有两手。到这里来当厂长行啊！叫我也跟着来做什么呢？这几天都把我憋坏了。

肖贞：前后方的工作都是一样嘛。

小李：一样？在前方我会打仗，在这里我只会扫地。哼！

肖贞：现在军队都进关了，我们后方要造炮弹，若是没有很多的炮弹，能很快地打垮蒋介石吗？

小李：造炮弹？肖秘书，你看，（用手指窗外）这工厂被国民党破坏得连一间好房子都没有，机器破坏了，房子烧了，哪年哪月才能开工呀！

肖贞：你看，这不是厂长的计划嘛。（念着手里的计划）两个月后，就要出炮弹送给前方啦！

小李：两个月后就出炮弹？哼！两年吧！我可没有这个信心。

肖贞：你没有这个信心，人家都有这个信心，你为什么没有呢？

小李：人家是工人，我又不是工人。

肖贞：我们厂长也不是工人哪，他怎么有这个信心呢？

小李：他是团长嘛！我是个通讯员啊！谁能跟他比，（小声地）我这
　　　个思想就打不通。

　　　（何厂长上。）

何厂长：（问小李）你说什么？

　　　（小李低头无语。）

何厂长：快去找杨厂长、李科长到这里来谈问题，咳，又过了一天了，
　　　电话安好了没有？

小李：还没有来安。

何厂长：这些人的工作作风真慢，解放三四天啦，电话还不来安，你
　　　快去通知电话局来安电话。

小李：嗯。首长，你的床铺还是放在那个破屋子里吗？

何厂长：随便放在哪儿都行啊！我住好的，人家住什么呢？（坐在沙
　　　发上写东西）

小李：那房子叫炮弹打了个大窟窿啊！先找几个工人来修修吧？

何厂长：机器房都没有修好，就修自己睡觉的地方吗？

小李：现在透风啊，风刮得呼呼的，能睡吗？哼！工人住的房子都比
　　　你住的强啊！

何厂长：你随便找些破席子堵上就行啦，快去吧，少说废话。

小李：我看，搬到这屋里来睡吧。

何厂长：瞎说！这屋里要做办公室嘛。

小李：你白天办公，晚上在这里睡觉还不行吗？

何厂长：不行！

小李：过去都是这样嘛。

何厂长：那过去是在前线打仗，现在是工厂，要造炮弹嘛。

小李:那你批准一个条子,我到会计那里去领钱,买个炉子生火吧。

何厂长:要个炉子干什么呢? 过几天就冷过去了,你多给革命节省
　　　一点吧,同志! 现在很困难,懂吧。

小李:你就只有一条美国被子,可没有褥子呀,做个褥子吧。

何厂长:你等一会还要我做个钢丝床呢! 我看你这几天思想上准有
　　　毛病,同志,我们到这里是恢复工厂,加紧生产,不是来加紧
　　　享福,你的思想得好好整整。

小李:(不满地)还没有茶壶呢。哼! 你要不买一个,就没有开水喝!
　　整吧。

何厂长:你赶快出去给我做工作!

小李:这倒霉的地方,什么都没有。

　　(小李不满地走出。)

何厂长:把门关上。

小李:(用力把门关上)关上啦。鬼门!

何厂长:怪事儿。

肖贞:厂长,我看你还是批准他去买一个茶壶吧。

何厂长:没有的事,你听他瞎说,这儿哪里还找不着一个茶壶啊。
　　　呵,肖秘书,我的计划抄好了吗?

肖贞:正在抄。

何厂长:快一点儿,等一会要开会讨论,呵! 还有,这是补充意见,你
　　　添写在第三项里吧。

肖贞:(接过计划)好。

　　(杨厂长匆忙地跑上。)

杨厂长:报告厂长,你找我有事?

何厂长:呵,老杨来啦,坐下,你看见没有? 部队都进关了,咱们可得

加紧赶快多造炮弹,前几天我看了一下工厂,规模真不小,若是全都恢复建设起来,确实能供给前方不少炮弹。

杨厂长:工厂是被国民党破坏得不像样子了,主要的机器房打的打坏了,烧的烧了,现在没有安置机器的房子。

何厂长:嗯,我有办法。

杨厂长:水压机、干燥室全被破坏了,都需要重修啊。

何厂长:嗯,(坚决地把手一甩)有办法。

杨厂长:机器上的重要零件和胶皮带都没有了,电滚也缺,剩下几个也残缺不全,需要重修,唉,真是困难。

何厂长:(最讨厌有人在他面前谈困难)先不谈困难吧!只说有些什么问题,为什么一开口就谈困难哪?同志,困难当然是有的喽!但是我们应当想办法克服困难才对,不要被困难吓倒啦。

杨厂长:好的,不过……这儿的机器大部分是造枪的,现在要造八一炮弹,一来机器不适用,需要改机器,二来我们工人里面大部分不会造炮弹。

何厂长:老赵哪?

杨厂长:老赵过去是造过炮弹,可是他只会旋床上的活儿,也不会全盘。

何厂长:何技师呢?他过去不是也在炮弹厂工作过吗?

杨厂长:他是翻砂的技师,也只会一门,我们的机器需要改装,工具需要改造,没有工程师是不行啊。我们必须找一个有实际经验、会设计的工程师啊!

何厂长:是不是制图表和各种模型啊?

杨厂长:对啦,就是缺少一个能设计制各种图表和模型的人。

何厂长：那我早就有啦。

杨厂长：早就有了，谁呀？

何厂长：你天天见面的工程科长老李嘛，谁！

杨厂长：老李？！他会吗？

何厂长：他过去是伪满时代的工专毕业生，还不会制图表和模型吗？我给了他一个八一炮弹，要他照样画下来，三天以内就要他完成任务。

杨厂长：哎呀，老李他是个学生，可不是工程师啊。

何厂长：你看，你又愁眉苦脸的，制图表和模型有什么了不起咧。

杨厂长：不容易啊，科学是不能随便的呀！

何厂长：你这个同志，唉！脑袋真发死，我叫他照样一件一件地画下来，还能错吗？再说我同他一块儿住了二十多天，搬到这里来以前，他做了好几件事，都完成了任务，这证明他确实很有能力。

杨厂长：有能力是不错，可是他……

何厂长：你这个同志，真乱弹琴，严格点儿说，你们对李科长的看法是有问题的，是不合乎党的政策咧！你这样狭隘，到处表现对知识分子不重视，那还行吗？同志，你知道吧，在目前情况下，为恢复和建设工业，若不能团结技术人才，为新民主主义的经济建设而服务，那你是错误的。

杨厂长：我没有那种观点。

何厂长：我知道你没有说出口，可是你思想上是不是有这样的想法呢？

杨厂长：我也没有这样想过，不过……

何厂长：不过什么呢？你说！

杨厂长：我是说他缺少实际经验，我看还是请上级党派一个专家
　　　　来吧！

何厂长：离上级远，铁路没有修通，交通不方便，再说自己能解决的
　　　　问题，自己就解决嘛！现在东北全部解放了，收复区很大，
　　　　有很多工厂都跟我们一样乱哄哄的，上级也忙着，专家更忙
　　　　着，我们这里，上级党已经给了我们不少的老工人、干部、
　　　　钱、原料，我们一点工作还没有做好，还要跟上级党要什么
　　　　呢？同志，你说吧，还有什么问题？

杨厂长：（被问得无话可说）嗯……我们的任务是造多少呢？

何厂长：等会儿开会，你就知道啦。

杨厂长：我清理了一下原料，主要的是缺铜。

何厂长：有办法。

杨厂长：眼前房子也是个大问题。工人的房子嘛，倒勉强可以住下，
　　　　可是机器房子呢？重修来得及吗？唉！这真是个大困难！
　　　　（他忘记了何厂长不让说困难）

何厂长：（又听他说困难，不耐烦地）你怎么一开口就总是谈困难呢？
　　　　同志，你当心掉在困难的圈子里去了啊！

杨厂长：这些实际问题，也确实使人着急嘛。

何厂长：你着什么急呀？我都不着急，你急什么！遇事干部就先着
　　　　急，就准会把事情做糟！在军事上有这样的话，就是"遇事
　　　　要沉着，要果断！"你看你既不沉着，又不果断。

杨厂长：我是怕完不成任务啊！

何厂长：为什么怕完不成任务咧？你要有决心完成任务的话，那就
　　　　没有完不成的任务。好吧，不谈啦，谈话费时间！你照我的
　　　　计划去执行吧，保管没有错！啊！你干过军队吗？

杨厂长：没有，七八年都在工厂里。

何厂长：什么工厂？

杨厂长：修械厂。

何厂长：噢。哎，我告诉你，老杨，我在军队里的经验，就是遇着什么困难，只有三个字：想办法。只有想办法，才能克服一切困难。记得我有一次困在山头上，为了完成掩护友邻部队退却的任务，敌人攻我们好几十次，我们的子弹、手榴弹都打完了，可是山上有石头呀！我们会用石头去代替手榴弹，去消灭敌人，敌人也同样不敢上山来，我们也很顺利地完成了任务。

杨厂长：（为困难苦闷着）可是这工厂里的情形不一样啊。如果说机器不转或者发生了故障，那只好去研究重修。机器是科学的，是铁的，铁坏了还是得用铁，不能用一个石头去代替！

何厂长：乱弹琴！唉，你现在是掉在困难的圈子里去了。遇着什么困难，就想办法克服嘛。同志，为什么要怕困难呢？以后再谈吧。你现在先去执行。

杨厂长：（转身就走）好！

何厂长：慢点儿，现在来了多少工人哪？

杨厂长：新老工人一共有五百多人。

何厂长：那么我们的工人是不够用的，我已经和省政府民政厅谈了，请他们帮助我们马上再召集五百工人来。你现在去催一次，最好要他们快一点。还有，你到县政府去请县长帮我们找房子，在我们工厂后边，有两座日本式房子，请他拨给我们，好作机器房。

杨厂长：日本式的房子又小又矮，能用吗？

何厂长：它为什么不能用呢？你快去吧！木料问题，你去找省政府
　　　　木料厂帮助我们解决。

杨厂长：政府能给我们解决这样多的问题吗？

何厂长：你看你这个脑筋，革命都是一家嘛，他为什么不能解决呢。
　　　　你要向他们多讲我们任务的重要性，现在形势大转变，我们
　　　　的军队要大进军，需要很多的炮弹打蒋介石。

杨厂长：好的。

何厂长：你还要讲，今天我们东北的任务，就是要迅速恢复与建设工
　　　　业，毛主席说："军队向前进，生产长一寸。"经济建设、发展
　　　　生产的任务压倒一切，同时你还要赶快回来，因为我要开
　　　　会，通过生产计划。

杨厂长：好。（摸着头慢慢地走着，在想厂长的话是否完全对）

何厂长：喂，老杨啊！年轻干部就应该有雷厉风行的工作作风，抓紧
　　　　时间，一分钟都不要它空过去。腿上多加劲，就能多做工
　　　　作。我最喜欢是跑步，跑步吧！

杨厂长：好。（跑步下）

何厂长：快回来呀！老杨，我在这里等着你。（稍停）肖秘书啊，计划
　　　　抄好了吗？

肖贞：还早得很，你的计划很多呀。

何厂长：怎么搞的哟，同志啊！你们后方的同志连写字都是慢的，我
　　　　的计划一共才费了几个钟头写好的，你现在还没有抄好，真
　　　　是太慢了！

　　　（肖贞停着笔听话，又甩笔头）

何厂长：快点吧。大家都忙得不可开交，你也加点劲吧。（到窗口
　　　　望）怎么李科长还不来？我真奇怪，这个地方的人，都是慢

10

的！肖秘书,我说话你为什么总是停着笔听呢,太慢……

（肖贞忍不住笑出了声。）

何厂长：你笑什么？

肖贞：你想的事情呀,总比别人的腿快。

何厂长：啊！对,也许我有些主观。（抽烟）哼,你是在批评我主观。

肖贞：我没有那样说。你看你计划上的字,写得很潦草,有好些字,我是要费很长的时间去猜呀。

何厂长：猜?！呵！哎呀,对不起同志,因为工作忙,没有工夫写端正,没有学过草书,也许有些字是乱画的,你还能猜着,那倒不错。不过你在军队上当一个战士的话,你就知道快的好处了。快,能消灭敌人,快,能提早完成任务,国民党要垮得快,革命就早成功。

肖贞：好吧,我快些抄。

（老赵拿着一个炮弹和名册上。）

老赵：厂长,肖秘书。

何厂长：老赵来了,坐下。工会召集开会了吗？

老赵：开过了。

何厂长：工会哪,成立了吗？

老赵：成立了。

何厂长：选举谁当工会主任啊？

老赵：我说我是个大老粗,不行嘛,又没有文化,他们可要选举我嘛！

何厂长：好得很,共产党员嘛,应该为工人多做事情。

老赵：他们是选举我当工会主任哪,我怕干不了。

何厂长：哟,没有的话,好好地给大家负责吧！你肯干,有能力,做事情也快,是个很好的实干家。

老赵：厂长，工会做这样几件事，你看对不对？首先应该加强阶级教育，叫他们认识到现在干活和过去伪满时代和给国民党干活根本不一样。现在是工人自己当家，大家得卖力气干活，要友爱团结，解决工人的福利；还有，工人同志对工会工作还有些摸不着头脑，也要进行动员教育，要他们知道工会是干什么的。

何厂长：行，可以。上级的指示，工会目前的中心工作，主要的是启发工人的政治觉悟，树立新的劳动态度。关于工资问题，也要告诉工人，只有在发展与提高生产的条件下，才能逐步得到解决的。

老赵：什么是新的劳动态度？

何厂长：就是说今天工人自己当家，工厂一切都是自己的，要有高度的劳动热忱和创造性，完成并超过工厂的生产计划，要爱护机器，不浪费，要厉行节约，提高产品质量，不偷懒，不怠工，严格遵守劳动纪律……（口里念着，手里数着，又重复了一次）这里面还有什么我就记不得了！

老赵：我要向大家讲吧？

何厂长：当然要讲喽，你最好是天天讲，这是上级的指示，不但讲，还要坚决地、彻底地执行。啊，还有一开工，你就动员大家比赛。

老赵：好，工人有家属的要求住宽敞的房子，我怎么回答呢？

何厂长：你回答他们，我保证他们能住，不受冻。

老赵：到这里来四五天啦，工人们的工资还是按月算吗？

何厂长：现在他们有什么困难吗？

老赵：老工人有个别的想借钱，新工人要求提前发给工资，他们是才解放过来的,都给国民党搞得穷得连一条好裤子都没有啦。

何厂长:那赶快发给他们钱和粮。

老赵:我去找谁哪? 谁管钱粮呢?

何厂长:找杨厂长吧。

老赵:杨厂长整天忙着,没有空。

何厂长:唉,我真不知道他都忙了些什么,给工人们发钱重要嘛! 你去找李科长吧!

老赵:李科长? 他不管事,他说你给他有重要任务,他整天关着门在忙着,连门也不准进。你一进他的门,他就很生气地说:"哎呀,快出去,快出去! 打乱我的脑筋啦,快出去!"

何厂长:脑筋会打乱? 怪事儿,你去找会计吧。

老赵:不在家,出外收买材料去啦。

何厂长:那你快去找邹干事发给吧。

老赵:我找过她了,她说还得你批准,你就在这上面画个字吧。(展开账簿叫画字)

何厂长:好吧,(批准)秘书,来!

肖贞:(走过来)嗯。

何厂长:你算算吧,看看有多少人,批准每个新来的工人先发给十万元钱和三十斤粮。

肖贞:(接过去)好。

何厂长:老赵坐下,我们到这里来建厂复工,六个月内要造出五万发炮弹来,可是熟练工人不多,干部又少,机器房子要改修,机器要改造,(试探地问)你看,困难这样多,能按期完成任务吗?

老赵:有党的领导,有我们干部和工人大家一条心地干,机器一转就

出货,还怕什么困难呢? 保证能按期完成任务,你放心吧,
厂长!

何厂长:(高兴地站了起来)哈……好的,老赵! 工人同志们选举你
　　　　当工会主任是完全正确的,你有这一股热劲,就一定能完成
　　　　任务! 哈哈哈! (双手搭在老赵的肩头上,轻快地将老赵推
　　　　倒在沙发上)

老赵:嘿,厂长,我们是造这样的八一炮弹吗?

　　　(李科长拿着一大卷图上。)

李科长:厂长,老赵。

何厂长:图表和模型制好了吗?

李科长:都制好了,模型没拿来,图表都拿来了,为了使您能看清楚,
　　　　属于完整的,我都上了色。

何厂长:啊,好得很。很快。老赵,来,咱们看看吧。

老赵:(热情地)好,我真不知道李科长还有这一手。

李科长:哎,学习。首长,你看我怎么样? 在军队上干工作还行吧?

何厂长:行! 你真有一股热劲儿。

李科长:我自接到您的任务以后,就没敢给任何人说过一句话,刚才
　　　　老赵来找我,我都没有开门。老赵,你见怪了吧?

老赵:哪能呢!

何厂长:行啊! 快就是好的。我最喜欢做事情快的人。

李科长:(这时才很文雅地摘下工帽,取下眼镜,擦去灰尘,才将他的
　　　　一大卷图展开)您看看吧,厂长,我是照着你的时间一刻不
　　　　错地制出来了。为了完成任务,三天三夜只睡了十几个钟
　　　　头,您看看我的眼睛。(取下眼镜)

何厂长:哎呀! 都发红了,真是个热情的小伙子。

老赵:李科长真费了事了,画的真多,难怪怕我打乱你的脑筋哪!

何厂长:伪满时代的工专大学生嘛,还不会绘图吗! 唉! 年轻小伙子,有知识,又能干,又很热情,完成任务也很快,不过大家都说你不够虚心,若是再虚心一些,就更好了。

李科长:我过去只是在学校里学过一些科学理论知识,没有实际工作经验,到炮弹厂工作还是第一次,老赵是个老工人了,有不对的地方请指教吧。

老赵:别客气,我还正准备找你教给我呢。这是一张什么图呀?

李科长:是旋床上的工具图。

老赵:我看看。(拿过一张,露出炮弹)

李科长:这是谁拿的炮弹哪?

何厂长:是老赵拿来找你研究的。

李科长:(吃惊)呵! 真看不出老赵也能绘图呀!

何厂长:他不会。

李科长:啊,这是我设计的机器安装图,我的计划就是说把现有的两座日本式的兵营房子,把每个小间都打通,可是得把壁炉留下来好生火,还得把旧架子留下好安机器。厂长,您看有什么意见?

何厂长:嗯。

李科长:这样又节省时间,又节省钱,是一举两得的事。

老赵:李科长,你是不是说把日本式的房子里的壁炉都留下?

李科长:嗯,还得把木架子留下。

老赵:日本式的房子本来就小,若是留下壁炉和木架子,再安装上机器,是不是房子更小了呢?恐怕连走路都得碰头,还能做工作吗?

李科长：小是小点，不过这不要紧，为了节省时间和钱，这办法是合
　　　　适的。

老赵：我看呀，算不过账。那壁炉在工房里不适用，煤烧多了嘛，冒
　　　烟，少了嘛，又冷。我看还不如锯掉木架，安装机器，打去壁
　　　炉，再安装暖气，现在多花几个钱，可是工作方便，屋里又宽
　　　敞，又暖和。

何厂长：老李！老赵的意见也有道理，你考虑考虑。

李科长：好是好，又费时间，恐怕又费钱，对上级任务不能及时完成。

何厂长：嗯，对的。时间，钱，都是很要紧的，现在一切要争取在很短
　　　　的时间内开工呀！老赵，老李的意思是对的。老李，你
　　　　说吧。

李科长：（又拿出一张）这是干燥室和烘炉的安装图，旧的干燥室是
　　　　被国民党烧啦，要重修一个嘛，太费钱。我想了好久，才想
　　　　出一个办法，就是把旧的洗澡塘改成干燥室。

何厂长：洗澡塘改干燥室？！能行吗？

李科长：不但能行，而且还可以借烘炉的暖气去烘它。

老赵：哎呀！李科长，那恐怕不行吧。洗澡塘改干燥室？我可没有
　　　见过，那是炕一样的大小，熏出来的木料能够用吗？

李科长：如果勤快一点儿，昼夜加班，多熏多出，我想是够用的。

老赵：可是干燥室和烘炉放在一块儿，那是绝对不行的。

李科长：我认为干燥室和烘炉放在一块儿有两大好处：第一，洗澡塘
　　　　和烘炉本来就在一块儿，如果现在不用它，它就是废物，不
　　　　用它，又有什么其他的用处咧？第二，改装方便，只需要很
　　　　少的时间，就可修好。

何厂长：你算了没有？根据你的计划，需要多少时间多少钱呢？

李科长:有。我都周密地计算出来了,只需要钱三亿元,时间两个
　　　　月,就可以把建厂的工作全部结束。这是同你的计划相符
　　　　合的。

何厂长:好。……

老赵:若是不能用呢?

李科长:老赵,你的想法我也算过了,如果打去壁炉安暖气,最少需
　　　　要时间三个月,并且需用现金四亿元。

何厂长:你们两个人的意见都有道理,这样吧,咱们来个民主,你们
　　　　各谈各的道理,我来考虑,老赵,你先谈吧。

老赵:我说呀,如果只图眼前节省,只图快,若是工作不方便,出了毛
　　　病,可怎么办呢?(说得很激动,因为他说不出更多的理由)

李科长:(十分高傲地)那么请你谈谈你自己的计划吧。需用多少钱
　　　　和多少时间呢?能保证什么时候完成任务呢?

老赵:(急得说不出话来)现在我还没有算好,可是我回去同大家算
　　　一下,也会算得出来的,我总觉得你的意见又对又不对。

李科长:又对又不对,这是什么意见呢?科学的真理只有一个,人们
　　　　为了使时间不浪费,才有科学,科学便是很好地计算时间,
　　　　使时间缩短,这就是节省,也就是快,你说对吧? 老赵!

老赵:我弄不清楚你都说了些什么,反正我听不懂的,我就不发表意
　　　见,我只了解一个具体的事情,工房小,木架子矮,做活儿不方
　　　便,叫我说出个什么道理来,我也说不出来。

李科长:啊,那咱们不争吧。这里有两个意见,请厂长决定用哪一个
　　　　就用哪一个吧,反正我没当过工人,没有实际工作经验。

何厂长:嗯,我看老李的意见是对的,他的优点是节省、快,能保证提
　　　　早完成任务,老李,你再谈吧。

老赵：好吧，我回去找大家谈谈吧。（要走）

何厂长：坐坐吧。等一会儿就开会了，来抽烟。（给每个人一支烟）

李科长：这是工具改造图，这是火锯安装图，这是翻砂箱的模型图，这是我照八一炮弹画的图。

何厂长：啊，是照样画的吗？

李科长：完全是照样画的，不过我为了节省，我想不要弹带。

老赵：（几乎是愤怒地问）不要弹带？！为什么？！

李科长：炮弹主要是管打响、打远、爆炸力强，这就算完成了它应有的任务。弹带，是不必要的装饰品。一个炮弹有四道沟，根据我们现在的生产力来说，最少得费去时间两分钟到三分钟，若是十个、百个、千个，那就远去了。

老赵：（冷言冷语地）炮弹呀，就是炮弹，若是弄错一点，就会打不响，最好是给大家谈谈吧，大家说怎办，那就更好些。

李科长：（不冷静地问）我刚才说的话又有什么错处吗？工会主任！

老赵：（激动）人家的炮弹上都有弹带，我们的没有能行吗？

李科长：有没有不是问题的中心，主要的是看它有什么作用，我的了解，它是为了好看。我们革命是力求简单朴素，在战争的年月，不能为了好看去浪费宝贵的时间，这是我的见解，请你谈你的见解吧？

老赵：我……我现在说不出来，你这一张图，我就敢说它是不对的。

李科长：那好，说吧。

老赵：旋床上的歪刀子是这样安装的吗？

李科长：（讽刺地）那么请工会主任设计一个吧，画张图吧！

老赵：要是旋床上的活儿，没有图，我也能做出工具来。不信，我就做给你看看，你不要拿图来吓唬我。

18

李科长：那好吧！我这图只好做大便纸吧！

老赵：那以后看吧！李科长，你不要对我生气，我老赵说的是真话，你的话有些是对的，有些是不对的，你的图也是一样。

李科长：那么请你指出，什么是对的，什么是不对的。节省时间对不对？节省钱对不对？浪费，对不对？（强调"浪费"两字）

老赵：我……反正现在我说不出一个大道理来，我回去同工人一块谈谈，也会说出一个道理来，你不要瞧不起我，哼！

李科长：我在什么地方瞧不起你啦？我在平心静气地和你谈科学真理，又不是同你吵嘴。

老赵：你比打我、骂我还可恶，你说我不想给革命节省，想浪费，我老赵是那种人吗？革命是我的家，工厂是我们工人自己的财产，我能有浪费的思想吗？嗯！

李科长：那么我有吗？

老赵：（吵起来了）我也没有说你有呀，不过我听懂你的话了，你是在讽刺我。

何厂长：好啦！大家把态度放冷静点谈问题，老赵，你说的话也太直硬了一点。他是个书生受不了。

老赵：革命的事嘛，我不能不关心，机器就是机器，弄错了一点儿，就会损失很大。

何厂长：是的，你关心工作是好的，可是你的态度是不好嘛，你态度不好，人家就不能接受你的意见。李科长说话也有毛病，说话有点酸劲儿，这不好。可是李科长几天几夜地设计出来是很辛苦的。好啦，不谈吧，大家的肚子都要放大些，不要在言辞上计较，宰相肚里能撑船。

（邹丽拿很多账本上。）

邹丽:厂长,开会了吗?

何厂长:还没有,等杨厂长,他真是慢得要命,一去就是大半天,叫我
    在这里干等着他。

李科长:邹同志来了,这里坐。(自己站着)

老赵:(站起来)这里坐吧。(出去搬凳子)

邹丽:厂长!事情真糟,我是忙不过来了,现在连我自己都不知道,
    我是做文教干事的工作呢,还是组织干事? 会计也不回来,我
    还忙着当会计当事务长……

何厂长:你看你这话说的,工厂大,事情多,干事少,你就应该什么都
    做,多做事情不是缺点。

邹丽:我看最好还是明确地分工吧,这种乱抓一把的现象,叫它快点
    过去吧,再这样下去,会把事情弄糟的。

何厂长:啊,你是怕麻烦吧?

邹丽:不,我是说工作应该有重点。

何厂长:有重点当然是对的,不过我们干部若是都去做重点工作,那
    么不重点的工作谁做呢?

邹丽:不是上级派干部来吗? 怎么还不来呢?

何厂长:前几天我在本部就提了个意见,要求派一个得力的干部,不
    知道为什么还不来。

邹丽:厂长,确实我们需要很周密的计划呀。不知道为什么,我总觉
    得我们一切都是乱的。

何厂长:计划,我倒是写好了,不过你们在思想上千万不要怕乱,怕
    困难,我觉得你这些日子,是犯了急性病的毛病。——啊,
    秘书,计划抄好了没有? 拿过来吧。

肖贞:你不是叫我算发工资的账吗?

何厂长:哎呀,你真慢哪,我的天哪,我真不知道你的个性为什么不
　　　发急呀!

肖贞:(停着笔在说话)我要是急呀,就会抄错的,一抄错,你就要说
　　　要不得,重抄,那不是更慢了吗!

何厂长:快抄吧,你少说话最好。你停着笔干什么?

肖贞:先别急,等一会就好啦。(开始抄)

何厂长:做工作都像你这样慢,我看准糟。

　　　(老赵搬了个凳子上。)

老赵:杨厂长回来了。

　　　(杨厂长从楼梯跑上,满头大汗。)

杨厂长:哎呀! 回来了,回来了。

何厂长:(关怀的口吻)我等你好久了才回来,真慢哪,快说吧,办得
　　　怎么样?

杨厂长:都办好了,省政府、县政府,都很帮忙,房子问题,答应给我
　　　们,若是不够用的话,这里还有一个酒精厂的房子,可以暂
　　　时给我们用。工人问题,马上下通知召集,还有政府现在动
　　　员老百姓献器材,如果缺什么,他们都能帮助解决。

众人:哎呀! 政府真帮忙啊。

杨厂长:县政府发现有两仓库的废铁,还有国民党扔下的大批炮弹
　　　壳,叫我们马上拉去。

众人:呵,好,这下子我们的原料问题也解决了。

何厂长:(只注意了酒精厂)政府说把酒精厂给我们吗?

杨厂长:对。

何厂长:能开工吗?

杨厂长:能! 什么都没有破坏,现在政府不准备马上开工,可以先借

给我们。

何厂长:好的,马上把它接收过来再说。

杨厂长:县长有个意见。

何厂长:什么意见?

杨厂长:联中学校的凳子和桌子,叫我们还给他,他们准备开学啦。

何厂长:可以的,我派人给他送去。

杨厂长:还有学校的运动场,他们也需要,叫我们把岗哨撤去。

何厂长:那以后再说吧,我们现在有几百个人,马上又要增加几百个,一千多人,若是没有一个集合、点名、出操、跑步的地方还行吗?

杨厂长:我们工厂还要出操、跑步吗?

何厂长:不出操,不跑步,怎么能保证工人同志们的身体健康呢?为了工人同志们的身体健康,你们干部还要以身作则呢!

(杨厂长未语。)

何厂长:好吧,都到齐了,坐下开会。

(大家都坐好静听。)

何厂长:秘书!计划抄好了吧?拿过来。

肖贞:还差一点儿,马上就好。

何厂长:唉!……慢哪……

(小李跑上。)

小李:首长!电话局来安电话了,安在哪儿?

何厂长:先安在楼下吧!等开完会再到这里来安。

小李:好!(下)

(肖贞送上抄好的计划。)

何厂长:(作讲演式地传达)到会的,就咱们这几个人,也是对我们厂

22

里全部负责的人,现在东北全部解放了,总的任务是加紧生产,生产的任务压倒一切,我们要多造炮弹,支援全国解放战争……

(小李拿茶壶、茶碗上。)

何厂长:你从哪弄来的茶壶呀?

小　李:是从楼下那个破屋子里找来的,你看这个破壶!（把壶举起给何厂长看）

何厂长:啊,不用买了是吧。哼,我告诉你们一件事情,(向大家)他刚才叫我批准钱,去买茶壶,我没有批准,他现在也有了茶壶了,这是为什么呢? 因为他不用脑袋想,你们想想,国民党垮台的时候,把工厂都扔了,他还能把茶壶带走吗? 这虽是个小事,也说明了一个问题,就是说你们干部,以后在我的面前少提要钱的事。炉子哪,找到了没有?

小　李:还没找着,哼,就是有,也早让工人给搬去了。

何厂长:嗯,行啊。反正我不准备把钱花在买炉子上。

小　李:(自语)那你就冻着吧!（下）

何厂长:开会,现在上级给我们的光荣任务,是在六个月内连建厂复工,还要造出十五万发炮弹送前方,附带,还有修枪的任务。困难不是没有,现在工厂是被国民党破坏了,原料缺、技术工人不多、干部少,但是共产党无产阶级的光荣传统,是没有什么困难可以挡住我们的,工厂破坏了,我们会重新建立起来,技术,哼,什么是技术咧? 有人,有脑袋想,有手动,这就是技术,何况有我们在座的新老干部,更有利的条件是我们从老区带来的七八十个工人,这里的工人对我们也很好,我们才到这里四五天,就有四五百工人来复工,这说明了什么呢？这说明，没有什么困难我们不能克服的。

（小李上。）

小李：首长，又来了二十多个新工人，住在什么地方？

何厂长：给他们找房子休息、吃饭、睡觉。

小李：会计回来了，收买了不少的炮弹壳，让他来跟你谈谈吗？

何厂长：让他休息、吃饭，现在没有时间谈。

小李：工人们还要领粮。

何厂长：告诉他们现在开会，等开完会，让老赵统一地发给他们吧！

小李：炉子没找着，我到仓库主任那里去要两块铁板，叫工人造一个吧？

何厂长：唉！这些事情，你去找总务科去，少来打搅我，你不知道我在开会吗？快出去，真麻烦。

小李：这个地方就是麻烦嘛。（噘着嘴下）

何厂长：两块铁板？我还给你找三块铁板呢！怪事儿！开会，我具体的计划，从明天开始，是十一月二十号，三天内把组织机构全部建立起来，争取提前把建厂工作结束。明年，二月底，我们的炮弹一定造出来打得响。明年四月，要把我们的炮弹送到前方，供给部队打南京。

众人：好的，坚决完成。明年春天，我们的炮弹一定送给前方渡长江、打南京使用。

何厂长：我们分两个厂，一厂炮弹厂，二厂修械厂，我这里为总厂，干部分配问题，照本部的指示。一厂，本部还没派厂长来以前，我先兼着。二厂，老杨去任厂长，邹丽去任指导员，老李为总厂的工程科长。

李科长：哎呀，我不行啊。我又不是工程师。

何厂长:学嘛！你现在不是已经学会制图表和造模型了吗？老赵任
　　　工会主任,并住在一厂,多做些政治工作,炮弹模型图和工
　　　具改造图已经制好了,马上就可以开造,要大批地造。

老赵:干燥室呢？

何厂长:照李科长的图把洗澡塘改修。

老赵:工房呢？

何厂长:照李科长的设计安装。

老赵:那恐怕不行吧。

　　　(小李上。)

小李:首长,本部派的干部来了。

何厂长:啊,干部来了？ 好,快请他进来。

　　　(小李下。)

众人:啊,好了。(都走到门口迎接)欢迎！……

　　　(王厂长上。)

王厂长:我是本部首长派到这儿来工作的,我姓王,叫王仁方。(拿
　　　出介绍信)何厂长？

何厂长:哦！(接信握手)好得很,你是派到这儿任一厂厂长的。还
　　　是前十天,我从军队调到本部,本部首长给我介绍这里情况
　　　的时候,我就提意见,要一个得力的干部,今天就派你来了,
　　　真好得很,啊！我把这儿的情况介绍一下吧:这儿过去有很
　　　大两个厂,国民党完蛋的时候,破坏得一塌糊涂,上级派我
　　　们来建厂复工,并且要在六个月内,连建厂复工还要造出十
　　　五万发炮弹,我们都是外行,不明白,他们过去是分区修械
　　　厂的干部,我呢,是军队上的人,你来得正好啊,先坐下吧,
　　　我们正在讨论计划。

王厂长：我也是不懂什么，过去在手榴弹工厂做了七八年工作，到炮

弹厂还是第一次，希望大家多帮助。

众人：别客气。

何厂长：坐好吧！我再讲下去，我们先召集五百工人，来了没事做的

咧，我们先建立一个小的木料厂，我的方针是齐头并进。

老赵：什么是齐头并进？

何厂长：我就说我的计划，可以一齐去比赛完成，以节省、快为原则，

这是我全部计划，你们大家看，有反对的意见没有？咱们讨

论讨论。

李科长：这个计划很周到，很细致，一定能胜利地完成，不过最好让

秘书多抄几份，叫大家读熟背熟。

（肖贞不满意李科长说的话，要她多抄几份，但没说出口，只是

瞪李科长一眼，李科长装着没看见，就过去了。）

杨厂长：我看这个计划，是不是召集工人讨论讨论呢？

何厂长：那倒不必要了，一讨论，又要花费好多时间，你们知道了，回

去传达一声，就开始比赛着干，一切要争取短时间内开工。

邹丽：十五万发炮弹，只是上级给予我们的总任务，但我们必须根据

总任务规定出具体的计划，每月每周以及每日的生产计划。

老赵：对了，工厂的计划应该有很细致精确的计算，应该估计到我们

生产能力的大小及其可能利用的范围，完成生产计划所需要

的原料、材料与燃料的必要数量。

杨厂长：对劳动力的定额和原料的定额，应该有一个精密的计算。

何厂长：要求的计划还不简单！造炮弹，是打响、打远、爆炸力大，多

消灭敌人，那还用问吗？

李科长：我认为这是很好的计划，为什么呢？因为这是总厂，不是分

厂,总厂只能做原则性的方针式的计划。一些小问题,恐怕要分厂自己去讨论吧。

老赵:我认为总厂的计划,也应该有精确周密的计算,初步地规定出各种定额,比如劳动力的定额,一个七级工人,一天应该生产出多少弹体,每个车间、每个小组需要几个七级工人、几个六级工人,都应有很好的计算,不能多一个。

李科长:我的意见,这是总厂,总厂只能有方针式的原则性的计划,这是很好的方针,方针只能起科学指导作用,不是把每颗螺丝钉都计划在里面。

老赵:可是我现在还没有弄清楚究竟该怎么办,我想我们必须有完善的生产计划和精密的成本核算,这是管理工厂的基本道理,老实说,我现在还没有弄清楚方针是什么。

李科长:我的意见还是让秘书多抄几份吧,你看工会主任他才听了就忘了,他还没记着这是"齐头并进的方针"呢!

老赵:你的话大部分是不对的。

李科长:那么请你说说不对在什么地方?

老赵:(愤愤地)你说把洗澡塘改干燥室就不对。

李科长:看,你又把问题拉远了,我们不是在讨论方针吗? 为什么又扯洗澡塘上去了呢?

老赵:告诉你别找岔子,你的设计也包括在计划里,也应该讨论讨论。

李科长:那么就讨论吧,我为了节省,为了快,为了不浪费,就把洗澡塘改为干燥室,对不对,有厂长决定,你用不着和我发态度。

老赵:(激动地)我看你的计划呀,先叫大家讨论以后再叫厂长批准吧。

何厂长：你们俩说话就争吵,都应该检讨。有事嘛,大家把态度放冷静一些才对。

老赵：我是怕工厂搞不好,才着急嘛。

何厂长：好啊,我知道你在关心工作,不过你确实是说的小问题嘛,小问题你自己回去做个计划就行了,何必要来麻烦我咧,你知道我一天有多少事情要做呀。住房子、穿衣、吃饭、找原料、做计划、开会,真是事情多得很。

老赵：开工前必须制定一些管理制度,任务要明确,分工要细致,要实行严格责任制,使每个职工有高度的责任感,也便于检查工作。

何厂长：我知道关于什么科学管理、科学分工,那是将来的事。现在咧,原则是回去编队编组,多做事情,少说话,迅速完成任务。

老赵：我说的是我们工厂的各部门怎么管理法嘛。

何厂长：老赵哇,我知道你说的是科学管理,嗳,我的了解,什么是科学管理呢? 就是人不闲着,人不闲着就是在做事情,就等于科学管理,主要的是要看下级干部的机动性如何。比如说,我看你闲着,我马上告诉你,老赵哇,工作完成了吗?你去做那一件事情吧。

老赵：这是工厂呀,若没有周密计划,若不计算成本,不明确分工,赶用赶分配,是行不通的,拿我来说吧,我一天做十小时的工作,我八个钟头就做完了,我还做什么呢?

李科长：你就不应该闲着呀! 你就应该到翻砂组去翻砂呀!

老赵：我若是不会呢?

李科长：你不会,你就应该抬石头、扫地、扛木料,思想是活的呀! 你思想上想做事情，你就不会闲着了，只有在思想上想偷懒的人，那当然是例外了。

老赵：（完全火了）你只会说话压倒人，你就不会做出什么事来给我看看，你说，你的设计把工房里留下壁炉和柱子，那对吗？嗯？洗澡塘改干燥室那对吗？

李科长：不对，请你设计一个吧！画张图吧！

老赵：（争吵起来）若是工房里出了毛病，你负责吗？

李科长：如果有人在思想上预定它要出毛病的话，我看你也得负责任。

老赵：你说我诚心想搞坏吗？嗯？厂长你说！嗯？厂长，他！（快跳起来了）

何厂长：（站起来，十分严肃地）停止吧。又争了，冷静些嘛，什么态度呀！你们争了一半天，有什么结果？乱弹琴，算了吧。李科长说话方式不好，可是有道理，的确一个人在思想上要不愿意闲着的话，我也坚决相信就不会有闲着的时候。如果这件事情做完了，你就赶快去做那件事情。这种方法，我在军队上是常用的，但是要记住一条，就是干部要团结，团结就是力量。"干部决定一切"嘛！计划不要讨论了吧，现在又费去好几个钟头的时间了。

老赵：我回去给工人讲什么呢？

何厂长：着重说明一个问题，工人今天是主人翁，打天下要靠工人积极地领头干，工人们懂得这个问题以后，他们就会比赛着完成任务，我坚决相信，不会有一个人闲着。具体的事情，你们自己回去做吧，咱们快结束会，我还有一大堆事情要处理。

老赵:(火气未消)工房呢？还是照李科长的图安装吗？

何厂长:嗯！你们看还有什么意见没有？

　　　　(无人发言。)

何厂长:老王同志,你有什么意见没有？

　　　　(小李上。)

小李:首长！会计找你审查账目。

何厂长:你告诉他我在开会,等一会,我自己去。

　　　　(小李下。)

何厂长:事情真多。

王厂长:我才来,情况不很了解,提不出很多意见,不过管理工厂,应该将科学管理与民主化相结合,应该将我们的计划、生产定额,职责要明确分工以及每个工人必须完成的工作量等等,使每个工人都知道,把计划变为全体人员奋斗的目标,都懂得必须在计划的时间内完成自己的任务,把高度的政治觉悟与技术结合起来,发扬工人的生产积极性和创造性。

老赵:对了,王同志,工人们若是讨论讨论,大家说话,也会出很多的主意的。

何厂长:咳,老赵哇,我不是说不让工人们说话嘛。小组会,你们抽时间,各厂自己去讨论就是了嘛。军事化是个组织,有力量,好管理,连老百姓的儿童团都有大中队长、小队长,何况我们是军工呢！老王谈吧。

王厂长:刚才几位同志提的问题很有道理,我曾参观过大连的工厂,他们学习了苏联科学的工业管理制度,有一系列的具体措施。譬如,如何制订生产计划,严格成本计算、工资制度,明确的科学的分工,集体合同的实施,规定各种定额,如技术定额、成本定额、原料材料、燃料消耗定额、劳动力的定额，日录制和严格会计独立制的建立，劳动纪律的规定，奖惩制度和检查制度等等，这就是企业化的各种科学管理制度，是工厂内部的法律，也就是完成生产任务的重要保证，这些问题对我们来讲都是新的东西，而且是必须要的东西，我想我们应很好地研究，如何有步骤地去建立起来，这是我的一点意见，不知对不对，有些夸夸其谈了。

何厂长：（走过来，很和蔼地解释）对了，你才来，我们这里的情况一时很难使你明白，才解放，事情多，工作乱，一切都没有走上轨道，不过大家要记住一条，就是：不怕一切困难，坚决地、彻底地提早完成任务。啊，我给大家介绍一下吧，这是本部派来任一厂厂长的同志，姓王，叫王……王仁方。

（小李上。）

小李：首长！省政府有电话。

何厂长：叫他先等等吧。

（小李下。）

老赵：（又急忙地插上话）王同志，我和杨厂长是从老区来的，都没有造过炮弹，没有经验，你以后要多帮助啊，你说刚才李科长的话对吗？

王厂长：嗯……对不对，以后再谈吧，为革命负责，大家都不必客套，有问题能引起争论总是好的，刚才厂长提出的一点也很重要，我们要注意这个问题。

老赵：什么问题呀？

（大家很注意。）

王厂长：就是提高工人的政治觉悟，使工人同志们了解到自己是工厂的主人翁,要树立新的劳动态度,要做到爱护机器,节省原料,不偷工,不怠工。

何厂长:对了,就是最要紧的,还不准扔掉一个螺丝钉,你说吧,老王。

王厂长:完了。

何厂长:那好,散会吧,还有最后一点,就是任务要坚决地完成,计划要彻底地执行,决不准中途打折扣。

老赵:厂长,我们还是照李科长的设计执行吗?

何厂长:嗯,要坚决地执行。

老赵:那,我有意见。

何厂长:好,你说吧,只要你说出道理来,就坚决执行你的意见,讲民主嘛。

老赵:好,我说……唉,我的意见都提完了呀。

何厂长:好吧老赵,李科长的设计,我都考虑过了,有两个优点,节省时间,节省钱,能保证按期完成任务,大家还有什么意见?

(众人无言。)

何厂长:那么就彻底地执行,如果大家对我刚才的计划有意见,那我还可以做第二个计划,但是第一个计划无论如何,就是有困难,有思想打不通的,都要坚决地执行。秘书,你把我的话都记在记录上。另外……唉,只忙着说话,把介绍又忘了,脑筋真叫你们争来争去的给打乱了,老王,这是二厂厂长老杨,这是工会主任老赵,这是过去政治处的教育干事,现在任二厂指导员的邹丽同志。

(小李急上。)

小李:首长!

何厂长:我就来。

　　（小李下。）

何厂长:这是总厂秘书肖贞同志,啊! 我们这里情形是这样,在座的
　　　　人都是从老区来的,奉上级的指示来建厂复工,并且要在六
　　　　个月内完成十五万发炮弹送前方。

李科长:我是……

何厂长:哈……我的脑筋真叫你们给打乱了,你看我怎么把你给忘
　　　　了,哈哈……这是总厂的工程科长老李,他很会设计,这些
　　　　图是他画的。

　　（小李上。）

小李:首长!

何厂长:我就来。

　　（小李下。）

何厂长:你们谈吧,我有事。老王啊,快去上任去吧。咱们一块儿好
　　　　好干,坚决完成上级给我们的任务。（匆忙地下）

王厂长:我一定为革命负责。

老赵:王同志,你看,(拿炮弹)我们就是要造这样的八一炮弹。

王厂长:好的,我们坚决地把它造成。

众人:对,坚决把它造成。

　　（在这一次会议中,杨厂长有话没说出口,憋了一头汗。）

　　　　　　　　　　　　　　　　　　　　　　　　　　　　（幕落）

第二幕

时间:第二年春天的上午(事经两个月后)。

33

地点：王厂长的办公室内。

（邹丽上，一进门就碰见工人老何。）

邹丽：老何！

老何：啊，邹丽同志，自从到这里来就很少见你，忙坏了吧？

邹丽：不忙。

老何：是什么风把你吹到我们这里来的呢？

邹丽：总厂长把我从二厂调到这里来工作的，我先来看看你们。

老何：好得很，我们以后在一块了。坐下吧，是来当指导员的吗？

邹丽：是，上级叫我来当指导员，我恐怕干不了，你们以后要多帮助
　　　呀。王厂长呢？

老何：不知道，我也是来找他的。

邹丽：他到哪里去了呢？

老何：他整天都忙着。

邹丽：忙些什么呢？

老何：唉，谈起来话长，邹同志，我们厂长从到厂里，就从早到晚，从
　　　晚到天亮，总是在忙着的。

邹丽：为什么他那样忙呢？

老何：建厂快两个月了，今天是一月二十八日了，再过一二十天，就
　　　是三个月了。

邹丽：现在怎么样了呢？

老何：现在连工具都还没有改造好。

邹丽：（吃惊）那到底为什么呢？

老何：就为了总厂长的计划和李科长的图。

邹丽：那么你说，总厂长的计划到底缺点在什么地方呢？

老何：问题很多，我给你举个例子吧。一个种庄稼的人，他得计划有

多少人多少地,需要多少种子多少粪,什么时候下种,什么时候锄耘,什么时候秋收,这样庄稼才能种好;开工厂呢,不是盲目的,首先就是需要计算成本,有多少劳动力,生产的质量、产量,要求的标准,要有科学的分工、科学的管理,才能把工厂搞好,就这些我们总厂长的计划上都没有。我们现在是做了这样等那样,在管理上只有军事管理,跑步、出操,对于劳动力的组织是没有的,你想想看,邹同志,这样能把工厂搞好吗?

邹丽:总厂长的计划有缺点,那么为什么分厂不做计划呢?

老何:分厂有计划,可是不能执行。

邹丽:那为什么?

老何:总厂长不同意,他说计划无论如何不准改变。

邹丽:那么现在怎么办呢?

老何:王厂长是尽量地在研究着执行。

邹丽:李科长的图错在什么地方呢?

老何:问题更多,我先谈一个吧。我过去在炮弹厂也住过几年,很高的科学道理我不懂,可是翻砂和旋床上的活儿可瞒不过我,我知道炮弹上不能没有弹带,可是李科长的图上就没有弹带,我正要来找厂长谈谈到底为什么。

邹丽:啊!

老何:邹同志,我原来是这厂里的技术工人,国民党在这里的时候,把我欺侮得喘不过气来,这一次才得到解放,组织上又吸收我入党,你想,我看着有毛病,我还不提吗?

邹丽:嗯,对。

(王厂长上,刚从工房里出来,一身油污,手里拿着图。)

王厂长:啊,邹丽同志来了,听总厂长说,你是调到这里来当指导员

的,我欢迎你快来上任。

邹丽:嗯,我怕干不了。

王厂长:别客气,我们都特别欢迎你,东西搬来了吗?

邹丽:还没有呢,我先来看看。

王厂长:好的,我一会给你搬去。

邹丽:算了吧,你看问题又来了。

王厂长:什么呀?

老何:厂长,这炮弹为什么没有弹带呢?

王厂长:李科长说是为了节省时间,他说弹带只是为了好看。

老何:我知道弹带不是为了好看,是为了打出去准确。

王厂长:是呀! 如果只为了好看的话,那么为什么不在炮弹上画别
　　　　的呢? 为什么一定要旋弹带呢? 据我在兵器学上所找到的
　　　　根据,是为了空气的膨胀发泄力呀!

老何:对,这四道沟就是为了空气膨胀发泄力的作用,厂长快去吧,
　　　　赶快向总厂长提意见去。

王厂长:别忙,我们研究得更充分一些吧。

　　　（老李在后面大叫:"哎哟!"）

众人:(吃惊)怎么了? 怎么了?

　　　（老周扶着老李,老贺哭丧着脸同上。）

王厂长:怎么了,老李?（看到老李头上正在冒血）哎呀,快包起
　　　　来吧!

邹丽:怎么了?（用手巾包扎）

王厂长:等等吧,先上点二百二,再到卫生所去上药,（拿出一小瓶
　　　　药,给老李上药）是怎么回事?

老周:机器房木架子太矮,刚才老贺把木料抬完了,没有事做,闲着

来找老李教他旋弹体,一不小心弄飞啦,一块铜从左边飞过来,老李一躲身,铜块没有打着他,他碰在木架子上,把头碰破了!

王厂长:啊,不要紧吗,老李?

老李:不要紧,一会儿就好了。

老贺:厂长,你处罚我吧,我是个混蛋,人家好心好意地教给我,我把他打了。……我……

老李:唉!没有你的事,主要的是木架子。

老周:厂长!我坚决要求把那些木架子都锯掉重新修,你看是这个样子的,(找了三个人代替,作木架子式)他是机器,他是木架子,我是工人,这样做活,你看是不是碍事?如果把木架子砍去就好了。

王厂长:好吧,我正在考虑,准备向总厂长提意见,老周,快把老李扶去上药去。

老周:好。(扶老李下)

王厂长:老贺,你也去吧。

老贺:我去干什么?

王厂长:木工组的活儿干完了吗?

老贺:早就完了,干燥室小,熏不出木料来,我才去学旋床上的活,刚动手就把人打了,你让我回家吧。

王厂长:为什么就要回家呢?你不是才来了几天吗?

老贺:嗯,我回去找支部书记去呀。

王厂长:你有什么问题,给我谈谈吧。

老贺:我听说这里召集工人,我就第一个报名来的,支部书记说厂里好,我来这里呀,乱哄哄的,做完了这样等那样,还打了人,这学徒当不成呀,我还是回家去吧。

王厂长:老贺呀,你还是好好地干吧。咱们才建厂,缺点当然是有,

不过只要我们同志能忍耐,能积极想办法,我想过几天,就

会好起来的。

老贺:不哇,你准我的假吧。

王厂长:还是去干活去吧,你看你是个共产党员,你都怕困难,那别

人呢?

老贺:(无话可说,看了王厂长一眼)好!干!我到哪一组去?

王厂长:你到翻砂组学翻砂好不好?

老贺:好。(下)

(老周又上。)

老周:厂长!我还有个意见要谈,不谈嘛,就憋得慌。

王厂长:什么?你谈吧!

老周:我心里头有一股闷气儿,现在我们有不少人闲着,积极的同志

提意见,不积极的嘛,就一天一天看笑话。这样,做的做,闲的

闲着,怎么得了呢?我真急,唉!我虽然是才来的新工人,可

是这两个月内,我了解工厂是我们自己的,我不能看着有问题

不管。呵,还有,(向内叫)老张,老张,你来!

(老张满头大汗上。)

老张:(一脸煤炭灰)叫什么呀?

老周:你亲自给厂长谈谈吧!

老张:还是你谈吧,我谈不清楚。

老周:你谈吧,我不了解。

老张:好,是这样的,我们翻砂组工作不方便,李科长的图上说把烘

炉和干燥室放在一起,翻砂组离烘炉有一百码远,我们抬着化

了的铁水,走过过道,才到翻砂的地方,又浪费时间,又有危险。我们组里的意见,是把干燥室毁了,给我们做翻砂的房子用,干燥室我们重新修一个,只要上级准许,我们工人自己就会干,并不费多少钱。

王厂长:好得很,你们都来了,我也有一个问题,咱们一块研究研究,你们说如果把工房的壁炉打去,安暖气,需要多少钱呢?

老何:我看哪,需要不了多少钱,一定比李科长的设计还要节省,因为打去木架子,打去壁炉,屋子宽绰,就用不着再重新修房子了。

王厂长:好,这意见好,可是要有具体计划呀。

老周:我们自己有暖气,有工人,我自己就会安置,如果上级准许,我管保一个星期内就安好。

王厂长:好的,呵,老赵回来了,你到总厂去了吗?

(老赵上。)

老赵:去了。

王厂长:厂长对我们的意见采纳了吗?

老赵:没有,他还是相信李科长的设计是对的。还批评我,说我思想上没有打通,说我怕困难,没有认识节省是第一重要的,还问我为什么比赛不起来,到这里来的都是积极分子,你们想想看,为什么比赛不起来呢?

老何:机器都没有安好,分工不明,做的做,闲的闲着,又没有精确的计算,有了这样少那样,还比什么赛呢?

老赵:哼,我要是这样说呀,他就批评我是木头人。

邹丽:呵,我得去了,我准备马上到总厂去提意见。

王厂长:等等吧,邹同志,咱们一块走。

邹丽:我先去吧,我还得回二厂去一趟。

王厂长:二厂的问题少吧?

邹丽:因为修枪简单一些,也不是没有问题。(下)

老赵:老王,现在怎么办?工具照着李科长的图造出来不能用,难道我们真的大批造一些不能用的东西吗?现在一切都依靠你决定了。

老何:确实,王厂长,现在我们工人都动起来了,工会主任的意见是对的,我们就听你的一句话啦,你谈谈吧,若是叫我们工人自己设计改工具的话,那么李科长的图我们就给它扔啦!

老周:厂长谈吧,若是工房准备改修,我们马上就动起手来。

老张:对,若是你说干燥室重修,我们就干。

老赵:老王说话吧,这是时候了。(激动地)你说怎么办,我们就怎么办!

王厂长:好吧,同志们,来,我们谈谈,把你们的意见都谈出来。

老赵:其他的意见都谈了,我在《东北日报》上看到有关苏联开工厂的方法,我们要学习。

老周、老何:对,对。我们要向苏联老大哥学习管理工厂的方法。

老赵:我们应该有科学的管理方法。

王厂长:大家的意见要求科学管理,那么在现在的情况下,怎样才能做到科学管理呢?

老何:那也很容易,精确计算,明确分工,建立新的劳动纪律,成立劳动检查组。

老周:我们这里有积极的,也有偷懒的,马上成立检查制度吧,严格地检查每个人的成绩好坏,好的要表扬,坏的要批评,提倡新的劳动态度,唉!厂长,你都懂嘛,还要我说什么咧。

王厂长:很好,我非常高兴大家的宝贵意见,确实工厂是我们自己
　　　　的,我们自己就是工厂的主人,我们应当好好地来管理,我
　　　　记得我来的时候,我向本部首长说,我没有造过炮弹,我不
　　　　懂呀。首长说,你不懂,就问工人吧,今天确实是这样。我
　　　　看今天上午大家回到各组,抽出两个钟头,讨论一个周密精
　　　　确的计划吧,讨论好了,我可以拿到总厂长那里去,请示批
　　　　准执行。

众人:好的,好的,走吧,干去。

王厂长:等一下,你们大家要认识一个问题,何总厂长对我们工人是
　　　　关心的,是爱护的。

众人:这我们都知道。不过,他只听李科长的话。

老周:就是不听我们的话。

王厂长:这样理解是不对的,厂长不是不听我们工人的话,只是我们
　　　　也还没有做出更精确更周密的计划呀。他怎么听呢?

老周:可是李科长的图表也并不精确呀。

王厂长:可是李科长有图表有计划呀。况且他的图也有优点,他是
　　　　为了快,为了节省,所以厂长同意了。如果我们也能设计
　　　　图,也是又快又节省,又能够使用,工作效率又高,我保证厂
　　　　长一定会接受我们的意见。

老何:一定能接受吗?

王厂长:一定能接受。

老张:我的意见,大家要听我们厂长的话,总厂长有些事情不明白,
　　　　也应该听我们厂长的话。

王厂长:(严正地)总厂长是我们的上级,我们当然得执行总厂长的
　　　　计划和指示。要弄清楚哇同志们,现在我们去讨论研究的,

不是不执行总厂的计划,而是去研究怎样地执行得更好,讨论的原则一定要根据总厂的原则,如果有人认为我们是脱离总厂的原则去讨论,那是错误的。明白吧?

众人:明白。

王厂长:好,快去吧,两个钟头一定结束。

众人:好,走,快!(下)

(杨厂长急上。)

杨厂长:老王,你在家。

王厂长:呵,老杨来了,坐下。

杨厂长:邹丽同志到这里来了吧?

王厂长:来过了。

杨厂长:哎呀!不好了,她刚才在你这儿听了一些意见,她就回去搜集意见去了,你看那还行呀?要给总厂长知道……

王厂长:你在哪里碰着她?

杨厂长:在路上碰着她,她说她回去搜集意见,马上到总厂去提。

王厂长:邹丽同志个性怎样?

杨厂长:工作好,原则性强,看问题也很准确,对人也很和蔼。

王厂长:那好得很,我们这厂里又增加一个得力干部。

杨厂长:可是她个性强呀!吵起来够你受的。

王厂长:不要紧,我看她不是瞎耍个性的人,呵,老杨,你们的厂里情形怎么样?

杨厂长:情形很坏,工人多,做的事情少,现在又送来了不少新工人,不过我们比你们好一些,有枪就修,出不了大毛病。

王厂长:你们的管理方法怎样?

杨厂长:照总厂的指示,是军事管理,按行政编成了班、排、连。

王厂长：工人们情绪怎样？

杨厂长：向来是很高的。

王厂长：有人闲着么？

杨厂长：那还用问，每个钟头都有人闲着谈天。

王厂长：那是为什么呢？

杨厂长：为了执行总厂的计划，又不准改，有什么法子？

王厂长：我想计划不是教条，如果为了执行计划对工作有损失，那怎么办呢？

杨厂长：没法子，你看见了吧，每次开会我头上都急得冒汗。

王厂长：为什么不提意见呢？

杨厂长：提什么意见，他又主观，弄得好嘛，还少说你几句，弄得不好呀，他的批评你真受不了。喂，你看见了吧，我当厂长呀，像通讯员一样，一会儿命令你快跑呀，你真慢哪！要不然就说："同志，你思想上又出了毛病了吧！乱弹琴……"

王厂长：你为什么不说明你的理由呢？

杨厂长：谁知道，反正很早以前，组织上就批评过我："斗争性不强，自由主义。"唉，老王，你说我们二厂的枪都快修完了，以后还做什么呢？

王厂长：咦！你们不是一万条枪的任务吗？怎么就快修完了呢？

杨厂长：据说是一万条，可是我们接到的就只有五百条，已经修好了三百条啦，以后又做什么呢？

王厂长：哎呀，那确实是个问题，是不是提个意见，要求总厂取消一个厂，我们两个厂合一个厂，集中力量造炮弹，怎么样？

杨厂长：好得很哪，本来嘛，工作就应该有重点的。

王厂长：你在会议上提吧。

杨厂长：我……你提吧，我有个毛病，在会上他若一问我："为什么要取消呀？为什么不多一个厂呀？你怕给革命多做工作吗？"我就一句话都说不出来啦！

王厂长：好，我提。

杨厂长：好，喂，我还有一个意见，你一块儿提了吧。

王厂长：你说。……

杨厂长：你说我们仓库里有不少的炮弹壳，又没有用，炮厂来问了好几次，也不给，你说是不是本位主义？还有，政府对我们帮助有多大呀，可是我们在学校的运动场站着岗，那行吗？我看哪，他还有些官僚主义。

王厂长：(玩笑地)老杨啊，你知道吧，毛主席论自由主义那一条，你算是犯了。

杨厂长：什么呀？

王厂长：当面不说，背后乱说呀！

杨厂长：哎，不好，以后转变。

王厂长：你了解总厂长在军队上怎么样？

杨厂长：听说是很好的军事干部。

王厂长：那么你说他为什么到工厂里就有毛病呢？

杨厂长：谁知道，也许不习惯吧？

王厂长：对了，所以你不要着急，慢慢地来，今天的局势是突然发展，工作突然转变，从乡村转入城市，从那个工作岗位转到这个工作岗位，也是不容易呀。就拿我来说吧，过去在一个手榴弹工厂，今天突然到这样大规模的炮弹厂，的确有些地方是昏头转向的。

杨厂长：对对对，我也是一样的。

王厂长：可是我们有法子转变，就是要走群众路线，发扬民主，"三个臭皮匠，凑成一个诸葛亮"。

杨厂长：对的，老王，你真对我帮助不少，我得向你好好学习。

（台后传来争吵声：

李科长在工房里同工人们吵起来了："你们为什么不做工？为什么停工开讨论会？"

老周在后面争吵："你管不着，好坏有我们厂长管。"

李科长："我是总厂的科长，为什么不能管你们？"

老周："我们这儿有厂长，你去吧。大学生。"

李科长："好，那好，我去找你们厂长去。"）

杨厂长：哎呀！他来了，走吧，老王。（怕事地拉王厂长走）

王厂长：不，等等吧。（冷静地站着，等李科长上）

（李科长上。气愤地坐下又起来，故意冷静地。）

王厂长：李科长，坐下吧，到工房里看了看吗？

李科长：看了一遍，有几件事情我向你说明，这些日子总厂里的事情多，忙着，对分厂的情形了解很差，今天何厂长派我来了解具体的情形。

王厂长：好得很，我正要去请你亲自来一趟哪。（很和气地）你看有什么缺点？

李科长：根据你到总厂汇报的情况，实际上是有出入。

王厂长：啊？！

李科长：我觉得有讨论的余地。

王厂长：是的，咱们正好谈谈吧！

李科长：在我们党里的原则是："少数服从多数，下级服从上级。"你是个老同志，这些原则当然比我懂得多。

王厂长：别客气啦！

李科长：你说，王厂长，在总厂会议上通过的决议，能随便不执行吗？

王厂长：我们不是不执行，是在讨论怎样执行得更彻底，更好。

李科长：你说，王厂长，我们党领导下的工厂，从本部到总厂，从总厂到分厂，分厂里有中队小队小组，你们分厂里的不管哪一个小组对你的决议有意见，他们不通过你，就停工开会讨论，你是不是给他们一个目无组织的批评呢？

王厂长：不，李科长，实际情况不是你说的那样。

李科长：你们分厂停工开会，讨论总厂的决议，事先没有通过总厂，这是铁的事实。

王厂长：我们并没有完全停工，只是个别的几个组，因为工作无法进行，他们只抽出两个钟头讨论，讨论的原则也是根据……

李科长：那么这算什么行动呢？

王厂长：这……是有缺点的，不过在党里面也有这样一条，就是下级对上级的决议有难执行的或执行不通的时候，可以用民主方式讨论它的优点、缺点。

李科长：（词穷）那么总厂的科长为什么不能管分厂的工人咧？

王厂长：要是管理正确，为什么不可以管呢？

李科长：那么我问他们为什么没有总厂的命令就停工开会，就算不正确吗？你们是不是在闹独立性呢？

王厂长：李科长，这类事情咱们先不谈吧，如果我真是闹独立性的话，我当然要负责，不过你刚才同工人争吵，是不是方式有问题？

李科长：那么叫工人停着不做工，专门研究总厂的错处，这方式就对么？

王厂长:我们都是同志,希望你说话态度放冷静些吧!

李科长:态度不是决定问题的本质,如果说我的态度不好,可是你的脸上也不是在笑,我只问我的图到底错在什么地方?

王厂长:证据不会太少,如果你虚心听的话,我还是愿意告诉你。

李科长:就凭你这两句话,你就是很不虚心的人,从骨头里你就是很骄傲的。自以为正确先进。

王厂长:如果我真那样,我一定转变。

李科长:在资格上说你比我老,正因为这样,我处处对你客气,在职位上说,我是科长,你是厂长,我若是奉总厂首长的命令来检查你的工作,在工作上有缺点,我有权力指正,当然你明白,不是我在指教你,我代表总厂何厂长来指教你。我再问你一次,我的图错在什么地方?

(老周、老何、老赵、老张拿了一些不能用的工具和图纸上,气愤地扔在地上。)

老何:李科长看看吧,错在这里,这是你的图,这是照你的图造出来的工具,你照图对对吧,有一点差错,我们负责,要是不能用呢?

李科长:(这一下僵住,但仍然强辩)不能用,就需要加工,可是你们不做工,整天停工开会,是谁的命令?呵,白天停工开会,晚上去汇报,说任务完不成,这是对革命负责吗?

老赵:我们因缺少有用的计划和实际的科学图表才开会,我们是在为革命开会,为损失想办法,你不要拿大帽子扣我们。

李科长:工具,你们并没有完全造出来,就怎么知道不能用呢?计划根本就没有执行,就怎么知道计划不能实现呢?再说,计划是通过会议决定的,图表是经过首长批准的,我是为革命节省,为革命使时间前进,又有什么不对呢?

老何:你说把工房里的壁炉和架子都留下,那是节省么?

李科长:留下壁炉好生火,用不着重安暖气,留下架子好安机器,用
　　　　不着重买木料,能说不是节省吗?

老李:你看看我的脑袋吧,这是因为你的节省呀!

老何:看吧,这不是证明吗? 他因为工作不方便,把头打破了。

王厂长:好了,同志们别争了,一切有我负责,现在错已经错了,以后
　　　　再检讨,你们还是回去开会,要讨论出一个结果来,那是最
　　　　要紧的,快回去吧同志们,一切有我负责,没有你们的事,你
　　　　们都是好同志,回去吧。

老何:好,好,走吧。我们一定订出一个计划,一定研究出一个结果
　　　来,看你还有什么话说!

　　　（工人们拿着工具和图表下。）

李科长:我就不相信开会能把没有错会找出错来,好吧,你们去找我
　　　　的缺点吧。（准备下）

王厂长:李科长你坐坐,咱们谈谈,我觉得我们都是干部,用不着红
　　　　着脸说话,更应该以理服人,我有缺点是需要自我检讨的,
　　　　可是我们这里的实际情况也确实需要研究的呀!

李科长:很好,只要都讲道理,那问题最好解决,正是因为马克思、列
　　　　宁、毛主席的理论正确,我才干革命,理是能服人的,请你
　　　　说吧。

王厂长:科学是不是应该有准确性和肯定性呢?

李科长:我的图什么地方是不肯定的呢?

王厂长:（拿出炮弹）你说,你这炮弹图上为什么不画弹带呢?

李科长:你怎么知道没有弹带就是不对呢? 难道说大小一样还打不

响吗？

王厂长：我们大家研究出来的结果，弹带不是打不打得响的问题，主要的是管空气膨胀发泄力的，弹带的前后是管重心准确的。你说对吧？

李科长：（更咆哮地）你们并没有研究出我的用意来。

王厂长：你的用意是什么呢？

李科长：为了节省，为了尽快完成任务。

王厂长：可是不能违背科学真理呀！

李科长：是谁的真理呀？在资产阶级的社会里，为了使他的劣等商品能够出卖，哪怕是在一盒烟卷上也画一个大美人儿，那是真理吗？

王厂长：可是这是炮弹，不是商标呀！

李科长：我的了解，弹带只是为了好看，你想想看，一颗炮弹四道沟的弹带，每颗炮弹要费好几分钟去旋那只图好看又没有实用的弹带，那么一百颗、一千颗、一万颗要浪费多少时间呢？聪明人都会明白的，唉！不客气地说，现在跟你是谈不清楚的，咱们到总厂会议上再谈吧！（下）

王厂长：好吧，走！（准备去）

杨厂长：老王，算了吧，别跟他吵，照顾团结。

王厂长：瞎说，一个共产党员无原则地去照顾团结，应该从自己的党性上检讨。（觉得在杨厂长面前失言，又转口）老杨，我看现在是马上需要解决问题的时候了，决不能再将就下去，如果再将就下去，就会造成很大的损失，也会造成错误，我准备把工人们的意见都搜集好，马上到总厂，要求总厂批准我们的计划，实行民主管理，若是有人误解我，那我也管不了许多。

杨厂长：好的，我也照你的方式去做，在我们这里，确实是需要实行
　　　　民主管理，好吧，我也回厂去搜集些意见。

王厂长：老杨，我对你的意见，就是希望你立即克服自由主义。

杨厂长：好。（下）

　　　　（工人们将自己讨论的计划送给王厂长。）

老赵：这是我们的意见书，要求总厂把计划改变，这是对我们的工会
　　　工作的意见。

老何：这是我们组上讨论的工作纪律和设计工具改造图。

老周：这是我们组上设计的工房暖气安置图，如果上级准许的话，只
　　　需要一个礼拜就能安好。

老张：我们各部门工作分工分组，工作纪律都写出来了。

王厂长：咦，你们没有研究出炮弹的设计吗？

老何：我们不大懂，不敢冒充，不过我们在继续研究，我还有一个意
　　　见，是不是请求上级派一个好的工程师来呢？

王厂长：好，同志们，现在你们马上开始照李科长的图造几个炮弹出
　　　　来试验看看吧，好坏我们会得出经验来的，李科长刚才同我
　　　　们虽然是争吵，可是他的意见也是有道理的，确实，今天我
　　　　们没有经过总厂的准许，就停工开会是不对的，不过没有你
　　　　们的事，我负全责，好吧，大家快回去工作吧！

众人：好的，好的，干！（下）

　　　　（工房的机器声响了。）

　　　　　　　　　　　　　　　　　　　　　　　　　　　　　（幕落）

第三幕

时间:第二幕的当天下午。

地点:何厂长的办公室。办公室已经改变了样子,过去的破玻璃窗
已修好,屋里很洁净、整齐,墙上有毛主席、朱总司令的画像,
有工厂的建设图表,桌子上放了不少的书报和表册,这一切都
说明,建厂工作在外观上是有成绩的。

(开幕时,何厂长正在桌子上写他的新计划,因为某一个词写得
不恰当,在抽烟思考着,这时邹丽轻步地走进了办公室。)

邹丽:报告。

何厂长:(惊觉地)啊,来啦。请坐。二厂的手续都办好了吗?

邹丽:都交代清楚了。

何厂长:到一厂去上任了吗?

邹丽:我先去了解了一下情况。

何厂长:工人都住好了吗?

邹丽:都住好了。

何厂长:伙食怎么样?

邹丽:伙食都还不坏。

何厂长:有火烤吗?

邹丽:每间房子里都有了火炉子。

何厂长:那好得很,工人们能吃好、住好,那是最要紧的。他们有什
么意见没有?

邹丽:希望总厂长经常去看看他们。

何厂长:嗳,我的事情多,总是忙着,真没有空啊,向他们多解释解

释吧。

邹丽:解释嘛,总是在解释着的。

何厂长:他们还有什么意见? 嗨,你是不是专门来谈问题的?

邹丽:嗯,我今天去了解了一下炮弹厂的工作情况,工人们都有这样
几个意见。一,工厂管理不科学、不民主,干部和工人都觉得
军事管理是不适合的。

何厂长:为什么不适合呀? 这是一种管理方法,主要是能使工人有
组织性,能过集体生活嘛。而且,这样对他们锻炼体力都有
好处嘛。

邹丽:可是用民主管理,使大家能自觉地遵守纪律,能及时地互相研
究,发扬批评,又有什么不好呢?

何厂长:那是将来最高的要求,现在的情况不一样,这里才解放,工
人的政治觉悟怕不是你们想的那样高吧?

邹丽:实际情况不是那样的,厂长。

何厂长:为什么不是那样呢? 你们把问题看得很简单,别的不谈了,
你还有什么?

邹丽:李科长的图不能用,造出来的工具都是废物。

何厂长:造出来的都是废物? 啊,我问你,是不是你们干部对李科长
有意见? 因为他是个大学生。

邹丽:主要的是觉得他骄傲、自大、不虚心。

何厂长:(始终认为大家对李科长是有成见的看法)嗯,对了。我明
白。反正我是准备在会议上做结论性的批评。

邹丽:厂长,你觉得我们对李科长有成见吗?

何厂长:你们自己反省一下吧。

邹丽:不。我们没有,我们所提的问题都是实际的。

何厂长：别那么激动,你既然来了,咱们就慢慢谈谈,你说,老王是不
　　　　是有点摆老资格呀?

邹丽：没有,他只是原则性很强。

何厂长：他对总厂的意见不少吧?

邹丽：嗯,有意见,不过都是正确的。

何厂长：啊,我知道老赵、老王、你,都是一样的意见,我现在还不打
　　　　算批评你们不对,等事情做完了再看吧。

邹丽：厂长,等事情做完了,恐怕就晚了吧?

何厂长：晚不了,用不着大惊小怪的。老杨呢? 有什么意见没有?
　　　　他从来不到这里来提。

邹丽：有。

何厂长：有?

邹丽：他觉得总厂看问题很主观,对他的使用像通讯员一样。

何厂长：(不相信)老杨会这样说吗?! 怪事儿! 是你们要这样说的
　　　　吧? 我最讨厌有人在背后谈论别人的短处。

邹丽：厂长! 你以为我是在讲老杨的怪话吗? 我只是说明下面对总
　　　　厂有意见。

何厂长：好,你说吧。

邹丽：大家觉得工作应该有重点,不应该开那么多的厂,应该集中力
　　　　量造炮弹。

何厂长：多开几个厂,为革命多做工作,又有什么不好呢?

邹丽：机器都没安好,就召集五百多学徒工人来闲着干什么呢?

何厂长：建厂的工作当然很多啰,如果只认为在机器上干活的人才
　　　　算工作的话,当然他们就算是闲着了。我也算闲着啰。

邹丽：可是厂里分工不明,又没有精确的计算,做了这样少那样,劳

动力和原料都在浪费着呀！

何厂长：看问题不要那样片面。邹丽，我给你说一个问题，你就明白我先召人的用意了。我问你，现在叫你马上召集五百工人来，你能不能召来？

邹丽：我不知道。

何厂长：看，你是不是看问题简单，现在一下子召集五百工人是不容易的，当时才收复，开工的地方少，工人好召集，你明白不？为了完成任务，小的问题就会有缺点的。

邹丽：这在革命整体来说，是不是有点本位哪？

何厂长：如果说有的话，我看谁也多少有点，你若说没有嘛，也过得去。

邹丽：这种看法也不一定正确。

何厂长：我也没说就对呀！好吧，不谈这个，你还有什么问题没有？

邹丽：还有。

何厂长：谈吧。

邹丽：工人说工房的壁炉和柱子都需要打去，因为它妨碍工作，今天就有一个工人，因为工作不方便，把头都给打破了。

何厂长：怎么，不要紧吗？

邹丽：还不要紧。

何厂长：他为什么不小心一些呢？是新工人，还是老工人呢？

邹丽：是一个学徒工人开机器把人打的。

何厂长：啊，那是因为他不会呀。

邹丽：要是没有柱子呢？

何厂长：要是他是熟练工人呢？好吧，不谈了，我有事，你先出去吧。以后再谈，我正在写计划，忙着。

邹丽：我还有问题没谈完。

何厂长：还有？那好，谈吧，反正你的思想也需要打通打通，谈吧。

邹丽：李科长不虚心，不接受工人同志意见，我提议在厂委会严格地进行批评。

何厂长：会是要开的，至于意见嘛，李科长也有意见，他说厂里的干部都瞧不起他，在下面破坏他的威信，也提意见要求在厂委会上进行批评，那么你叫我相信谁的话是对的呢？

邹丽：他的图不能用，造出来的东西都是废物，他为什么不采纳工人同志们的意见呢？

何厂长：图不是不能用，主要是为了节省，大家怕困难，才闹得意见纷纷。你想，根本就没有全部造出来，就怎么知道不能用呢？当然李科长有缺点，小资产阶级出身的人，自骄自大，闹不团结，可是他有优点哪！热情肯干，处处为革命节省，你能说他不对吗？缺点又谁没有呢？就拿老赵来说吧，老工人，忠实肯干，有经验，可是老赵有缺点，三句话谈不完就跟人家吵起来。老杨呢，忠实朴素，也能完成任务，可是他没有能力，你看他成天总在忙着，其实他做的事情最少。老王呢，长征老干部，有魄力、有办法，工农分子知识化了，可是他摆老资格。你呢，优点多，缺点呢，遇事急躁沉不住气。你说吧，说好，这些干部都是党内的好干部，缺点谁都多少有一点，小毛病都得将就。

邹丽：我倒是希望厂长纠正我的缺点，不要将就。

何厂长：以后再纠正吧，你先回去工作吧。

邹丽：我还有问题没谈完。

何厂长：（奇怪）你还有？好吧，快说！

邹丽：我要求厂长召开讨论会，把过去的计划拿出来讨论讨论，看有什么缺点没有。

何厂长：（不进行解释）不要讨论了吧。我知道你有意见，主要是人多闲着，现在我有解决的法子啊！（拿出计划）我为了人和机器都不闲着，我又做了一个计划，这计划的中心，下半年除了完成十五万发炮弹以外，我们还要开一个酒精厂、炮厂和满屋子都是机器的火锯厂，人不是就不闲着了么！

邹丽：厂长！（忠诚地）第一个计划都要破产啦，为什么又来一个计划呢？

何厂长：同志，你的脑筋真简单，你们只知道人多呀，困难哪，闲着呀！就不知道为什么人多？为什么闲着？其实呢，我们组织形式太小，如果照我的计划执行，我保证就不会有一个人闲着，快去上任吧，过几天就派人去检查你的工作。

邹丽：我干不了这样乱的工作，我要求到本部去。

何厂长：（很严厉地）有什么理由？

邹丽：我们这里是缺乏民主的领导。

何厂长：什么是民主呢？自建厂以来，样样事情都召集你们讨论过呀，民主也得有个集中呀！无论哪个同志的意见，我只要认为是对的，我都接受，难道一定要听你的意见才算民主吗？

邹丽：可是你谁的意见都不听啊！

何厂长：那是因为你们谁的意见都不正确。

邹丽：我们厂委会的委员的意见，都经常被你轻视。

何厂长：只要是意见正确，合乎节省的原则，就是伙、马夫的意见我都接受。

邹丽：（急得哭了）我不干了，要求到本部去。

何厂长:(一见哭,就无可奈何地急)你赶快出去把指导员工作给我做好。你又哭了,你来谈问题嘛,哭什么呀,哎呀! 别哭!谈了半天,还没有打通啊。

邹丽:打不通。

何厂长:打得通也得干,打不通也得干,这是给革命做工作,又不是给我做事,你快给我出去。

邹丽:好。(怒气地)我从来没有见过这样的首长。(下)

何厂长:(怒气地)你哭呀,哭呀! 你不同意,就跟我争嘛。哭! 唉!岂有此理,乱弹琴,这是什么主义在作怪呀,经常思想打不通,有这样的干部,哪还能把工作搞好呢! (又一回想)唉,跟他们吵个什么! 一说就哭,比部队上的干部差远了,唉!她是女同志,要不,(拿过计划,躺在沙发上)真乱弹琴。

(肖贞拿了封信上。)

肖贞:厂长! 有你的一封信。

何厂长:(接过信,看了看,无心看下去)你打开念念吧! 我憋了一肚子气。

肖贞:好。(念信)"何厂长:接着你的报告,我们有两个意见。一,用不着开两个厂,集中力量办炮弹厂,明年春天,关里要大进军,你的十五万发炮弹,一定要完成,关于炮弹图的问题,你们没有把握,就不忙造,先把一切准备工作做好,我们这里正在给你们设计,设计好了,就派人给你们送去,或者给你们派个工程师去。二,管理上要民主化,要建立企业化的管理,生产要有精密的成本计算,要做到成本低、质量高、产量高的原则,千万要注意,不要只图完成任务,不惜成本,要严格地克服游击习气的手工业生产方式,工厂管理委员会要吸收工人参加,由你和王、杨、邹、赵,可为正式委员,要按期开会。工会的工作情形怎样?希望快做汇报来,有什么困难没有?"完了。

何厂长:(拿过信,又亲自看了一次)好吧,写个回信,就说一切按照指示坚决执行,炮弹图我们已经有了,建设工作的第一个阶段,已顺利地完成,准备马上开始造炮弹。困难?什么困难都没有,另外我提个意见,我们这里有着闲着的人和机器,我计划还要成立几个厂,要说我们已经开好了两个厂,若是取消一个厂,是不是可惜哪?你就说我请求指示,工程师我们很需要。(想起刚才的争论)唉!算了吧,你先抄这个计划吧,等开过会再说。

肖贞:好。(接过计划,开始抄写)

　　(李科长气愤地上。)

李科长:报告厂长,我今天奉你的指示到一厂去检查工作。……

何厂长:(紧促地问)嗯,怎么样?

李科长:我首先到了翻砂组,就使我吃惊了,原来工人们都停工了。

何厂长:停工了?

李科长:我一听他们是在开会,正讨论你的计划和我的图表。

何厂长:嗯。

李科长:我以为是个别的出了什么毛病才讨论哪,我又到了旋盘组一看哪,他们也停工了。我更奇怪了,我就到了模型组,他们也在讨论你的计划和我的图表。

何厂长:他们讨论些什么哪?说实际的,不要在背后扩大是非。

李科长:我生气呀,气得我照样说都说不清啦!我还能扩大吗?

何厂长:说吧。

李科长:我就问工人,你们是谁的命令,叫你们不做工开会呢?工人们说我管不着,我想我是总厂的科长,我是代表总厂的,为什么不能管呢?工人把我臭骂了一顿,我想,我应该去问王厂长,我一去,正好杨厂长也在那儿。

何厂长:干什么?

李科长:他们正在谈话。

何厂长:说什么?

李科长:我不知道,我进屋去问王厂长。我说:"王厂长,没有总厂的指示,就停工开会不好吧?"他把我大训了一顿,说"总厂的计划是主观的、不实际的",我的图表是脱离群众的。他们说,他们马上执行他们自己的计划。就这样把我臭出来了。我想他们为什么对我这样呢?因为我的历史没有他长,他是长征老资格,我请求厂长马上调换我的工作吧,我干不下去了。

何厂长:(生气地)通讯员!(喊了三声)

(小李跑上。)

小李:有。

何厂长:你马上跑步去找王厂长、杨厂长、邹指导员、老赵来开工厂管理委员会,叫何技师也来!

小李:是。(下)

何厂长:年轻人总是沉不住气,事情慢慢地来嘛,气什么哪,他们不执行决议,不尊重领导,他们要负完全责任,可是你也得好好地注意啊。你骄傲、自大、闹不团结,也要做检讨,今天你是不是态度不好哇?是不是去当钦差大臣哪?先反省反省吧!

李科长:没有,我哪能哪!他资格又老,又有理论,又是厂长,我哪能在他面前摆呢？

何厂长：那很好。

李科长：厂长！请调换我的工作吧，我是不是可以下去当工人呢？你看我这样，又有什么干头呢？技术嘛，我本来就是外行，我整天整夜地写、画，他们还对我这样，把我看得一钱不值，其实我现在还不知道我错在什么地方，为革命节省不对吗？快，不对吗？

肖贞：（实在听起来觉得烦）李科长，走累了歇歇吧，有问题在会上谈吧！

李科长：啊，好，不谈了，耽误你写东西，反正首长会明白。（电话响了，去接电话）喂！哪里？省政府民政厅吗？嗯，等一等。

何厂长：（接过电话）喂！哪里？省政府民政厅吗？嗯！我是何厂长呀！什么？老百姓又献来很多的器材，哎呀！那真是谢谢，好的，我马上派人去拉，嗯……也行啊。你们给我们送来？哎呀那真对不起呀，还有什么？学校的运动场？你们要用吧？行啊！我们归还你，还有什么？酒精厂？！你们也要？嗯！这……这样吧，喂！我们为了支援前线胜利的大进军，上级的指示：一切以军工为主，多造炮弹，就是多消灭敌人。酒精厂我们这里是需要，我计划下个月就开始造酒精，再说房子也很困难，我们工人还住在里面哪。什么？！房子另给我们找……那更好了，喂，好吧，我开过会商量一下再说吧，好的。（放下电话）真本位！就想把酒精厂要去。哼！现在谁不知道工人是第一呀！我就不给。

（王厂长拿着计划和没有弹带的模型和图表上，见何厂长很规矩地行了礼。）

王厂长：报告！

何厂长：（压制着冲动的感情，问）建厂的工作快两个月了，你们厂的
干部在思想上，对总厂的计划执行得怎样？能不能彻底完
成任务？或者在思想上打折扣了吧？

王厂长：工人情绪很高，干部都很负责，在思想上是坚决完成任务，
不过在执行当中，发现了李科长的图表不实际，总厂的
计划……

何厂长：你们今天为什么不做工？为什么没有我的命令就停工
开会？

王厂长：因为照图造出来的工具不适用，大家开会研究改造。

何厂长：为什么不事先来请示我？

王厂长：我每天都来汇报，并请示用民主方式讨论一下计划和设计，
厂长只说费时间，今天因为工作实在无法进行下去，只抽出
小部分人，花了两个钟头时间讨论一下。

何厂长：如果在下面形成反组织、反领导的行动，那就当心革命的纪
律无情。

王厂长：我决不是有反领导的想法，我是想叫大伙儿研究工作方法，
好帮助我解决困难，也是……

何厂长：（怒气地）你这样目无组织，是需要严格的反省！

王厂长：（为难地）我有很多的问题还没有谈，和一些重要的事情还
没有呈报，厂长，你就生气了。

何厂长：你先反省，以后再谈吧，我们准备开厂委会。（感情地）在革
命来说，我们是同甘共苦的战友，我今天不应该对你这样态
度，可是你摆老资格，犯错误，站在革命的立场，我要教训教
训你。

（小李上。）

小李：王厂长，会计叫你去领材料。

王厂长：厂长，我是不是先去呀？

何厂长：去吧，是省政府送来的器材。

王厂长：好。

　　（王厂长与小李同下。）

何厂长：唉，我有这样骄傲、自大、摆老资格的干部，怎么能把工作搞
　　　　好哪？

　　（杨厂长上，手里拿着意见书，见何厂长的气色不正，很规矩地
坐下。）

何厂长：老赵、老何哪？

杨厂长：马上就来。

　　（老赵、老何同上，手里拿着意见书，老何先坐下，老赵望着何厂
长出神。）

何厂长：老赵，你手里拿的什么？

老赵：讨论的工作计划。

何厂长：（向杨厂长）啊，你咧？手里拿的是什么？

杨厂长：是在讨论会上讨论的几个意见，送来给厂长。

何厂长：嗯，你们厂里今天都干些什么？

杨厂长：大部分的人照常工作，少数的干部研究一下今后工作计划。

何厂长：啊，老赵，你们工会比赛的情形怎样？

老赵：大家都无法比赛，只好乱抓一把，我这纸上就是大家的意见。

何厂长：那么你们的意见是执行总厂的计划吗？还是执行你们自己
　　　　的计划哪？我告诉你们，你们目无组织得当心着。

　　（小李跑上。）

小李:厂长,钢炮厂厂长派人来找你有事情,在客厅里哪。

何厂长:有什么事? 李科长去谈谈吧。

李科长:好。(与小李同下)

何厂长:革命的纪律需要自觉地遵守,同志,你们把通过的计划当儿
　　　　戏呀! 随便不执行呀,你们需要在党内受严格的处罚,需要
　　　　撤职查办。

　　　(王厂长上。)

王厂长:厂长! 政府里又送来不少的炮弹壳,有很多都能用,毁了又
　　　　可惜,是不是呈报上级,送给其他部门呢?

　　　(何厂长未语。)

　　　(李科长上。)

李科长:炮厂的科长说,他们要用铜来换我们的炮弹壳。

何厂长:你怎么回答的?

李科长:我说反正我们用不着,等跟你商量以后再回答他。

何厂长:你怎么这样回答他呢? 你怎么不晓得说我们也需要呢?

李科长:我是想我们也没有用处,反正是换东西。

何厂长:我说你的脑筋也不够用嘛,炮弹壳是好铜嘛,我们哪里去找
　　　　呢? 他走了吗?

李科长:走了,他很忙,顺便来问问的。

　　　(邹丽很生气地上。)

邹丽:厂长,干燥室的炕坍了!

　　　(大家吃惊。)

何厂长:啊?(颤抖地说着)坍了就重修一个,现在到齐了吗? 咱们
　　　　开会。

李科长、肖贞:我们出去吧?

王厂长：李科长和肖秘书是不是可以参加呀？

何厂长：大家说吧。

杨厂长：肖贞同志可以参加，李科长，我看不要参加吧。

老赵：扩大一下吧。反正我对李科长还有些意见。

众人：同意，同意。

何厂长：好吧！你们俩也参加，咱们开个扩大厂委会，秘书，你记录
　　　　一下吧。

肖贞：好。

　　　　（李科长找地方坐下。）

何厂长：现在宣布开会。

　　　　（空气立即严肃起来。）

何厂长：有三四件事情要解决。

　　　　（大家莫名其妙。）

何厂长：一，传达上级的指示；二，通过我新计划的决议；三，对李科
　　　　长的工作大家有意见，都提出来讨论；四，大家给我提意见；
　　　　五，讨论纪律问题。（"纪律"二字讲得很重）我现在讲第一，
　　　　传达上级的指示。中心是叫我们两个厂合一个厂，集中力
　　　　量造炮弹，一定要完成十五万发炮弹的任务，要我们按期召
　　　　开管理委员会，要实行民主科学管理方式，建立严格的经济
　　　　核算制，要我们降低成本，提高质量，增加产量，防止浪费。

众人：好的，好的，完全同意，坚决完成！

何厂长：对，上级的指示应该坚决执行，不过我们是不是可以提个意
　　　　见呀？两个厂已经建立好了，现在要取消一个厂多么可惜
　　　　呀！为什么不多一个厂反少一个厂呢？大家发表意见吧！

王厂长：实际上我们连一个厂也没有管好，厂长，每天都有人做的

做、闲的闲着呀!

何厂长:对呀,就是因为有人做的做、闲的闲着,所以我们才要多开几个厂呀!

老赵:若是没有计算,不民主,分工不科学,就是五十个人也同样是有闲着的人。

王厂长:对,开工厂应该有精确的计算。

众人:同意,同意。

李科长:我是不是可以发表意见哪?

何厂长:好,你谈吧。

李科长:首先我也认为上级的指示是应该执行,也是正确的,但是总厂的指示和计划也应该认为是正确的,也应该彻底地执行。现在我们这儿的情况不一样,分厂对总厂的指示和计划,在执行中是打了折扣的,我认为是不正确的。

王厂长:到会的都是干部,革命的干部,要对革命负责,工作中的优缺点,我们要严肃地发扬批评与自我批评的精神来检查工作、批评别人。事情很明白,本部的指示让我们讲民主,有科学的分工,科学的管理,让我们有精确的计算,有重点地做工作;总厂的计划呢,只提出快、节省,实际上也并不快,也并不节省,在方针上是齐头并进,没有重点。我们分厂执行总厂的计划,不是打折扣,是在想种种的办法补充计划的不足。李科长的发言是不够老实的,是缺乏自我批评的精神,一个干部若缺乏自我批评,那是落后的干部。

李科长:你这是人身攻击。

杨厂长:我同意王厂长的意见,过去我的党性不强,在有些原则问题上,为了不必要的团结,不敢做斗争,造成对革命的损失,今后我要彻底转变。我对李科长有这样的意见,我觉得李同志应该在思想上转变作风,深入下层了解情况,虚心听取工人们的意见,在政治上加强学习,不然的话,老是在总厂里住着,对革命也没多大贡献,对自己也不会有大的进步。

老何:李科长,骄傲自大,看不起工人,不相信工人的创造性,还经常在工人面前摆架子。……

李科长:我摆什么架子呀!我是总厂的科长,还不能管你们的工人?

老何:你以为你认识几个字,会画几张图,觉得你的能力比天还大,其实咧,不客气说,没有你,我们也能把工厂搞好。

李科长:那好吧,我就请求厂长,调换我的工作。这会我不参加了,这不是开会,是斗争我。

老何:你走,也没人留你。

何厂长:好了。

王厂长:我还有意见,我觉得何技师的意见,是不正确的。李科长的图并不是完全不能用,他主要的缺点是理论与实践脱节,经验和理论没有很好地结合起来,但是李科长是有优点的,热情肯干,有知识,我们同志应该耐心地帮助李科长转变作风,不应该说不要他。

老赵:(抢接)他为什么理论与实际脱节呢?主要的是不虚心,不愿向工人学习,希望李科长今后同工人结合起来。

王厂长:我希望李科长从今天起,立即转变作风,加强实际学习,成为一个实际的革命的科学家!

老何:行啊,等李科长做出个什么对革命有益的事情再说吧。

何厂长:好了,不要把问题扯远了,绕着本题说话,这一项是讨论上级的指示,若是大家同意,我们就坚决执行,在做的当中,不准讲什么困难,不准打折扣。

众人:同意,同意。

何厂长:那么讨论第二,通过我的新计划。这计划的中心,我们下半年,除了完成十五万发炮弹以外,我们还要多开几个厂。

(静场片刻。)

何厂长:唉,好吧,不讨论啦!我这计划,就算没有通过。现在讨论第三,大家对李科长有什么意见没有?

老何:现在不讨论吧,李科长交到上级那里去检查他吧,我们有意见,他也不会接受。

老赵:我的意见,他暂时先不要当科长吧,叫他自己多写一点反省,他多写一些反省,比他多画几张图有用一些。

王厂长:我同意李科长先做一个自我批评,可是我不同意他马上停止工作,专门写反省。

何厂长:我同意老王的意见,李科长应该加强自我批评的精神,(指李科长)你确实是缺点很多:不虚心、自骄、自大,在思想上没有靠近工人。可是李科长在本质上是好的,他为革命节省,为了快,我现在还认为是对的,当然今天在实际工作中碰了钉子,那是另外一回事。不过老何的意见是不正确的,如果说李科长是骄傲、自大、不虚心的话,那么老何也是盛气凌人的,为什么呢?因为今天工人是主人翁的地位,对工厂爱护,对革命负责,对同志应该是尊敬的教育的,可是老何咧,刚才发表意见,说了些什么!见了李科长的缺点,就着急,不去改造他要他走,那么我问你们,一个有缺点的同志,就不去帮助他转变吗?这样不冷静的人——也是表现自骄自大。

老赵：对，我们工人也要虚心些。

老何：行啊，刚才算我乱说了，我接受批评，不过，……哼……以后看他能转变多少吧。

老赵：老何的思想我也有点，我觉得李科长光会说话，不会做实际事情，画的图又不能用，所以经常和他争吵。不过开始我还没有这种思想的，是从上次到这里来开会，看图，我们争论了以后才发生的。我说过马上就改，我愿意学习他的优点，李科长还要多多地帮助我，今后我们一定要很好地团结。

何厂长：对的，团结就能战胜一切，大家还有什么意见？

（众人无言。）

何厂长：那好吧，等你们想起来了再谈。那么谈第四，大家给我提意见。（准备抽烟听意见）

邹丽：我提个意见，总厂的计划，应该根据上级的指示，通过厂委会及工人同志们的讨论来决定。

何厂长：工人同志们都有意见吗？（不相信工人对他都有意见）

众人：都拿来了，在这里，厂长可以看看。（每人将自己的意见书呈上）

何厂长：（大吃一惊，将要抽的烟掉在桌子上，接过所有意见书）好，你们谈吧。

邹丽：总厂对李科长是无原则地将就，怂恿了李科长骄傲、自大、不虚心，对厂委会有点包办代替，对我们厂委会委员的意见，是经常不够重视。

王厂长：我的意见也很简单，首先我觉得我们厂长从各方面说，工作是负责的，建厂的工作是有一定成绩的，对干部的态度问题，我并不同意邹同志的意见，说厂长是怂恿了李科长的骄傲,而实际上李科长也有很多优点,他想节省、想快,为了提早完成任务,因为这样,他们两个人在工作观点上是相同的,所以厂长才批准了李科长的设计。

老何:那么李科长的设计还能用吗?

王厂长:我说的不是用不用的问题,主要请求改变计划,实行民主管理。

老赵:干燥室是不是需要重修? 机器是不是重安? 工房是不是要重修?

老何:工具图是要改呀! 要不然,出了毛病,谁负责任呢?

王厂长:我还有几个具体意见提给厂长:一,我们要有重点工作,二厂和一厂应该合并,集中力量造炮弹;二,马上呈报上级,我们需要得力的工程师;三,建立民主科学的管理制度;四,总厂的干部经常到下面去检查工作。

(何厂长思想开始转变,正低头想事。)

邹丽:按期汇报,按期召开工厂管理委员会。

杨厂长:现在我们的仓库存了不少的炮弹壳和一些不能用的机器,也不愿交给上级,也不愿和友邻交换,我认为是不对的,是本位主义观点。

何厂长:(听杨厂长说本位主义,有点火儿,猛抬头,似乎要大发脾气,但是压下去了)这是会议,我一切都应该虚心地、冷静地听下去,我知道,我有的,我就改,没有的,就该警惕,但是我问你们今天到会的同志,为什么不反省你们今天没有我的命令就停工,邹丽随便到这里来争吵,你们都为什么不反省?

王厂长:因为下级对上级的计划在执行不通的时候,我们研究它的

69

优点和缺点在什么地方。

何厂长：那么，你是不是反组织行动？

王厂长：我们实际上只费了两个钟头讨论了工作的改进和计划怎样执行，决没有任何反组织的行动。讨论计划的意见都在记录上，厂长可以看看，如果以后查出有其他任何不同的地方，我负全责。

老赵：我们也是一样。

杨厂长：我们也是只费了两个钟头的时间讨论了一下。

邹丽：我今天到总厂来提意见的态度是不够冷静的，我以后转变。

何厂长：当然，都是革命的同志，我不会不相信同志们说的话，可是在行政上说，你们厂里停工开会得通过我呀！同志们啊！
（最后一句说得很感情）

王厂长：（他在发誓一样地反省）我的错，事前应该请示，事后应该报告，请同志们批评指正，我保证以后再不会有这种事情发生。

杨厂长：我也反省今天的过错……（严肃地，但话只说了一句，没有说下去，后又下决心说下去，声音颤抖着）我有自由主义缺点，当面不讲，背后乱讲，这是不对的，我在下面这样讲过，说总厂把我当通讯员使用。

何厂长：好，我们会开得很好，不仅是解决了我的问题，而且对李科长也有了正确的认识，大家也反省了，团结问题也解决了。（沉痛地）同志们啊！打去壁炉，安暖气，我知道；干燥室小，我也知道。可是我是为革命节省啊同志，实际上我们革命正是处在十分困难的时候，……前方的部队……唉！（眼泪在眼眶里）

王厂长：厂长，我知道你是为革命节省，可是现在的情况实际上并不节省。就拿干燥室来说吧，我们每天需要五百个炮弹箱的木头，可是我们的干燥室只能熏出二百个木箱的木头，那么就完不成我们每天需要的任务，也就会有人闲着，等熏出木料再做。这样下去，我们会损失多大呢？厂长，你刻苦耐劳，处处为革命着想，我们每个同志都知道，你是我们的好榜样。

何厂长：啊，（亲切地看了王厂长一眼）实际上，……我……

王厂长：请厂长把这两份图表看看吧，这一份是李科长设计的机器安装图，需要三亿元；这是工人设计的，只需要两亿元，而且还适合工作需要。

何厂长：啊，节省一亿元！那为什么呢？（大吃一惊，把图拿过来细看）

王厂长：因为李科长的图表是空想的，没有精确地计算，如果乍一看，似乎李科长的节省，若细算一下，那正是浪费。我这里还有一个例子，譬如我们的工房，李科长主张留下单间房的木架子，不准整个打通，不准打去壁炉和柱子，这样房子就不够用，还要新修两座工房，如果整个打通，房子就够用了，一来不用修房子，二来不妨碍工作，到底是哪一个合算？

何厂长：啊！

老赵：这里还有工人们研究的工作纪律和分工计算表，还有工人们订的生产计划。

何厂长：（奇怪地问）这些是谁设计出来的呀？

王厂长：是通过民主研究出来的。

何厂长：噢。

王厂长：有很多问题我们自己想不到,可是跟大家一谈,就能想出办法来,帮助我们解决了不能解决的问题。

何厂长：那么你们的计划上写着我们的炮弹什么时候可以造出来打响?

王厂长：炮弹问题现在才开始研究,现在发现它有一处缺点。(拿过模型和图)厂长,我特意把炮弹和图都拿来了,这上边,李科长为什么不画弹带呢?

何厂长：啊!

李科长：(急说)我在会议上严肃反省,我承认我有小资产阶级的自骄性和狂热性;但是我不画弹带的原因,有我的理由,我认为弹带是资产阶级为了美观,我们不能为了不必要的美去浪费宝贵的时间,因此我没画弹带。我的见解,没有弹带也能打响,科学是二加二的算法,弹带不是属于原理方面的,如果说我是假想的话,那么我是在为革命而假想。

王厂长：实施的计划和设计图——需要肯定,如果只想节省,造出来的东西不能用,那么这个节省是为了什么呢?

何厂长：嗯。

老赵：我还是要求把弹带加上。

何厂长：嗯,对的,对的。是我的错,我犯了主观主义和官僚主义的错误,同志们你们大胆地说吧,(激昂地要求)你们说我的错处在什么地方?

老赵：别的意见没有了,只希望厂长多听工人们的意见。

王厂长：请厂长可以考虑考虑,过去我们的政治斗争和军事斗争的经验是很丰富的,可是今天管理这种企业化的工厂,我们的经验是很差的。比如说,在工厂里来实行军事管理是不对的,只有应用民主的管理方式才能发挥工人们的积极性和创造性。这是不是由于从乡村到城市,从军队到工厂,我们的思想方法和工作作风还没转过来?当然这不仅是一个人,恐怕我们在座的同志们都是一样。

何厂长:嗯。(勇敢地)对的,对的。我的作风是没有转过来,好吧,我现在认识了我自己的错误,同志们的意见,我全部接受,从现在起坚决地彻底地改。这样吧,第一,马上实行民主管理,取消军事管理;第二,我接受大家的意见,有重点地做工作,两个厂合一个厂,集中力量造炮弹。

众人:好的,好的。……

老赵:干燥室和机器房是不是重新修一个?

何厂长:要重修,还没有做预算,已经修好了,若毁了很可惜,又耽误时间,等天暖和的时候再修吧。再说干燥室并不是完全不能用,只是小点,先将就着用吧。

老何:工具改造图怎么解决呢?

何厂长:你们同李科长具体地研究改造,李科长要多听工人的意见。

王厂长:炮弹图呢?

何厂长:现在还没有更多的理由说它不能用,工人又没有设计出来,那就先照李科长的图造十发,看看有什么缺点没有。弹带要加上,今天是三月一号,在三月二十号以前,我们的炮弹要造出来打响,旧计划的期限不要改,可把你们的计划按时间添进去。(将工人的计划交给肖贞)秘书!你马上把工人的意见整理一下添进去,还有什么意见没有?

众人:没有意见啦!

王厂长:我们是不是呈报本部要一个工程师?

何厂长：好的，等一会儿就写报告。

王厂长：希望李科长马上下厂去具体设计一下。

何厂长：好的。

老赵：工会的工作还是比赛吗？还是做别的呢？

何厂长：照本部的指示执行，好，散会吧。（收拾东西）

李科长：（站起来）厂长！把会议再延长几分钟吧。

何厂长：好。

李科长：今天大家对我的教育，对我的帮助，我诚恳地全部接受，别的我也不说了，今后在实际工作当中看吧。我有改造的决心。

众人：（鼓掌欢迎）好的。

何厂长：那好吧，就这样吧，马上开始执行。（打电话）喂！省政府民政厅吗？我是何厂长啊，对于酒精厂的问题，马上归还你们，请你们派人接收吧。噢，别客气，别客气。（放下电话）通讯员！

众人：啊！（听说酒精厂还给政府，相互大喜）好。

　　（小李跑上。）

小李：有。

何厂长：收拾东西下厂！

小李：是。（下）

何厂长：老王、老杨，咱们说过后，马上就干吧。一、二厂马上进行合并，快回去清理账目。

王厂长、杨厂长：好，好。

何厂长：李科长，秘书，快走！到会计那里把账目清算一下。

肖贞、李科长：好。

（三人同出。）

邹丽：厂长，帽子。

何厂长：噢。（戴上）走吧，邹丽！（下）

邹丽：好。（下）

（在一瞬间，似乎一切都在笑，他们四个人同时抽着烟。）

杨厂长：会开得真好，在这次会上也教训了我，确实，只有正确的和不正确的做积极的斗争，那才能得到真正的团结。我也得到了改造。

老何：会开得是不错，解决问题也不少，叫我看哪，总厂长的思想还没有彻底转变，就拿干燥室来说吧，他还坚持他的意见，不重修，你们看那能行吗？

杨厂长：他只要下厂去，这就是转变嘛！

老何：好，下厂去就好。

（幕落）

第四幕

时间：相隔几天的上午。

地点：炮弹厂的后院。

布景：左边的走道通机器房，右边是一间被炮弹打了还没修好的空房子，这院子正中有一棵大槐树，树枝上的嫩芽发绿了，树下是倒塌了的假山石，因下过雨，山石的凹地方还有水可以洗手。

（开幕时，工房的机器声在响着，王厂长同杨厂长交谈着问题。）

杨厂长：老王！你看我怎么能当副厂长呢！说真的，我这个材料只

能当个事务长。

王厂长：笑话，你厂长都当了嘛，还当不了副厂长？干吧老杨！拿出
　　　　信心来，把工厂搞好。

杨厂长：信心是有，可是我少才呀，你看这几天一合并，算账呀，调人
　　　　呀，真把我弄糊涂了，若不是你帮助，我就算没法子。

王厂长：主要的是没有上轨道，再过几天就会好的。老杨啊，你千万
　　　　不要烦躁！这些日子你看我们的总厂长多么起劲，我们得
　　　　向他好好学习呀！我现在认识了一个问题，我觉得总厂长
　　　　不是没有民主作风，主要的过去我们是没有充分的理由使
　　　　他接受。

杨厂长：对，我们没有一个又节省又快的计划。

王厂长：你看，在那次会上，他知道了我们的计划又节省又快，他不
　　　　是也接受了吗？当然，他的主观性强一些。

杨厂长：李科长还是差点劲儿。

王厂长：他当然不能跟总厂长比喽！不过老杨啊，我们对李科长要
　　　　好好地帮助，他是个知识分子，老住机关，今天能下厂来做
　　　　实际工作，就很不容易，我们应多鼓励他的进步，主动地团
　　　　结他，在理论上，我们还要好好地向他学习。

杨厂长：好的，啊，厂长说今天十二点钟一定要试验炮弹，你知道吧？

王厂长：知道，喂！你快到翻砂组去看看翻出来的弹体，拿去旋吧，
　　　　十二点钟一定要试验。

杨厂长：好。（下）

　　　　（老赵上。）

老赵：厂长！指导员呢？

王厂长：在火锯组吧，你找她有事吗？

老赵:昨晚上开了个党的小组会,有几个问题向她汇报。

王厂长:开得怎么样?大家对今后的工作有信心吗?

老赵:开得很好,解决了不少的问题。

王厂长:都是些什么问题呢?

老赵:合并以后的团结问题、新的劳动态度问题、工人的福利问题, 都解决了,并且提出竞赛条件啦。

王厂长:啊,好得很,对建厂工作还有什么意见没有?

老赵:没有更多的意见,他们只提出来要严格地建立检查制度。

王厂长:嗯!对的。我看你们旋盘组把这间房子作检查室吧!

老赵:行,什么时候开始修呢?

王厂长:明天就可以开始,还有什么?

老赵:他们最担心的就是劳动组织不够健全,还有人闲着,特别是新 学徒还找不着师傅,工具太少不够用,大家都很着急。

王厂长:给他们解释别着急,犯急性病是不行的,慢慢地来,现在一、 二厂才合并,人员还不够了解,过去生产因为没有计算,所 以缺这样少那样,现在还有二十多台机器没有修好,修好以 后,就一定不会有人闲着。

老赵:哎呀!修机器改工具真是个大问题,有好些机器,工人都不 懂,你看怎么办?

王厂长:不要紧,本部就要派一个工程师来的。

老赵:眼前呢?

王厂长:你还主动地找李科长去一块研究改造吧!

老赵:好的,我去找指导员去汇报。

王厂长:你等一等再去找也行呀!我可以先告诉她,你快到装备组 去一下吧,叫他们把药和小零件都准备好,等一会就试验

　　炮弹。

老赵:好。啊,还有一个问题,你说是不是可以找李科长谈谈,把工
　　房的柱子锯掉呢?

　　(老何与杨厂长,手中拿着两三个炮弹体,还有三四个工人
同上。)

老何:厂长! 厂长! 你看这是翻砂出来的弹体,不光滑还不说,我旋
　　了半天也旋不动,怎么办呢?

王厂长:一点也旋不动吗? (接着)这……怎么啦?! 来! 咱们研究
　　研究。

老赵:是火老了吧?

老何:不是的,开始我们以为是火老了,退了一次火,还是旋不动。

王厂长:嗯,明白了,这是好钢呀! 是不是耐酸铁的分量加得不对
　　呀? 或者是没有加呀? 你去问一下。

众人:呵,对的,一定是弄错了,走,咱们再去问问吧。

王厂长:留给我一个看看。(拿过一个来)

杨厂长:(又转来)哎呀,我还要修理炮呢。(与老何、老赵同下)

王厂长:老杨真能忙,(看杨厂长的动作过于快)翻砂出来的弹体为
　　什么这样粗呢? (细看)

　　(邹丽上。)

邹丽:老王,刚才我到火锯组去了一下,木料还是不够需要的,现在
　　人还是闲着没事做,这问题怎么解决呢? 是不是马上修一个
　　干燥室呀?

王厂长:这问题一定得通过总厂长批准才行。

邹丽:也好,那么现在呢?

王厂长:现在先把多余的人调到翻砂组去学翻砂吧!

邹丽:不过这不是长远的办法呀！熏出来的木料不够用是一个问题,再说一不小心,就有着火的危险。

王厂长:千万注意着火呀,派专人来看守吧。

邹丽:好。

王厂长:刚才老赵找你汇报,我叫他晚上找你。

邹丽:好,喂！何厂长同李科长真的下厂来了。

王厂长:啊,(高兴地)你在哪里看见的？他要一来呀,实际问题都会得到解决的。

邹丽:刚才我听一个工人告诉我,说他同工人在一起抬石头,修水压机。

王厂长:(吃惊地)抬石头,修水压机?！唉！

邹丽:你怎么的了？

王厂长:看这样子,厂长的思想还没有完全转过来。

邹丽:为什么呢？

王厂长:你想我们这样大的厂,有这么多的事情要做,他为什么去做抬石头的工作呢？

邹丽:也许是偶然的帮忙吧！

王厂长:不,我过去也犯了这样的毛病,过去我才到手榴弹工厂当厂长的时候,因为有人说我做实际工作太少,我就整天地同工人一块去做工,结果上级批评我,厂长应该是有计划地领导大家做工,不是去当工人。

邹丽:嗯,对的。

王厂长:指导员！我们要帮助厂长转变过来。

邹丽:好的,我现在去找他谈干燥室的问题。（下）

王厂长:你去吧。

（老何高兴地上。）

老何：厂长！厂长！对的,你说得完全对,他们是把加耐酸铁的分量
　　　记错了。

王厂长：好的,老何呀！你说炮弹为什么要剥皮呢？

老何：因为它不光嘛。

王厂长：为什么不光呢？

老何：过去的炮弹都剥皮,不剥皮是不行呀！

王厂长：我们是不是想个办法不剥皮呢？

老何：那……想想看吧！

　　　（老周满脸油污,一看就知道是旋盘工,手里拿着一个新旋过的
弹体上。）

老周：厂长！你看,旋好了安不上怎么办呢？

王厂长：呵！走吧！我们一块去研究。（与老周、老何同下）

　　　（何厂长、李科长同上。何厂长满头汗,衣服很脏,一看就知道
抬过石头的,李科长手里拿着一大卷图随后。）

李科长：厂长！请您看看吧,这是我才设计的干燥室和水压机图,您
　　　看能用吗？

何厂长：（态度很严肃）是你自己关着门画的吗？还是同工人们研究
　　　着画的呢？

李科长：这……是我自己画的,也找工人们看过,来请厂长批准。

何厂长：工人们都说什么了没有？

李科长：没有说什么,他们……他们也看不懂,能看图也不容易呀。

何厂长：那就以后再说吧,你确实需要虚心一些呀,同志。你想你又
　　　不是专门的工程师,有好些问题跟我一样不懂行,那么你为
　　　什么不虚心学习呢？我不是说关着门画图就不对,如果是

很内行的工程师,当然可以的,可是你是个什么呢? 是个刚出学校的学生呀,同志。

李科长:是。

何厂长:你很年轻,不要把自己耽误了。这是改造自己的机会。

李科长:以后看吧,厂长。

何厂长:你去找王厂长、老赵、老何,一块谈谈,要主动地去找他们,听见没有? 放下知识分子的架子,工人才相信你,才同你谈。

李科长:哼,我知道,不改造不行呀! 你以后看吧。今天一定试验炮弹吗?

何厂长:一定。

(老赵上。)

老赵:厂长、李科长都来了。

何厂长:干什么呀,老赵?

老赵:零件造出来装不上,我找李科长一块去看。……

何厂长:好吧,快去,装好了一定试验,(发急)唉,怎么搞的!

老赵:走吧,李科长! (拉李科长下)

(何厂长也正准备走,邹丽上。)

邹丽:厂长! 我找你好久了。

何厂长:呵,邹丽呀,找我干什么呢?

邹丽:我听说你来了,就来找你,干燥室太小,熏不出木料来,闲着的人还是有,怎么办呢?

何厂长:先把闲着的人调到另外一组去吧。

邹丽:(小孩似的说)调是已经调了,可是木料不够用,还是没有用呀,厂长,你下决心批准修一个干燥室吧。

何厂长：邹丽，你的意思我明白，我不是不想修，主要的是过去的预算没有算在里边，现在手里又没钱，怎么办呢？还是将就吧。

邹丽：嗯，恐怕……

何厂长：你们不要以为你们看问题都对，你们脑子里首先有了成见，总觉得干燥室小不能用，是吧？

邹丽：实在是小嘛！

何厂长：是的，我知道小一点，那么如果有专人负责多熏多出呢？是不是也能解决问题呀？多花钱，难道你就不心痛吗？

邹丽：（被说服）好吧，我们照你的执行吧。

何厂长：邹丽，一、二厂合并以后的情形怎么样呢？

邹丽：一切都很好，大家都有信心把工厂搞好。

何厂长：能按期完成任务吗？

邹丽：各组都召开了讨论会，讨论了一下，都说有信心，都说能按期完成任务。

何厂长：管理怎么样呢？

邹丽：实行民主管理以后，大家积极性都很高。

何厂长：有偷懒的吗？

邹丽：互相帮助，互相批评，偷懒的也是个别的。

何厂长：呵。（拍身上灰尘）

邹丽：厂长，你刚才干什么了呢？

何厂长：你对我有意见？

邹丽：过去坐在办公室里忙，现在下厂来抬石头……

何厂长：不对吗？（拍肩上灰尘）

邹丽：不知道。（见何厂长只拍前身灰尘，而背上满是白灰都看不

见,就大笑了起来)

何厂长:笑什么呀!你是笑我当厂长不会干车间活儿?

邹丽:哼……(继续笑)

何厂长:刚才一个老工人问我,厂长你过去造过炮弹吗?我说没有,
　　　　我父亲是农民,我从小就参加了革命,这是第一次到工厂,
　　　　车间活儿不会,抬石头还有点力气。我以为他会笑话我咧,
　　　　可是他没有笑,他十分严肃地说,你愿意学旋工,我教给你。
　　　　我说,就拜你为师吧。

邹丽:呵!(又笑了起来)

何厂长:你又笑什么!过去学的今天不适用,只好从头学起呀。

邹丽:我不是笑你当学徒。

何厂长:呵!别忙,我想想,你刚才说,过去坐在办公室里忙,现在下
　　　　厂来抬石头。……哼!你是不是想说我抓了一点丢了全盘
　　　　呢?其实呀,邹丽,我连一点都不了解,又怎能了解全盘咧?

邹丽:你下厂来深入下层做得对。

何厂长:对,你为什么笑呀?

邹丽:我刚才看到你拍身上灰尘的时候,只拍前面,忘了后面,其实
　　　　你这后面比前面的多得多呢。(给何厂长拍打)

何厂长:哼,要看到全面可不容易呀!

邹丽:我走啦。

何厂长:别忙,邹丽,我还有话跟你谈谈。你说我主观上是不是在为
　　　　革命节省呢?

邹丽:对的,你主观上是为革命节省,谁也没有说你是为了个人哪!

何厂长:我的毛病是什么呢?不民主,主观性强……由乡村转到城
　　　　市,我的工作岗位转了,我的思想方法还没有转。……

邹丽：可是你的优点比缺点多得多呀！

何厂长：你知道，老杨、老王，现在还对我有什么意见？

邹丽：他们说，厂长真是个老党员作风。有错说改就改，说干就干，
　　　　对革命是无限的忠诚。

何厂长：唉！过去我对老王也不完全了解，总以为他摆老资格……
　　　　不过老杨我真没有想到，他是一个自由主义的人。呵，你
　　　　去吧。

邹丽：（走而又转）厂长，老杨现在可转变了。

何厂长：我知道。

　　　　（何厂长摆手要邹丽去，邹丽下。）

　　　　（李科长拿一颗装好的炮弹，高兴地上。）

李科长：厂长，厂长！装上了，你看看吧。哼！我拿这件事情证明他
　　　　们的意见，就不完全对嘛！你看他们总是说装不上，结果我
　　　　去一看哪，主要的是工差。……

何厂长：算了吧，少说废话，你的老毛病又犯了，你刚才不说要改变
　　　　吗？为什么这么一会儿又犯了呢？你画得不准确装不上是
　　　　真的，工人们没有通过你，当然不敢改啰，重新加工，当然能
　　　　装上啰。那么我问你，要是每颗炮弹、每个零件造好了都要
　　　　重新加工，那又怎么办呢？

李科长：（低头说）我以后画准确些。……

何厂长：工人们叫你去，一方面是尊重你，另一方面是叫你看看你的
　　　　错处，叫你去实地学习。

李科长：我明白了，我以后一定改变，（很虚心地说）若不改变不
　　　　是人！

何厂长：勇敢地承认错误，勇敢地改正错误，是一个革命同志应有的

品质,你懂吧?

李科长:我懂。

何厂长:(拿过炮弹看了看,很和气地问)装上药了吗?

李科长:还没有装上药,先拿来给您看看的。

何厂长:(非常和蔼地)快拿去装药吧,十二点钟一定试验。

李科长:好。(下)

(何厂长因手脏,在假山石的凹地方洗手。老贺上。)

老贺:(因不满调动,来找王厂长的)王厂长,厂长!(无人答,见何厂长)喂!你为什么不做工?在这儿干什么呢?

何厂长:我在洗手。

老贺:你知道我们王厂长在干什么呀?

何厂长:厂长有事情忙着吧,你是干什么的?

老贺:我是这厂里的学徒,你是干什么的?是学徒吧?

何厂长:我……也是这厂里的,是学徒,你是哪一组的学徒呀?

老贺:我呀,哪一组也不是,(生气地)哼!

何厂长:哪一组也不是?为什么哪?

老贺:为什么?今天这一组,明天那一组,像乡下打零活儿一样,你说我是哪一组的?

何厂长:你找厂长有什么事呀?

老贺:要求退厂不干了,还是回家种地去。

何厂长:(逼近)为什么?!

老贺:我想我是来当学徒的,到厂里来,一会儿把我调到这一组,一会儿又把我调到那一组,你听我给你背背吧:旋盘组、木工组、搬运组、火锯组、翻砂组、烘炉组,我差不多都住过哪!一共不到十天,就把我调了十来个组,前几天一、二厂合并,把我拨到火锯组,我很高兴,可是也没有活干,刚才组长说,又要把我调到运砂组去运砂,你想这样下去,我这个当学徒的能学会什么呀?

何厂长:火锯组为什么不用你呢?

老贺:还不是总厂里那个主观主义干的!工人们说,干燥室太小呀,熏出的木料不够用啊,要不重修一个,就供不上活儿,那个老主观说,"将就呀,节省呀",因为熏出的木料不够用,我们师傅都有闲着的,我这学徒的还能做什么呢?所以又要调我哪,我就想走,回家种地去。

何厂长:你看见过总厂的那个老主观吗?

老贺:没有见过,听说他事情多,忙着。

何厂长:前些日子,他在厂里讲过话,你没有听吗?

老贺:我才来十几天。

何厂长:啊。

老贺:见不见一样,反正是个主观主义。主观哪,就是把我到处调,我们火锯组的事情,他也不懂,他还装着懂。

何厂长:(很难为情地)他为什么装着懂呢?

老贺:我们说干燥室小嘛,他说不小,你看是不是装着懂?喂,我告诉你,(小声地)我说呀,他还是个官僚主义哪!

何厂长:他为什么要官僚咧?

老贺:你想想看吧,工厂连机器都没有安好嘛,他就说比赛呀,比赛呀,又没有计划,做了这样没那样,他只说:"快呀,快呀,快完成任务呀。"又不民主,我们的意见他也不听,你看他是不是个官僚?喂,我给他这个帽子戴得对吧?嗯。

何厂长:对。

老贺:对？哼！（坐下）

何厂长:现在哪,不是转变了吗?

　　（二人坐在一块。）

老贺:转是转变了,大家都说他转变了,都很高兴,就是我们火锯组的工作他还主观。

何厂长:他对工人怎样?

老贺:嗯,还好,对我们工人可真好,怕我们冻着,怕我们没有房子住,怕我们害病。……

何厂长:你了解的真不少,是谁告诉你的呢?

老贺:这些都很明显,我都看得见呀!

何厂长:你过去干过什么呀?

老贺:我呀,(骄傲地)农会里的积极分子。

何厂长:是党员吧?

老贺:是,你是不是呀?

何厂长:是的。

老贺:(更亲热地)我告诉你呀同志! 我们支部书记动员说,现在工厂需要人做工,造炮弹,打反动派,解放全中国,还说工人是最先进的分子,我就下决心来当工人,你是不是这样来的?

何厂长:我是早来的。

老贺:山东过来的?

何厂长:不是。

老贺:啊,明白,是南方人吧? 哈哈哈,是吧? 嗯?

何厂长:嗯,南方人。喂,你好好地干吧,现在一切都在改变着。

老贺:我不是不干,我是看一天闲着,怕把革命耽误了。

何厂长:你的意见是对的,我想总厂一定会接受,咱们好好地干吧!

现在全国形势大转变,咱们努力多造炮弹,供给前方的部队,渡长江,打南京,打上海,解放全中国,咱们要做建厂的功臣,你就是最先进的同志了。哈哈……

老贺:(听何厂长说话不同)你到底是干什么的呀?

何厂长:总厂里的那个老主观主义我认识。

老贺:哎呀,你可不要告诉那个总厂长呀!

何厂长:不要紧,我告诉他,他一定会转变,一定会接受你的意见。

老贺:只要他转变,我就好好干。

　　　(杨厂长同三个工人扛着一门炮上。)

杨厂长:厂长!一切都准备好了,就试验吗?

何厂长:嗯。

老贺:(吃惊)呵,总厂长!(敬礼)

何厂长:(亲热地握老贺的手)我一定接受你的意见,一定修一个干
　　　燥室,保证不把你到处调,安心工作吧。

老贺:好。(高兴,大声笑着)哈哈……(下)

杨厂长:厂长,就试验吗?

何厂长:老杨,你先放下,我们谈谈。我过去确实是犯了不少的毛
　　　病,你多搜集工人们的意见,帮助我改正。你说一、二厂合
　　　并以后的情形怎样?

杨厂长:都很好。自从实行民主管理,工人们工作也积极,也帮助解
　　　决了不少的问题,新的劳动态度也树立起来了,工人们都
　　　说,一定能把工厂搞好,一定能按期完成任务。

何厂长:我看我们的组织形式是需要变动,我准备呈报上级,总厂可
　　　以取消,建立一个正规的厂,集中力量造炮弹;或者,你还有
　　　其他的办法?

杨厂长：我没有意见，集中力量造炮弹是完全对的。

何厂长：以后有意见就提，不要装在肚子里，不要使工作受损失。

（王厂长、李科长、老何、老赵每人都拿着炮弹上。）

王厂长：厂长！一切都好了，试验吗？

何厂长：你们不是说装不上吗？

王厂长：那是经过大家研究加工修改才装上的。

何厂长：好，试验吧！老王，你叫大家下工后都来参观。

王厂长：好，（高喊）工友们，下工集合到这里来看试验炮弹呀！

（在紧促的汽笛声响过以后，很多的男女工人，欢腾地跑来参观。）

何厂长：人离远些，试验的时候，把炮弹吊在炮口上，当心膛炸呀！

老杨，你亲自指挥去，其他的人一律在这里不准动。

杨厂长：是。（下）

（王厂长、老何、老赵同工人扛着炮下。）

（小李同工程师孙菲上。）

小李：厂长！本部派的工程师来了。

何厂长：呵！工程师来了！（高兴地去握孙菲手）

众人：呵！工程师来了，欢迎，欢迎啊！（鼓掌）

孙菲：（高兴地）呵，谢谢！（点头表示谢大家鼓掌）你就是何厂长？

（拿出介绍信）我已经到总厂去过了。

何厂长：哎呀，好得很！同志，我们正需要工程师呀！你来得真好。

真是时候。

孙菲：本部首长派我来做工程师工作，希望厂长和同志们多帮助。

众人：欢迎，欢迎！

何厂长：我们这里有一个工程科长，是个半吊子，闹出了不少的笑话。

（杨厂长在幕后喊："注意喽！"）

何厂长：（照顾大家）注意了！（对孙菲）呵，我们正在试验炮弹，来看
　　　　看吧。（拉孙菲站在较高处观望）

（杨厂长在数："一二三……"）

（工人们的心像停止跳动一样地等待着在"三"字上打响，当炮
弹出口去，人们的脸随着出口的炮弹注视着，兴奋而沉静地等待第
一颗炮弹的爆炸，但失望了。三发炮弹一颗没打响，人们的心冷下
去。随后就是随口乱说的抱怨声和一些愤怒而骂出的声音。）

众人：怎么样？我说打不响吧！看怎么样？主观主义的结果，真可
　　　　惜了公家的高粱米啊！真是白费了工。

何厂长：（万分难过）唉！

李科长：（慢慢走上，对何厂长）厂长，我下厂去做一些实际工作，向
　　　　实际学习，在实践工作中改造自己。

何厂长：（望着李科长要哭的眼睛）这正是你求进步的好机会。

王厂长、杨厂长：厂长，我们再研究吧！

何厂长：好的，再研究吧。啊！我介绍一下吧，这是本部派来的工程
　　　　师，孙菲同志。

王厂长、李科长、老赵、杨厂长、老何：（同时惊奇地）啊！工程师来
　　　　了，我们的炮弹一定能打响。

众人：对，我们的炮弹一定能打响。

孙菲：我们互相学习。

何厂长：呵，工程师啊，以前嘛，没有弹带，我以为打不响，现在弹带
　　　　已经加上了，它为什么还打不响呢？

孙菲：弹带不是管打响打不响的，弹带主要是管空气膨胀发泄力的，

打不响恐怕有其他的毛病吧。好吧,我马上开始研究。(拿过炮弹)

（后面突然有人从远处叫喊:"干燥室起火了!……快救火呀!"场上的人听说干燥室起火,急忙跑下去。有拿水桶的,有拿梯子的,并喊:"救火呀!干燥室起火了!救火呀!"）

何厂长:**快救火呀！**（急得乱转,望着火更大,自己脱掉衣服,跑下）

（沉静着。后面的火正燃着,人们在吵嚷着,在一分钟平静了以后,何厂长一人恐慌地、悲痛地上,何厂长的脸上和衣服上是经过火烧的。）

（王厂长跑上。）

王厂长:厂长你放心吧,火救灭了,没有大的危险啊!（拿着何厂长掉了的帽子）

（何厂长一把握住了王厂长的手,只是两个眼睛看着他,一句话也说不出来。）

（孙菲上。）

孙菲:（衣服上弄得很脏）厂长,不要紧,烧了已经烧了,我马上设计另修一个好的。

何厂长:（抓住孙菲的手）工程师呀,这是我主观主义的错误呀！同志们！我以后坚决改正,现在我马上到本部去请求上级严格处罚我！

（何厂长说完低着头走去,大家的眼睛随着何厂长,疑惑地、担心地目送着何厂长。）

（幕落）

第五幕

时间：两个月以后。

地点：与第四幕同。

布景：除与第四幕相同外，右边的破屋已修好成为检查室了，从那新
　　　修的玻璃窗望进去，有三四个女检查员在里面工作。树上的
　　　绿叶已加倍长大了，倒塌的假山石已变成用洋灰塑成的八一
　　　大炮弹。它有六尺多高，紧靠炮弹的右边是一块记载成绩的
　　　黑板报，从左边看去是重新修的干燥室。

　　　（开幕时，李科长同何技师在研究图表，注意听着工厂广播员的
报告。）

广播声：注意，注意，同志们、工友同志们注意！本厂转播新华社北
　　　京二十一日消息，南京国民党反动政府拒绝中国共产党和
　　　中国人民拟定的八条二十四款和平条件，这完全证明了国
　　　民党反动派决心要把他们所发动的反革命战争打到底，更
　　　证明了国民党反动派在今年一月一日所提议的和平谈判，
　　　只不过是企图阻止人民解放军向前挺进，以便反革命势力
　　　取得喘息时间，然后卷土重来，扑灭革命势力。同志们，工
　　　友们，我们要加紧生产，多造炮弹，支援前方部队，渡长江，
　　　打南京，将革命进行到底呀！

老何：他妈的，我说国民党反动派非往死打他不可嘛！

李科长：对，我们多造炮弹，支援前线，打他个狗×的！

老何：不往死打他，他就没个投降。

李科长：嗳，老何，就这样吧，你看能不能成功？

老何:行,我看一定能行。

李科长:我们去找工程师指教一下吧。

(王厂长上。)

王厂长:(忙碌地)咦,你们在这里呀! 怎么样? 成功了没有?

老何、李科长:差不多了。

李科长:我准备去找工程师指导一下,你知道他在哪里吗?

王厂长:他忙着,可能在化验室吧。喂,我告诉你们,何厂长准备再试验一次炮弹。

老何:还要试验吗? 不是上次试验的结果都很成功吗? 再试验一下,那不是浪费呀!

王厂长:因为本部首长来了指示,让我们的炮弹火速送到前方。

老何:啊! 今天就送吗?

王厂长:嗯,可是总厂长不放心,怕还有什么缺点,所以决定再试验一次。

(肖贞拿着生产成绩表在黑板上写。)

老何:肖秘书,是公布成绩吗?

肖贞:嗯。

老何:谁的最好、最多呀?

肖贞:这还用问吗? 当然是你的喽! 你看:何技师昨天旋尾筒超过了一百个的最高纪录!

王厂长:老何呀,这次竞赛,你准是头等模范。

老何:(不好意思地)谁知道呢? 啊! 肖秘书,今天几号了?

肖贞:四月二十一号了。

李科长:啊! 四月二十一号了! 时间过得真快呀!

老何:(用手指算)十一月、十二月、一月、二月、三月、四月二十一号,哎呀,过三天,就是六个月啦! 哈哈,我们的计划这不是完成了么!

王厂长:不但完成了,如果你们俩把这个研究成功了呀,(指他们手里的图)下半年还要超过计划呢!

老何:我们总厂长可真不是吹的,是真有两下子。说真的,一开始,我真不相信能完成十五万发炮弹。

王厂长、李科长:当时我的信心也不大。

李科长:总厂长那种向困难做斗争的精神真了不起。

老何:要不是转变作风,改正错误呀,我看也完不成!

王厂长、李科长:对的,对。

　　(老赵上。)

老赵:王厂长,王厂长!

王厂长:什么事呀,老赵?

老赵:听说十二点钟要试验炮弹吗?

王厂长:嗯,试验了以后,就要装火车啦。

老赵:行呀,没有问题。王厂长,我听杨厂长说,总厂长又要到本部去要求上级给他处罚,是真的吗?

王厂长:是真的。

老何:唉,我真不知道他为什么。上级不给他处罚嘛,一定要求处罚。喂! 我们工人同志们给上级写个信吧,就说总厂长,是……是一个对革命最负责任的人。

王厂长:上次干燥室着火以后,他就想马上到本部去请求处罚,因为这里的工作忙,他就写了报告,现在还没有回信,他就急了。

老赵:为什么上级还不来信呢?

王厂长:处罚一个干部,当然要经过讨论喽!

老赵:你说上级会不会给个什么处罚呢?

王厂长、李科长:(很担心地)这……

老何:我看,最好是不给处罚吧。你看,这任务不是完成了吗!

王厂长:啊,工程师来了。

　　(孙菲忙碌地上。)

孙菲:呵,你们都在这里呀!

王厂长:孙工程师,你忙坏了吧?

孙菲:没有什么,现在事情是多一点,我找总厂长谈几件事情。

王厂长:不在这里,我也正在找他。

孙菲:那就等一会再找他吧。(要走)

王厂长:孙工程师,你等等吧,上次我研究尾腔弹代替螺丝口的问
　　　　题,你看过了吗?

孙菲:我看过了,很好,我已经交总厂长去审查了,总厂长也同意马
　　　上就开始造。喂,听说上级来了命令,要我们的炮弹火速送到
　　　前方,总厂长正为这件事着急呢!

王厂长:你看,我又想出来一个剥皮机的安装法,你审查一下吧。

孙菲:嗯,行,行! 你的想象力真强,很科学,不过我得仔细去研究
　　　一下。

王厂长:好。

老何:工程师,这是我和李科长研究的炮弹不剥皮的问题,你看
　　　行吗?

李科长:我想炮弹翻出来不光滑,还要剥皮,主要的原因是模子问
　　　　题,过去模子是砂造的,要是热力过大,一不光滑,二有砂
　　　　眼,我想用铁模子代替砂模子,这是图,你看能行吗?

孙菲:(接图看)好,我看看。(细细地审查)

老赵：哎呀，中间大，两头小，倒进去，能拿出来吗？

李科长：我是想用两截模子，一截是砂的，一截是铁的。

孙菲：有道理，你们真是有创造性，（看图）很好，我都没想到这些问题，李科长很有天才，不过，这一截砂的，最好在弹带上面。

（改了一下）

老赵：李科长现在呀，真比我老赵强得多了！

李科长：这主要的是老何帮我研究出来的。

老赵：你们一个用脑袋，一个用经验，这真是团结起来了。（笑）

众人：（笑）哈哈，这是理论和实际结合了。哈哈……

孙菲：设计得很精细，啊，这里面有一个问题，是一回翻几个吗？是一个一个翻呢？

李科长：我没有想到这个问题。嗳，老赵，你是个老工人喽，你有经验，你谈一谈吧。

老赵：嗯，有办法，我们把很多的模子连在一起，上边用大砂箱，这样一次就可以翻出来好几个，你们看行吗？

众人：嗯，对。

李科长：工程师，你看怎么样？

孙菲：我看能行，不过科学是要实际试验的，（考虑）这样吧，你们去到翻砂组翻两个出来，做实验，我们会知道更多一些。

王厂长、老赵、老何、李科长：好。（同下）

（邹丽上。）

邹丽：肖秘书，啊，孙工程师。

孙菲：你知道总厂长在什么地方？

邹丽：到化验室去了吧，你找他有事吗？

孙菲：嗯，我正找他有事，好吧，我等一会再找他。（下）

邹丽:肖秘书,这是我们厂里的生产数目字和详细的成本计算表,总

　　厂长要你马上抄好,他下午要到本部去。

肖贞:怎么? 厂长今天要到本部去吗?

邹丽:对了,等炮弹试验完以后,他马上就要走了。

肖贞:为什么那样急呢? 那我能抄得完吗?

邹丽:因为上次他要求处罚,到现在还没有回信,他说他今天一定要

　　去,你赶快抄去吧。

肖贞:好。(下)

　　(老周上。)

老周:指导员,指导员,咦! 你看,我一猜呀,就准知道你在这里。

邹丽:干什么呀,老周?

老周:你看这是我们木工组的生产成绩表,一点不差地完成了任务,

　　还超过了。

邹丽:一千个木箱都造成了吗?

老周:全部造成了,在中午十二点都完成了。哎呀! 开始我可冒了

　　一头汗。

邹丽:主要的是干燥室的问题吧?

老周:对了,要不是新修一个干燥室呀,任务就完不成了,哈哈。

　　(下)

　　(邹丽在黑板上写。工人甲上。)

工人甲:指导员,(擦一把汗,看见黑板上的成绩已早有人在先)哎

　　呀,我们晚了一步,真糟!

邹丽:不晚,后天才到期呢!

工人甲:你老说不晚,你看,是不是别人跑到我们前面去了,好吧,反

　　正晚了一步,我们弹体组全部完成了,这是数目字。(交表)

邹丽:都经过检查了吗?

工人甲:都经过检查的。

邹丽:好吧,你回去告诉你们组上,今天是星期天,要大家休息吧,不
　　　要干了。

工人甲:休息? 那才不愿意呢。大家现在正讨论比赛条件,还能休
　　　息吗?

邹丽:不行呀,总厂长的规定严格得很,星期天不许干活,快让大家
　　　休息吧。

工人甲:好,我们开会还不行吗?(下)

　　　(何厂长上。)

何厂长:邹丽,怎么哪? 星期天大家都不休息呢?

邹丽:我说过好几次了,他们要求一定提早一天完成任务,现在各组
　　　都提出竞赛条件,还要竞赛哪!

何厂长:竞赛是可以的,可是我们要有组织地有领导地竞赛,千万不
　　　要使大家劳动过度哇。(看黑板报)啊,木工组、弹体组,今
　　　天就完成任务啦!

邹丽:嗯,这主要是何技师起了带头作用,你看,他昨天就旋了一百
　　　个尾筒。

何厂长:啊!

邹丽:厂长,你今天一定要到本部去吗?

何厂长:一定去。

邹丽:工人同志们可有意见哪!

何厂长:啊,有意见? 什么?

邹丽:现在呀,他们一个小时都不愿离开你。

何厂长:啊。

邹丽：他们经常问我。

何厂长：问你什么？

邹丽：问我……你什么时候到本部……问我……（不好说）本部有什么信没有，他们都很担心。

何厂长：别那样不好意思说了，他们担心我受处罚，是吧？我看是应该的，像我这样一个干部，自小就参加了革命，组织上培养我到了今天，放心地交给我工作，可是我主观，不虚心，造成对革命的损失，要不受处罚，怎么见人呢？再说一个共产党员应该经得起鼓励，经得起批评。就像在家里一个好的孩子一样，做错了事，虽然不好意思，但总还是希望父母给一个痛快的责备。父母当然是疼孩子的，可是要教训孩子几句，是纠正他的毛病，也是疼自己的孩子，组织上当然也疼我喽，不过上级不给我处罚，我是不好受的。

邹丽：没有人说你经不起批评，主要的是工人同志们怕你不回来，进关的干部很多呀！

何厂长：你呢？

邹丽：我……

何厂长：如果你也那样看问题，那证明你在政治上是不够老练的，党的干部，决心为人民服务，如果说今天调我到工厂，我就在工厂里工作，学习管理工厂，明天调我到前方，那我就赶快学会打仗。

（孙菲上。）

孙菲：何厂长，啊！你们在谈工作呀？（要走）

何厂长：谈完了，你找我有事吗，老孙？

孙菲：下半年的生产计算表，我都造出来了，给你送来，你看看。

何厂长:(接过)好。

孙菲:根据检查的结果,任务是彻底地完成了。(笑)说真的,工人们
　　那种积极精神,我是生平第一次见过的。

何厂长:这都是工程师和大家同志们的功劳。

孙菲:不敢当,主要的是……

何厂长:你设计的工房和干燥室,同志们都很满意,(指)你看新修的
　　干燥室。

　　(李科长拿了一个炮弹上。)

李科长:工程师,厂长,你看这是才翻出来的。

孙菲:(接过细看)好,好。哎,多年来没有解决的问题,现在解决了!
　　哈哈,厂长,这是你最担心的问题,现在已经解决了。

何厂长:啊,是炮弹不剥皮的问题吗?

孙菲:是呀,这一颗炮弹,平均要节省两分钟哪,下半年的计划一定
　　能提早完成。

何厂长:是李科长研究出来的吗?

孙菲:是呀!

李科长:是我和老赵、老何一块研究出来的。

何厂长:好得很,只要你虚心地向工人学习,你将来一定能成一个实
　　际的革命的科学家。

　　(老赵、老何同上。)

老赵:工程师,厂长,围枪弹脱落的问题,现在已经完全成功了,你
　　看。(炮弹和围枪弹给何厂长)

何厂长:是老王研究出来的吧!啊,这样就不掉吗?我怎么还不
　　懂呢?

孙菲:道理是这样,把这尾筒里旋了五厘米的横沟,打的时候,自然

　　　　膨胀力管住它了,就不掉了。

何厂长:嗯,对。

　　(王厂长上。)

王厂长:厂长!十五万发炮弹全部造好了,已经装好了十万箱,装
　　　　车吗?

何厂长:不忙,再试验一次,有百分之百的把握,才能送给前方,你告
　　　　诉老杨,去扛炮去吧。

王厂长:去了。

何厂长:啊!老王,我们最担心的两件事情都解决啦,下半年的计划
　　　　一定能提早完成。

王厂长:是的,有把握超过。

何厂长:从现在开始,照着新方法改装。

王厂长:好,明天就实行。

何厂长:好,啊,都来了,坐下吧,我顺便谈谈,我准备今天下午上火
　　　　车到本部去,好好地做一次反省,家里的事情由老王负责。

众人:什么?……啊?……

王厂长:厂长,我代替不了哇。

何厂长:干部都在这里,家里的事情按照计划执行。

　　(杨厂长扛炮上。)

杨厂长:厂长,炮扛来了,试验吗?

王厂长:等一会吧,大家还没有来。

杨厂长:好,厂长,炮厂厂长送来了不少的铜和钢呢。

何厂长:啊,他为什么给我们送来呢?

杨厂长:因为前几天我们把没有用的炮弹壳给了他们,他们就送给
　　　　我们的铜和钢。

何厂长：唉，这到处证明了，没有革命的整体观念，自己什么也搞不好。我这一次定要把厂里走的弯路、犯的毛病整理成材料，送交给上级，帮助那些跟我一样有缺点的人，好使他们转变。

（老贺、老李和一些群众，拿炮弹上。）

老贺：试验吧，都装好了，这都是新装的。

何厂长：叫大家都来参观吧。

王厂长：老李，叫各组都来吧。

老李：好。（下）

（小李同工人一样的服装，拿了何厂长准备出发的衣服和手提皮包上。）

小李：厂长！火车快来了，装车吗？

何厂长：等等吧，试验了以后再说。

（肖贞手拿一封信和一个图表上。）

肖贞：厂长，成绩统计表都抄好了。

何厂长：啊！（接过）

肖贞：这还有本部来的一封信。

众人：（关心地）本部的信吗？

（何厂长看信。每个人都在注视着信，都愿意很快地知道信的内容。）

何厂长：（看过信）嗳，同志们快去试验去吧。

（众无语。工人群众下。）

王厂长：厂长，是本部的信吗？

老赵：信上说的什么呀？

老何：厂长，你念给大家听听吧！

何厂长:好,我谈谈,这信里边的中心有三个。一,上级接到我们的报告,很高兴,特别称赞老王和大家同志们,也同意我的意见,总厂取消,建立一个正规的厂,集中力量造炮弹,我当厂长,老王当副厂长,邹丽的组织部长,老杨的材料科长,孙工程师,就在这里任工程科长,老李的副科长。二,要我把建厂的经验做一个详细的报告,要我把下半年的计划送上去批准,造好的炮弹立刻送到前方,要我们多看报纸,多学习苏联的经验,就这些了。试验炮弹去吧,同志们。

众人:第三咧?

何厂长:第三是关于李科长的缺点问题,上级同意管理委员会的决定,责成他做深刻的反省,并且指出,李科长最近有转变是很好的,叫我们在厂委会上讨论一下,要有专人好好地帮助他改正缺点。

众人:好的,李科长最近有很大的进步。

何厂长:好啦,(稍停,见大家仍在注视自己)哎,你们怎么不去收拾炮去呢?大家都快来了。

众人:这……(无语)

老赵:厂长,嗯……上级……对你那个请求处罚……有决定没有?

何厂长:啊,上级指出,我们的干部有丰富的军事政治斗争经验,对管理工厂,这还是新问题,让我今后好好向大家学习,在实际工作中力求改造自己。还没有提到处罚呢。(很难过,因为上级没给他处罚)唉!

众人:啊啊!(每个人脸上都露出笑容,但看见何厂长难过,都很难过)

老何:(有意找话说)厂长,你今天还要到本部去吗?

何厂长：上级说要是工作忙，就先不去啦！

孙菲：唉！好呀！

何厂长：老杨，我现在不到本部去！你把炮弹送去吧。

杨厂长：好。

王厂长：走哇同志们，试验吧。（下）

（众人扛炮下。）

（工人男女群众上，不同的自由讲话。）

众人：走哇，看试验炮弹去呀。这回还差不多。嗯，一定能行。

（王厂长在幕内喊："注意了！一，二，三。"）

（一发跟着一发地响下去。）

众人：啊，我们的炮弹打响了，哈哈哈……（整个在笑声中）

（王厂长在炮声中兴奋上。）

王厂长：厂长！百发百中，发发都打响了。

（何厂长兴奋的泪水，从脸上掉了下来。）

（广播员在广播，众人皆注意听着。）

广播声：注意，工友同志们注意，我们人民领袖毛主席、朱总司令，命令大军前进！

（众人鼓掌，欢笑。）

广播声：全部地、干净地、彻底地消灭敢于抵抗的任何国民党反动派。

众人：对，非打他不可。

广播声：现在我们的各路野战大军，已经奋勇前进了。……

众人：（欢呼，欢笑）人民解放军万岁！毛主席万岁！

（火车声叫了。）

何厂长：好，同志们，快装车吧，把我们的炮弹送给前方渡长江，打南京,解放上海,解放全中国呀!

（在炮声、火车声、人们的笑声、机器声的混合中,一车车的炮弹从厂里推出来,工人们有扛着的、抬着的,蜂拥地、狂热地向火车站拥去。）

（先落二道幕,用灯光表示炮弹在前方已打响,与第一幕开场时一样。）

（幕落·剧终）

上海杂志公司 1950 年

◇ 陈　明

老少心

时间：一九四八年的夏天。

地点：河南开封。

人物：王曼华——二十岁左右，广播电台的广播员，天真，娴静。

　　　刘建国——二十五岁上下，某工业大学的毕业生，现在一个小学里当音乐教员，曼华的未婚夫，热情，正派。

　　　陈启俊——十五岁左右，广播电台的勤务员，参加解放军约三年。

　　　农妇——五十多岁，一个善良的老人。

　　　王公达——五十岁左右，曼华的父亲，电灯公司的工程师，诚挚热情，有长者风。

　　　王妻——曼华的母亲，五十岁左右，一个普通的家庭主妇。

第一场

（广播电台王曼华的宿舍里，晚间五点钟光景，室内昏暗，稍顷，

106

陈启俊引刘建国上,启俊扭开电灯。)

启俊(以后称俊):刘先生您坐一会,王小姐在播音室有工作,一会就来。

建国(以后称国):啊! 电台今天还照常工作吗?

俊:嗯!

国:你们电台不准备撤退吗?

俊:(看看建国)不知道! ——刘先生,您喝水。

国:谢谢你,小朋友——王小姐是不是也决定跟你们一起撤退?

俊:不知道!

国:喂,喂,小朋友,我不是什么坏蛋,我跟你们是一家人,我是王小姐的未婚夫! 未婚夫,懂吗? 我是王小姐的爱人!

俊:我知道你是王小姐的爱人。

国:那就好了! 小朋友,请你赶快告诉我,你们撤退的路线是出南门奔西南方吗? 王小姐跟你们一起走吗?

俊:不知道,我不知道!

国:唉! 真是!

俊:一会王小姐回来,您问她自己吧! 我还忙呢! 对不起! (下)

(建国无可奈何地看看表,扭开桌上的小收音机,听到音乐《八路军进行曲》的最后几句,紧接着是钟声、王曼华的声音。)

曼华(以后称华):开封,新华广播电台 XNOA,波长三十五尺,八三〇〇千兆,现在播送本市城防司令部政治部的重要文告:开封解放以后,在我军民共同努力下,秩序日渐恢复,善后救济及其他建设工作,正在开始。国民党蒋介石野心不死,近又调集匪军,妄想重占开封,人民解放军本爱护人民、爱护城市之初衷,不忍全市父老兄弟,在蒋机滥炸、蒋军破坏之后,重受战争灾难之迫害,奉令自市区作暂时之撤退,与本市父老同胞作短时之分离。在此暂别之时,我们愿告诉我全市父老同胞,即开封最后必然为人民所占有,全国所有城市,也必将先后为我军所解放,我军此次可以攻克开封,今后寻求战机,歼灭敌人,随时均可重回本市。目前人民解放军正在全国范围内展开胜利进攻,捷报频传,蒋贼虽有美帝支援,也无法挽回其百战百败之危局,人民革命战争胜利的日子,就在目前了。我们希望全市人民,亲爱的父老同胞,暂时忍受蒋匪重来的苦难,继续过去反抗暴政的光荣,对蒋介石统治集团做不屈不挠的斗争。倘有不堪蒋匪蹂躏,无法生活者,不论工商教育各界,社会贤达,知识青年,本党本军,热情欢迎来解放区就业就学,同为打倒蒋介石,建设新中国而奋斗。

下面请听军乐,《八路军进行曲》。(乐声雄壮,中有曼华的声音)请各位听众注意,自今天十七时起,就是现在起,本台奉令暂时停止广播。以后再见!

(乐声继续到将完,建国关好收音机,稍顷,曼华上。因为她长期在播音室工作,她的行动、举止极为迅速、敏捷、安静,此时由于兴奋,脸色红润。)

国:曼华!

华:(把手拿的两个麦克风放在桌上)小刘! 你怎么在这儿? 你来干吗?

国:伯父、伯母特地叫我来接你回家的!

华:叫我回家?! 我已经决定不回家了!

国:(惊喜兴奋,又逐渐平静)怎么? 你决定跟解放军撤退吗?

华:是的,今天晚上七点钟就要离开这里。

国：曼华！这事你为什么不告诉伯父伯母，征求他们的许可呢？

华：我没有告诉他们。告诉他了，他们会留我，阻止我，一定不让我走的！

国：那你也该跟我商量商量呀！

华：这是我个人的事，为什么一定要跟你商量呢？你的事也一件一件都跟我商量吗？

国：曼华，你太年轻，你要知道，这种事情是不应该轻易决定，决定之后，就不能够随便变更的呀！

华：谁说我会变？！我现在很冷静、很理智地告诉你，我要跟着解放军一齐离开这里，他们回来的时候我也一齐回来，这是我慎重考虑以后的决定。

国：（几乎是自语地）为什么这样轻易决定呢？

华："轻易决定"？"为什么"？解放以前，国民党在的时候，我整天关在那所小屋里，拿着"中央社"的电稿，对着扩音器，尼姑念经一样，念那几句天天要念的，什么"共匪遗尸累累，我军节节前进"，什么"共匪仓惶溃退，我军乘胜追击"，播音器是个死人，我自己对着扩音器，没有一点精神，没有一点兴趣，也像一个快要死的人，在那里说鬼话，骗别人！骗自己！

国：你别太兴奋了！我了解你那时候的苦痛！

华：可是解放以后呢，变了！一切都变了！死去的城市变活了，年轻了！播音那间小小的房子，变得宽大了，充满了阳光！扩音器显得有精神了！我呢，我就像从梦中醒来一样，从来没有过地轻松，愉快呀！

国：我也看出来了，虽然你在电台工作很忙，精神却是空前的好！

华：你想，现在解放军要撤退了，国民党或者会来，难道我就在这里等着他来,过死人一样的日子吗?

国:可是,你怎么舍得离开伯父伯母呢? 他们都上了年纪啦。

华:爸爸妈妈,生我养我,他们都很爱我,我当然舍不得离开他们,可是,有什么法子呢? 为了我的前途,我的事业,我实在顾不了许多。我走了他们一定很难过的,请你多安慰安慰他们老人家,我们再回来的时候,我会感谢你的。

国:那么你忍心丢开我吗?

华:我们谈不上谁丢谁,我们还没有结婚呢!

国:可是,我们订了婚! (指墙上挂的小红旗)这小旗,不就是李台长送我们的礼物吗?

华:我当然还是爱你的,可是,你如果也爱我的话,你就应该了解我,原谅我,应该鼓励我!

国:天哪! 鼓励你! 说老实话,爱倒是很爱你,就是不愿你离开我! 曼华,你走了,我一个人生活,那多么寂寞,多么痛苦啊! 你不走好吗?

华:(诚恳地)小刘,你为什么说这样的话呢? 我们两个人,在人生的旅途上固然是忠实的伴侣,可是在革命事业上,我们更应该是亲爱的同志、战友。我们不应该把自己束缚在狭小的感情圈子里,我不喜欢你这样。

国:得了,得了! 你才换上的军装,怎么就跟我做"政治工作"呢! 我不需要!

华:(看表)好,不需要,不需要,你来得正好,帮忙收拾行李吧! 呀? (到门外)陈启俊! 陈启俊! (陈在内应)

国:你们撤退的路线是出南门奔西南方吗? (一面着手收拾东西)

华:这是军事秘密,不能告诉你。(一笑)

国:不，我偏要你告诉我，不然我就去告诉伯父伯母，叫你走不成！

华:好，好，我告诉你。李台长还没有宣布呢，我不知道。

（陈启俊上。）

俊:王小姐，这是发下来的传单、标语，这两张给你，李台长叫贴在播
　　音室和您的房子里。

（建国接过传单看。）

华:请你把这两个扩音器送到技师那边去。

俊:好，王小姐，你赶快收拾东西吧，不然一会要来不及了！（陈下）

华:好，好！喂，小刘，别尽看传单了，快帮我收拾东西吧！

国:对，对！（放下传单，哼着解放区流行的歌曲，帮她清理东西，故
　　意地）这件花旗袍带走吗？

华:不带！

国:这双高跟鞋怎么办？

华:不要了！

国:糟糕！这雪花膏瓶子放在箱子里会压碎的！

华:不要了！这些我都不要了！到解放区生活该朴素些，带这些
　　干吗？

国:好，好，一天的工夫就变得这么无产阶级化了！喂，喂，这面旗
　　子，红色的，"人民喉舌"，这面旗子也不要了吧？

华:不，这个要。

国:要它干什么？留给我作纪念品！

华:不！这是人家送我们订婚的礼物，"永远做人民的喉舌"，看见它
　　我就会想起你，想到这几个字，勉励自己，更坚定自己的道路。

国:失去这面红旗，失去了我，你就会不坚定吗？那么你可以不必走
　　了，我很欢呀！

华:(着急)当然不是这样的。

国:那你答应把它给我。

华:(无奈地)好,给你吧!你好好保管起来,再见面的时候,你得给我!

国:这订婚拍的相片也给我。

华:你不是有了一张吗?

国:让同事拿去了。

华:那我不管,你向同事去要吧。(两人抢相片,陈启俊上)

俊:王小姐,门口有人找你。

华:是谁?

俊:我问他是谁,他说是电灯公司王工程师叫他来的,给您带来一封信。

(曼华拆信看。)

国:说什么?叫你回去吗?

华:(不理,看信)"曼华吾儿,见字速归,至要至要!"

国:你打算怎么办?

华:(略加思索,对陈)你告诉送信的,说我不在。——千万别放他进来!

俊:好!(下)

国:你真狠心,就这样离开我们!

华:别废话了,请你快点收拾,好吗?我真怕爸爸妈妈自己闯来呢!

国:(故意地)你能走路吗?解放军是有名的飞毛腿,一天走二百里地,你跟不上怎么办呢?

华:跟得上,跟得上,我有革命热情,可以战胜一切。——哎呀!你快点收拾吧,别那么蘑菇啦!

国:哈! 热情战胜了一切! 未免太简单了。我问你,解放军吃小米

　　饭,你吃得惯吗?

华:有什么吃不惯呢? 听李台长说,在延安好多女同志吃小米都吃

　　胖了!

国:胖了,那多不好看呀! 我不喜欢你胖!

华:我要真胖了呢?

国:我只好更喜欢你! ——你不怕身上长小虫吗?

华:讨厌,简直侮辱人! 你以为解放军每个人都长虱子的吗?

国:得得得,我这是好意关心你! ——收拾好了,还要我干些什么,

　　下命令吧!

华:(看看收拾好的行李)那就贴传单吧。

　　(二人展开传单,贴在墙上。传单上的字迹新鲜醒目,上书"蒋

方人员注意:破坏城市建设者严惩,保护城市建设者奖励!"他们贴

好后相对一笑。)

国:快分手了,不说些什么吗?

华:想说的话很多,从哪里说起呢?

国:离开这里以后,你打算怎么安排自己?

华:我吗? 我打算还做广播电台工作,我要坚持在扩音器前边,喊出

　　人民的呼声,传播世界的真理,我要永远永远做人民喉舌!

国:你对我有什么希望吗?

华:我希望你,好好保重身体,再……再见面的时候,我们都好……

国:(似乎很难过)就这样分别了,这就是别离的滋味呀! 握手吧!

　　(曼华伸出手来,颇为凄然,建国紧握她手,猛然甩开。)

国:(大声地)不! 不! 不能让你走! 我需要你,像需要空气一样,你

　　不要离开我呀!

华:(冷静地)可是我需要真理像需要空气一样！真理是在人民方面,我应该跟着他们走,我一定走！

国:爱人,空气,真理,我都需要,我一样也不放弃！

华:小刘,我这会儿去,在我们只是短别,我相信,我们很快就会再见面的,就在这个城市里。

国:这个,我一点也不怀疑,可是说什么,我也不放你走！不放你走！

华:(生气)你怎么啦？怎么了吗?!

国:你生气吗？还是不让你走！

华:我要走,我一定要走,这是我的自由,你干涉不着！

国:哟,哟,看你脸红脖子粗的,别气了,告诉你吧,我早决定了,这回跟解放军一起走。

华:鬼话！我不信。

国:真的,你看,我的介绍信。

华:(接过念)"刘建国先生是工业大学的毕业生,愿参加我军工作,请予接洽为荷,城防司令部政治部启！"(雀跃而起)真的！真的！(又生气)你干吗不早说,还那么逗人呢？

国:得了,得了,"人民的喉舌",还生气吗？来来,跟你行一个革命的敬礼！

华:真是！(又看信)你为什么要走呢？你在小学里教唱歌不是很轻闲吗？

国:我为什么不走?!我是学工的,可是成天却在教小孩子唱1234567,你想,我甘心这样下去吗？解放军一进来,举行技术人员登记,我就去报了名,今天一早看见布告,说是要暂撤退,我就又去请求,跟他们一起走,他们答应我了！

华:那太好了,今天我们跟他们一起走,过不久跟他们一块儿回来,我们两个不分开,多么幸福啊!

国:我也没想到,你会有这样的决定,而且是这样坚定不移!

华:你的行李呢?

国:已经托人了,学校里还有好几个同事一块儿走。

华:你告诉我爸爸了吗?

国:没有,我上你家去的时候,看见他在屋里走来走去,好像有什么
大事一样,我也怕他不让我走,没有敢告诉他。他看见我什么也
没说,就叫我赶快找你回去。

(远处传来了军号的声音,陈启俊上。)

国:你听,队伍都在集合了!快要出发了!

俊:王小姐,您的电话。

华:小刘,电话就在隔壁,你去替我接接。我来给爸爸妈妈留封信。

国:好!(下)

(外面传来军歌声、部队行进声,夹杂着鞭炮声。)

俊:前面队伍已经出发了。这些行李是带走的吗?要装车了。

华:好啦!脸盆、提包我自己拿,请你把铺盖拿上车吧。小陈,放鞭
是干什么?

俊:那是欢送部队出发,这个队伍给老百姓的印象太好了!好多人
听说部队要走,拉着战士的手哭呀!好多人就跟着部队一齐走!

华:真是太使人兴奋了!

(陈启俊下,曼华匆忙写信,刘建国上。)

国:糟了!糟!是你爸爸打来的电话,我说你不在,他要我在这儿等
他,他马上到这儿来!

华:那怎么办?他来了我们就走不成了!

国:那我们赶快走!你信写好了吗?

华:写好了!

国:(念)"亲爱的爸爸妈妈,请饶恕你们不孝的女儿吧。他们展开幼
　　嫩的翅膀,飞到天国的那一方,为了全人类的幸福,为了新社会
　　的理想,他们需要自由呼吸,尽情歌唱。再见吧,爸爸妈妈! 祝
　　你们身体康健! 儿曼华、建国同叩。"

华:把信留在这里,我们去请求李台长,让我们一道走,快!

国:这信到明天再交给他们。咱们走吧!

(幕)

第二场

（当天深夜,在离城二十多里的一个乡村农舍里。房子相当讲
究,但家具少而且破烂,显得不调和,原来这是地主的房子,现在已
分给农民了。幕开时,曼华、建国戴着白口罩,正在扫房子扫炕,陈
启俊从外面背进最后一捆铺盖,农妇在后面掌灯跟着。)

国:总算到了这个地方!

华:爸爸妈妈再也找不着我们,我们自由了!

妇:小同志,你慢着走,别摔了呀!

俊:大娘,不要紧,(他把行李放在炕上)大娘,你们水桶在哪儿? 我
　　们借使唤一下。

妇:在后院水井旁边,你用吧。

（陈启俊下,刘建国从炕上把自己的铺盖卷到房子那头的另一
个炕上。)

妇:(惊异地问曼华)怎么,他不是你的先生?

华:不是,他是我哥哥,我是他妹妹。

妇:(对走过来的刘)我们乡下地方,房子小,你们受屈了!

国:老太太,别——

华:(纠正他)叫大娘!

国:对了,大娘,这房子很好!我和曼华很满意。

妇:告诉你们吧,早先我们受苦人,哪儿住过这样的房子?!这是老财家的房子,我们连挨边都不敢呀!打头年共产党、八路军来,又分地又分房子,受苦人才翻过身来!我们就搬到这个院子里来了。我们家还分到一头牛,快下牛犊儿啦!

国:老太——老大娘,真该恭喜!

妇:我有两个儿,大的参军了,捎信来说当了排长啦。二的在本村做工作,刚刚引你们到这儿来的就是他。

国:他怎么不在家呢?公事常是这样忙吗?

妇:今天格外忙!今天又上来了好多队伍,他要忙着给队伍找向导呢!我跟他算计好了,过半年给他说个媳妇,啥也准备了,就是炕上还短一口大水缸。唉,这个年头说媳妇,不容易呀!要能干地里活儿的。不能干活的,多一张嘴吃,你要她干什么?你们说是吗?

国:哈哈!(对华)听见了吗?不会干活,给人家当媳妇人家还不要呢!

华:哼!男人要不肯劳动,女人还不嫁他呢!

国:如果已经订了婚呢?

华:订了婚,也不算数!

国:好!劳动,干活!来,我替你摊铺!

华:我自己会摊!(他们动起手来。陈启俊端水上)

俊:你们洗脸吧。还有什么事?刚刚管理员说,城里还有人撤退到这个村子里,叫我去照顾一下。

国：没事了，你去吧，小朋友！

俊：叫我同志！

国：小同志！辛苦你了！

俊：没有什么，我去了！（下）

妇：（抚摸着华）你不累吗？你是头一回出门吧？家里老人呢？有婆家没有？……

华：大娘，我还好！您累了吧？该睡觉了，我们吵你了！

妇：看你说的哪里的话，如今都是一家啦，你们难得来的……

国：大娘，天不早了，您去睡吧。她——她路上有点点感冒，有点小病，想早点休息。

妇：啊哟！年轻人，要保重身体呀！要是受了寒，热碗姜汤喝，一发汗就好了。我去给你热去。（下）

国：大娘，你……

华：解放区的老百姓太好啦，待人这么亲热！你看，今天过河的时候，我们大车淤住了，那么多老百姓来拉、推，真太好啦！

国：这都是共产党的成绩。你看，这次撤退，路上挤着那么多的人、器材、物资，丝毫没有一点混乱，一切都是那么有秩序，有纪律！沿路上农村的老百姓，又都是那么安定，那么有把握，紧张，不是慌张，是战时的气象，又是极平常的气象，真令人佩服，真了不起！

华：今天我们听见的，都是那么有趣、新鲜……

国：这是我们新生命的开始，是我们跟农民结合的开始。

华：我要把这些都记在日记上，永远纪念这天！

（打门声，刘去开门，陈启俊又背一行李上。）

国：这是谁的？

俊：是两位老人家的。

国：他们也要住到这儿？

俊：今天村上都住满了，管理员说，大家挤一宿，明天再说。

国：还有东西吧？我帮你去拿！

　　（建国、启俊下。曼华把被单做成临时的幔帐，拉起来，把舞台分成两部分。建国匆匆上。）

国：坏了，坏了！是你爸爸找来了！

华：啊！他怎么找来的？

国：不知道，我跟小陈去搬东西，听见讲话，是他老人家的声音！现在得赶快想办法，别叫他们住这儿来，让他们住旁处去。

华：有什么办法呢？

国：大娘！大娘！

　　（农妇上。）

妇：汤正熬着呢！这位同志，你们管理员说，这儿还要住两个人，你们挤一挤吧！

国：这怎么能挤呢？我们还没有结婚！

华：我们是兄妹！

国：你去跟他们说，要他另住旁家去吧！

妇：在外面比不得在家享福，都是出门人，大家照顾着点吧。人家是上岁数的人了，这么晚啦，上哪儿找空房子呀？

国：那你叫我们住到哪儿去呢？

妇：这样吧，人家是老两口，咱们跟他说说，要那个老头跟你睡那边，你跟那位老太太睡这边。哟，你看，这不是把帘子都挂上了，再合适没有了！

国：这不行！

华：这怎么办?!

（门外陈启俊的声音。）

俊：(声)老先生,走这边,那边是墙,大门在这儿! 留神,地上有门槛,对了,走这里!

国：糟了,糟了! 来了! （他飞快地把自己的铺盖拿到这边来,吹熄了灯）

妇：真是年轻人,你们不要灯了,把灯给人家吧,吹了干吗! （她又划洋火把灯点亮,刘、王躲在一角,陈启俊引王公达、王妻上）

妇：(把灯拿到这边来,又回去对刘、王)别不高兴了,我给你们热姜汤去! （下）

公达(以下称公)：小同志,请你告诉你们那位管事的同志,我们已经有地方住了,跟我们来的十七位工友,还有三位没有地方,请他帮忙再找一个地方。

俊：好! （下）

公：你累吗?

王妻(以下称妻)：不累,就是坐在车上,老直着腰,这会儿腰有点酸。

公：休息一下就会好的。怎么样? 开头你说是"逃难",不肯出来,这会儿怎么样?

妻：唉,你别怨我啦,你一说走,我就想到日本人来那一年,咱们带着曼华,别说坐车,不让那些官儿们的车子轧死就算好的啦! 与其那样受罪,倒不如死在家里痛快!

公：这会儿怎么样呢!

妻：当然不同啦,人家都走路,匀出车子叫咱们坐,上车搀,下车扶,真比亲生儿女还体贴呢!

公：你看见了吗? 他们吃的是大饼,给咱们预备的是饼干、点心!

120

国：听，他们在说些什么？说我们吗？

华：不行！心跳得厉害，你听吧！

妻：这是我们女人的见识，他们对我们这样好，这样客气，恐怕也是他们自己没有像你这样的人才。你说是不是？

公：不能这么说。他们派到公司里当厂长的那一位，便很有一套，而且是最新的一套。他们所以这样器重我们，我想，因为他们是一心为人民谋福利，所以他们尊重科学，爱惜人才！国民党他们不要人民，因此也不要科学，就糟蹋人才！

妻：对啦，刚解放那几天，蒋介石天天派飞机来炸，哪一个百姓不咒他们早死呀！你看这边，车子过河淤住了，那么多乡下人用力气推呀，拉呀，我坐在车上都出了一身汗呢！

国：(对曼华) 我听见了，他们说也过河，也淤车来着。

公：古人的箪食壶浆，以迎王师，现在应在解放军身上了，中共深得人心哪！

妻：唉！

公：你为什么叹气呢？

妻：我想起曼华了！

国：他们谈你了。

华：说我？等我听！

妻：唉！我们就这么个女儿，这个时候，兵荒马乱的，谁知道她到哪儿去了呢？

公：这都是从小太宠爱她的缘故，像小马一样，到处乱飞，在这种时候，叫做父母的着急。

妻：她要有个什么好歹，我这条老命也就不要了。唉！都怪你……

公：别怪我了，这回要找着她好啦，我用绳子把她拴起来，吊在你的
　　裤带上，看她还野……

国：（悄悄对华）听见吗？要捆你呢！

公：建国这孩子太不能干了，叫他找曼华，找来找去，把他自己都找
　　丢了。

妻：年轻人不能办正经事！

华：（悄悄对国）听见吗？在骂你呢！

　　（陈启俊端水上。）

俊：那三位工友也全有地方啦，您洗脸吧。

公：脸盆呢？

妻：哎哟，走得太急，脸盆都忘了带啦！

俊：我给你们借一个去。（他走到这边，拿曼华的脸盆，没有看见建
　　国、曼华二人的着急、阻止，把脸盆倒上水）

华：他，他，他怎么把脸盆拿过去呢？这不坏了吗？

国：轻点！（他走到窗边，打开窗，望望外面）咱们搬到外面走廊上
　　去，天不亮咱们就先走。快！（他们开始往窗外运东西）

妻：你先洗脸吧！

公：你先洗，小同志，你带我去看看我们那三位工友住的地方。

妻：太累了，你歇着吧。

公：不要紧，我去去就回来。（他走到门口）

妻：你看，这脸盆像是我们女儿的！

公：那么巧？你别想女儿想花了眼啦！（下）

国：好，好，他出去了！

妻：这是曼华的脸盆，越看越像！

（与此同时，曼华已跳过窗去，建国正站在三脚凳上，越过窗去，一大意滑倒地上，几乎失声大叫。）

华：别叫！怎么啦？没有摔着吧？

妻：是什么声音？（她用灯照）

国：（对曼华）你快走，他们拿灯来了！（曼华急隐去，妻发现建国）

妻：怎么？建国！你为什么在这里？没有看见曼华吗？

国：没，没，只，只我一个。

（这时曼华拿着箱子，从门口进来，后面跟着公达。）

公：你看，我把你女儿找回来了！

国、妻：曼华！

公：我从工友那里回来，走到大门口，她正往外跑，差一点把我撞倒啦。

华：妈，爸爸，我们不回去！我们不回去！

妻：你们怎么都在这儿呢？

国：伯母，老伯，是这样的，曼华跟我都已经报名参加解放军了！怕您老人家不愿意，所以没有告诉您，现在您既然找来了，我们只好说实话了，请您原谅我们，并且答应我们，好吗？

华：我们曾经给您留了一封信。

国：那封信大概还没有送到您的手上。

公：啊！原来这样，我明白了！

华：爸爸，你答应我们吗？

国：您答应我们吧！

公：告诉你们吧，我不是来找你们的！我们也参加了解放军，跟解放军一起撤退来的！

国：啊！

华：（紧握建国手）你看，爸爸也参加解放军啦！（她跳过去拥抱公达）

公：你们年轻的一代，都知道选择自己的道路，我，五十多岁啦，一个工程师，还能落在你们的后面，落在时代的后面吗？！

国：老伯是工业界的前辈，也是我们青年人的导师！

公：是的，我比你们多活几十年，人生的一切艰难险阻，我经历得比你们多。我这几十年为人处世的经验证明，你们自己选择的道路是对的！连我几十岁的老头子，也跑到这一条路上来了！哈哈……

妻：为这，你爸还跟我生气呢！我说别走吧，反正人家过些日子还要回来的，你爸就是不听。

公：我跟解放军相处短短的十几天，我十分惊奇，只有他们，最尊重科学，最尊重技术，他们是真心为中国人民，为中国的科学建设。只要你真有学问，有本领，有计划，有理想，他们便会全力支持你，帮助你。我看透了，将来的中国，在他们手里！

华：爸爸，我们一家都走的这一条道路。想不到我们这么快会面！

公：是的，很多很多人都选择了这条道路，我们也要在这条路上扎扎实实地走下去，这是一条光明大道呀，哈……

华：哈……

国：（很兴奋）我带了一点酒，我知道老伯、伯母平常都是不喝酒的，可是，今天我跟曼华要敬你们一杯，为了纪念我们决定了今后的道路！

华：妈妈，干一杯，为了庆祝我们的团圆！

公：好，干一杯，为了新中国科学建设！

妻：也为了不多日子我们大家就能回开封去！

国、华、公、妻：好，干杯！

（时金鸡晓，远处传来进军的号声。）

（幕）

一九四八年十二月

选自《人民戏剧》，1949 年第 2 期

◇武照题

立　功

时间：一九四六年冬

地点：东北×地

人物：吴常青——十七岁人民解放军勤务员

　　　齐占林——二十岁司号员

　　　高凤来——十八岁通讯员

　　　赵树才——十八岁通讯员

　　　教导员——二十七八岁

　　　营长——三十岁

　　　蒋军排长——三十多岁

　　　士兵——十八九岁

第一场

（天将黎明的时候，半空里的三星闪烁着。雄鸡叫，音乐起）

常青（以下简称常）：（活泼地出，唱第一曲）

（一）大红公鸡叫头声，东山岗上挂三星，

三星三星闪亮光，照得我心里亮晶晶，

心里亮呀眼睛明，常青我要永远干革命。

（二）我常青过去是小猪倌，挨打挨骂受艰难，

十冬腊月没有衣穿，一年四季我吃不饱饭，

自从去年参加了人民解放军，

干了革命我把身翻。（雄鸡叫）

（三）前天诉苦大会上，大家争着把话讲，

满肚子仇呀满肚子冤，我把它吐了个光，

从此我常青眼睛亮，永远跟着共产党。

常：（走到门边偷听，屋内传出鼾声）咦！齐占林还睡觉哩！（常青蹑

手蹑脚进屋内将号偷出来，欲出门）

齐占林（以下简称林）声音：（含混地）谁呀？

常：（不应）

林声：谁呀？

常：（作猫叫声）喵！喵！

林声：（撵猫）谁家的猫？唏！出去！

（常青悄悄出门）

（雄鸡咯咯地叫起来，天空由暗转明）

常：（唱第一曲）

鸡叫三遍把号练，红绸小号闪金光，

号儿练得要响亮，身体强壮上战场，

冲锋号儿一声响，要把那反动派消灭光。

（常青练号，片刻）

林声：谁把我的号拿去了？……一准又是常青把我的号偷去了！

（惺忪地走出房门，看见常青在练号，自语）就是他！（做了个鬼脸，悄悄地走到常青背后，捡根毛草，扫常青的脸，常青摇着头依然吹着号）

（占林忍不住了，放声地笑起来）

常：（吓了一跳）哎哟！（看见是号兵）把我吓了一跳！

林：你什么时候把我的号偷去了，我怎就不知道？

常：你怎么不知道？我拿号的时候，你还说话来么！

林：我还说话来？

常：嗯，我问你，天快亮的时候，有个啥玩意把你弄醒了？

林：（迟疑地）天快亮……的……时候？

常：嗯——

林：（忽然地）对啦！想起来了，不知道是谁家的猫跑到屋子里把我……

常：（咯咯地笑起来）

林：（意识到了）怎么？是你呀？（常青嘎嘎地大笑起来）吓！是你？好大的两条腿的猫，把我的号也偷跑了！快打猫！快打猫！（和常青扭打了一会）我说哩！天天你拿号的时候我都知道么，怎么今天连听也没听见，号就不见了，我还说有鬼哩！（顿）哎，常青，你一有空就学吹号，想干啥呀？

常：干啥？打蒋介石呀！（天真地）哼！头年参加队伍的时候，我就寻思着扛枪当战士，教导员说我岁数小，拿不动枪！哼！号我可能拿动吧？我好好地把号吹会，我也当个号兵，上前线去！

林：好！

常：真的，吐苦水大会我真详细了不少的事情哩！以前我也这么寻思着——咱们命穷，命不济，该受罪。现在可不啦！哼！咱们中国要不是蒋介石,咱们老百姓就不会受罪!

林:对啦!咱们中国老百姓的祸根,就是蒋介石!

常:我就心想着啥时候也到前线去打蒋介石!

林:那还不容易,说不定啥时候咱们就开到前方啦!(屋里马蹄表当玲玲地响起来)六点钟啦!该起床了,号给我。

常:我也得去打洗脸水。(林与常分头下)

(后台起床号响,接着是一片嘈杂声)

第二场

(吃过早饭时分,红拉拉的朝阳染红半拉天)

常:(像是刚洗刷过饭碗、饭桶……拿着草本边写边上,在黑板报跟前站住了)(片刻)

林:(上,唱第二曲)

(一)北风吹呀天气寒,

同志们一个个武艺强啊身体健,

精神旺啊志气扬,展开立功大挑战。

(二)开了诉苦会,大家眼睛明,

人人都宣了誓,要做战斗英雄,

多杀几个敌人,功劳簿上有名声。

林:(看见常青)常青!刚吃过饭就又学习上了?

常:我写挑战书哩!

林:你跟谁挑战哩?

常:我跟高凤来、赵树才挑战,你看我写的中不中?

林:(看)立功的功字,是工人的工字,旁边加一个力气的力字……

(高凤来与赵树才争吵声)

赵树才（以下简称赵）声音：高凤来，人家给我的，你给我！你给我！

高凤来（以下简称高）：（拿着一张报纸上）常青，常青你看，你看……

赵：（跑上）这是人家文书让我告诉常青的，你怎么……（欲抢报纸）

常：什么事情？

林：别闹！别闹！

赵：文书给我的报纸，这上面登着常青前儿个吐苦水大会上的讲话，文书让我拿来告诉常青，我刚拿上高凤来就抢走了！

高：谁告诉还不一样，常青，你看这不是前儿个你讲的话都上报啦！

林：高凤来你干吗抢人家的，拿来让我看看。（念）"小猪倌，翻了身……营部勤务员吴常青诉苦大会上的发言……"下面就是常青在前儿个大会上的发言，你们不是都听过了么……

赵：齐占林！我提个意见，咱们开会斗争高凤来。

高：咦！

赵：人家文书让我告诉常青的么！你干吗要抢人家的？

高：那……那……

林：高凤来你这样就不对，这就是闹不团结。

常：前儿个大会上教导员不是说，咱们比亲兄弟还亲，不兴闹不团结。

林：是啊！刚开过会就忘啦，你看常青比你的岁数小，啥事都做在你前头，你真该好好向常青学习，是不是，高凤来？

高：是！

林：那你刚才做的事情对不对？

高：刚才对赵树才态度不好，闹不团结，往后改正，向常青学习。

林：这就对了！你们看这是常青给你们的挑战信，常青，你给他们念！

常：（念）高凤来、赵树才二位同志，我跟你们挑战立功劳，第一不兴闹不团结，同志老百姓一家人，和和气气。第二工作学习要积极，当模范，洗碗洗干净，扫地要洒水，不兴偷懒，送讯不能掉，永远跟着共产党，打倒蒋介石。完啦！中不中？

赵：中！

高：中！中！

常：我把它贴到墙报上。

林：高凤来，你们要应战呀！

众：对！我应战！

林：光嘴说不行，得真做到！

高：那是当然！你不信看着！

林：对！我给你们做评判人！行不行？

众：行！

林：教导员回来啦！（教导员上）

众：教导员！

林：营长哩？

教导员（以下简称教）：营长在团部商量打仗的事情，在后头马上就回来了！小鬼！告诉你们，蒋介石又要进攻我们啦！这一回咱们队伍一定要去消灭他！

赵：这一回我一定要去！

高：教导员，我也去！

常：教导员，我也去！

（教导员抚摸常青的头）

教：你的病好了？

常：好了！医生给我打的疟子针，好啦！我今天早上还在三连，跟着

三连他们宣誓来！

林：我见常青宣誓，拳头举得可高哩！

高：我也宣誓来！

赵：我也宣誓来！

教：好！你们的誓词都记下了么？

众：记下了。

常：宣誓歌都会唱啦！

高、赵：我也会。

　　（说着，大家便唱起宣誓歌来）

众：（唱第三曲）

　　子弟兵，勇敢向前！

　　子弟兵，勇敢向前！

　　保卫土地，保卫自由，

　　保卫和平，保卫民主，

　　为保卫东北人民利益而战！

　　头可断，血可流！

　　血可流，头可断！

　　不达此志誓不还！

　　不达此志誓不还！

教：（鼓掌）好！好好！我问你们，你们知道宣誓要干啥？

众：（抢着说）打蒋介石！打反动派！

常：还有哩！给老百姓立功劳！

教：对啰！打蒋介石！打反动派！给老百姓立功劳！我已经给你们
　　准备好了功劳簿，有功劳就记在上面，我看你们谁立第一功！

众：我立第一功！我也要第一功！

高:营长回来了!(营长匆匆上)

众:营长!

营长(以下简称营):(对教导员)老刘,我们开会吧!

教:好!

营:(对高)通讯员请一、二、三连连长、指导员到这里开会,快一点!

　　(高欲下)慢点,慢点!你们三个小鬼一个人到一个连去,通知连长、指导员到我这里开会!快点!

众:是!(营长、教导员下)

林:我也去!

众:对!走吧!(跑步)

众:(唱立功歌,第二曲)

　　(一)松花江浪淘天,全军展开立功大挑战,

　　好男儿呀千千万,人人都要做模范。

　　(二)你要做英雄呀,我要做好汉,

　　为了老百姓,人人要当先,

　　战场上呀立了功,人民英雄美名传。(下)

第三场

(黄昏)

(后台效果声:"机炮连这里集合!快呀!""大牲口大树底下集合!""担架队在这里!这里!")

(炮车辘辘声、歌声,人喊马嘶凑成一片,在杂乱的声音里,二道幕徐徐地拉开一角,露出一张床,床上躺着正在出汗的常青)

(集合号声,接着是一长串的报数声,"一二三……")

(常青从床上惊起,踉跄地走出门,向着有声音的方向走去)

（齐占林行装整齐,匆匆走上,发现常青）

林:（极关心地）常青,你怎么起来啦?

常:齐占林你们要出发?

林:不! 不出发!

常:那……你怎么号也挎上了,背包也背上了,不是出发是干啥?

林:今天晚上是检阅哩! 不出发!

常:你哄我,我要去!

林:我啥时哄过你? 我不哄你,要是出发,我会给你说的。快进屋子里好好休息,千万不敢凉着,（将常青哄进屋里,把被子给他盖好）我还有事哩!（匆匆地将门关好,欲下）

高:（跑上）齐占林齐占林! 咱们师长跟政委都过去啦! 政委还摸着我的头问我:（学政委口音）"小鬼! 打仗你愿意去么?"我说"愿意!"嘿! 还有炮啊! 哎哟! 可多哩! 一百多门,有的还是五六个大马拉着哩!（突然想起常青,大声地）常青……（被齐占林一把揪住）

林:别叫他! 他发疟子,正出汗哩! 营长、教导员让他在后方休息哩!

常:（开门出）谁说我发疟子,谁说我发疟子!

林:快进去! 看你头上还有汗,可不敢出来,小心凉着。

常:不! 我没有病,你们哄我! 我要去! 我要去!

（后台喊"齐占林! 齐占林!"）

林:嗳!（对常青）我有事哩!（说完急忙下）

常:高凤来! 你们是不是出发?

高:（不经思索地）对啦!（大声地）打蒋介石去!

林声:高凤来!

高:嗳!(对常青)不! 不! 不出发,我有事! 我走啦!(跑下)

(常青欲追下,忽又想起自己的行装,于是急忙跑进屋内打背包、打绑腿)

(后台声)"立正","稍息!"——接着便是教导员动员的声音:"同志们! 稍息! 我们挑了战,宣了誓,要为老百姓建立功劳! 现在就是给老百姓建立功劳的时候了!"(常青在屋边打边听,愈听愈急,愈急愈忙)"我们全体同志们,要把宣誓挑战的精神与决心带到战场上去,我们要多捉俘虏,多缴敌人的枪,把进攻的反动派打垮,同志们有没有这个把握?"

(众声)"有!"

(喊口号声)"我们要多缴敌人的枪! 我们要多捉俘虏! 我们要做老百姓的功臣! 到战场上立功! 打垮蒋介石的进攻!"

(出发号声,接着是队伍唱着宣誓歌由近而远)

(在歌声里,常青背上背包,挎上手榴弹,提着没有打好的绑腿追下)

(二道幕起,歌声继续着)

(营长与高凤来上)

常声:营长! 营长!(追上)

常:营长! 营长!

营:小鬼! 你干什么?

常:我也要去!

营:(抚常青头)你还出汗么!

常:不是,我是撵队伍出的汗!

营:乱弹琴,来就来吧!(同下)

第四场

（黑夜）

（枪炮声大作，片刻）

（营长、齐占林上，高凤来从对面上）

高：营长！教导员让我告诉你，咱们队伍已经冲上去了，敌人已退到
　　齐家洼北面的岗子上，咱们捉了一百多俘虏，还有些让咱们打散
　　了。教导员还说，有些散兵跑到我们阵地上，让你们小心！

营：散兵有多少？

高：不多，听说只有几个。

营：你回去告诉二连长和教导员，让二连在原地监视敌人，等我这里
　　的信！

高：是！没有别的了？

营：没有了！去吧！（高下，片刻赵树才从另一方向上）

赵：报告营长，三连连长说："敌人增援部队二百多，向张家屯前进，
　　像是要包围我们一连！"

营：敌人有多少？

赵：二百多。

营：现在到达什么地方？

赵：我从三连走的时候，敌人离张家屯五里多路啦！

营：在张家屯哪个方向？

赵：东南方向！三连连长说："敌人是要包围一连哩！"

营：（略作考虑，然后果断地）你快到二连去找教导员把这个情况告
　　诉他，让他把二连赶快带到这里来！快点！

赵：是！（下）

营:刘国华！刘国华！（无人应）

常:（上）刘国华到团部送信,还没有回来！

营:还没有回来?

常:营长！有信要送?

营:怎么搞的? 到现在还没有回来?

常:营长！有什么事我去做！

营:你能行?

常:能行！你有什么事,我一定能做到！

营:不是！我是说你的病！

常:我没有病！有什么事情我去！

营:（想一想）你去也行！你跑步到一连,告诉一连连长,敌人增援部
队二百多人,从张家屯的东南方向,向张家屯前进,可能是迂回
包围他们,让他们迅速转移到张家屯西面高地上,坚决阻击敌
人,记住了么?

常:记住了！（将营长分配的任务复诵一遍）

营:就这样！知道路么?

常:知道,不是从这里过去,翻过那个高岗,顺着高粱地那条毛道就
到了刘家岗?

营:口令是"建立功劳！"记住!

常:"建立功劳！"（欲走）

营:慢点,刚才教导员说,敌人有几个散兵跑到我们阵地这边来了,
你路上要小心！

常:不怕,我这里还有两个炸弹哩！

营:还是要多注意点！快去吧！（常青下,营长从不同的方向下）

第五场

（漆黑的夜里飘着雪花）

（风声、枪声和炮弹的爆炸声混淆着）

（天空里不时地闪着红光……）

常：（跑上，唱第四曲）

（一）送信送到第一连呀，完成任务往回转。

常青我心里真高兴，一步一步向前赶！

（音乐过门里，常青爬山岗，越壕沟、水渠……）

（二）天上（那个）没有星呀，地上（那个）路难行呀，

炮弹（那个）机关枪呀，响连声、响连声呀！

（突然，常青的病又发作了，但是他仍一颠一跛地向前赶着）

（三）只觉得头发昏呀，眼睛里冒金星呀，

身子（那个）好似大火烧，腿发软腰发痛……

（跌倒地上，挣扎，再挣扎）

（四）用尽（那个）力气强挣扎，不怕（那个）苦呀不怕难，

跌倒那地上爬起来，咬紧牙关向前赶！

（常青跑着，突然发现前面有动静，他迅速地蹲下去静静地观察着，当他发觉前面有人向着自己这个方向走来的时候，他很快地将自己隐蔽起来，紧紧地握着手榴弹）

（蒋军排长扛着一支美式冲锋枪，偕蒋军士兵慌慌张张地上）

兵：（战战兢兢地）排长，咱们往哪里跑呀？

排：管他到哪，走着瞧吧！你们这群王八蛋，人家还没有冲上来，你们就把枪扔下跑了。你们知道这枪是怎么来的？好几万里地用飞机军舰运来，那是容易事呀？！

兵：不扔也不行呀！（怯懦地）排长！你不是比咱们跑得还快呀！

排：跑得快是要保性命，哪能像你们，随随便便把枪就扔给人家！
（观察片刻后继续说）今天要不是我把你们拉出来，你们还不得让共产党活捉了？捉住你们还有个好死？不活埋你也得剥你层皮！
（像发现什么似的，排长迅速蹲下，士兵亦扑倒在地上）
（在后面观察的常青亦迅速卧倒）

兵：（嗫嚅地）什么？什么？

排：（不应）（东张西望，片刻站起来继续走）

兵：排长！这是上北去了吧？咱们走到人家后边啦？

排：不能吧？（看天）天黑得连他妈的个星星也没有！先找个老百姓家，弄两套便衣再说！

兵：咱们换套便衣，想法子回家吧！

排：（厉声厉色）回家？咱们去找咱们队伍！

兵：队伍谁知道让人家冲成啥样子啦！到哪里去找？

排：找不到也得找！

兵：天黑得连路也看不见，到哪里去找？要是遇上八路军，还不得……

常：（举着手榴弹站起来，高声地喊）站住！不许动！

排：快跑！（排、兵跑下）

常：（一面喊一面追）站住！第一班从东面追！第二班跟我来！
（追下）
（接着后台一声手榴弹轰隆爆炸声，排长受伤扑倒在舞台中央，蒋兵吓成一团）

常：（握手榴弹追上）不准动！动我就开枪！（兵跪下）把手举起来！

向后转！向前三步走！（常青将冲锋枪拿起来）你们是干什么的？

兵：（屁滚尿流地）是让你们打散的……我是三等兵，你们可别埋我……

常：咱们人民解放军优待俘虏，你们不要跑，不会杀你们的，起来！

（对兵）把他扶上，在前面走。（兵扶排长下，常青端着枪随下）

（二道幕落）

第六场

（稀疏的枪声）

（营长、齐占林、赵树才、高凤来上，教导员从对面上）

教：老李！

营：队伍带过来了？

教：嗯！一连怎么样？

（常青押排长与士兵上）

常：营长！

营：（问常青）这是谁？

常：我送信回来，在路上碰见他们两个，我追上去，他们跑了。我撂了一个手榴弹撂倒一个，就把他们捉住了！还得了一支冲锋枪。

教：好！

营：好！小家伙还捉住俘虏啦！

高：第一功是你的！

众：英雄！模范！

营：赵树才！你把他们送到后面，交给刘参谋，他们要饿了，给他们弄点吃的！

赵：是！（欲下）

常：（将冲锋枪交与赵树才）把这个也带去！（赵押排、兵下）

营：（对常青）一连怎么啦？

常：一连连长说，"把敌人的增援部队给顶回去了"。

营：好！（对教导员）老刘，敌人已经……

　　（常青昏倒地上）

营、教：常青！怎么啦？！

营：（抚常青头）哎哟，这么高的温度！

教：（对后面喊）来一副担架！

营：老刘！敌人的增援部队上不来了，我们再组织一次冲锋，把齐家
　　洼这一股敌人坚决消灭掉！

教：好！

营：你在后面照护，我到前面去啦！（对高凤来、齐占林）你们跟我
　　来！（下）

　　（教导员扶着常青从另一方向下）

　　（二道幕启：台中央现出了一个被雪蒙盖着的小山包。远处山
峰绵亘着，山峰的尖梢顶着三星和一勾眉月）

　　（枪声零星地响着，营长带着齐占林和高凤来低姿势上）

营：（观察毕）齐占林！吹冲锋号！

　　（营长带着高凤来下）

　　（齐占林迅速地爬上山包吹冲锋号，当他刚吹出几个音的时候，
就被一阵骤烈的机枪声打断，他胸部受了伤，倒下来，但他仍挣扎着
要吹，然而已经吹不成调子了）

　　（这时常青由后面匍匐上，他挣扎地爬上山包。齐占林发现常
青上来，将号嘴递到常青嘴上）

常:(吹冲锋号)的大大的大大的的……

（接着后面一阵呀呀的冲杀声,枪炮声随之大作,天空泛起一片红光）

林:(挥着臂)冲呀！冲呀！（常青继续吹着号）

（后台唱宣誓歌:"子弟兵,勇敢向前……不达此志誓不还!"在歌声中,教员上,扶住齐占林）

（幕徐徐落）

东北书店 1948 年 9 月初版

◇**罗　丹**

在敌人后方

时间：一九四四年秋天，青纱帐将近倒落的季节（全剧时间共为
　　　三天）。

地点：河北神星镇，是山地边沿而又与平原相连接的一个大村落。
　　　是日本人在平汉线保定西面的重要据点，是屡次扫荡晋察冀
　　　根据地时的脚踏石之一。一九四〇年百团大战之后，人民的
　　　军队就暂时撤离神星，而日本人就在这里安上钉子了。

　　　东边有汽车路直通满城、保定而与平汉线连接。

布景：（一）阮秀英之家，是贫农的家庭。

　　　（二）皇协军司令部（大队部），是在一个逃亡了的地主底家里。

登场人物表：

　　　郭清——武工队长，二十八岁，河北保定府附近人。

　　　任维金——武工队侦察员，二十三岁，河北满城人。

　　　小秦——武工队通讯员，十七岁，河北徐水人。

　　　王贤发——神星村村长，三十四岁，本村人。

贞姑——情报员,十七岁,王村长的女儿。

阮秀英——二十三岁,农村妇女。

王进魁——二十四岁,秀英之夫。

松冈——日本大队长,约三十二三。

蔡雄——皇协军大队长,三十多岁。

杀鸡王——与日本人合作的国民党特务,约二十六岁。

胡七——为嫖赌吸大烟而斫丧尽了精力的特务,二十多岁。

伪军数人,蔡雄卫兵一人,松冈卫兵(日人)二人。

第一幕

时间:黄昏至夜间。

地点:阮秀英之家。

布景:舞台正面稍偏左的地方,有一门通外面。门外是破院子,门开
处,尚可隐约看见其一角,而再在破院落的前面,就是紧接着
神星村街口的道路了。正面,靠门右边,有一锅灶,上面放着
煮饭用的器具,如小锅、小铲子等等。在锅灶旁边,安放着一
口小水缸,缸盖上面搁着水勺子。舞台右边偏台前的地方,有
一低矮的用泥沙糊胶着的房间,门扇已经破旧了。在这门旁
边,紧靠着墙放着一只褪尽了颜色的古老而破旧的长形曾是
红漆的高柜。柜上放着几个南瓜、盛着糠的盆子。柜台正中
的壁上,贴着蒙满了薄薄的烟尘的灶神爷。在舞台左边靠墙
的地方,搁着一张没有抽屉的条桌子,地上堆着还没有剥掉叶
子的杨树枝和一些树皮。另外还有一小堆羊粪,是拾来当柴
火烧的。总之,一切都表现出沦陷区底贫穷和阴暗的
情景……

幕启:阮秀英坐在锅灶旁边的矮凳子上,把从杨树枝上摘下的叶子一把一把地放到一只竹筐子里,然后站起来提着筐子走进房子里去,虽然她穿着褪成灰色的极旧的衣裳,但仍然可以看出她是极爱整洁的朴素的农村妇人,正如河北的许多少妇一样。她是一个沉静的妇人,再加上沦陷区的悲惨的生活,特别是怀念她底因逃避杀鸡王抓壮丁而跑掉的丈夫,她变得苍白而沉默了。她是四一年冬天结婚的,四二年春天她的男人就跑了,已经长长的两年多了啊!

当阮秀英刚走进房子里的时候,王贤发村长就悄悄地推开门进来了。王贤发村长是三十来岁的农民。扎着布腰带,腋下挟着长烟杆,一头是烟袋,一头是打火石的链子挂在右肩膀上。特别在和人谈话的时候,喜欢抽上烟,看着烟斗里的烟火,沉思地点着头。战争,特别是要应付狠毒而狡猾的日本人和特务们,把这个农民锻炼成为坚强而又机警的人物了。他领导着神星人,掩护我们的工作人员,给人民军队供给情报,给根据地民主政府缴抗日公粮……由于他的智慧,敌人也相信他,相信他是忠实于天皇和大日本"皇军"的。王贤发就是在这尖锐的斗争中生长起来的严肃的倔强的中国人……

秀(秀英简称):(在房里问)是王村长吗?

王(王贤发村长简称):嗯。

秀:(从房子里出来)一听脚步声就想是你了。

王:日本人要一百名民伕赶夜工修战壕,名单子上有你。杀鸡王还没来过吗? 这活阎王正挨家逼哩。

秀:没来。这死了也要下油锅的恶鬼。

王:你出门,我要在你家待着,郭队长要来。你家里保险,我和他约定在这儿见面哩。

秀：郭队长？

王：就是在咱们这一带活动的武工队郭清队长。

秀：知道哪，他从前和我哥哥是在八路军一个队伍里，他们俩常在一搭，是我哥哥的好朋友哩。夏天我回根据地娘家去，我哥就说郭队长来了，要好好照顾。那还用说嘛！

王：要不是郭队长在咱们这里活动，皇协军、特务，早就帮着日本鬼子，把咱们神星村变成一堆骨头了哪。

秀：真是，我哥跟我讲郭队长爱护沦陷区老百姓、打鬼子抓特务的故事，就讲了大半天没讲完哩。

王：咱们这里听见杀鸡王，害怕得腿杆子就酸了；可是这帮子特务，就连日本人也算上，听见郭队长又害怕得腿杆子也酸了呢。

（外面有轻脚步声，阮秀英走过去，从门里向外张望了一下。）

秀：杀鸡王来了！

王：（镇静地）讲鬼鬼就到。

（秀英迅速动作着，装着要出门的样子。）

王：（扬高声音）快着点去应差吧！太君的公事要紧哩。

（杀鸡王上场。他穿着便衣，敞开着扣子，露出了在军队里的时候穿的半旧的黄呢"中央军"制服，显然他是以此为夸耀的。腰间别着乌黑的手枪，佩着一把日本刺刀。鸭舌帽歪斜地戴在他那橄榄形的脑袋上。他底眼睛是狡猾而阴险的，总像是喝醉了酒似的，走路也是装腔作势地七颠八倒，所以他常常把街上行走的村里人冲倒了。总之，只是从他底外表和态度上看来，也就够明白他是一个恶鬼了。他假装过八路军去欺骗老百姓，当他带着日本人到根据地去的时候，假装着逃难的老百姓，甚至于装成女人，哭哭啼啼地在喊叫着,试探村里是不是有八路军。)

（杀鸡王一进门,把两手掌叉在腰侧,斜斜地看了阮秀英和村长一眼。)

王:（弯腰)啊,杀鸡王老爷。

秀:（弯腰)杀鸡王老爷。

杀:马上到东村操场上集合,修工事去。

秀:是。

王:（带笑)我正是来叫她去上工呢。

（杀鸡王走了,但到了门边又回来,在王贤发面前踱着……)

杀:王村长,二百石粮食快收齐了吗？三天之期到了。

王:老爷,我正要来请求请求,村里人的牲口、大车,都给皇协军征
　　去,给"皇军"载粮食、子弹到前线去了,稻子割下来村里人要一
　　捆一捆去背,三天怕收不齐,请老爷开开恩,再延长两天吧,五天
　　内一粒也不少,一定交齐。

杀:（生气)你们这些中国人真混蛋,一次延长缴不出,两次延长又缴
　　不出,妈个×。

王:实在对不起老爷,只要答应再延长两天,除了缴给太君二百石
　　外,还可缴给老爷十石,也表示咱们一点感激的心。

杀:（点头)这还可以。不过五天之内再不缴齐,老子就不客气了。

王:是,老爷。

杀:（向秀英)马上去！

秀:（拿起铁铲)就去！

（杀鸡王下,阮秀英觉得他走出院子了,就担心地问村长。)

秀:怎么着？你答应五天内？又再给这恶鬼十石？全村人都得饿
　　死哪……

王:（擦起打火石来）五天之内，嗯！这帮狗养的就要见阎王去了。

秀:（喜悦）怎么着？（细声）郭队长要来打神星了吗？

王:你不要狗赶老鼠管闲事了，快走得啦。

　　（秀英提铁铲下。）

　　（王村长站在门口张望了一下外面。）

王:天黑尽了，敢情①出了事吗？

　　（外面有脚步声走近破院子的门口，正和阮秀英打个照面。）

秀声音:谁？

来人声音:村长在这里吗？

秀声音:在着。

　　（一个二十二三、便衣打扮的年青人走了进来。）

来人:村长。

王:嗯，咱们没见过面。你……

来人:（愉快而不拘束地）你不认识我，我可认识你。你在夏天不是
　　　到根据地来缴过抗日公粮吗？咱们首长和郭队长还请你看晚
　　　会哩。不过咱们没谈过话。

王:你认错人啦。什么郭队长？我闹不清。②

来人:你放心得啦，我是郭队长的侦察员，我叫任维金。

王:你是八路军啦？

来人:是自己人嘛。

王:咱是大日本"皇军"神星村村长，（突然站起来）走，咱送你到司令
　　部去。

——————————————

①　难道的意思。

②　我不明白之意。

来人:哈哈！你怀疑我是鬼子假装八路军来探你的吧？

王:走！太君和杀鸡王老爷正找你们哩。

（来人抽出插在衣裳底下的驳壳枪,从枪筒口里拖出一张小纸头来交给王村长。）

来人:这是郭队长写给你的条子。

（王村长观察对方的信条,认为是真的八路军,便接过小纸条子来,细心地看着。）

来人:（站在村长旁边读起来）"王村长,任维金是咱们队里的侦察员。"你看,这是郭队长的亲笔字吧？

王:（手里仍然捏着纸条子）真对不起。

来人:王村长都比咱们当侦察员的还细心哪。（抽出烟来抽）

王:（又不放心地拿起纸条子来看,又偷偷地打量着对方,然后,突然地——）你知道郭队长的号码吗？

来人:二〇五。

王:郭队长有哪些个来历？

来人:好,随便你怎么考我吧！郭队长是保定府附近人,二十八岁,家里穷,小学念了几年,就下地种庄稼,西安事变那一年他就参加了共产党,鬼子来了他就参加了队伍。当过支部书记、指导员、教导员、营长、游击队大队长、副团长……

王:挂没挂过花？

来人:挂了三次。

王:都好了吗？

来人:还有一颗子弹没取出来,在左大腿,每逢阴天下雨就发痛。

王:郭队长有啥长处？

来人:长处可多着咧。说第一吧,咱们郭队长是个神枪手,就是你来王：对着啦对着啦。

任（任维金简称）：给你考了一场，你现在相信我了吧？（笑）

王：（不好意思起来）任同志，你晓得日本鬼子和二鬼子王八什么都
　　做得出来，一不提防就要上当哩。真对不起你哪。

任：没有什么，我倒要学习你的细心和机警哩。——郭队长来过
　　了吗？

王：还没来过。他说今黑一准来，我正等着要给他报告重要事咧。

任：他叫我天黑后来这里找他，我侦察了一份重要情报，他怎么还不
　　来呢！

　　（外面有迅速的碎步的脚步声，他们静听了一下。）

王：是贞姑，我的闺女儿。

　　（贞姑迅速上场，是一个农家打扮的朴素而清秀的姑娘。在这
残酷斗争的日子里，在她父亲的教导之下，她虽然仍然没有失掉少
女的活泼，然而却变得稳重、大胆，更机智了。）

王：这是武工队的任同志。

贞：（亲热地）郭队长来不来？

任：你要看看他吗？

贞：村里人谁不想看他！我还要"报告"他一件事哩。

任：给我说吧！你有什么报告他的？

贞：我是情报员，常常有报告哩！

任：（笑）你是日本人的情报员呀！

贞：也是八路军的情报员哪。咱跟咱爸爸一样，是暗八路。

任：（玩笑地）贞姑，你去报告给鬼子吧，把我抓起来。太君会说你大
　　大有功劳呢。

贞:（像突然灵机一动似的）爸,对着啦,二鬼子特务胡七喝醉了酒,在操场上唱歌哩。

王:是他自个儿吗?

贞:自个儿。

王:带枪没?

贞:就带也还不就是那支吓唬村里人的生锈枪!

任:你去报告胡七吧,他会赏你哩。

贞:我真去,（向门口走）你可跑不掉哪。（贞姑下）

王:胡七是个没头没脑的蓦死鬼,可也是个黑心肠的王八。

任:敌人很相信贞姑吗?

王:很相信,和相信我没两样,不相信还给她当秘密情报员吗? 去年有个夜里,有三十几个挂花的同志打这村里过,要到山里去,可只有两个带枪的民兵护送。他们坐着大车空隆空隆地响,万一鬼子出来不都完了吗! 我女儿就去报告说:"太君,有八路军在村边过哪。"鬼子说:"有多少的?"她说:"黑黑的一长串一长串,可摸不清有多少呀!"鬼子说:"你活干得大大的好!"我女儿说:"太君,快快地去打吧! 八路军通通俘虏俘虏的!"鬼子说:"小小的八路军打,大大的八路军不打的,皇军要大大睡觉的,不出去的!"鬼子都闭紧门不敢出来,咱们同志都没出半点事地过去了。

任:（大笑）真大胆真机灵,要不是个女的,真可以到队伍里去当个侦察员哩。

王:同志,我女儿不保险真的会去给胡七报告哩。

任:你猜胡七会来吗?

王:你要提防着点,胡七是冒失鬼,又喝醉了酒,会蓦进来的。

（道路上有脚步声从远渐近,并且谁在用着粗哑的腔调,唱着七扯八凑的京腔,他们听了一下。)

王:同志,是胡七来了!

任:村长,请你到房里去休息一下。

王:小心着点!

（村长进阮秀英的房子里去,任维金掏出了盒子枪,一跳就闪到锅灶后面的墙角里,紧张地注视着门口。)

（灯光暗灭,静寂——）

（外面的京腔停了,也听不见脚步声,但正因为如此,更使人感觉到有人悄悄地接近门口了。突然,门轻轻地被推开,胡七醉醺醺地,跟跟跄跄地,然而是机警地迈步进来。他虽然喝了不少酒,但脸色依然是灰败的,眼睛深陷下去。他手里握着小手枪,径向阮秀英的屋子跑,贞姑紧紧地跟在后面。可是,胡七只在台上迈了一步的样子——）

任:(对准胡七瞄准)开枪啦！举起手来！

（胡七狼狈极了。任维金跳过去,枪逼着胡七的胸口,夺过了他的枪。胡七投降了。)

（灯明亮起来。)

（王村长从房子里走出。)

（贞姑前仰后翻地哈哈大笑起来,她为自己底成功的杰作而乐开了。)

贞:我报告你来抓八路,没想到你给八路抓住了。

（胡七跪在任维金面前磕头,由于这突然的致命的打击,他完完全全清醒了。恐怖征服了他。)

胡:饶了我吧！我只有这一条命！

任:可是你害了老百姓多少命！

王:给他自个儿弄死的人命就十三条。

贞:(用手指指着胡七的鼻子)春妮姐就是给你这二鬼子王八强奸完了用刀刺死的!(向任)同志,打死这只死灰狗吧!

任:不要紧,他还跑得掉吗!等郭队长来了再说。

胡:(突然说)郭队长?

王:你听着过他吗?

胡:听着过,你们饶了我吧!郭队长来了我就完了。

任:捆起他来!

　　(贞姑跑进秀英房里去找出一条绳子,父女俩把胡七捆起来。)

王:(把胡七拖到锅灶旁边,端开了锅,把胡七推下去,贞姑朝里面吐唾沫)你也有今天,到里面歇一会吧!

任:(向贞)万一胡七去找杀鸡王来,那可就糟糕了!

贞:才不会呢!我说:"那个八路没有枪,快去吧!"胡七拍拍他腰里的枪,说:"走!"他去找人来抓住了八路,功劳就不是胡七自己的了。再说,胡七和杀鸡王就不对头咧。

任:(听着,笑着)你真成!事情完了请你的客。(向王)村长,队长为什么还不来呢?

王:夜静了,该来了。我有要紧事报告哩。

任:可以告诉我吗?

王:怎么不能呢!同志,皇协军要开到根据地去打仗哩。

任:什么时候?

王:迟不了后天保险走。听说保定又有伪军要来,是吗?

任:对了。有一部分日本人和伪军最近几天就要开到你们村里来防守。

贞:我也要报告郭队长哩。

153

王：你报告啥？

任：她满肚子都是报告呢。

贞：后天吃晚饭光景蔡雄请客呢。日本大队长松冈也要来。

任：干啥呢？

贞：庆祝他当大队长四周年。真是，当汉奸还要庆祝呢！

王：任同志，要来打神星，这一两天可是个好时机哩。

任：嗯。

　　（有人敲门，三个人一齐转过来看着门口，任维金扳着枪机，还没来得及问"是谁"，门就轻轻推开了。一个十七八岁穿便衣的小鬼走进来。是个脸色红润、生气勃勃的小孩，有经验的人，一看就知道是个小八路。）

任：小秦，队长呢？

贞：小秦。

秦（小秦简称）：（装鬼脸）你自己比我还小哩。

王：秦同志，郭队长在哪儿？

秦：（用袖子揩额上的汗）就来了。我怕误时间，跑来的，渴死了。

任：队长现在在哪儿呢？

秦：他像孙悟空孙猴子一样，谁知道他翻筋斗翻到哪儿去了呢。

任：你这个调皮鬼！

秦：我真是跑来的！渴死了。（揭开水缸盖，拿起水勺子，舀起冷水就喝）

王：（去抢水勺子）秦同志，冷水可不敢喝！贞姑，烧点开水。

秦：不要不要！咱抗日的肚子啥也能喝呢。

任：队长说什么时候来？

秦：他说就是这时候来。我怕误了他规定的时间，又要挨骂。

任:挨骂是你家常便饭嘛。

秦:你不要说,路上我还跌了几跤,当通讯员可比你当侦察员的要艰苦哩。

任:天都要给你吹垮了。

王:怎么着还不来呢!

任:情况,是搞得差不多了,现在就等他来决定打不打。

王:万一明儿才来就晚了,这真是个好时机哩。

秦:不会。队长说来就准来,他是说到哪儿做到哪儿的。

贞:不准是出了事吗?

　　(外面有轻而迅速的脚步声走近破院子。全场人紧张起来。)

　　(任维金和小秦掏出了枪。)

任:(向村长及贞姑)你们进房里去!

　　(王村长吹灭了灯,和贞姑服从着走进房里去,任维金和小秦一跳就闪到门两旁,准备打击进来的敌人。)

　　(灯光暗灭。——静寂。)

　　(门轻轻开开,一个二十七八穿便衣的人进来。)

任:是队长哪。敬礼!

秦:敬礼! (向小屋子喊)你们出来吧,郭队长来了!

　　(村长、贞姑从房里出。)

郭(郭清简称):(和村长握手)村长,你等急了。(问贞姑)贞姑,你怎么还不去睡觉呢?

贞:咱们都在这儿等你哩。

　　(郭清虽然是便衣装束,但却是很整洁的。他是一个严肃谨慎而沉默寡言的人,然而当他不是在紧张的工作中,而是在比较空闲的时候,他是一个有说有笑的人。而对于老百姓却不管在什么时候,他都给老百姓深深感觉到是怎样温和亲热,健谈而容易接近的人啊！他在工作上是非常勇敢而又艰苦的。上级是把他当作一个最优秀的干部而调他去当武工队长的,上级所以这样做,不仅仅因为他精明能干,智勇双全,熟悉地方情形,而更重要的是:他是能最艰苦地深入到敌人底心脏中去的大胆、细心而又坚强的人,他活动的这一个地带,不管是哪一个据点,他都不知亲自去过多少次的,并且他熟悉得就和这些村的村长一样。至于老百姓呢！那全都知道他,很多的老百姓见过他,由于他和他所领导的武工队铲除了许多的特务汉奸、凶恶的伪军,为人民除了害,由于他想尽各种办法,由根据地里弄粮食来救济他们,由于在每逢过年过节的时候,他都弄了鸡蛋、鞋子、袜子,甚至于布匹,来给老百姓送礼,更由于他给沦陷区人民带来了力量,带来了光明和新生的希望,老百姓都深深地爱着他了。由于他的武工队镇压了伪军、特务、汉奸的活动,狠狠地打击了他们,所以敌人是憎恨他而又害怕他的。松冈正是暗地计划着捉拿他,并且把这任务交给了杀鸡王,松冈答应他捉到了郭清之后,升他当皇协军队长。但另一方面,由于他的不断的教育,他的宽大政策,特别是由于连伪军的家属也发到了郭清给的救济粮,伪军们,很多蔡雄下面的有良心的伪军们都感动了,开始转变过来,而变成"人在曹营心在汉"的。由于伪军们的转变,神星村的老百姓平安得多了。)

郭:为着打鬼子,你们也够辛苦了。

王:这哪儿话！唉,队长,有个要紧情报,蔡雄的皇协军要出发了。

郭:什么时候？

王:明儿不走,后天准走。

郭:全都走吗？

156

王：走六个队，就留下个第七、八、九队不走。有二百八十七根枪，三百四十七人。

贞：我也报告，后天下晚晌蔡雄请客哩，庆祝他自个儿当汉奸大队长四年，鬼子队长松冈也参加。队长，喝醉了日本人和二鬼子王八顶好打哩。

郭：（笑）蔡雄自己不领队伍走吗？

贞：这死灰狗庆祝了就和松冈一起到根据地打咱们八路军哩。

王：贞姑，你到院子里去望着点风，提防着，杀鸡王是个地里鬼哩。（贞姑跑到院子里去）队长，我到村公所去一趟就来，看有没事情。

郭：对，对。

王：（向门口走去，但又回过头来站住）郭队长，你盘算盘算，这回打神星可是个好时机哩。

郭：对对。（村长下）

（面向任）保定方面情况怎样？

任：有七百多伪军，百多个鬼子，附迫击炮四门，准备开到神星来。

郭：在什么时候？

任：保定西关的情报员说，还得四天。

郭：你这个情况，证实了王村长和贞姑的材料是绝对正确的。保定来的队伍，是替代蔡雄的。（来回地跛着）这真是个好机会。

任：就是动作要快。

郭：小秦，你到龙洼村找到李大队长，告诉他，第一，神星的敌人绝大部分最迟后天就走，保定来换防的日伪军要过四天才能来。第二，后天晚上，神星是一个空子，我们希望，我们武工队从里面，他们从外面攻击，歼灭抵抗的敌人。

秦：是。

郭：记住没有？

秦：记住了！

郭：重复一遍！

秦：（自然地立正着）第一，神星敌人绝大部分后天就走，保定来换防的敌人要过四天才能来；第二，后天晚上，神星是一个空子，我们从里面，你们从外面攻击，歼灭抵抗的敌人。

郭：这里到龙洼六里，来回十二里地。你跑步去，大半个钟头就回来。

秦：保险！

郭：越快越好。李大队长下半夜就要转移到别的地方去的。

秦：是。

郭：你饿得很了吧？

秦：不饿。

郭：（从袋里掏出两个白面大饼给小秦）这是一个老乡给的，你带着在路上吃。走吧！

　　（村长上来，贞姑跟在后面。）

秦：（把饼子揣在怀里）敬礼！

王：怎么着，刚来还没歇歇，又要走呀？

秦：有任务。

王：真苦啊！总是黑更半夜。

秦：跑来跑去，发发汗，摆子不打了哩。

　　（大家笑。）

王：小秦，要机灵点，夜里到处藏躲着特务探子，路上一不小心冷枪就把你串倒了，也摸不清子弹是从哪儿飞来的。

秦：不要紧。——

山高林又密，兵强马又壮……

（小秦唱着出去，郭队长他们送着。这小鬼消失在门外了。）

任：他今天顶少也跑了百多里路了呢，连饭也没来得及好好吃一顿。

郭：秀英嫂呢？

王：杀鸡王叫去赶修工事还没回来。

郭：这就是敌人准备在伪军开走之后提防八路军来攻击的。

任：队长，我们把胡七抓住了。

郭：啊。

贞：我差点忘啦，胡七喝醉了酒，我哄他进来，给任同志抓住了哪。

郭：（笑）好大胆的姑娘，在哪儿？

贞：在锅灶底下歇着。

郭：在他身上也可能得到一些情报。

任：村长，咱们把胡七弄出来吧！

（村长、任维金、贞姑走到锅灶跟前，把锅端开。）

贞：（朝里面喊）狗腿子，二鬼子，出来！

（任维金伸手进去，把胡七拖上来。）

（胡七满身满脸是锅灰，狼狈而可笑。他怯懦而恐怖地站在大家面前。）

（看见这鬼样子，贞姑又弯腰大笑起来，任维金也跟着笑了，村长斜着眼睛看着俘虏。）

郭：（朝胡七迫近两步）你这个王八蛋，我们找了你好久了！

（由于郭清的严厉的态度，贞姑停止笑了，空气顿时严肃、紧张起来。）

贞：你死日到了！

胡：饶了我吧，我什么都答应你们。

郭：要饶你……好办。你只要告诉我你们的地道口在什么地方。

胡：地道口——在皇协军司令部蔡雄的房子里。

郭：出口呢？

胡：出口在村东射击场后面一座旁边有一株杨树的墓地里！

郭：还有别的地道吗？

胡：没有了。

郭：还是不能饶你。我们曾劝解警告过你好几次，只要你改悔，做个人样子，我们是决不深究的，可是，你不仅不觉悟，反变本加厉，跟着杀鸡王无恶不作，你今天还有什么话说。

（向村长）王村长，本来是要开群众大会来公审他，让全神星群众来裁判他。可是，现在时间上环境上都不可能。你是神星村村长，你代表全神星老百姓简单地审判他一下吧。

王：郭队长，还是你来吧！咱不会。

郭：不！应该由你当法官，我可以来陪审。你对他的审判，就是神星老百姓对他的审判。

贞：我是老百姓，我也要审他。

郭：对。你也当法官。

王：（向贞）你啥也要争一份。（向郭）咱可是大姑娘上轿——头一回，队长，错了你可得要多批评着点。

郭：没有问题。

（任维金把条桌子搬到中间，贞姑到秀英房里去搬出一只高凳子来。）

（郭清推胡七到桌子跟前。）

郭：（指着凳子）村长，你坐下吧！马上就开始。——（向任）你到门口站一下岗吧！

（任维金外出。）

（村长坐在凳子上，贞姑站在她父亲旁边，王贤发从衣袋里掏出一本小账本来，老百姓都叫这作罪恶簿，就是，其中所有汉奸特务欺压老百姓的事，都记在上面，准备时机到了就算账的。王贤发翻到了胡七的名字。）

郭：这家伙是罪恶簿上第几名？

王：第十三名。

郭：他做下的坏事上面都有吗？

王：说不准没记齐呢！（向胡）你帮着鬼子、蔡二鬼子、杀鸡王杀死过村里十三个人，是不是？

胡：是。

王：你抢过村里人三条牛、七只大猪，是不是？

胡：是。

王：你杀过老百姓一百二十八只鸡，承认不承认？

胡：承认。

王：前年运到北京去的四十八个壮丁，是你抓的吧？

胡：是蔡雄、杀鸡王下命令叫我抓的。

贞：队长，他可坏哪。他哄咱们，说是每人配给十斤白面，大伙都到操场去领，不去的不发。人去齐了，胡七这王八就抓人了。秀英嫂的男人就是那回没抓着跑掉的呢。

郭：嗯。村长，上回我到福禄嫂家里去，她老人家告诉我，她女儿梅英在出阁前两天给胡七强奸了，账上有吗？

王：账上没写上，准是福禄嫂没好意思来报。

郭：（向胡）是吗？

161

胡：是。

贞：爸，你忘啦，赵老妈妈两个闺女菊香姊、菊珍姊的事，账上也没记。

郭：对啦，村长，赵老妈妈上回在我跟前直哭呢！

王：你把赵家两个闺女抢到哪里去了？

胡：我怕蔡雄、杀鸡王争，就抢来藏在我屋里后头地窖子里。

郭：还在吗？

胡：……

贞：说呀！这是法庭，咱们是审你哩！

胡：后来——我……我把鬼子带来了，轮奸完了，鬼子把她们破了。

郭：（愤怒地举起手掌打在胡七脸上）混蛋！

　　（贞姑因为和菊香、菊珍是很要好的，就伏在桌角上痛苦地抽泣起来。）

王：（用烟杆柄指着胡的鼻子）你——你真比蝎子还毒！

郭：（向王）好了，村长，这已经很够了，没有这么多时间了！任维金，（任进来）拖出去，给他一刀！

贞：怎么着，我没弄错吗？队长？

郭：（笑）你这女法官当得不错。

王：（从凳子上站起来）这院子里有个坑，够埋他一个人了。

郭：有填坑的土吗？

王：有。

任：走！

胡：（向王、郭磕头）饶了我吧！饶了我吧！

郭：这对你已经很客气了。

贞：（从桌子上抬起头来，睁着愤怒的眼睛）当法官的不能饶你这汉奸咧。

郭：你们在村里继续侦察情况，明晚我再来一次。

王：好哪，我盼着。贞姑，咱们去把胡七的尸首埋到坑里去！

　　（村长下，贞姑跟着下去。）

　　（胡七已经是半死的样子，给任维金推出到院子里去。）

　　（任维金上场。）

任：完了。

郭：等小秦回来，我们就走。

任：怎么还不回来呢？

郭：有一个钟头了。

　　（外面有急促的脚步声跑进院子里来。）

王（声音）：谁？

声音：我……

任：小秦。

　　（小秦几乎是冲进来的，一进门就朝前栽倒了。）

任：怎么啦，小秦？

　　（郭队长和任维金把小秦扶起来，背靠着桌子，坐在刚才村长坐着审判胡七的凳子上。）

郭：受伤了。

　　（任维金帮着郭清解开小秦衣裳，检查伤口，血把他腹部一带的衣裳染红了。小秦因为受伤之后跑得更激烈，他底支持的力量已经到了最后了，昏了过去。他底双手因为压着受伤处跑，也染满了血……）

郭：左腹部中了两弹。糟了！

任：（用袖子去拭小秦额上、脸上的汗）他是拼命跑来的，满脸都是汗呢。

（村长与贞姑上来，他们意外地大吃一惊，急趋到小秦面前。）

王：怎么啦！

郭：赶快把伤裹起。（向贞姑）找些布来！

（贞姑情急中把自己的衣襟撕下来给郭队长，又跑进秀英房里去找棉线来，村长和贞姑扶着小秦，郭清和任维金把小秦的重伤处包扎起来。）

贞：队长，给他喝些水吧！

郭：（摇头）不能喝水。

（小秦慢慢动着，睁开了眼睛，注视了周围一下，逐渐清醒了。）

秦：队长——

郭：不要说话。

秦：（慢慢的声调，然而是用尽力量说出来的）我把——把——你——的话——跟大队长——说了——

郭：小秦，你不要说话，我知道你完成了任务了。

秦：李大队长说（喘息）——按照——队——长——说的——办——后天——后天——晚上——后天——晚——上……

任：小秦，我们知道了，你歇一歇再说话。

秦：队长——

郭：嗯？

秦：队长，我——误了——时——间——了——吗？……

郭：小秦，你没有，你按照时间回来了，又完成了李大队长给你的重要任务。

秦：是吗？（小秦转动着脑袋，眼睛睁得大大的瞅着自己底队长）

郭：是。

秦:后——天——晚——上——里——应——外——合……

（小秦的脑袋慢慢歪斜地倒在自己的肩上，眼睛静静地闭拢起来。）

郭:（声调沉重而痛苦）牺牲了！小秦，一个模范的通讯员，忠贞英勇的小布尔塞维克……

（郭清把帽子摘下，严肃地站在小秦面前。）

（任维金、村长、贞姑，静默着，脑袋低低地垂下。贞姑哭了——）

（幕徐下，第一幕完）

第二幕

时间:小秦牺牲后的第二天夜晚。

地点:阮秀英之家。

布景:与第一幕同。

幕启:阮秀英在她睡觉的房里缝补衣裳。舞台上是暗黑的，只有从阮秀英的屋子里透露出一线微弱的灯光。——静寂……侦察员任维金轻轻地推开门，带着机灵的动作上来。

秀（声音）:谁？

（阮秀英带着缝补的衣裳从房里出来。舞台逐渐明亮。）

任:大嫂子，我们郭队长不在吗？

秀:什么郭队长？你是干什么的？

任:我是八路军侦察员。

秀:（怀疑地望着对方，然后心里转了一个念头）啊！你坐一会吧。

（阮秀英进房里去提出一个瓦茶壶来，在锅灶上拿一只碗给倒

165

了一碗茶。)

秀：先喝碗粗茶。

任：不要客气。

秀：你歇一歇，我到隔壁借盒洋火就来。

任：对。

（任维金喝水，一面掏出小手巾来擦额上的汗，显出是工作紧张而刚走了很多路的人。）

（突然，他听到外面有脚步声走进院子里来，他本能地闪到锅灶后面，掏出盒子枪。）

（郭清推门进来。）

任：（收起盒子枪。敬礼）我也才来哩，队长。

郭：保定方面的情况没有变化吗？

任：没有，西关的情报员说，到神星来接防的队伍要再过三天。

郭：那就迟了一步，（笑）不是他们来接防，是我们来接防了。

任：明晚准下手吗？

郭：这样的买卖那还能不做？我都布置好了，正好明天神星是集，全队同志装作赶买卖的，化装进村，在蔡雄的庆祝会开始之后，我们就占领街道、弹药库和他们的司令部。

任：那咱们就拿手榴弹，来给他们庆祝宴会放礼炮啦。

郭：你再去一下李大队长那边，说明天下午准六时动手。内外夹击！

任：任务完了，我回队上去给你汇报吗？

郭：天亮前你要回来，早饭后就开始行动，我带本队进村，你的任务是在前头侦察，并且，你上午再来找找村长或贞姑，看有什么情况没有。

（任维金刚走到门口，村长推门上来，后面跟着阮秀英。）

166

王：（笑）啊，我心里盘算准是你们。（向秀英）你是说他们吗？

秀：（点头）唔。

任：（奇怪）怎么搞的？

王：她刚才跑到我那儿来说，她家里来了个生疏人，自己说是找郭队长的，她说，看样子不像个八路军，莫非是来哄郭队长的坏人，叫我来抓你们哩。

（郭清、任维金、村长都笑了，阮秀英也不好意思地笑了。）

王：（向阮秀英介绍）这就是郭队长，你哥哥的朋友，这是任同志。她就是秀英嫂，进魁家女人。

（郭、任鞠躬。）

秀：平日没见过面呢，郭队长也只是听咱哥哥说起过。

郭：是的，我和你哥哥是在一个队伍里工作的。

任：（笑）她说是到隔壁去借洋火哩，好家伙。

秀：真对不起，同志！

郭：不！你完全对，据点里到处都是敌人，警觉性是应该提得很高的。

秀：同志，咱们是在刀尖上过日子，一不小心就得上当咧。

任：（向村长、秀英）好，你们在着，我有事情要走。

（任下，阮秀英把门关好。）

郭：（向秀英）你昨黑回来很晚吗？

秀：听村长说你来了，我又没在家，天亮才完工哩。鬼子和杀鸡王真没良心。

王：阎王还怕鬼瘦？！

郭：工事修完了吗？

秀：男男女女百多人，修到天明，修完了。

王：杀鸡王就要吃光全村人也好，也没人好好干的，队长，这是豆腐
　工事，三棒两棒就打个稀烂哩。

郭：（向秀英）进魁出门多久了？

秀：整两年了哪，是杀鸡王和胡七抓壮丁没抓着跑了的。

王：她进王家大门还没到三个月，杀鸡王就给他们两口子拆散了。

秀：（垂头）

郭：现在在哪儿呢？

秀：在灵寿县慈峪镇做小买卖。有二百来里路吧，村长？

王：二百七八。

郭：捎过信回来吗？

秀：常有，头七八天还捎来一封信哩。信上进魁说要回来看看。

王：现刻可不能回来。

秀：可不是！就回来，家里也不敢歇下，又得走哩。再说嘛，也得在
　黑更半夜才敢偷偷摸摸回来。

郭：我还没见过进魁的面呢。

　　（秀英从里面衣袋里掏出折得极整齐的四方纸包来，她打开了
两重纸，才露出了照片。从这里看出这个农村妇女是多么热爱她的
丈夫，多么怀念她的丈夫啊！）

秀：（把照片递给郭清）这就是他，也是信上捎回来的。

郭：（看完照片后又交回给她）你放心，总归有团圆的日子的。

秀：（带点羞怯把照片又仔细地包起来搞进内衣里）家里就是我一个
　妇道人家，有时盘算他就夜里偷着回来见一面也好。

王：鬼子不赶走，啥也闲情。

秀：是哪，还没给队长烧点水喝。

郭：不喝水，不要麻烦。

王：队长不喝水，你就到院子里去望着点风吧！

秀：是。（下）

郭：皇协军开走了？

王：一共六个队，一早就开走了。

郭：留在村里的有哪几个队？

王：第七、第八、第九三个队。

郭：这三个队的情形我清楚，（微笑）在敌人看来都是最靠不住的。

王：对着了！就这么着，不敢让他们到前方打八路军去。

郭：（笑）我正希望把他们留下来哩。

王：是么？鬼子倒给咱们打了算盘哩。

郭：他们挺少，也不会怎样为难我们。

王：放心，他们着实是身在曹营心在汉咧。

郭：（点头）唔。

王：他们谁个不知道，郭队长你三番五次教育他们改邪归正，你三次给村里发救济粮，他们家属都得到一份，这些皇协军心里可感激着你哩。他们家里人也劝他们再莫干这事。

郭：（点头）村长，给你一个任务吧！你明儿带个口信给他们，你说郭队长说，不要忘掉自己是中国人，有机会就要报效祖国，将功赎罪。

王：保险办到！照咱看，只要队长真的来打神星，他们准会翻转枪头来哩。

（贞姑匆匆忙忙地跑了进来，阮秀英跟着悄悄地进来。）

郭：（笑）贞姑，你肚子里又带什么报告来了？

贞：（正经地）杀鸡王在找胡七呢，他火了！

郭：我又不是胡七呀！

贞：可不是这么说，杀鸡王要挨家搜哩。

王：大惊小叫干啥！

郭：开始了吗？

贞：哨兵都放出去了呢！

王：队长，你这儿事完了吗？

郭：完了。

王：要是你不回去，咱就找个保险地方带你去藏起来。

郭：就要回去，队里还有事情要做。

秀：那就快着点吧，队长。

郭：贞姑，我要给你一个任务。

贞：你说。

郭：你明儿带任同志去看看胡七说的射击场后面那个地道口。

贞：对着。

郭：好，我走了！

秀：队长，我看明儿再出村吧！找个安全地方躲一躲。

郭：不！还有要紧事，不回去不成。

（郭队长下，大家送到门口。）

秀：村长，你不该叫队长走咧。

王：那能成？！他有重要事要做咧。

贞：等会没枪声就没事了。

（枪声一响，又一响。）

（全场三人都惊讶而静听着外面。）

王：我到外面去听听风声。

（贞姑跟着村长下。）

（静寂，秀英把门闩上）

秀：（自语）神仙保佑着队长平安没事才好哪。

（秀英照着麻油灯进房子里去。）

（舞台昏黑无人。）

（有顷，远处枪声两响，稍停，近处枪声两响。）

（街上因枪声而显得更死寂了。）

（接着——有拍门声。）

秀：（从屋里端着灯出来）谁咧？

声：我——秀英嫂。

（秀英开门，郭清进来，态度依然镇静，手里还擎着枪。）

秀：是队长哪。进来！

（秀英然后又把门闩上。）

郭：我被发现了，特务在后头拼命撵，打了几枪，可没有打中我。

秀：歇一歇吧！（弄茶水）

（脚步声朝近处响起来了，在后面有骑兵底急促的马蹄声。）

（街上有几个声音大声喊叫："他飞不到天上去，一定在这村里。""准是在这一带。""慢慢搜……"）

郭：他们进来了，我就欢迎他们几枪。

（街上又起了一阵叫喊的声音。）

杀（声音）：不要乱嚷乱叫，跑到了我杀鸡王掌心里，就是孙猴子也跳不出去哪。

郭：万一他们闯进来，那我就连累了你。

秀：你可不要这么说哪。队长，你眼下就藏到这柜里吧！（指靠墙根的柜子）

（阮秀英正拿开柜上搁的东西，有人拍门了，是沉重而带着威胁的拍门声。）

秀：（用手指内室，挥手叫郭进去）躺到床上，快！

（郭清静静地走进内室去。秀英迅速地把灯灭了。）

（舞台昏暗。）

门外声音：开门！

秀：（装着刚睡觉起来的样子）谁呀？

声音：是你的野男人！（接着是狂乱的笑声）

秀：黑更半夜敲门，是谁呀？

杀鸡王声音：开开门，你自然会知道是谁的。（踢门）

（秀英拿着点亮的灯，然后走到后门边。）

秀：是谁哪？

杀鸡王声音：（粗暴地）你听声音也该知道是我杀鸡王老爷来了。

（秀英恐惧地开门。杀鸡王带着两个伪军上场。他们手里都拿着短枪。他左顾右盼，在房子周围转圈子，并且玩弄着自己的手枪，把手枪掷在空中又接在手里。并且从银制的烟匣里抽出一支烟来。他夹着烟卷向阮秀英脸前晃了一下，就把烟卷塞在嘴里。他的意思就是要洋火。可是阮秀英不了解烟卷在她面前一晃的意思，朝后退了一步，杀鸡王骄傲地迫近一步。）

杀：（两手交叉着，站在秀英面前，又把烟卷在她跟前晃了一下）全神星人都晓得我的习惯，你不晓得杀鸡王老爷需要什么东西吗？

跟着他来的一个伪军：（斥骂地）洋火！

（秀英回头到大柜上拿洋火，可是她擦亮了又给杀鸡王吹熄了。一连三根都是如此。）

秀：怎么着呢？

杀：我不喜欢这几根洋火。

秀：老爷喜欢哪一根呢？

杀：不吹熄的就是我喜欢的。

　　（秀英给杀鸡王点着了烟。）

杀：（突然恐吓地站到秀英面前）你把八路军藏到哪儿去了？

秀：（惊慌地）八路军？老爷！你是说着玩吧？

杀：（来回地走着）我的手枪是不喜欢说着玩的，（稍停，突然冷冷地、
　　阴险地，踱到秀英面前，声调沉重而缓慢）五分钟之内交出八路
　　军来！

秀：老爷，我家里没八路军来过。谁敢藏八路军呢？

杀：你当然很明白，欺骗杀鸡王的是最傻瓜的人。

秀：是嘛，谁敢哄你老爷呢！

杀：好，我到房子里去参观参观。

　　（杀鸡王向房内走，秀英跟在后面。）

秀：（高声）进魁，杀鸡王老爷来了！

杀：呵！你还给你的八路军打个电话呀！（得意地）可惜太晚了！

秀：那是……

杀：不需要任何"那是"了！（径往房里走）

　　（郭队长从床上跳起，走了出来，在门口和杀鸡王打个照面。两
　　方面都站住了。秀英却站在杀鸡王后面。）

杀：原来藏在这儿啊！现在，你自动地跑出来了！

秀：（镇静地）杀鸡王老爷，不要冤枉好人哪，他是我家男人！

杀：（翻转身来慢慢地踱到舞台中央，翻过脸来对着秀英和郭清）你
　　家男人是逃避兵役做生意去了啊！

秀：他今儿个才回来哩。

杀：为什么不出来迎接杀鸡王老爷，而要藏起来呢？

秀：老爷，他走了三天路，累了，又有了病，一进家门就躺到炕上睡

下了。

杀：（狡猾地笑）恰恰就今天回来？像演戏一样巧啊。

秀：（镇静）老爷，我当家的本来说好重阳节前后回来哩。

杀：有证明吗？

秀：有，老爷看看他捎回来的信吧！

　　（秀英掏出信来，杀鸡王看完之后——）

秀：老爷，我当家的人不舒坦，让他回炕上躺下吧？

杀：哼哼。

秀：（向郭清）你回里屋躺下吧！

　　（郭清进内。）

杀：照你这样说来，真是你的丈夫了。

秀：是哩，老爷，丈夫怎么能有真假呢！

杀：（向秀）明天要你男人来领身份证。

秀：谢谢老爷。

伪军：（向杀）真是她丈夫吗？

杀：（点头）一般地说来，我的判断是不会错的。

伪军：到别家吧！

　　（门开。杀鸡王缓步走到门边，一面沉思着。可是，在门边，他站住了。）

杀：（平静地）请那睡在你炕上的人出来。

秀：老爷是说叫我当家的出来吗？

杀：哼，是否你的丈夫，尚待考察。

　　（秀英入内。杀鸡王突然迅速地跳到门边，把耳朵贴在壁上静听着。）

秀：（在屋内）进魁，老爷要你出去呢。

郭：啊。

秀：起来吧，不要怕。我搀你出去。

（杀鸡王又跳回屋子中央，秀英搀郭清出。）

秀：进魁，这是杀鸡王老爷。

郭：（鞠躬）

（杀鸡王走到郭清面前，冷冷地拿起他的右手，打亮电棒翻来覆去地看。然后——）

杀：你是刚才逃跑的八路军，不要哄我了。这样粗这样黑，就是拿枪杆子的手。

郭：（装病地）我是良民，老爷。

秀：老爷，村里人谁都知道，我当家的是庄户人家嘛，家里挑粪、打柴、拿镢头，全靠他两只手，十年八年是这样，手怎么着能不黑不粗呢！

（又用电棒打郭清的额头，看看有军帽的帽痕没有，但因为是长期穿便衣，所以没有帽痕，而有头巾包的痕迹。）

秀：老爷，这不是庄户人家的头巾包的痕吗！

杀：（命令秀英）脱下他的鞋来！

（秀英蹲下去脱鞋，郭把手搁在秀英肩膀上。）

（杀鸡王拿着鞋底，这边看看，那边看看。）

杀：（向郭）你还有什么话说？这是八路军的鞋底，八路军是拿穿烂了的绿军服来做鞋底的。

郭：报告老爷，这是曲阳皇协军有一回去打八路军，在八路军一个做鞋厂里搬来的。

杀：那么，这鞋怎样跑到你手里来呢？

郭：报告老爷，那回我给"皇军"带道了，道儿没带错，可是把鞋走破

了,他们就送给我这双鞋。曲阳皇协军老爷穿这绿布底鞋的可多着哩。

杀:(来回地看着,然后走到秀英面前)你知道窝藏八路军是要割脑袋的。

秀:是嘛。谁不要自己的脑袋呢?

杀:有八路军要马上来报告。

秀:老爷放心,咱们全是跟"皇军"、跟老爷一条心的良民哩。

(杀鸡王抽出烟匣子来。)

秀:老爷,我当家的有病不能侍候老爷,让他回炕上吧?

杀:(点头)

(秀英扶郭清进去后,出来给杀鸡王点火。杀鸡王调戏她,把点亮的洋火在她脸上晃了一下,又把烟圈吐到她脸上,秀英低下头来。)

杀:很漂亮。(杀鸡王在她面前来回走着,但不看她)我是"皇军"最信任的人,又是"中央军"队长,你看我这刀,是蒋委员长亲自赠的呀!(略停)将来,不管是日本"皇军"胜利也好,国民党"中央军"胜利也好,我杀鸡王的大官都是不成问题的。(骄傲地抽着烟,头微仰起)我的官还不大吗?! 你准备着,做我的姨太太吧!(淫荡地大笑起来。下)

(阮秀英把门掩上。)

(郭清从屋内跑出来,想说话。阮秀英摇手,并用手指指门外。)

秀:进魁,我要把这树叶子摘完。你睡吧!

(这时,杀鸡王藏到门外窃听着,他已经相信了是阮秀英真的丈夫,但总还有点怀疑,为什么这样巧呢。于是杀鸡王来一次最后的试探,他突然像狼似的扑了进来。秀英惊叫起来,但当她认出是杀鸡王时,就平静下来了。)

杀:(狞笑)你以为把我骗过去了吗?(突然把门闩上起来,凶暴地抽
出枪对准阮秀英)你窝藏八路军,立刻枪毙你!

秀:老爷,枪毙我也是我的丈夫。

　　(杀鸡王突然快步走进屋内。)

杀:(在屋内大声)你就是换过一个头也瞒不过我!半分钟之后,你
就要回老家去了。

郭:(在屋内镇静地)老爷,我着实是个庄户人哩。

　　(秀英紧张地静听着屋内的动静。)

　　(杀鸡王又从房子里出来。)

杀:(自言自语)从各方面的侦察看来,确是她的丈夫。

　　(杀鸡王看了阮秀英一眼,就向门边走去,门外有脚步声由远渐
近。秀英正想开门让杀鸡王出去的时候,脚步声就停在外边了。并
且轻轻地拍起门来。)

　　(杀鸡王闪在门后边。)

秀:谁咧?

声音:是家里人。

秀:家里人?

声:秀英,是我。

　　[杀鸡王用手势命令阮秀英开门,秀英带着不安把门开开了。
一个商人打扮的青年进来。但他看见了凶恶的杀鸡王就呆住了(不
认识)。杀鸡王迫近那人,并用手枪指着对方的胸口,秀英当第一眼
看见那男人的时候,显得恐惧而纷乱,有点张皇失措,特别当杀鸡王
用手枪对准那人的时候,秀英几乎惊叫出声音来,但很快,她就平静
下来了,好像人在下了决心之后所有的冷静一样。]

177

杀:你叫什么名字?

进(王进魁简称):我叫王进魁。

杀:照你这样说来,你是她的——

进:是她的丈夫。

杀:(翻过脸对着阮秀英狞笑起来)哦！你倒是有两个丈夫啊！

秀:老爷！

杀:(迫近秀英)照问题答,这是你的丈夫?

秀:(痛苦地)不是。

进:秀英,你怎么着,不是——

秀:不是我的丈夫。

杀:他说他是你的丈夫啊！

秀:他瞎说。

杀:(向进魁)怎么样?

进:秀英,你怎么说这样的话呢?

杀:怎么样?

秀:老爷,躺在炕上的是我的丈夫。

杀:(指进)那么,他不是你的真丈夫了?

秀:不是我的丈夫,我不认识他——

进:秀英,你怎么……

秀:真不要脸！真不要脸！谁是你的什么！

杀:你真的不认识他吗?

秀:真的！

杀:那就不是你的丈夫了！

进:秀英……

秀:老爷,我不知道他是人是鬼咧。

178

杀：可是，照我看来，他很像是你的真丈夫啊！

秀：不是！老爷。

杀：那我就要枪毙他了？

秀：枪毙他也不干我事。

（杀鸡王拔出枪来，扳开机头。）

杀：(向进)哦，你就是刚才跑掉的八路军，我找得你很久了！送你上西天吧！

（杀鸡王正欲开枪，郭清从房子跳出来。）

郭：王八蛋，你不要打错人，他是她真的丈夫，我是八路军——

（秀英、王进魁都恐惧地看着突然出现的郭清，郭清刚举起枪，杀鸡王就先一步开枪了。郭清中弹倒下。阮秀英惊叫一下，痛苦地伏在郭清身上……）

（幕急落）

第三幕

时间：郭清受伤被捕后的第二天——从黄昏至天黑。

地点：神星皇协军司令部——从前是个地主之家。

布景：舞台正中墙壁上，挂着天皇的画像，在画像之上，左右悬着两面太阳旗。除此，在旁边，还挂着一张较小的蔡雄自己的画像，在像旁边，是松冈委任为皇协军大队长的委任状。在画像之上，有一张装在玻璃框中的横匾，是"耀武扬威"四个大字。在舞台左侧有四方格子的窗子，有一门通蔡雄的卧室。舞台右侧有一双扇门通外面，门开处，可以看到通向走廊的宽阔的过道之一角——过道有看不见的乐队，靠门墙上挂着一张"东

179

亚共荣圈"的地图。右墙角搁着一张桌子,上面放着电话和一架留声机。舞台靠里面有一张漆八仙桌,上面安放着食具,香烟、酒、水果,茶杯等等。周围摆着椅子。

幕启:和平快乐的庆祝宴会就要开始了。一个卫兵站在留声机旁边,留声机唱着"四郎探母",蔡雄穿着崭新的黄呢皇协军军官制服,戴着金帽花的伪军制帽。左胸挂着一个圆形的发亮的证章。怀表的金链子从上袋里挂到纽扣上,脚上穿着擦得亮亮的黄皮靴。虽然今天是他大欢喜的日子,但他的快乐的形色,依然掩饰不住他那由于抽大烟和荒淫过度,而苍白、灰败的脸色。他就在平常也是讲究修饰的人,而今天,他却自己觉得胡子刮得特别干净。

他是个三十五六上下的人,北方人,身材高长而略胖,用他自己的话来说,"我蔡雄是一个军官的模型"。他是个地主出身,是上海一个野鸡大学的学生,读法律的。可是,他是很少到学校去的,他说,"大学是个商店,我到里面去,是要买一顶学士帽子"。嫖赌和跳舞,他在大学时代就很拿手了。后来,由于一个国民党高级官员的介绍(他父亲的关系)进了军界,因此他又学会了抽大烟。他喜欢摆架子,甚至于装作英雄的样子,而其实却是很怯懦的、怕死的。他是自私残酷而凶恶的,但在上级面前,却就以做狗为光荣了。蔡雄的信条是"只要有地位,有钱有势,只要能活着,就一切可以做,这就是真正的做人的道德"。

他坐在八仙桌旁边的靠椅上(这张靠椅是特为松冈而预备的),抽着烟卷,把右腿搁在左腿上。入神地听着"四郎探母"。一个小卫兵蹲在他旁边擦着皮靴尖。

蔡:(得意地哼起京腔来)我蔡雄,有今日,好不开怀……

　　(杀鸡王上,今天换上整齐的军装。)

蔡:(把脚一踢)滚开吧!

　　(擦皮靴的小卫兵恐惧地溜走了。)

　　(蔡雄站起来去迎接杀鸡王。)

杀:老蔡,恭喜你就任皇协军大队长四周年。

蔡:我也要恭喜你活捉了八路探子,和那姓阮的女暗八路。松冈大
　　队长一定要大大褒奖你了。

杀:希望得到这光荣的褒奖。

蔡:宴会很快就要开始了。

杀:松冈大队长从满城来参加吗?

蔡:来,为着提高我的威信,他说他是一定要来的。

杀:我们要感谢"皇军"对我们的信任和提拔。我常常想:当"大东亚
　　圣战"完全胜利之后,我们的前程就不可限量了。在"中央"军队
　　里的同事们,每次来信都很羡慕。我们是响应蒋委员长(立正)
　　曲线救国号召的模范军官。时势造英雄,当他们也过来站在太
　　阳旗下参加"圣战"的时候,我们已经飞黄腾达了。

蔡:(得意地大笑,但突然正经起来)可是,我最近常做些不着边际
　　的梦。

杀:梦见升官了吗?

蔡:(摇头)你想得太好了,比如梦见一大群没有头的神星老乡,把我
　　包围在一个旷野里,他们都来势汹汹,乱嚷乱叫:蔡二鬼子,还我
　　头来!

杀:这些该死的老乡们,只能在梦里叫叫"还我头来"啊!

蔡:可惜在梦里我记不起他们的面貌,每当做这些梦醒来之后,就想

立刻把他们抓来通通绞死。是的,他们对于我们是危险的!这使我常常觉得这脑袋(拍自己的头)是暂时寄放在我脖子上,好像随时都可以搬家似的。

(卫兵上。)

兵:大队长,从北平来了一封信,还有这一包东西。

(蔡拆信。突然非常高兴起来。)

蔡:(给杀看信)你看,这是"中央"通过北平日本情报部寄来的。我升官了!

杀:(杀鸡王看完后)你做的噩梦是多余的啊……

蔡:(念信)"为了协助皇军进行大东亚圣战有功,着即擢升该员为上校,肩章随发。"(立正)蒋主席万岁!卫兵,把这份晋级文件挂起来!

卫:挂在哪儿呢?

蔡:(看了一下自己的画像)挂在松冈大队长委任我为皇协军大队长的委任状旁边。

(卫兵挂晋级文件。蔡雄打开那包东西,是上校肩章。)

蔡:(把肩章安放在自己肩膀上)尽管去叫"还我头来"吧,再跟"皇军"两年,一个少将就不成问题了。(神气地走来走去)

杀:今天的宴会可就是双喜了。

蔡:你不久也会受到"中央"褒奖的。我要把你最近的英雄事迹详细写一个报告给上面。

杀:那我到死也忘不了你了。

蔡:可是,我们必须在他身上得到八路军在我们村里活动的消息。

杀:那个混账王八蛋,半句话也不吐嘴。

蔡:要严刑拷打,松冈对付八路军的办法,我们是还学得不够的。

（来回走了一下就走到杀鸡王面前）假如你能把郭清逮捕到手，那你将成为松冈大队长之宠儿了，（伸出大拇指）要得到皇协军队长之官职，也就易如反掌。

杀：就是要想弄到姓郭的消息，什么刑法我都用了，用老虎杠子，用烧红的铁钳烧，用十根针插到他指甲里去，弄得他死过去好几次，可是，弄来弄去只弄出一句话。

蔡：什么话？

杀：骂我日本鬼子的狗种。

蔡：等下让他来尝尝我蔡雄老爷的厉害。

杀：我要一块一块割掉他。

蔡：宴会之后再弄吧！

（村长携贞姑上。）

王：（向蔡、杀弯腰，贞姑跟着动作）蔡大人，咱们来道喜。

蔡：你代表村中人民送来的礼物，三百斤白面，五口猪，五十只鸡都收到了。

王：一点点，大人不要见怪。

蔡：不过，最近两天发生的事情，你是要负责任的。

王：往后咱就要小心着点，报告大人，咱已盘算好在村外关紧地方派暗哨，每夜黑派十个人，村里人大伙轮流，有风声就派上二十个。咱自个和贞姑黑更半夜也起身到人家屋前屋后去偷听着点……

蔡：这样就好了。

王：蔡大人、杀鸡王老爷放心，往后保险一个八路也进不了咱神星，就进来了也是老鼠进布袋，自己装自己。

蔡：就是我看你平素忠实，否则，这次可就要枪毙你的。

王：大人关照。

杀:贞姑,胡七有线索没有?

贞:杀鸡王老爷,着急可就要坏事情哪。昨黑你抓了一个,眼下三天两天八路可不会来,慢着点,咱每夜黑更夜里起身到人家屋前屋后去偷听着点,保险弄出个头尾来哪。

杀:唔。你能帮我弄清这件案子,大大赏你。

贞:咱是情报员,是分内事嘛。

蔡:村长,你和你女儿就在这儿参加宴会,坐这第一席(指宴席),使松冈大队长也可以看见你是代表村中人来庆贺,(狡猾地笑)是爱戴我,拥护我的。现在,你们先在过道里等着吧!

王:谢谢大人。

　　(村长父女出。)

杀:松冈大队长还没来,我再去审审那探子。

蔡:目的是要获得郭清的消息。

　　(杀鸡王下。)

　　(皇协军干部甲、乙上。)

甲:大队长,咱们来道贺。

乙:(送上礼物)这是咱们一点点小意思。

蔡:(收下)谢谢!

　　(皇协军干部丙、丁上。)

丙:大队长,祝贺数年来丰功伟绩。

丁:刚才听卫兵说大队长荣升上校,就是咱们当下级的也荣耀极了。

蔡:不敢当不敢当,你们的礼物,昨天就收到了。

丙:咱们的礼物真是太薄了,因为昨天还不知道大人晋级的消息呢。

甲:(向大家)金钱,美女,大队长是取之不尽用之不竭的。我看咱们为着庆祝"中央"给大队长晋级,晚上来演一台剧吧!

乙、丙、丁同声:好极了。好极了。

蔡:诸位,松冈大队长要从满城来参加这个宴会,我现在就去接他,他一到,宴会马上就开始了。

干数人:是,是。

（蔡雄下。）

（干部们立刻提心吊胆地谈起松冈大队长来。）

甲:我听见松冈要来,就害怕得脑袋都小了一半。

丙:你们还记得上次他来参加"圣战"五周年纪念的宴会吧,他喝醉了酒,把所有参加宴会的老百姓都割了头了。

乙:他的手总是染着血的。

丁:真是一个魔王!

甲:只有杀鸡王和蔡雄能和他相比。

（松冈翻译上。）

丁:松冈大队长快来了吗?

翻:他正在审讯一个案子哩。（翻译检查着宴会的场面,看看有什么不适合于大队长的脾胃的）没有穿长袍大褂的吧? 大队长一看到这些中国衣裳就要火了。

众声:没有。

（外面有急促的马蹄声,从远渐近,并且,在皇协军司令部门口停下了,台上的人物静听着。）

丙:来了!

（蔡雄上场,村长父女也悄悄地跟着上来。）

蔡:警告诸位,松冈大队长立刻就到!

（人群在骚动,低语。）

（有小坦克车的声响从远而近,又在蔡雄司令部的门口停下来,接着听到门口卫兵大声叫"立正！"的声音。）

杀：（慌张上场）松冈大队长坐坦克车到了！

（过道里的乐队响起来。）

蔡：肃静！

（走廊上响起沉重而稳健的皮靴声。）

（舞台上是死样的静寂，蔡雄和杀鸡王站在宾客的最前头，弯着背像祈祷似的。后面的人也学着他们的样。）

（松冈大队长上场。后面跟着卫兵。）

（松冈穿着日本陆军上校的制服，黄皮靴，胸前挂着两个勋章。脸刮得挺亮，留着日本式的胡子。矮个子，是个三十七八上下的人。他是在中国住了十二年的特务军人，中国话说得很好，但还总是带着翻译。）

（当他出现的时候，这群可怜的人拼命鼓起掌来。）

蔡：（举起右手，领导着叫）"皇军"万岁！

来宾们："皇军"万岁！

（松冈向蔡雄、杀鸡王等人点头。并且盯了一下来宾们，他们都不自主地恐惧地朝后面退。并且，简直是挤在一起了。）

（舞台上又回到从前的静寂。人群中有些用手掌掩着嘴巴，压抑地咳嗽着，显然是怕自己的咳嗽，带来了灾难。）

（松冈左顾右盼了一下，就抽出一根烟来。杀鸡王赶紧抢过去给松冈擦洋火，可是，松冈当用手去摸自己的脑袋的时候，杀鸡王因恐惧而燃着的火柴从手里掉落到地上了。松冈"唔"了一下，杀鸡王往后退。卫兵用打火机把烟点起来。）

蔡：（恭恭敬敬地走到松冈面前，鞠了一九十度角的躬，然后像背书似的念道）大队长肯来光临敝部，参加宴会，真是不胜荣幸之至！

我感谢大队长对敝人的信任！

松(松冈简称)：你对于大日本帝国的"东亚圣战"是大大有功劳的，就是你三次四次地协助皇军扫荡八路的匪区，又杀死大大的坏了坏了的神星人。就仅这个的，我也要来参加这个宴会快乐快乐的。

蔡：承蒙过奖，我还是做得太少了，做得太少了。

松：(看到了挂起来的晋级为上校的命令)呃？

蔡：报告大队长，这是刚才从北平情报部转来的。

松：你们"中央"做得很对很对。

蔡：岂敢岂敢！全靠大人栽培。

松：我们欢迎你们的"中央"的军官的来参加圣战的，将来富贵是大大的有。

蔡：那自然。

杀：我们庆祝蔡队长就任皇协四周年和荣升上校，干一杯！

（来宾们都看着松冈、蔡雄他们，拿起盛满了酒的杯子来。）

蔡：(拿起酒杯)干杯！

（碰杯，干杯，卫兵倒酒。）

蔡：现在，让我们来祝松冈大人健康！（拿起酒杯）

杀：感谢联队长给我们开辟了光辉的前途！

（大家拿起酒杯。）

松：万岁！

蔡、杀、来宾们：万岁！

（电话铃响，蔡走去接电话。）

蔡：哎，是是，在这里在这里。（回头）大队长，满城来的电话。

松：(从蔡手里接过耳机)呃！对，对，嗯嗯，什么的？什么的？八路军大大的反扫荡,呀?他们占领了阜平的?城里的部队没事的?嗯!呀?消灭了?通通的,嗯嗯。要什么的?嗯嗯……快快的,我下命令的!

（所有的人,都紧张地注视着松冈和听着松冈讲电话。最后,松冈生气地掷下耳机子,走到桌子跟前,并且生气地把酒杯推开,厌烦地看了周围的人一眼,来宾们一个一个悄悄地溜走了。只剩下了蔡雄、杀鸡王等数人,舞台上开始空虚,然而逐渐严重起来。）

松：（向蔡）要二百只水缸的。

蔡：大人是说装水的水缸吗?

松：唔。水缸水要装得满满的。

蔡：大人可以告诉我什么用处吗?

松：前方的皇军要水喝的。

蔡：我不明白,匪区里水有的是啊!

松：心坏了坏了的中国人把水井都堵了堵了的。有的井里死狗死猫大粪,什么什么都有的!水不能喝了的。

蔡：河水呢?

松：可恶的游击队、民兵,在河上什么地方的都埋地雷,攻击驮水的伙伕的。皇军送着送着的到河里驮水也没有用的,去了就很少很少回来的。

蔡：那么——

松：你的少提问题的。

蔡：是的。二百只水缸装了水几时出发?

松：明天就出发的。快快的把水缸通通装到汽车上的。

蔡：是是,（向杀,威风地）你去要村长立刻办好这件事!

（杀鸡王下。）

松：神星是大大重要的，你明白的？

蔡：明白，大人。

松：八路探子大大的有，大大厉害的。你们要小心小心的。

蔡：是，报告大人，昨晚杀鸡王又抓了一个八路探子，还有一个同谋犯，姓阮的女人，正在审问。

松：大大的好！现在打仗的，前方后方探子一样大大重要的。把他带上带上来吧。

蔡：是，（向门口叫）来人！（卫兵上）把昨夜抓来的八路军带上来！

松：你们大大有功劳的，我喜欢喜欢你们的！（把手攀在蔡雄身上，像猫爪抓住老鼠一样，带着一种狂放的轻蔑的态度）你中国人的味道很少很少的，哈哈。（又把蔡推开）

蔡：（惶惑）荣幸之至！

　　（卫兵带郭清上场，衣服尽是血，头发很乱，脸上也带着血迹，一看就知道他是被残酷地多次地摧残过了。脸色很苍白，但依然镇静而满不在乎的样子。）

蔡：（搬椅子放在松冈屁股后面，又给松冈倒茶）现在请大人开始吧！

郭：你这狗东西！日本鬼子就是你的爸爸。中国人的脸都叫你们丢光了！

松：不许说话！

郭：我，你是吓唬不了的！在他（指蔡）眼里，你是老爸爸，在咱们眼里，你是日本鬼子。……

蔡：联队长大人，干脆枪毙他吧！

松：不要你多说话的。

蔡：是是。大人，我来记录口供吧？

　　（松点头。蔡拿了纸笔坐在松冈旁边。）

189

松:（向郭）你们要来攻击神星的？

郭:你消息比我还灵通的,我还没有听说！

松:你到神星来干什么？ 老实说。

郭:你还管得着,我爱干什么就干什么！

松:我知道的你来侦察情况的,大大可惜给活捉活捉了的。

郭:可惜的是我没有带手榴弹来炸死你这王八蛋！

蔡:不要胡说。

郭:我得罪了你日本爸爸吗？

松:你们一共有多少侦探的？

郭:很多！

松:有多少？

郭:我哪里记得清楚！

松:在什么地方？

郭:在这里就有！

松:什么人的？

郭:（摇头）我不能说！

松:说了就放你的回去的。

郭:（不理）

松:（给郭倒茶）请说了说了的,这里谁是八路的？

郭:我就是。

松:混蛋。

郭:你骂你自已,因为你就是混蛋。

松:你们有多少探子的？ 照实说的。

郭:算不清。

松:枪毙枪毙了的。

郭:我早就知道了。

松:你们什么时候进攻?

郭:你们挨打的那一天就进攻了。

松:我什么时候挨打的?

郭:你现在就挨打!

　　(郭清冲过去举手打松冈,松冈跳开,蔡雄惊慌地站起来。)

蔡:不要动!

郭:我还没有打到你主人呀,你就吠起来哪。

松:(威胁地冲到郭面前)我什么什么都知道知道了的,快快说的!

郭:你知道还问我干什么呢?!

松:把你活埋活埋了的!

郭:八路军不是这些(指蔡)王八蛋,怕死的。

松:把他拖出去绞死绞死的!

蔡:是。(站起来走向郭)

郭:(抢先走向前,打了蔡雄一掌)贱东西!

蔡:(恐惧地退后)卫兵!

　　(电话铃响,蔡走过去接电话。)

　　(卫兵上,拉郭清欲走。)

蔡:是是,(向松冈)大人,电话。

　　(松冈接过耳机,蔡站在他后面竖起耳朵听松冈讲什么。)

松:(向卫兵)慢慢的! 嗯嗯……有消息的? 进攻神星?(生气)知道知道的!(放下耳机,但挨着又摇起来)(侧身向蔡雄)皇协军有多少多少的?

蔡:报告大人,一共九个队,昨天有六个队跟"皇军"到匪区前线去了。

松：（生气）我问的还有多少多少的？

蔡：是是，还有三个队，三百多人。

松：嗯嗯，三百多，皇协军大大不成的——什么的？三天？不成的！八路大大厉害大大快的。——来五百皇军，很好很好的！要快快的。神星大大危险的。

松：（放下耳机又走向郭，蔡雄紧跟在后面）快快实说的！你们什么时候进攻神星的？

郭：什么时候都可以进攻。

松：有多少人的？

郭：有一百万。

松：过一分钟不说的，枪毙你！

郭：（沉默）

松：说话！快快的！

郭：你的一分钟到了！

松：（生气）拖出去！卫兵！

蔡：拖出去！卫兵！

郭：（鄙夷地看了蔡雄一眼）应声虫！

（卫兵拖郭清走。）

松：（从卫兵身后叫）站住的！（卫兵回身立正）打两枪不说实话的，第三枪就打死他！

（卫兵应声下。）

（松冈站在台上走着，蔡雄站着，静听着外面的枪声。）

（在走廊上，枪声一响，静寂。有顷，枪弹又一响，又静寂……）

卫声：第三枪就打死你了，说不说的？

郭：（洪亮的声音传到舞台上）没有什么好说的。共产党万岁！

（可是第三枪没有响，卫兵上来。）

卫：报告，他是共产党的！是实话的！

松：（生气）混蛋！我不要这个实话的！共产党要大大枪毙！（拔出手枪向门口走去。将到门口，碰见一个日本士兵，带着紧张的神色上来）

兵：报告大队长。

（台上的蔡雄、卫兵们的视线都集中在来人身上。）

松：什么事？

兵：村子外边的发现八路军的！

（蔡雄由于恐惧而把牙齿咬起来，摘下帽子，用手搔着头皮。）

松：多少人？

兵：不明白的。

松：下去！（拼命摇机子，拿起耳机）喂！喂！（又摇了几下）喂！喂！（经验告诉松冈糟糕了！愤怒地掷下耳机子。向蔡雄）电话没有了的，给八路割断了的！你的皇协军干什么的！你们通通的是饭桶！

（蔡雄惶惑无策地立正着，眼睛看着地上了。）

（杀鸡王又像是喝了酒似的摇摇摆摆地上来，显然是非常高兴的。但一看见松冈，就立正住了。）

杀：（报告似的，但看见松冈的可怕的脸色就怔住了）报告大人。二百只水缸我都弄好了。

松：（向杀鸡王迫近一步，杀鸡王后退一步）蠢猪！神星通通完了你不知道的！你会吃饭的，不给皇军干活的！

杀：大人，我——

松：我看你对你自己的脑袋，是大大没有兴趣的。

（松冈右手攀在杀鸡王肩上,左手抓住他的上胳膊,推着杀鸡王朝后退,松冈前进一步,杀鸡王就后退一步,就这样一进一退地走了出去。蔡雄睁着恐惧的眼光看着这怕人的动作。然后又静听着门外的动静。有顷,枪声一响——静寂,松冈走了进来。）

蔡:大人,他——

松:我送他回老家了的。

蔡:是。

（枪声响了! 夹着手榴弹的爆炸。）

松:你带皇协军抵抗八路的,通通死了死了你一个人也抵抗的,快快的,你这地瓜!

蔡:是。（慌张地而犹豫地走下）

松:卫兵!（卫兵应声上)八路探子带上来的!（又绝望地去摇电话机,不应,又狠狠地掷下）

（卫兵应声下。）

（卫兵带郭清上。）

松:(迫近郭)八路来了你也活不了的,死了死了的!

（蔡雄狼狈地进来。）

蔡:大人——皇协军大部都跟村长跑过八路那里去了! 抓来的八路犯人都给放了!

松:八格牙鲁! 蠢猪!

（枪声更紧密了! 八路军在歼灭特务队和少数日伪军。）

蔡:大人,我有地道,房子里就是地道道口。我看走为上策!

松:你们"中央"皇协军怕死怕死的。就会吃饭的,饭桶!

（炮声响了,街上混乱。）

郭:(挥着拳头)开炮啦! 天黑下了! 怎么武工队还不来呢?!

194

松:（凶恶地走到郭清跟前）八路来了的,你也活不了的!

郭:（高兴）我现在啥也不在乎了!

　　（松冈推郭清出门。）

蔡:好在有地道这一条道!（蔡雄正想进房去下地道）

　　（舞台昏暗起来。拿着盒子枪的便衣武工队出现在门口,松冈在门口怔住了,手被迫举了起来,同时,侦察员任维金和贞姑从蔡雄的房子里出现在房门口,蔡雄也怔住了,也被迫举起了手。）

贞:（高兴地）我从你地道里上来哪!

（幕下,全剧完）

东北书店 1948 年 10 月初版

195

◇罗伯忠

参　军

时间：一九四八年春。

地点：勃利县某屯。

人物：刘桂生——青年农民，二十岁。

　　　赵秀兰——刘妻，十八岁。

　　　参军青年甲及其弟弟。

　　　乙及其妹妹。

　　　丙及其哥哥。

　　　丁及其母亲。

　　　戊及其父亲。

　　　（秀兰在锣鼓声中上）

赵秀兰（以下简称"兰"）：（唱一曲）

　　　才刚全屯开大会，讨论参军保翻身。

　　　穷人天下穷人保，我送男人去参军。

　　　桂生年轻身板硬，会上我替他报了名。

196

参军保国是光荣事,一家老少都高兴。

(白)大会开得可热闹,李主任一说完话,我抢着头一个给桂生报的名,接着——老少的人都抢着说:"我去! 我去!"报名的老鼻子啦。大伙儿又提出条件挑好的,要思想好、成分好、年纪轻、身板硬实的。哼! 桂生他呀,哪样都合格。今下晚儿连夜就赶到县上去检验。

县上基干队叫他去了,我麻溜回家拾掇拾掇,给他带些啥东西走呀!

(唱一曲)

秀兰急忙回家转,好些事情还没办。

要洗衣裳来不及,快去做顿发脚饭。

(秀兰下场,刘桂生上)

刘桂生(以下简称"生"):(唱一曲)

咱们穷人力量大,斗倒地主坐天下,

蒋介石只剩一口气,咱们坚决打到底。

咱们穷人一条心,志愿报名去参军。

开会讨论参军事,该我站岗没去成,

秀兰替我把名报,这事整得不带劲儿。

(白)年前参军我没去成,就为抓他妈大肚子到地河子去了,回来没赶上趟儿。今儿该我站岗看住笆篱子那帮熊玩意儿,报名又给耽误了,爹告诉我说:秀兰替我报上名了。咳,我要各个儿去了,那该有多带劲儿呀!

兰:(出)回来啦! 爹呢?

生:在会上。

兰:你吃饭了没有?

生：吃过了！

兰：一回来就拉拉着脸，为了啥呀？

生：（不语）

兰：咋的啦？为啥事不高兴说呀！

生：说啥？我会说话，还不会报名去？！

兰：呵！原来为了我给你报名，不乐意我呀！

（唱二曲）

你莫要生闷气听我来讲，

因为你去站岗不在会上。

生：（接唱）

你为啥不找我亲自商量？

我的事你包办太不相当。

（白）这是我的事情，你咋"包办"呢？

兰：你站岗不能去开会，我替你还不行？

（唱二曲）

早知道你有心去打老蒋，

代替你报上名也是一样。

生：（接唱）

不一样不一样就不一样，

我参军你报名显着你强。

（白）你进步，我倒落在老娘们儿后头啦！

兰：你这是啥话，如今讲的是男女平权嘛！谁也不落在谁后边。

生：不落后你咋不参军去呢？

兰：你别以为妇女就不能参军啦？一个样！

生：谁报名谁去得了，有本事你就去，背上枪、子弹，光走道就把你累

198

爬了蛋啦！

兰：不能打仗还不能伺候伤病员同志，洗衣裳做饭伍的。

生：看把你能耐的！

兰：你有能耐，你咋不去？

生：你不是去了吗，我还去干啥？

兰：好！等人家把"中央军"打完了，你再去连个兔子影儿都抓不住了！

生：你别砢磣人啦！

（唱二曲）

光荣事都叫你办个干净，

显着你比男人还强三分。

兰：（接唱）

你参军你光荣谁都知道，

报上名你不去那才丢人。

（白）眼瞅着就快走了，不行唠些别的，你还逼个啥劲儿！你说你倒是去不去呢？

生：你说呢？

兰：你各个儿的事，还是你各个儿说。我说不是又"包办"了吗？

生：（旁白）真是都快离开了，还闹这个干啥？

（对兰）那件事我不是自告奋勇，你看这是啥？（解开扣子取出红花）

兰：看你把花都带上了，还赖我给你报名报错啦？来！我给你戴在外边（将红花戴在外）。把你要带走的东西，早就拾掇好啦，我去拿去。（进内取出）说走就走啦？

生：可不呗！

兰:那我有话对你说哩。

生:你说吧!

兰:(打开包袱取出白布衫)(唱三曲)

　　送你这件白布衫,

　　带在路上贴身穿,

　　想起咱家把身翻,

　　冲锋杀敌要勇敢。

生:(唱三曲)

　　衣衫是你亲手缝,

　　针针线线情义重,

　　句句话儿记心上,

　　练兵习武下苦功。

兰:(取出新毛巾)(唱三曲)

　　白白净净新毛巾,

　　送你擦汗带在身,

　　不怕苦来不怕难,

　　坚决勇敢为人民。

生:(唱三曲)

　　我去参加解放军,

　　解放全国老百姓,

　　决心革命干到底,

　　到老我也不变心。

兰:(取出鞋子)(唱三曲)

　　送你这双胜利鞋,

　　穿上走道走得快,

200

"中央军"一个也跑不掉,

多多立功多光彩。

生:(唱三曲)

穿上鞋子去打仗,

多抓俘虏多缴枪,

立下功劳还不算,

战斗英雄我要当。

声:刘桂生!参军的就要走啦,快去呀!

生:好,马上就来。

兰:(把衣鞋等包好给桂生背上,取出钱)这是一万块钱,带着道上缺啥好零花。

生:我不用,留在家里买个零七八碎的吧!

兰:咱们家困难也不在这一点上,就带上呗!(揣在口袋里)队伍开到哪里,想着给家捎个信儿。

生:嗯哪!

兰:走!我送你出围子。(唱四曲)

送你去前方,多多打胜仗,

我要勤劳动,还把工作忙。

生:(唱四曲)

拿枪上战场,保国保家乡,

全国革命胜利后,再把生产忙。

兰:(唱四曲)

送你上前线,秀兰心情愿,

你一去就打大胜仗,捎信报平安。

生：（唱四曲）

　　上阵去交锋，战场立大功，

　　喜报送到家中来，全屯都光荣。

　　（参军甲及其弟上）

弟：（唱四曲）

　　哥哥上前方，弟弟练刀枪，

　　快长高来快长大，也去打老蒋。

甲：（唱四曲）

　　弟弟在后方，要把坏人防，

　　等你长大去参军，反动派早打光。

　　（参军乙及其妹上）

妹：（唱四曲）

　　大哥当兵去，妹妹来送你，

　　咱家日子过得好，你可别惦记。

乙：（唱四曲）

　　参军离家园，妹妹别挂念，

　　你在家中学纺线，还把书来念。

　　（参军丙及其兄上）

兄：（唱四曲）

　　弟弟去作战，哥哥务庄田，

　　你在前方加劲儿打，后方来支援。

丙：（唱四曲）

　　兄弟保江山，哥哥把家安，

　　我在前方加劲儿打，后方多生产。

　　（参军丁及其母上）

母:(唱四曲)

  我儿去当兵,为娘多高兴,

  为国出力功劳大,我没有白操心。

丁:(唱四曲)

  妈妈心眼亮,孩儿比人强,

  多立大功当英雄,全家都荣光。

  (参军戊及其父上)

父:(唱四曲)

  前方打得欢,蒋介石快完蛋,

  要把"中央军"一扫光,送你把军参。

戊:(唱四曲)

  爹爹心放宽,胜利在眼前,

  不把"中央军"消灭净！我不回家转。

  (参军者五人齐唱四曲)

  参军上前线,个个都争先,

  攻下长春和沈阳,咱就打进关。

  (众齐唱)

  先打北京城,再去打南京,

  南京抓住蒋介石,全国享太平。

  (四曲结尾过门转喇叭调"五匹马"秧歌舞下)

选自《参军》,东北书店 1948 年 5 月

◇周 戈

一朵红花①

人物:刘大妈——五十二岁,耿直豪爽的老太婆。

　　刘四嫂——二十岁,吃苦耐劳,妇女劳动英雄。

　　刘四——二十五岁,自私自利,轻视女人的农民。

　　桂兰——十四岁,刘家邻居,天真活泼的姑娘。

　　妇女主任——二十五岁,县政府代表。

　　邻妇——甲、乙、丙、丁。

时间:一九四三年十月。

地点:陕甘宁边区某农村。

　　(开场时刘大妈用簸箕簸着苞米在愉快的音乐声中扭上)

妈:(唱第一曲)

　　咱们的边区好呀好地方,遍地的黄金用斗量,不愁吃不愁穿,光

　　景一天比一天强,哎嗨哎嗨咿呀安居乐业全靠咱共呀共产党。

————————————

　　① 萧汀改编版本,本剧又名《女状元》。

204

我有一个好媳妇,勤劳生产管家务,会织布会纺线,种庄稼赛过那男子汉,哎嗨哎嗨咿呀我老婆子心中好呀喜欢哪嗯哎哟。

(白)我们四儿媳妇,今儿早晨到前屯开生产大会去了,去可有时候啦,咋还不见回来?(看天色)太阳快到东南晌了,我还是赶快去做饭吧!(向内喊)四儿! 四儿!

(内应"来啦,来啦",刘四手拿旱烟袋上)

四:妈,叫我干啥?

妈:去给我挑点儿水,我做饭!

四:嗯哪!(下)

(刘大妈拿苞米喂鸡,刘四担水桶上,四顾左右,放下水桶)

四:(不高兴地)妈,您怎么做饭呢? 她呢? 整天往外跑,这他妈的还叫个玩意儿!

妈:咳,你媳妇当了妇女小组长了,全屯纺线织布生产的事儿都是她管着呢,你寻思寻思开生产大会她不去怎么能行呢?

四:我知道生产是件好事儿,织布纺线给自己家里多干点儿多好,竟跑外头扯这份淡去!

妈:你呀,真是个死脑瓜骨,这点儿事情你都不明白,生产嘛,总是要大伙儿合计互相帮助才好!

四:(不满意地)帮助啥呀!

妈:要不是早先大伙儿对咱的帮助,咱们会有今天这么好的日子吗?

四:不管怎的,我就是不让她往外跑,她再往外跑我非狠狠打她一顿不价。

妈:(生气地)你这个兔崽子,净说些什么话,就得由着你的脾气,我说你的话,你总是不听,你再这样下去我非告诉区政府批评你不可!

四:(不在乎地)动不动你就要上区政府,区政府才不管咱们家这些
闲事儿呢!(蹲下抽烟)

妈:区政府就是要管大家生产的事儿,像你这样不让你媳妇出去帮
助人家生产,不批评你批评谁?你还不痛快儿给我挑水去!
(妈下)

四:(担起水桶唱第二曲)

我媳妇常出门我实在不满,丢下了家务事她不照管。东家跑西
家串实在难看,这一回我定要管她一管。

(刘四担水下,桂兰愉快地扭上)

兰:(唱第三曲)

人逢喜事精神爽,报喜的人儿赶路忙。

急急忙忙往前走,见了大娘说端详。

(叫喊)大娘!大娘!

(刘大妈急上)

妈:哎呀,桂兰啥事儿呀?跑得你这么直喘哪?

兰:(气喘地)大娘!我告诉你一件喜事!

妈:啥喜事呀?

兰:今早晨区上开了个大会,那台子下边的人啊——黑压压的可多
啦,大会上,人家都说我四嫂生产得有成绩,地侍弄得好,粮食打
得多,教会了我们二十几个人纺线织布,她自己纺的线又白又细
又匀乎,屯上妇女小组领导得好,大家伙儿把她选成劳动状元
啦,大会上区长讲了话,(高兴地跳起来)我四嫂还上台说了
话呢!

妈:(不信自己耳朵地)桂兰好孩子你说的可是真事儿?

兰:怎么不真哪,大娘你还不信?

妈:(高兴地)我怎么不信呢,我眼巴巴地,盼也盼不到啊,(自语地)这我可乐啦……现在的政府,眼睛可真亮呀,咱们百姓的一点点小事儿,人家都看见啦。

兰:可不咋的?区长说,过晌县里还要派人来接我四嫂去开会呢!

妈:(着忙地)哎呀,看咱家这么埋汰,人家来啦不笑话咱们吗?再说咱们怎么招待人家呢?

兰:那管啥呢,好吃的就行么,肉呀面呀……

妈:那么咱包羊肉芹菜馅饺子吧!

兰:对,我帮你摘芹菜,你就和面煞馅子吧!

妈:好孩子咱们就快些动手吧!(兰与妈同下)

(邻妇甲、乙伴着刘四嫂在喜气洋洋的音乐声中舞上)

甲:(唱第四曲)

我说你是咱妇女的好榜样,今天的大会上果然把你选举上。

乙:(接唱第四曲)

我说你是咱妇女的好荣光,你纺线又白又细又匀又紧比我们强。

媳:(接唱第四曲)

毛主席号召咱,加紧来生产,多织布,多纺线,多呀开荒,多呀多打粮。

甲、媳、乙:(同时地)对!

(接唱)

多织布,多纺线,多呀开荒,多呀多打粮!

甲:大娘大娘!四嫂回来啦!

兰:(跑上)大娘快出来吧,四嫂回来啦!

(刘大妈带着两手面跑上,亲热地欲拉媳手,忽止,急拍去手上的面往自己身上抹了抹,越抹越多,急忙拉着媳手)

妈:(亲热地)哎哟——好媳妇呀,你可回来啦,把我想得……(乐得
　　说不出话来)你累了吧? 快进屋歇歇去吧!

媳:妈,我不累,看你老忙得这样,他上哪儿去啦? 怎么叫你老人家
　　做饭呢?(卷起袖子)我去做去,你歇着吧!

妈:(阻媳)现在你成了咱们刘家的贵人啦,你当了英雄,咱一家人都
　　跟着光荣……

乙:大娘,一会儿县上还要来人看你老人家呢!

妈:(忽然想起)火都烧着了,还没添水,光顾唠啦!(妈急下)

甲:四嫂,县里的人快来啦,你还是赶快换上新衣裳吧!

　　(刘四担水上,猛然放下水桶,气凶凶地指着媳)

四:你还知道回来呀! 我只当你死在外边了呢! 成天往外头跑!
　　(狠狠地)往后你再往外跑我非揍死你不可!

媳:我到外边去还不是为了帮助大家生产,教给邻居织布纺线吗?

甲:(靠近媳)我和我姐姐织布,都是四嫂教会的!

乙:(靠近媳)我和我妹妹纺线也是我四嫂教会的!

兰:刘四儿! 你媳妇当了状元啦,你知道吗?

四:什么状元哪,成天东家跑,西家撞的,当然是越撞越远啦!

兰:(责问地)刚才区上开大会你为啥不去?

甲、乙:(同时地)你为啥不去! 你为啥不去?

四:(理屈地)好好好,好男不跟女斗,好狗不跟鸡斗,算了,算了!

　　(刘大妈在内喊:"四儿! 还不快把水给我挑进来!")

四:来啦! 来啦!(担水走,回头对媳)待会儿再跟你算账,小心点儿
　　吧!(担水下)

　　(媳轻轻擦泪,妇女主任手拿一朵大红花带着邻妇丙丁上)

丙、妇、丁:四嫂在家吗! 四嫂在家吗?

甲：胖嫂子来啦！

媳：（同时地）妇女主任来啦！

乙：胡嫂子来啦！

众：（热烈地喧成一片）来啦，来啦！哈哈……

妇：刘四嫂你中了状元啦，县里派我来接你，你今年生产得有成绩，地侍弄得好，粮打得多，还教会了全屯二十七个妇女纺线织布，赛遍了全县的妇女，大伙儿选举你当劳动英雄，你真是咱们妇女的光荣！

　　（在喇叭锣鼓声中，把一朵红花挂在四嫂胸前，众妇羡慕地望花相互示意，桂兰摸着四嫂胸前的红花，四嫂望花痴笑。刘大妈跑上，一眼看见四嫂胸前的红花，狂喜，上前拉着妇女主任）

妈：（兴奋地）哟——贵客来啦！你就是县上的妇女主任吧？（靠近四嫂，摸着四嫂胸前的红花，夸耀地）这……这就是我的儿媳妇！

众：大娘，给你老贺喜呀！

妈：嘻嘻嘻嘻，喜，喜，大家都喜！都喜！

妇：大娘，四嫂当了劳动状元，你该高兴了吧？

妈：（乐极）高兴，高兴，我高兴的（呀）；连"心"都快跳出来啦，常言说得好，"好儿不要多，一个就顶十个"，看起来——我老婆子还有点儿老来富呢！（发现自己说脱了口，有些不好意思，急忙转话）唉！只顾唠嗑忘了招待了，我给你们倒茶水喝。（向内喊）四儿！四儿！

妇：（拦阻妈）不喝啦，我们还得早些儿到县里去开会，明天还要到延安去见毛主席呢！

众：（惊异地）见毛主席？

妈：见毛主席？真的？

妇：真的！

妈：(上下打量媳妇)哎，啧啧啧啧，我哪辈子积下的德，修下这么一个好媳妇，(摸着四嫂的手)好孩子，你要是到延安见了毛主席，就替我问个安，就说："你婆婆从前过的是苦日子，自从共产党八路军来到这儿，帮助咱穷人翻了身，咱们的光景是一天比一天好啦，这都是毛主席给咱们的好处！"记下，别忘了！

媳：嗯哪！

四：(上)妈！你叫我来？(忽然看见妇女主任)妇……妇女工作……(转眼看见四嫂胸前的红花)这……

兰：这什么？你媳妇都当上劳动状元啦，现在戴上一朵红花到延安去见毛主席呢！

四：(顺风转舵地)我早就说过，我媳妇是个好媳妇！

妈：(责备地)她是个好媳妇，你可是个坏小子！(对妇女主任)他不让她出去帮助大家生产，他还要打他媳妇呢！

(刘四慌忙地阻止刘大妈)

妇：(严厉地)有这样的事儿？那还能行？

甲：刘四常压迫妇女，咱们今儿斗争他！

众：对，对！斗争他！斗争他！

四：(害怕地)这这……我……

兰：把他送到区政府，给他戴上高帽子游街！

四：(发抖地)慢点儿，慢点儿，我现在是啥都明白了，往后我让她出去帮助大家生产，(指着媳)人家的本事大着呢！人家当了劳动英雄我还有啥说呢！(想了一下)啊，对对对，现在这妇女经济是都开展啦！

妇：你这样想就对啦，你参加换工队好好生产，到明年建立一个模范家庭,你们两口子,都戴上红花一块儿去见毛主席!

四:(点头)好,好,好。

妇:天不早了,四嫂咱们就走吧!

妈:走什么,饺子都快做好啦,吃了再走!

四:(热情地)吃……吃了走,吃了走……

众妇:不吃了,不吃了,嘻嘻嘻……(众人推推让让,笑声,嚷成一团)

妇:大娘,不吃了,我们早些儿到县里,也好叫四嫂早些儿见毛主席!

媳:妈,那我们就走啦!

妈:孩子,你等着,我给你取几件衣裳去!(急下)

四:(对媳殷勤地)你放心去吧! 家里的事儿,有我一个就妥啦。(悄悄地)你见了毛主席千万可别提我打你骂你那个事儿啊! 往后我叫你出去帮助人家生产,我再也不敢打你骂你啦!

众妇:哈哈……你这样寻思就好啦!

四:对对对。

妈:(取包袱上)好孩子去吧! 早去早回来,早晚注意身体别受了凉!

    (媳接过包袱"嗯哪!")

四:(殷勤地)来来,我给你拿着包袱!

兰:大娘咱们送送四嫂吧!

众:对对,送送去!

    (九人齐舞,唱主题歌)

主题歌

(一)毛主席,好比那,高山红灯,领导着,咱百姓,翻呀翻了身,给咱们过的是好呀光景嗯哎哟。哎嗨哎嗨咿个呀哈,给咱们过的是好呀光景嗯哎哟。

（二）咱边区，真是那，地上天堂，享幸福，全靠咱共呀共产党，家家户
　　　户喜洋洋嗯哎哟，哎嗨哎嗨咿个呀哈，家家户户喜洋洋嗯哎哟。

（三）妇女们，要解放，就要生产。

　　　（音乐齐停）

甲、乙、丙、丁、妇、兰（同时地）：刘四嫂！　⎫
妈：我孩子！　　　　　　　　　　　　　　⎬（这三句喊白仅占曲中
四：我媳妇！　　　　　　　　　　　　　　⎭　之三拍）

　　　（接唱）

　　　你本是女中的状元，一朵红花挂在胸前哪嗯哎哟，哎嗨哎嗨咿
个呀哈，一朵红花挂在胸前哪嗯哎哟。

（四）男和女，老和少，一齐动手，保卫咱好光景，有吃又有穿，快快地
　　　加油干哪嗯哎哟，哎嗨哎嗨咿个呀哈，快快地加油干哪嗯哎哟。

　　　（于音乐锣鼓声中舞下）

一九四三年初改于延安文协

一九四六年再改于松江文工团

说明：

　　（一）本剧是延安西北文工团在乡下多次演出后的最后脚本原
稿，已和延安初次出版的本子有所不同。

　　（二）为了适应东北地方演出，已将陕北方言改成了普通话。

选自《一朵红花》，东北书店 1948 年 11 月

◇ 荒　草

烧炭英雄张德胜

时间:一九四四年三月到五月。

地点:贺龙第一铁厂附近的山沟里。

人物:连长——李先之,二十七岁。

政治指导员——傅秀芳。

张德胜——战士,破军衣,黄短裤,一身很脏,戴一顶没帽檐的
军帽,陕西成县人,有点脾气,说话啰嗦,三十二岁。

王得南——战士,大家叫他王大腊,能吃苦,少说话,说也很简
单,老实,二十五岁,河南人。

马正之——小鬼,十九岁,开始不大听话,干活顶个大人,机
灵,好玩,常和张玉海抬杠,山西人。

张玉海——小鬼,十八岁,听话,服从命令,力气小,工作上弱
一点,山西人。

张西——原是伙夫,老实,人称"傻子",脑筋不够用,工作来
了,瞌睡也来了,有人督促也能做事,门牙略露,山西人。

第一场

（幕后音乐起，奏烧炭歌过门）

幕后合唱（烧炭歌）：

今年搞生产，咱们要烧炭，卖给铁厂炼枪炮，连队生活也改善。（过门）到边区，时间短，建立家务有困难，开荒种地打基础，解决困难靠烧炭。（过门）磨好镢头去开荒，一人生产四石粮，磨好斧子去烧炭，今天就要上山岗。（过门，连长、政治指导员在过门声中上，回连部。二人随幕后同唱）

连、指：（同唱烧炭歌）烧木炭，六万斤，五十天里要完成，任务交给张德胜，这个责任并不轻。（过门）张德胜，有恒心，说话做事很认真，刻苦耐劳又积极，学习烧炭很热心。（最后过门落，到连部）

连：（连长简称连，下同）（白）老傅，我们是初到边区的部队，什么都没有基础，我们得事先考虑周到，烧炭的任务这么重，张德胜他们五个人，五十天要完成六万斤木炭，恐怕不容易吧？我们得计划好，可不能粗枝大叶呢！

指：（政治指导员简称指，下同）（白）那么老李，你看还有什么困难呢？

连：（白）我想一想看！（唱"劝班长"曲的"问曲"）第一件，张德胜，烧炭技术还不高明，腊月里他才学烧炭，坏了几窑还没烧成。（过门）

指：（接唱"劝班长"曲的"答曲"）说技术，别操心，他会虚心去学成，过年他烧了几十窑，最近还完成万多斤。（过门）

连：（接唱问曲）算时间，五十天，木炭就要烧六万，一天要出千多斤，

他们五个很难办。（过门）

指：（接唱答曲）五十天，时间短，这个问题也好办，假若是烧炭太困难，那就延长到六十天。（过门）

连：（接唱问曲）五个人，也不强，两个小鬼爱抬杠，张西又爱打瞌睡，张德胜脾气又刚强。（过门）

指：（接唱答曲）张德胜，会教育，别看他平时爱生气，只要是工作抓得紧，大家都会卖力气。（过门渐慢，落）

指：（白）张德胜来的时候，咱们把任务交给他，看他还有什么困难，咱们再慢慢商量吧。（张德胜上）

张：（张德胜简称张，下同）（白）报告！

指、连：（合白）进来，张德胜。（张入门敬礼）

连：（白）张德胜，咱们是新到边区的部队，要建立革命家务，在工业生产上，除了挖矿，还要烧木炭，早给你们讲过了。现在给你个任务，五十天能烧六万斤木炭不？

张：（有点发愁，白）不得行，连长！

连：（白）你说要多少时间能完成？

张：（白）不，能完成是能完成，就看人是怎么个分配法。马正之、张玉海两个小鬼，力气小，爱抬杠，闹不团结，张西工作上屡得很……

连：（白）你看怎么分配？

张：（白）你到连上挑选上几个帮尖的。

连：（白）你把好的帮尖的都挑去了，家里怎么盘计呢？荒怎么开？张德胜，你们去烧炭了，你们每个人的二十几亩地，家里人都要给你们开出来呢！把好的挑走了家里计划怎么完成？

指：（白）我看五十天的时间也太短了一点，砍树、扛树、装窑、点

215

窑……大家都是生手,一个人一天要烧二三百斤木炭也不容易呢,我看增加十天,延长到六十天,你看能不能完成?(稍停)还有什么困难没有?你想一想看!

张:(旁唱"组织烧炭队"歌)指导员问我有啥困难,张德胜心里暗盘算,我是六班的一个战士,众人不听话怎么办?(过门)"你是六班的一个兵,我是七班的一个兵,今天你为啥来管我,你说的话我不听"。(过门)这样的事情可不行,同志们不听话怎么成?(稍停,奏两遍过门)八路军从来不怕难,上级的任务要完成!(张转向连、指)报告连长、指导员,张德胜没有啥困难!请你把命令下给我,众人听话就好办!(乐器齐落)(白)连长、指导员!我就是担心众人不听话,你把命令下给我,就能行!

连:(白)老傅!五个人都是战士,张德胜要负责任烧炭,我看就叫张德胜当烧炭班长吧!

指:(白)对!我看叫他们五个人来选举一下,民主一些。

连:(对张白)张德胜!我们的意见,这个烧炭组由你来当烧炭班长。一会由你们五个人,大家来选举一下。民主一些。大家也会选举你的。

指:(对张白)这一回就要看你的领导啰!马正之、张玉海两个小鬼爱抬杠,张西爱打瞌睡,要好好说服教育团结他们。计划组织要搞好,分工要分得清。工作要有恒心、有决心。组织上相信你,才叫你来负这个责任呢!烧炭任务要好好完成,争取做个模范,当劳动英雄,替革命立个大功劳!

张:(白)连长、指导员,你们放心,烧炭工作我操心干,在我的组织上一定好好组织,在我的计划上,我一定好好计划,吃苦耐劳我不怕,六万斤的任务我一定完成!

连、指:(同时白)好！那好！

连:(白)大家都准备好啦吗？叫他们到连部来！

张:(白)是！（下）

连:(白)这五个人呀！还很难办呢……

指:(白)是呀，一会儿那两个小鬼，你还得好好跟他们谈一谈……

　　（张德胜率王大腊、张西、马正之、张玉海上。五人皆背背包，扛斧，张西担锅筐上）

众:(白)报告！

连、指:(同白)进来！（众入门）

连:(白)大家把东西放下。（众放下东西）这回你们去烧炭，是很艰苦的，咱们回到边区不久，生产基础很差，开荒种地，要秋收后，才能收成，眼下要改善连队生活，就靠你们呢！

众:(白)是！

指:(白)这回你们去烧炭，要选一个人来负责任呢！你们看选哪一个来负责？

王:(白)选张……张……张……

众:(争白)选张德胜，选张德胜！

指:(白)你们大家都同意？

众:(白)同意！

连:(白)好！你们跟张德胜到铁厂那条沟里去烧炭去，现在大家亲口选张德胜当班长，我们也同意他当班长，就把命令下给他，以后他叫大家怎么干，大家就怎么干，就是指挥错了，责任有张德胜负，哪个人不听指挥，不服从命令，（对张）你就跟我写个信来。

　　（摸海、马头白）张玉海、马正之，你两个不要在山上抬杠！

海、马:(即张玉海、马正之，下简称海、马)（同时白)是！

连：（对张西白）张西，白天要好好工作，可不能倒下睡觉！

西：（即张西，下简称西）（白）是！

指：（对众白）烧炭的事早就跟大家讲过了。刚才连长给大家也解释得很明白：六十天要完成六万斤木炭，大家有这个信心没有？

众：（白）有！

指：（白）有这个恒心没有？

众：（白）有！

指：（白）说到了，也听到了，就看大家实际行动怎么样啰！大家吃了饭没有？

众：（白）吃过了。

张：（白）我带大家去。没有东西拿了，咱们就走吧！（众抬起东西）

连：（白）我送你们一下！

张：（白）连长，别送！

连：（白）走吧！（众走、短过门起）

（全体唱烧炭歌）扛起斧头，背起背包，带上小米和铁锅，去到那山沟里把炭烧。（过门）青杠树，长满山，青杠树是好财宝，只要大家多勤劳，革命家务会搞好。

张：（在过门声中白）连长，你回去吧！

连：（白）走吧！再送你们一下！

张：（呼）同志们！走快点。（加快速度、重唱一遍，速下）

第二场

马：（在幕后唱"烧炭山歌"）三月里，满山青，烧炭队开进老山林，借一个老窑把身安，砍树烧炭要认真。（小鬼马正之从梢林里钻出）鸡叫爬上大山顶，青杠树儿遍山林，砍一阵树来装一阵窑，满

218

头累得汗淋淋。（动手砍树）（唱烧炭英雄歌）砍树要砍青杠树，青杠木炭有精神。炭窑打在实土上，一窑烧它千多斤，抬头看，天黄昏，努力加上一把劲，（用力砍）砍倒这棵青杠树，咱再好好地歇一阵，歇一阵，歇一阵。（唱后用力砍几下，停砍，擦汗，看斧）（白）我这斧子真糟蛋，今天磨了四回了，刚砍了不多一会，又砍钝了，一天磨了四回，班长还说没磨好，一天只准磨一回，磨四五回都磨不好，磨一回还能磨好？这么一会儿就砍得这么钝了，管你斧子钝不钝，我总要把这棵树砍倒！（刚砍了两下，惊望山鸡飞过，藏入草中）（白）嗨！两只野鸡飞在那草里去了。这里有窝野鸡，一定有野鸡蛋。（作偷觑状去捉山鸡）（张玉海上）

海：（一路叫着）马正之，马正之！

马：（急摇手使其别叫）

海：（没见，更大声叫）马正之！班长叫你回去啦！天黑啦！

马：（又摇手阻其别叫）喂！（轻声）别叫！

海：（仍叫）马正之，你在哪儿？（野鸡噗噗飞走）

马：（大声白）完了，完了，野鸡飞了，叫你别叫，别叫，你吵个球，碰见鬼啦！

海：（白）你才碰见鬼了，叫你回去还叫错啦？

马：（怒白）你叫得对！把野鸡给我赶跑了，你还对。

海：（白）我吓跑了？我不叫，你还捉得住？

马：（白）捉得住，捉不住，不用你来管。

海：（白）不用我管？班长跟你说过几回了，叫你别找野鸡蛋！你还找！我要给班长报告。

马：（推海白）你去，你去！怕了你，我不是娘养的。滚！（把海一推，推了多远）

海：（拥上白）你打，你打，你敢打……（二人互相推掀着）（王大腊、张西上）

王：（白）干什么，干什么，看你两个小东西，吃了饭没事啦！闹个球！（拉开马、海二人）到底为了啥事情？

西：（旁白）哼！他妈的，又抬杠！（坐在一旁看着）

王：（白）为了啥事嘛，又抬杠？

海：（白）他打人，他……

马：（白）谁打你，谁打你？

王：（白）又吵，又吵，什么事犯得着又抬杠？

海：（白）班长叫我来找他回去，他不回去！

马：（白）叫他别吵，别吵，他一来，就把我的野鸡吓跑了。

王：（白）不准闹了，不准闹了！回去，走！走！都回去！

马：（白）不要你来管。我不回去。

王：（白）为什么不回去？

马：（白）就是不回去。

王：（白）班长天天晚上叫你们两个别抬杠了。指导员到这里来，也叫你们别抬杠。有时间为什么不多砍几棵树，去找野鸡蛋？

马：（白）人家斧子砍钝了，你来砍嘛！

王：（白）斧子钝了为什么不好好磨？走，回去说！（推马）

马：（白）（不走）我不回去。

西：（起身白）他不回，我回了。

王：（白）慌什么，等着一块走！（西又坐下）

海：（白）管他呢，让他在山沟里给狼吃了。

（海、马，各蹲在一边，王劝着马；西打瞌睡，过门起，张德胜上）

张：（唱"组织烧炭队"曲）出一窑来装一窑，这几天木炭出得少，十天没有一万斤，完不成任务我好心焦，（过门）小鬼的脾气没改掉，张西抽空就睡觉，这样下去怎么行，一定要想法来搞好。加强大家的责任心，每个人烧炭才有长进，大家知道负责任，一天多出它几百斤。（过门）吃苦耐劳的王大腊，他当正组长不差啥，马正之他当副组长，每天的任务交给他。（过门）集合那众人来商量，告诉大家个好办法，看看太阳下山了，叫他们快快转回家。（叫）王大腊，喂！张玉海！（走到）咋咧？天黑啦，为啥还不往回走？

王：（一边答复，一边推马白）走吧！走吧！

马：（扛起斧头，要走不走的样子）

张：（白）什么事，又抬杠了？

王：（白）一个要找野鸡，一个把野鸡吓跑了。

张：（白）马正之！张玉海！你们两个过来。（海过来，马不过来）怎么，牛脾气又发啦？

马：（白）我跟张玉海在一起烧炭，我是烧不好。

张：（大声白）过来！（马才慢慢过来）

张：（严厉地白）从家里来的时候，连长就跟你们说过，别抬杠，要好好团结。来到这里，指导员也来教育过好几回。你们抬了多少杠，想一想，为什么不去多砍几棵树，要去找野鸡？

马：（白）人家斧子砍钝了，才去找山鸡蛋。

张：（白）还有理。为啥要抬杠？

马：（白）我跟张玉海就搞不到一块。

张：（白）俗话说，同船过渡，是五百年的缘法，慢不说咱这个当兵人在一锅里吃饭，一布上穿衣，一铺上睡觉，咋还有个团结不好的么？咱们在一棵大树底下革命，大家若要今年团结到底，过阳历年不发生一点问题，我一定举双手选你们当模范，不选，叫众人骂我说话是放屁！

（稍停）大家不要嫌我说话太啰嗦，这是为了叫大家往好处学。晚上回去，好好检讨一下，为啥要抬杠！咱天天说，夜里说到半夜："烧炭工作要操心干！"左边耳朵里进去，右边耳朵又出来了，待听不待听，待耳不待耳，就不行。你们早反省过，说不抬杠了；男人说话斩钢切铁，□个钉子便是个铁嘛！说一句话就要顶一句话，说了就要看事实。（对马）马正之，你干个啥，可是顶个大人，心灵，就是你那个脾气不好，说个啥耳朵就耽着啦，不听。（对海）张玉海，说个啥，中啃，不反抗命令，就是工作上孱一些，这就是你的缺点！

海：（白）是！

张：（对西白）张西，张西。（张西早已睡着，闻叫惊起）

王：（白）喂！你坐下来就睡觉了？

西：（白）人家砍了一天树，累了，他们两个在吵架，眼睛闭一闭又不是睡觉。

王：（白）班长比咱们更累呢！班长叫你！

西：（擦着眼，白）好，不说了，走，回，回哇！

张：（白）等一下回！工作一来，你睡觉就睡不完，什么时候你才睡得醒？老要别人放个人在你屁股后面跟着。青年人要像个青年人，当兵人走路要放个当兵人的态度，不要像七八十岁的老汉，你是个蚂蚱，跳了七八个月墙，还没经冬，没过夏，就要钻洞啦？大家对我有啥意见也可以提一提，就是分工不公、指挥不到、任务不完成，就是生活上、睡觉上，偏得不得，都可以提！

西：（白）没个啥意见。

众：（白）没啥意见。

222

张：（白）有就提，我这个脾气不好，也要改！没有啥意见，我可有件事情，跟大家说：（唱烧炭歌，起短过门）我在沟里把窑点，你们在山上把树砍，慢砍快砍我不知道，怕你们不砍去贪玩。（过门）我管烧炭有责任，这副担子并不轻，咱们应该组织好，件件事儿要认真。（过门）你们砍树的四个人，大家分工要分得清，王大腊他当正组长，副组长马正之来担任，（过门）（对海、西二人）叫他们当组长，你两人心里怎么想，同意还是不同意，你们有话也要讲！（过门）

西、海：（同时白）同意！

张：（对马、王接唱）他两人，也同意，责任交给你们两人。首长对我下命令，我的话也要好好听。（过门）啥时候完成就回来，我半句话儿也不哨，假若任务没完成，我死在山沟里不见人。（过门）完成任务是光荣，完不成你们负责任，要对得起两顿小米饭，要对得起首长和同志们，（过门）天黑时候还没完成，大家到山沟里去拼命，只要你们不愿睡觉，我也不睡去陪你们。（去、过门）（白）这些话你们解下解不下？

众：（白）解下了……知道了，咱们明天起，加油干！

张：（白）解下了就好，仔细想想。工作该怎么干，回去吃晚饭吧！

（全体收拾工具，海、西先下，王拉马在一旁）

王：（对马旁白）马正之，班长命令咱俩当组长，可得好好计划，怎么领导他两个干，小孩子脾气再不要要了。

马：我知道，你以后看嘛！（王、马同下）

张：（唱组织烧炭曲）两个组长在商量，明天一定要加油搞，连长的话儿真不错，团结组织这办法好，（过门）小鬼不会磨斧子，一天磨它三四次，越磨越钝砍不动，明天的任务也难完成！（发愁）（过门）今夜我悄悄爬起来，要把斧子都磨快，让他们好好去睡觉，天明上山好砍柴。（过门）六万斤任务很不轻，完不成任务真丢人。只要任务完成了，自己吃苦不要紧。（白）对，我就这么干。（下）

第三场

（锣声缓缓地敲三下，音乐起，张德胜一手执未点着的油灯，一手提两把斧子摸着上）

张:（唱"半夜磨斧子"）众人睡了觉，偷偷地爬起来，拿着个小灯走出窑洞来，快快把那斧子磨，明天上山好砍柴。王大腊、马正之，他们当组长，大家天明就要上山岗，斧子磨得快又亮，多砍树子把窑装。分明是好家伙，小鬼不会磨，好家伙磨成个坏家伙，三下两下只图快，一天你得几个磨？（过门中又入内抱出三把斧子）"骑马的时间少，愣登的时间多"，老百姓的话儿说得真不错，一天只要磨一回，细细地磨来就砍得多。（过门、点灯、磨斧）点起灯儿来，我把斧子磨，就怕那众人还没睡着，小心把灯光来遮住，免得他们起来啰嗦。轻轻地磨，声音小，又只怕吵得众人睡不着觉，明天精神不大好，砍树烧炭就会少。（换磨另一把）小鬼马正之，干活可用心。烧木炭学得快像个大人，就是年轻贪玩耍，叫人一天好操心。（换另一把）小鬼张玉海，不大吭声，很听话来服从命令，可惜他人小骨头嫩，让他磨斧会磨钝。（又换一把）小张西，这个傻瓜，斧子磨得不差啥，对他可是要多操心，眼睛一闭他就睡着啦。（又换磨另一把）王大腊，能吃苦，做重活担木炭还扛大树，点窑装窑学得快，一心只为革命家务。用劲地磨，仔细地磨，全都磨成快家伙，快枪打仗打胜仗，快斧砍树砍得多。（停磨）（白）斧头老，三下两下砍不下，人要受多少累？人也受了累，树也没砍好,多大的损失！好！快磨完啦！就剩咱这一把啦！

（又磨）

（磨着、王大腊上）

王：(唱劝班长问曲)王大腊,睡得好,忽听得斧子磨得叫,赶快披衣起来看,班长在磨斧子他不睡觉。好班长,你疯了,你比咱们更疲劳,整天劳苦不休息,半夜三更你不睡觉。

张：(接唱答曲)王大腊,你来做啥,我磨斧子你别管咱。你看这斧子多么钝,这样斧子能砍啥?

王：(接唱问曲)磨斧子,咱们会,半夜三更你不睡,倘若把身体搞坏了,完不成任务你怪得谁?

张：(接唱答曲)我的身体本来好,请你不要替我心焦,明天大家都加油干,比我一人的成绩好。

王：(接唱问曲)磨得好,磨得坏,你给咱们指出来,样样事情都该学会,你来代替就不应该。

张：(接唱答曲)几个小鬼,没学会,一天磨它三四回,越磨越钝就磨不动,费了时间又吃了累。

王：(接唱问曲)不要磨,不要磨,叫你别磨你偏磨,假若你不听咱们劝,咱们回家你来做。

张：(接唱答曲)磨完了,就去睡,不要闹醒了几个小鬼。快快回窑去睡觉,不要耽搁了你的瞌睡。

王：(拉张之斧,唱"劝班长第二曲")快去睡觉不要磨。

张：(接唱,劝班长第二曲)快去睡觉莫管我。

王：(争执接唱劝班长第二曲)不该半夜磨斧子。

张：(接唱劝班长二曲)我磨斧子你管不着。

王：(接唱劝班长第二曲)为什么半夜不睡觉?

张：（接唱劝班长第二曲）小心说话不要闹！

王：（接唱劝班长第二曲）我叫大家来评理。

张：（接唱劝班长第二曲）快快放开你的手！

王：（急白）快放下斧子。

张：（白）放手。

王：（急白）不准磨。

张：（白）放手。

（张王争执，马正之、张玉海披衣跑上）

海、马：（同白）班长、王大腊，你们干啥？

西：（披衣后上）（白）王大腊，半夜三更你在跟班长吵啥哩？

王：（白）我叫他别磨，他要磨。

三人：（同白）放开，放开。（王、张放开）

西：（白）班长！咱们的斧子你晚上起来磨，咱们对你可有意见了！

　　身体搞坏了怎办？

张：（白）不会的。

王：（白）不会的？晚上不睡觉，好人也要搞出病来！

张：（白）你们先去睡吧，我就来睡。

众：（白）不行，你不睡，咱们也不睡！

张：（白）睡！怎么不睡？（仍不动）

众：（白）你要这样，咱们就回去，让你一个人在山上烧炭！

西：（试斧子，白）哎呀！都磨得这么"快"了。（马、海看斧）

海：（白）班长，去睡吧！

马：（白）班长，从前你教咱们磨斧子，咱们没好好磨，以后你说怎么

　　磨，咱们就怎么磨，咱们一定照你的话办！

众：（白）对！咱们一定听你的话。

王：（白）咱还有个意见，以后再晚上起来磨斧子，咱们就回去！

张：（白）大家学会磨就好，一天只准磨一回，不准磨两回，三下两下磨快了，砍起来不顶事，好斧子都磨成个老斧子了，一天磨上五遍斧，就耽误上五棵树，一天五棵，十天、一月、一年，就要少砍多少树、少装多少窑？睡吧。

西：（白）哎呀！班长可是好！

海：（白）咱们真正得努力，才对得起咱班长！

马：（对海白）咱两个可再不要抬杠了！

海：（白）你不抬，谁还跟你抬？

王：（白）睡吧，睡吧，吵个球。（催众人同下）

第四场

（张德胜、王大腊、马正之、张西、张玉海陆续上、砍树）

（砍倒两棵树）（唱砍树歌）

（王、马、海、西四人各另砍树）

张：（唱烧炭歌）大家努力我喜欢，太阳偏西还没下山，同志们今天真努力，不怕流血和流汗。（过门）像今天，操心干，一天能出一窑半，两天出他三窑炭，六万斤任务就好办。（过门、砍树）用力砍，快快砍，这棵树子要砍断，天气不早该休息，准备力量明天干。（过门）一边砍，一边想，张德胜心里有主张，我要提出新任务，多砍树子把窑装！（叫白）同志们，放下斧子，休息啦，今天的任务完成了，出了一窑，还砍了这些树，休息啦，别砍了！（稍停）怎么不休息？

王：（砍着，白）怎咧？刚半后晌就休息啦？

张：（白）昨天我就说过，啥时候完工，啥时候休息，快放下斧子，咱们好好玩一玩！

众：（白）不，咱们不累。刚后半晌呢！（还砍着）

张：（过去拉下马和海的斧子，白）怎么，叫休息不听话了？

（众人只得休息擦汗，张拿出大烟袋）来来来，抽烟的抽袋烟，不抽烟也要喘一口气，工作不是一天两天的事，力量不要一下就使尽了，日子还长着咧，指导员常说的，咱们有这个恒心就好。

（王、西二人换着抽烟，众休息下来）

马：（白）昨天你叫咱当副组长，咱心里就盘计下了。（低声地唱着歌子）

张：（白）有恒心，那好嘛，才能做大事！十几岁的小娃现在能往好处学，不怕吃苦，不怕艰难，将来不知负多大的责任，带多大的兵呢！人不出几身汗，流几身水，就不会进步！青年人不劳动几天，到老来你想劳动也劳动不成了。自己要爱惜自己，一个人到了边区就成了宝贝了！——（听马唱歌）马正之，你大声唱唱！

（众亦叫马唱）（起笛子）

马：（唱烧炭山歌）烧木炭，烧木炭，青杠树儿长满山，八路军上山来烧炭，木炭烧来堆成山。（过门）送铁厂，把铁炼，造了枪炮造子弹，枪炮子弹运前方，日本鬼子快滚蛋！

张：（白）马正之，你再唱一个！

马：（白）不！班长，你唱个西安戏！

众：（白）对，班长唱个西安戏！

张：（白）说起唱西安戏，那是十几年前的事情啰！那时候，国民党把我抓去当兵，受了几年罪，后来，在山西替人打长工，打了三四年，西安戏大半都忘记了，从前我在家的时候，是喜欢唱的咧！

马、海：（同白）班长，你讲讲国民党军队捆你去当兵的事情吧！

张：（白）那些事晚上给你们讲，还是给你们唱个西安戏吧！

马：（白）那么，你讲一讲后来怎么样？班长。

张：（白）后来么？洋罪受完了，到了咱队伍上，才算畅畅快快地干了几年事，前儿个我还给连长指导员说，我说，人贫汉好，当八路军这个目的，我一定干到底，一定受！到五十、六十，上级会优待我！第一，党领导得正确；二一个是八路军不打人不骂人；三一个是团结上像一个大家庭。

西：（白）对，就跟咱们现在一样嘛！

张：（白）四一个是自由平等。虽然我去年才参加正规军，不识字，还不是个党员，好处我就由这搭看到了！你们在家里，哪一天吃着穿着？现在到了队伍上，哪一天没吃着穿着？

众：（白）班长说得对！

王：（白）咱们真是"自己动手"。

马：（白）丰衣足食呢！

张：（白）好了，别说这些了，我还是给你们唱个西安戏吧（唱秦腔）"狂风吹动了长江浪，黄鹤楼上有埋藏，我命子敬过江望，要害刘备一命亡，将身儿打坐在连环宝帐，等子敬过江来细问端详！"
（白）好听不好听？

众：（白）好听，好听极了，再唱一个！

张：（白）喂！我问你们，大家说，咱们今天下午喜欢不喜欢？

众：（白）喜欢！咋不喜欢？……咱可乐啦。（众唱玩着）

张：（白）为什么咱们今天下午这样欢喜？

马、海：（白）因为班长的西安戏很好听！

张：（白）不是，我的西安戏唱得不好听！咱们今天这样欢喜，是因为，咱们今天下午提早把今天的任务完成了。今天王大腊、马正之两个正副组长很负责任，大家也努力，才有今天的欢喜。

众：（白）对！班长说得对。

张：（白）咱们还有一件最高兴的事情在后头呢，就看大家愿不愿意干？

众：（白）为啥不愿意干？是什么事？班长，你说吧！

张：（白）咱们六万斤的任务全完成了，才更欢喜呢！

众：（白）对！

王：（白）咱们三连的烧炭组，要跟六连的烧炭组比赛，争个全团第一名！

张：（白）好呀！大家既然有这个志气，我可有句话要说说了。现在我跟大家提出来，像在前方打日本，任务要变化了，明天要出一窑半，两天争取出三窑，大家怕不怕？

众：（白）不怕，一窑半能完成！

王：（白）坚决地完成一窑半！

张：（白）大家都有信心？

众：（白）有信心。

张：（白）不是一天两天的事，指导员告诉咱们的，要有恒心呢！

众：（白）有恒心，这还怕？

王：（白）像今天这样，剩下这后半晌，争取出半窑炭，还不行？！

张：（白）好！咱们说一是一，说二是二，明天就要干起来！

王：（白）还等明天，今天太阳还没下山，咱们再砍上一窑树再回去！

众：（白）对！

张：（白）今天休息，明天再来！

众：（白）不，今天不砍上一窑，明天还开始不了，今天砍上，明天好装！

张：（白）好嘛！今早出的这个窑，凉一个晚上，明天就能够装上了。

马：（对西白）张西，我看你还是去睡觉吧！

西：（白）操他……树还要脱一层皮，人就没啦个变啦？

众：（白）动手吧！

　　（都砍倒一棵树）（唱一遍砍树歌）

王：（白）再到那边去砍！（众愉快地下）

第五场

　　（鸡叫声）（连长，指导员上）

连：（白）老傅，快点走，叫上张德胜，团部是上午八点钟就开会呢！

指：（白）鸡才叫第三遍，天还不大明，路上看不大清楚。叫上了张德
　　胜也来得及的。

连：（白）那就快一点走吧。（略转半圈）

指：（白）看，不是就到了？这就是张德胜他们住的破窑！（叫）张德
　　胜！张德胜！（内不应）怎么，睡着了？

连：（白）恐怕是睡着了。我进窑里看看去！（下即上）张德胜，张德
　　胜！（指与碰着）

指：（白）怎么，张德胜呢？

连：（白）窑里没有人，一定是到山上去了。

指：（白）一个人也没有？

连：（白）没有，快，我们上山去找他们吧！

指：（白）对，上山去找他们！（二人即下）

　　（起烧炭歌的过门，反复）

张：（上白）嘿！这窑凉了一夜，怎么还这么热，尔个六七月大热天，
　　不趁这时候装，待一会就更热得受不了咧，喂！快把木头扛

下来!

（五人陆续上,扛砍倒的大树至窑门口,来回往返地扛出放在右边入口处,炭窑可用板凳作窑门,使地位略进广场中心,边扛边合唱,歌声不断,但场上只能见一人或二人表演歌词之二三句即下,又扛另一树出,如此错综复杂,表现工作紧张）

众:（合唱）烧炭烧了六十天,一天出炭一窑半,烧得木炭呱呱叫,铁厂的同志全称赞,（过门）连部首长很欢喜,烧炭超过整两万,班长半夜磨斧子,样样事情做模范。（过门）夏天的太阳当头照,浑身好似烈火烧,白天在山里砍木头,树荫底下风光好。（过门）早晨凉快把窑装,四更里去到山顶上,木头扛到窑门口,装完了炭窑出太阳。（过门）急急忙忙扛木头,急急忙忙把窑装,太阳出来一盆火,热窑难进柴难装……（歌声渐低）

（西、海二人仍扛木头,王、马、张三人至窑门口）

马:（唤）天快亮了,装窑吧!

张:（白）装窑吧!（砍着木头上的小枝）

王:（看看窑,迟疑了一下）我进去。（卷卷衣裤,伏身入,蹦的就跳出来）哎呀! 热得不行,热得不行,烧人,（擦汗）这还能装?

马:（白）我就不信,凉了一夜还烧人?（说着就卷衣裤入,蹦的一下又跳出来）哎呀! 热得不行,热得不行! 烧人! 这还能装?

（擦汗）

张:（白）再热咱们还是要装。（马、王互看,不敢进去）

海:好凶,我进去!（过来）

西:（亦来）你别去,我去!

海:（推西）我去!

西:（推海）我去!

马：（对王）你先装一会，我来换你。

王：（勉强地）好，我吃不消了你就来。

马：（白）好！（王伏身入，马正递柴）

张：（对窑内）王大腊，你出来，出来！（对西、海）你们两个别争，快去扛树！（王出来）我去装，王大腊，你来递树子，（入窑内声）一人多高的只管往里递，大头朝里！（下，西、海去扛树）

王：来啦！（送树入窑，对马）你去扛树吧！（脱衣）

马：（白）好！（去参加扛树）

王：（唱劝班长曲的问曲）一根根，青杠树，仔仔细细往窑里送，认清大头和小头，装在窑里才烧得透。（过门奏一遍曲子）（白）班长，你出来，咱们换一换吧！

张：（内声）快递！快递……

王：（唱问曲）张德胜，好班长，你快出来我来装，窑里像个大火炉，时间久了热难当。

　　（奏一遍曲子，在过门中马放下树）

马：（对王白）班长还没出来？

王：（白）他不出来。

马：（白）你叫了他么？

王：（白）叫了嘛，叫了他也不出来！

张：（内声）快，递树子！

马：（白）身体搞坏了怎么办？

马：（对窑内唱答曲）好班长，你出来，热窑里边不敢久待，咱们替你换一换，莫把身体来搞坏！

　　（白）你出来，咱们替你换一换！

张：（内声）快递树子，别啰嗦！

（张不出,音乐再奏一遍,马焦急地走开,遇海）

海:（问马白）班长还在里面?

马:（白）还在热窑里!（海放下树）

海:（白）怎么还不出来?

马:（白）叫不出来嘛!

海:（白）热窑里待这么久,那还成?（焦急地,接唱问曲）好班长,快
　　出来,热窑里待了这半天,假若你再不出来,咱们就不去扛木柴。

　　（白）你出来,咱们来装一会儿吧!

王:（白）出来,我来换你!

张:（内声）快递树子!

海:（白）别递!

王:（白）不递不行!（边说边递）

　　（张仍不出,西上,在音乐中）

西:（白）怎么?班长硬不出来?

海:（白）叫不出来嘛。

西:（白）叫不出来拉出来!（急抛下树子,唱答曲）不出来,拉出来,
　　班长做事真奇怪,大热天钻进热窑里,铁打的身体也烧坏。

　　（白）我去把班长拉出来!

海、马:（白）对! 拉出来!

　　（西欲钻入窑里去拉张,被王拖住脚往外拉）

王:（阻西白）班长的脾气呀! 他要装完,你拉他也不会出来的!（对
　　窑）班长,出来,咱来换换你!

西:（白）拉出来!（又要爬入,王拖其脚）

王:（白）你拉不出来的!（争执中）

　　（连长、指导员沿路小声谈着话上）

连：（在稍远处白）张德胜呢？

王：（白）连长、指导员来啦！（对窑，白）班长，你出来，连长、指导员来啦，（稍停）真的来啦，你出来，——谁还哄你，快出来，连长和指导员来了——快，快！

（连长和指导员转两小圈，走到）

王等四人：（白）连长、指导员来啦！（敬礼）

连、指：（合白）张德胜呢？

王：（焦急地白）在窑里！

指：（到窑门口）张德胜在装窑？

王：（递着树白）热窑呢，班长进去好久了，叫他换一换，也不！

指：（看窑后，白）哎呀！这么热的窑，为什么不多凉一两天再装？别把身体搞坏了！快出来！

王：（白）凉是凉过了！班长想争取多超过任务，所以今天就装！

连：（白）快出来！告诉你个好消息！你当了咱们十六团的烧炭英雄呢，张德胜，快出来，回去开会！

众：（惊喜地白）当了劳动英雄啦？

连、指：（白）当了劳动英雄咧！

众：（白）班长，装好没有？快出来！当了英雄咧！

张：（内声白）还没装好呢！来啦。（张德胜浑身流水，衣服全湿，面部和手涂得全黑，还抹着泥土，从热窑里水淋淋地爬出来，上）

张：（向连、指敬礼白）敬礼！

连、指：（同时惊愕地叫出）张德胜！

连：（敬佩地白）张德胜，你就像掉下河去了一样！

张：（笑白）不是！

指：（白）看你鞋子里全统着水！赶快把衣服换了！

（打赤膊的王得男和穿短裤的张西各分以衣和裤）

众：（白）这是昨天刚出过的热窑，今天早晨打扫的时候还有火呢！

马：（白）咱们都怕进去，就是他要进去，叫他换一换都不。

王、西：（白）快换衣服吧！

连：（白）快换好，到团上去开会，你们烧炭的成绩，报告了副团长，总结出来啦，六十天你们烧了八万二千斤，超过了二万二千斤，全团军人大会上，大家选你当全团的劳动英雄，你们这个组也是烧炭模范组，还要奖励呢！

张：（对王、西等四人白）我早就说过，咱们还有个大快乐在后面呢！现在任务超过了，先苦后甜，大家成了模范，这是大家的光荣，大家喜欢不喜欢？

众：（白）这是班长领导组织得好。怎不喜欢，咱可乐啦！

张：（白）首长和同志们这样奖励我们，我们应该还要努力，烧炭烧得更多，把连部生活搞得更好！

众：（白）对！咱们烧炭要烧得更多！

指：（白）快换衣服吧，咱们一道回团上去开会！

张：（白）差一点还没装好呢！装好再换！连长、指导员，你们走累了，休息一下，我装好再走！

王：（白）我去装！

张：（白）我去！（入窑下）

连：（白）老傅，那咱们赶快帮他们装好，好回去开会。

王大腊，你们去扛树，我来递！

指：（白，号召大家）快！咱们快去扛树！

王：（白）对，快扛树！（王、马、海、西、指，去扛树，连送树入窑，紧张地）

全体:（唱烧炭英雄歌）快快扛，快快装，炭窑里面热难当。赶快装好
　　去开会，不要热坏了好班长。军人大会选英雄，班长他是第一
　　名，人人今天有进步，先苦后甜成家务。张德胜，烧木炭，六十
　　天里烧八万，扛树装窑磨斧子，件件事情作模范。大家努力烧
　　木炭，连队生活大改善，烧炭英雄张德胜，八路军人的好模范，
　　好模范，好模范！

　　（锣鼓声起，众在紧张地扛树入窑动作中）

（幕下）

　　（注：在广场演出时，本场结尾可改为：全体歌声完后，张赤膊从
热窑中爬出）

张:（白）连长、指导员，窑装完啦！

连、指:（合白）装完啦?! 快! 咱们一道回团上去开会吧! 走! 快!

众:（白）走! 送咱们班长回团上去开会!

　　（锣鼓声起众收拾起衣服，家具，欢腾地下）

（全剧终）

选自《部队剧选》，东北民主联军总政治部 1946 年

◇ 胡 零

火

时间：一九四七年夏天。

地点：东北解放区经过初步土地改革的一个农村里。

人物：关德海——农会主任。

　　　关二嫂——关妻。

　　　小宝——关子。

　　　刘大成——农民。

　　　刘妻——妇女主任。

　　　李义山——屯长。

　　　王金祥——农民。

　　　李全——民兵。

　　　范四——地主。

　　　那氏——范妻。

　　　金环——范女。

　　　于老疙瘩——狗腿子。

二丫——儿童团员。

农民群众甲、乙、丙……

妇女群众甲、乙、丙……

第一场

景：村外麦田里。

（屯长、金祥、李全……正把他们换工小组收割下来的麦捆，七手八脚地搬到地边上来）

屯长：（向远处）喂！老疙瘩！把大车快赶过来呀！

疙瘩：（在幕后吆喝着牲口）咿咿——喔喔——驾驾……（断续地抽着响鞭）

全体：（唱第一曲）

一声霹雷天下响，

穷人有了共产党，

掌了地来分了房，

受苦孩儿找到了娘，

千年的谷子万年糠，

早头的苦处就不敢想，

地主的粮食堆满了仓，

穷人的眼泪流满了缸，

如今晚儿翻身变了样，

自个儿种地自个儿吃粮，

生产小组整得好，

麦子割得正赶趟，

天道已经正当晌，

咱们快往车上装，

搬的搬来装的装，

大伙儿下手一齐忙，

土帮土来垛成墙，

穷帮穷来能成王，

装上大车拉回去，

咱们明儿个好打场。

屯长：（向内）快着点儿啊，老疙瘩！给自个儿干活还这么磨洋工。

金祥：（对大伙儿）咱们小组的麦子都割完了，咱大伙儿合计一下，明
儿个先给谁家打。

屯长：回去再合计吧，等关德海打区上回来，听他个信儿再说，要是
准许咱们挖财宝，那还有工夫打场？

李全、金祥、农甲：只要准许咱们挖财宝，把麦子垛在场上，停几天再
打也愿意。

李全：（望望大道上）关德海怎么还不回来？

金祥：我看咱们这回挖财宝的事儿，不保准兴许要黄。

屯长：怎么见得？

李全：关德海到那工作队一说，要是许可咱们斗的话，这咱俩来回也
都回来了。

屯长：不一定。我看准是他和工作队往细里下琢磨着这财宝怎个
挖法。

金祥：还琢磨呢，夜长了梦多。等咱琢磨好了，人家地主的财宝，早
不定倒腾到哪儿去了，让你挖财宝？怕连破铜烂铁臭包脚布
也不一定摸得着。

李全：这话不假，妈的地主们的心眼儿比鬼的都机灵，耳朵比兔子的

还长,咱这咱要不给来个措手不及,再咕丁一下挖出来,等走了风儿,露了相儿,人家把财宝都掖股严实了,咱可净剩了卖后悔药啦!

屯长:那咋整呢?

李全、金祥:叫我看:(唱第二曲)

　　咱们先去刨地窖,

　　赶紧动手挖财宝。

屯长:(唱)

　　不跟工作队先讲好,

　　尾后咱们怕沾包儿!

金祥:沾啥包儿?人家别的屯子还不是都挖起来了?

李全:是啊。(唱第二曲)

　　照着葫芦来画瓢,

　　咱们跟着别人学。

金祥:前有车来后有辙,

　　人家咋着咱咋着。

屯长:就怕闹个犯政策,

　　打不了黄鼬落股子臊!

李全:咱又不侵犯中农,怕犯的啥政策?这么又要吃又怕烫的啥事儿也整不好。

金祥:动不动就怕犯政策!我看咱们露着脊梁,饿着肚子,在自个儿炕头蹲着去,啥事儿也别干,准犯不了政策。

屯长:小心没不是,免得归齐末了咱再受批评,多窝火!还是等关德海回来再说吧!

李全:哼!等吧,着我看这个事儿八成儿非踢蹬了不可。

〔于老疙瘩手拿赶大车的鞭子嘴里嚼着甜棒秆（苞米茎）上〕

屯长：你咋整的？连那几个牲口都耍巴不了啦！

疙瘩：他妈的那个秃尾巴骡子净钻套儿。

李全：算了，就说自个儿"力巴"得了，别拉不出屎来怨茅楼儿啦。

疙瘩：嘿！看你说的。给老范家当老板子也不是一年两年了，"力巴头"能端得起他家的饭碗来？

金祥：还不是沾着范四是你姨夫的光。

屯长：别闲磕打牙了，都晌午头了，来，咱们大伙儿忙活着装车吧！

李全：屯长！提起范四来我有件事忘了告诉你。

屯长：啥事儿？

李全：咱们小组里刘大成今儿个可是又没来。

屯长：不来怕啥？反正谁干了多少活，谁短了多少工，都在账篇儿上爬着呢，完事儿让他短咱一工还咱一工。

李全：还工不还工倒是小事儿，他可是偷着走"地主路线"哩。

屯长：你听谁说的？

李全：听谁说，我屋里的夜儿里个上地里掰苞米去，亲眼看见他给范四家在割麦子呢。

屯长：真的？

李全：看，我给他造这个谣有啥用？

金祥：（生气）像这样我看咱换工小组就散了班儿算啦！

屯长：用不着，咱们回去好好调查调查，真有这么回事儿，咱们农会可得开会给他上意见，批他的评。

李全：调查吧，要假了大伙儿斗争我。

疙瘩：何必呢，咱们爹死娘嫁人，个人顾个人，管那闲事儿干啥？

李全、金祥：闲事儿？他这是给咱穷人路线"砢碜"！

屯长：好，回去再说吧！

　　（农会主任——关德海戴着大草帽，满头大汗走上）

主任：麦子都割完了啊！（大伙儿一拥围上来）

屯长：老关回来啦！

金祥：咦，你回来啦！

李全：哈，你可回来啦！大伙儿正念叨你呢。

疙瘩：农会主任回来啦！

主任：呃，呃，回来啦。（揩揩头上的汗）

李全、金祥：事儿办得怎样？工作队许可咱们挖财宝不？

主任：（唱第三曲）

　　　　我把这事一汇报，

　　　　工作队长和我唠，

　　　　问咱为啥要刨地窖？

　　　　问咱为啥要挖财宝？

李全、屯长、金祥：（同时）为啥？

李全：（唱）

　　　　一天到晚吃不饱，

李全、金祥：少了裤子没有袄，

屯长、金祥：秃着脑袋光着脚，

金祥、屯长、李全：穷日子眼看过不了！

主任：我也是这么说的呀！（唱）

　　　　穷还是穷来富还是富，

　　　　咱屯的大树没砍倒。

屯长：那工作队怎说？

主任：工作队问咱们想咋整？

李全、金祥：（唱第三曲）

　　　刨地窖来挖财宝，

　　　非翻透身不拉倒！

疙瘩：（凑过来泼冷水）哎，（唱第四曲）

　　　斗争会开了不老少，

　　　再斗还不是老一套？

李全：先前斗了没斗倒，

金祥：咱们翻身没翻好。

疙瘩：地土房子都分到手，

　　　咋还说翻身没翻好？

屯长：虽然分了房子地，

　　　不抵老牛身上拔根毛！

疙瘩：怎么斗了没斗倒？

　　　地主并不比咱们好。

屯长：谁说？

金祥：（唱）人家吃得比咱强！

李全：（唱）人家穿得比咱好！

屯长：这话不假。

疙瘩：哪里?！（唱）

　　　这几天拉棍端着瓢，

　　　挨家挨门儿把饭要。

李全、屯长、金祥：（唱）

　　　不要听他这一套，

　　　这是跟咱耍花招！

疙瘩：不，真格儿的，我眼见来着。

李全:(一把推开)去! 去! 去! 针格的是个顶针儿。

金祥:老疙瘩你怎回事儿,你怎净替地主说话呀? 你怕斗争他们怎的?

疙瘩:(一时窘住)哎,哪里? 我是说这……这……

主任:哈! 哈! 大伙儿的脑筋真是都开了! 这回这个身非翻彻底不可。(走近于老疙瘩跟前)老疙瘩! 你还蒙在鼓里呢! 别看地主大财阀们拉棍儿端瓢,他这是端着金碗要饭吃,要的是这个样儿。

屯长:一点儿不差,你算把这步棋看透了!

李全:喂,说了半天,工作队倒是让咱整不让咱整啊?

主任:(故意绕弯子)嗨! 工作队说:先前领导咱们闹斗争清算,煮夹生饭,他们没敢把大权交给咱们贫雇农自个儿干,白走了好些冤枉路,绕了远儿啦! 翻身没翻好,大树没砍倒,是因为他们工作上犯了点儿毛病。

李全、金祥、屯长、疙瘩:啥毛病?

主任:四个大字:包办代替呗。

金祥:咳,你看,早他们就说别包办代替,别包办代替,到了还是犯了。

屯长:我早就有这个意见,一直憋在肚里,就是没敢说出来。

李全:那这一回咋整?

主任:这回呀……(笑起来)哈! 哈!

李全、金祥:(耐不住)看你! 快说呀! 这回……

主任:这回是:"大——胆——放——手"工作队放开手让咱们各个儿干,啥事儿咱们贫雇农说了算。

屯长:(高兴地跳起来)好! 好! 好! 拥护! 拥护! 走!

李全、金祥：走！走！咱们快回去就动手整去。

疙瘩：哎呀！不妥当，前会儿有工作团给咱们画好道道让咱走还出毛病呢，这回咱们自个儿干，一不懂国策，二不懂律条，别再弄出岔子来！

李全：出啥岔子呀？咱们穷人的意见就是国策，穷人说的话就是律条，认准了大树下镐头，你说出啥岔子？

金祥：你要胆小就向后"捎"，捡个没人地方"眯"着去！

疙瘩：（假装积极）我咋那胆小？我是说小心没不是，（向关德海）主任！你说咱们先斗谁家？

主任：（向众）大伙儿说呢？

李全、金祥：先斗范四家。

疙瘩：（一惊）我看还是先斗老那家吧！

屯长：为啥？

金祥：范四是你姨夫是不是？

李全：你也想走"地主路线"咋的？

疙瘩：哎，你看，这是干啥？我是说老那家的财宝多。

屯长、李全、金祥、主任：范四家的财宝更不少。

疙瘩：（随风转舵）对，咱们先斗范四家，别看他是我姨夫，亲是亲，财是财，我给他赶大车这些年，还不是也受他剥削来着，这回再斗他，我一定"打头"。

李全：两头白面嘴谁要你"打头"？

金祥：有咱们关德海呢，你算干啥吃的呀？

屯长：只要你不里勾外联地跑到范四那去走风放水就行了。

疙瘩：（尴尬地）那哪能呢，你看我像那号人吗？

主任：别净端下巴颏儿啦。老疙瘩！你去把套儿整一下，咱们齐帮动手把麦子快装车拉回去,好赶紧把大伙儿召集到一块堆儿,合计挖财宝的事儿!

(于老疙瘩拾起鞭子趁机溜下)

李全:(望着老疙瘩背影)我一听他说话就有气!

主任:(低声)咳,他还是一脑袋瓜浆子,没转过磨来呢,咱们大伙儿要好好开导他。我约莫着范四的财宝藏在哪儿,于老疙瘩一定知底,咱们想法劝他坦白出来。

屯长:老关! 刘大成可是背着咱们农会去给范四家偷着卖工夫啦。

主任:真的?!

屯长:那能假了,李全他屋里的亲眼见来着。

主任:(生气地)好,回去我找他,让他坦白坦白,真给咱"穷人路线"砢碜!

屯长:来,咱装车吧!

主任、屯长、李全、金祥:(唱第五曲)

　　大树底下长不好苗,

　　砍倒大树才有柴烧,

　　穷人要想翻透身,

　　地主家里去挖财宝。

(大伙儿搬麦捆装大车下——幕后传来吆喝牲口的咿咿——喔喔——驾驾伴着清脆的鞭声渐去渐远)

第二场

景:范四家里。

(农民刘大成给地主范四刚割完麦子,拿着镰刀上)

大成:(唱第六曲)

严霜单打独根草，

破船偏碰顶头风，

只说翻身不受穷，

不承想落了一场空，

虫吃雹打下潦雨，

庄稼只看四五成，

万般出在无济奈，

偷着给范四卖短工。

（叹口气）唉！真是长虫钻竹筒硬逼着你走这条道。只说把分下的这两垧多地儿侍弄好了，收成下来，对对付付把穷日子就过起来了，偏赶上今年虫吃雹打雨潦，连对半儿年成都看不到，俺那换工小组的地还没都割完，俺的麦子扔在场上也不能打，家里早就揭不开锅了，整天饿得直不起腰来，实在呛不住，俺背着农会偷着给范四家卖了两天工夫，明知范四是个斗争了两茬的大地主，本不应该再给他干活啦，可是在这眼时下要不紧抓挠点，等冬天一到，哨子风一响，净剩了叫皇天吧！唉！年头挤的有啥办法？我去找范四把工钱算回来，把眼面前先糊弄住再说。（走了几步停下来）不行！（唱第六曲）

人有耳朵墙有缝，

篱笆没个不透风，

要让农会知道了，

大伙儿一定要批评。

（后悔地）不许给地主干活儿，这本是大伙儿订的章程，我咋的头一个就犯了这规矩？大伙儿要是批评起来，教我拿屁股去见人呀！妈的都怨于老疙瘩这王八造的三撺掇两撺掇就把我给架弄上了,这可咋整?(想了一下)妈的,我工钱也不要了,活儿也再不干了,回去谁也不告诉,自个儿认个肚子疼算了吧。(转身走了几步,想了想又停下来)不行!

(唱第六曲)

白白做了两天工,

谁来知你这份情,

左思右想心不定,

这可难坏我刘大成!

(蹲在范四家门外发起愁来。大地主——范四上)

范四:(唱)第七曲

整天好比下象棋,

偏着心眼儿出绝招,

你拱卒来我跳马,

你要出车我走炮,

别看现在我不还招,

因为时机还没到,

哪天让我翻了把,

车坐中心马卧槽,

回手再来个当头炮,

穷棒子一个也不饶!

(恶毒地)哼!翻身,翻身?!你们美吧!美得都不知道东西南北啦,不用你们棋胜不顾家,四爷我哪一天得了手,把你穷棒子们的脑袋劈八瓣,让你们给我往灶坑儿里翻!翻——身!

(跨到门口一眼望见刘大成急改口)翻身真是个好事儿!(换上一副笑脸)噢!刘大兄弟!你多会儿来的呀?咋弄这儿蹲

249

着？来，来，来，快请进家来！

大成：(进退两难)行啦，行啦，我就……

范四：(一把拉住)咦！在门外蹲着干啥？快进来，进来！(刘大成不
　　　自主地被范四拉进门里)刘大兄弟！庄稼割得咋样啦？

大成：(用衣袖抹了下头上的汗)割完了。

范四：(假装吃惊)完啦？！割得这快！这下真把你累坏了！(向内)
　　　金环他妈！把扫炕笤帚快拿出来！(摸摸衣袋回身向屋里奔
　　　去，迎头正碰上他老婆，使了个眼色)你给刘大兄弟把身上的
　　　土扫一扫！(匆匆下)

大成：行啦，给我吧！我自个儿扫吧。

范妻：来吧，我给你扫吧！

大成：(退后一步)不，不！我自个儿扫。

范妻：(佯嗔)看！你这个大兄弟。四嫂又不是外人，扫不得呀？俺
　　　地里的庄稼你都帮着给割了，我给你扫扫土怕啥？(不由分说
　　　把镰刀夺过来丢在地上拉着大成给扫起来)

　　　(范四手拿两叠纸币从屋里走出来)

范四：走，到屋里烧口水喝去！

大成：不，我要回去。

范四、范妻：再呆会儿吧！

大成：不，我……我还有事儿。

范四：(把手里的钱送过去)那你把这工钱带回去吧！

大成：(接过钱来看了看惊诧地)这是多少？！

范四：两万。

大成：(摸不着头脑)咋算的？

范四：别问了，你就拿去花吧！

大成:（不安）那……那咋……

范四:（狡猾地）这算不了啥！我知道,今年年成不好,别看你分了那两垧烂藏地,家里一定很遭难,这是我把这里里外外破破烂烂卖巴了卖巴,拾掇的几个钱儿,你拿去花得了。

大成:（把钱塞回给范妻手里）不,还是该着怎么算怎么算。

范四:（从老婆手里劈把手把钱拿过来仍塞给大成）咦！咱哥儿们在一块儿何必分得这么清？什么那吃亏占相应的,谁花谁的都过得着。

大成:不,不,那我就全不要了。

范四:看,四哥出手的钱了,咋好意思再收回来？（稍停）噢！我知道,你是怕尾后让别人知道了你再沾包儿？（挑拨）嗨,你这人真是实心眼儿！这年头就是撑死胆儿大的,饿死胆儿小的。（神秘地）甭说别人,就你们农会主任关德海吧,少上我这儿喝酒要东西啦？四哥把这话透给你,你哑巴吃扁食,心里有数就得了,千万可别告诉别人！（拍拍大成肩膀头奸笑地）嘿！我的傻兄弟！有几个像你这么老实的呀？快,快,把钱带起来吧！弟妹怕还在家等着你做下晚儿饭呢。（一面往门外推着）你回去吧,我也就不留你在这儿吃饭了！免得你们农会的人背地里念闲杂儿,再给你惹些个不肃静。（回手把门关上,从门缝里向外）偷觑。

大成:（唱第六曲）

低下头来细思想,

叫我一时没主张,

我先把钱取回去,

和俺屋里的去商量。

（下）

范妻：（气哼哼地把笤帚一扔）你傻啦？

范四：（不着急不起火地）我不傻。

范妻：你疯啦？

范四：我没疯。

范妻：（唱第八曲）

　　　你不傻来又不疯，

　　　为啥拿钱往外扔？

　　　把咱斗争得还有啥？

　　　格住你这么紧折腾！

范四：你头发长来见识短，

　　　这点儿小事都看不清！

　　　两万块钱算个啥？

　　　你能买下个刘大成？

范妻：穷棒子穷极带生风，

　　　填不满的没底儿坑，

　　　怕你烧香引了鬼，

　　　一天到晚缠不清！

范四：我可不是省油灯，

　　　他别错打定盘星！

　　　"中央军"来了算总账，

　　　吃咱一口还咱一升。

　　　（安慰地）把钱看得开着点儿，当花的就得花，刘大成屋里的是

　　　妇女主任，咱要是把他两口子的心能买住，就保住了半边天

　　　了。咱拿出去的这几个钱儿，等"中央军"一过来，怕他不拿着

"驴打滚"的利钱跪着给咱送上门儿来。

范妻:(不耐烦地)你成天把个"中央军"挂在嘴上！咱们成了傻老婆等汉子啦,盼星星盼月亮地盼到今儿个,连个人毛儿也没瞅见,打总子连咱那大小子都听不见信儿了！

范四:(聊以自慰地)咳！有命不怕家乡远。总会有一天"老爷儿"搁西边出来。

范妻:(无可奈何地)唉！

范四:(抬头望望)晌午头了。把金环叫出来,你娘儿俩出去转转吧！

范妻:(没好气地)转不转的还不是那么着,到哪儿人家不拿白眼子翻你呀！

范四:翻就翻去,只要穷棒子们不再盘算咱们,能保住了咱这份儿"家底儿"咱就不怕,去吧！

范妻:(向内)金环！把炕头上那破褂子拿出来！

范四:我去拿吧。(下)

（金环从屋里跑出来）

金环:妈！干啥呀？

范妻:跟妈出去要饭去。

金环:咋还去呀？怪"砢碜"的！我不去。

范妻:你不去,等穷棒子们再来了,把你过年的那大花袄伍的全给你整了去。

（范四从屋里拿着破罐、烂瓢、一根木棍、两件破褂子上）

范四:(把破衣给妻)这衣裳是哪整来的？

范妻:你没长眼啦？这不就是我家常穿的那件蓝布褂子吗？

范四:咋破成这个样啦？

范妻:(不耐烦)别刨根儿问梢的啦！还不是我特为地找了点儿"铺

衬"打上了两块补丁。

范四:(赞许地)噢！噢！你真想得全圆。

范妻:(向金环)来！把这褂子套上！

金环:我不穿！那多"砢碜"！

范妻:(生气)过来！

金环:不！

范妻:两天没挨打,身上刺挠是不是? 过来!

范四:去吧! 去吧! 金环听说!(过去一拉金环,金环一扭身闪开)

范妻:(大声)听见没有?(抓起地上木棍)过来不过来?

范四:去吧! 下晚儿回来,爸爸给你做面条吃!(哄着推过来)

范妻:(一面给套着破褂子)出去要饭,教给你的那些话,还记着呢
　　　没有?

金环:(哪着嘴)记着啦。

范妻:(拎起破罐把瓢交给金环,手拉着她向门外走去)走!

范四:在他们农会干部们的家门口,多打上几个转儿!

范妻:(没好气)又不是三岁的孩子,还用你嘱咐!

范四:(发现刘大成的镰刀拾起来)看,刘大成把镰刀忘在这儿啦,你
　　　走他门口过,给他捎去吧。

范妻:(不耐烦)他想起来还不来取,谁那么大工夫侍候他。(边走边
　　　嘟哝)哪辈子造的孽呀? 这辈子现世报来啦!(拉金环下)

　　　(老疙瘩上)

疙瘩:(跨进门)姨夫! 糟了! 糟了! 灶王爷栽跟斗要砸锅。(把拎
　　　的菜篮子放在地上)

范四:(一惊)咋回事儿? 老疙瘩!

疙瘩:(唱第九曲)

农会那帮穷光蛋，

又在你身上打算盘，

我跑来给你透个信儿，

你看这可怎么办？

范四：（担心地）他们咋合计的？

疙瘩：（唱）

他们说没吃又没穿，

没有真正把身翻，

这回冒出新花样，

要来找你挖底产。

范四：（变色）你说啥？

疙瘩：要来找你挖底产！

范四：（晴天霹雳）啊?！（唱第十曲）

一听这话吓破胆！

浑身上下冒凉汗！

前后不到一年半，

把我整了两三遍，

头回和我闹清算，

把地分去多一半，

二回又煮夹生饭，

把我赶出西大院，

他们要再挖底产，

这回可就完了蛋！

（求援地）你倒暗地里给我使点儿劲儿替我说两句帮词话呀！

疙瘩：我咋没说？说人家可倒听啊？我一张嘴就叫人家给"呲儿"回

来了。

范四：（惶急地）这房子地分了我倒不怕，反正房子在那儿矗着，地在村头上躺着，穷棒子们扛不动也搬不走，"中央军"哪会儿过来，他们得原封给我端回来，要把我家底儿给整了去，"中央军"就是来了，我也收不回来了。（疯狂地叫起来）不行！说啥也不能让他们整走！这有财就有人，有人才有势，他们把我家底儿挖了去，那可一出溜到底，万辈子也别想再翻过来了！不行！不行！豁出去这条老命去也不能让穷棒子们把家底儿整了去！

疙瘩：你还是赶紧地想个办法！

范四：他们啥时候来？

疙瘩：脱得过今天，还脱得过明天去。

范四：这回还是关德海打头？

疙瘩：除了他还有谁！

范四：属屈死鬼儿的他算跟我摽上啦。老疙瘩！我就你这么个亲人啦，你要救姨夫这一难啦！

疙瘩：你叫我咋整呀？

范四：你在今儿下晚儿把关德海引到这儿来！

疙瘩：干啥？

范四：舍不了孩子套不了狼！讲不起啦，只好豁出两个大元宝去买动他一下，他一收下，我这一关算过去了。

疙瘩：那你算白说，关德海这家伙食不亲、财不黑、软硬不吃。

范四：哎，银子是白的，眼珠子是黑的，两个元宝凭值好几十万！我就不信世上就有不吃荤腥的猫儿？不行咱再想别的招儿对付他。

疙瘩：那可这么着，成了你也别欢喜，砸了你也别埋怨！

范四：那当然。

疙瘩：好，我回去啦。（挎起菜篮）

范四：先等一下！（匆匆跑下抱出两个包袱来）把这俩包袱你捎回去给寄放一下！

疙瘩：是啥？

范四：（指一包袱）这是布。（指另一包袱）这是衣裳。

疙瘩：我这咋拿着？让他们看见，整了去不说，还得惹麻烦。

范四：（把篮里青菜倒在地上，把包袱塞进去，上面用菜遮住）把它放在这篮子里，上面搁青菜叶子盖着，谁看得出来？

疙瘩：（挎起篮子来）就这样吧，我走啦！

　　（于老疙瘩下）

范四：（唱第十一曲）

　　　　老疙瘩去找关德海，

　　　　想法儿把他来收买，

　　　　我去把菜饭快安排，

　　　　但愿他能早点来！

　　（把地上青菜兜在衣襟里拿镰刀下）

第三场

景：苞米地。

　　（妇女主任挎着小篮到地里去掰苞米）

刘妻：（唱第十二曲）

　　　　樱桃好吃树难栽，

　　　　秧歌好唱口难开，

我到地里擗苞米,

一路走着唱起来:

(转唱翻身五更调)

一更里呀,月牙儿没出来呀,

全体会员啦,你要听明白呀!

压迫受了几千年啦!

要诉苦那个在今天,

要诉苦那个在今天,

哎呀!我说那个苦啊!苦啊!

苦也那个诉不完啦!

二更里呀,月牙儿在正东呀,

斗争大会呀!开得真威风啊!

口号喊得正凶啊!

与坏蛋那个撕破脸,

与坏蛋那个撕破脸。

(走进苞米地)(关妻暗上在另一角地里擗苞米)

哎呀!我说那个反呀,反呀,

反对那个大坏蛋啦。

三更里呀,月牙儿升在正南啦,

斗倒大地主啊,就把地照来献啦,

吓得他心胆寒啦!

低下头那个……

关妻:(接唱)

低下头那个不发言,

低下头那个不发言。

哎呀！我说那个暗呀,暗呀,

暗地里打算盘啦。

刘妻:(一回头)关二嫂你也来擘苞米哪?

关妻:嗯啦。

刘妻:啥时候来的呀?

关妻:才不大工夫。

刘妻:关二哥回来没有?

关妻:没有呢,一清早黑咕隆咚爬起来就走了,连口饭都没吃。

刘妻:哎,关二哥为了大伙儿翻身,一天忙得脚不沾地,可把他给累
坏了。

关妻:唉!这还不是从小扛大活扛出这么个性子来,他一提起大地
主们来,那算是吃了蝇子喝了醋啦,从心里往外翻。

刘妻:地主们一个好东西也没有,盼着关二哥快回来吧!别的屯儿
里全斗起来了,就咱屯儿还没动手呢!

关妻:哎,已经斗了两三茬了,咱们苦也诉了,气也出了,房子地也擘
了,还干啥呀?

刘妻:十家有八家没牲口,净擘了地啦搁啥种?今天要不是大伙儿
插犋换工,这地还不是干瞪着眼儿白瞎了?

关妻:(见话不投机低声哼起小调来)

四更里呀,月牙儿……

刘妻:关二嫂!你多咱学会的这个歌儿呀?

关妻:早就会了。

刘妻:谁教给你的呀?

关妻:(不好意思)你管啦。

刘妻:(开玩笑)不说我也知道,准是关二哥教的。

关妻:去你的吧！这还用人教,听也听会了。

刘妻:在家里欢迎你唱,你咋就是不开口,这咱你咋又不嫌乎害臊啦?

关妻:在这儿怕啥?又没别人听见。

刘妻:刚才那个歌儿,你都能唱下来吗?

关妻:咋不能。

刘妻:你唱给我听听!

关妻:咱俩一递一句儿地唱吧!

刘妻:来,你先起头!

关妻:(唱)

　　四更里呀,

刘妻:月牙儿偏了西呀,

关妻:会员联合起呀,

刘妻:不分我与你呀,

关妻、刘妻:(合唱)

　　大家抱住团体呀,

　　入农会那个不受罪呀,

　　入农会那个不受罪呀,

　　哎呀!我说那个翻呀!翻呀!

　　翻呀那个翻了身啦!

　　(小宝和二丫手拿红缨枪跑上)

二丫:刘大婶!刘大婶!给我一穗苞米!

小宝:(向妈妈)妈!妈!我要苞米!

　　(刘妻给二丫一穗苞米)

关妻:(见儿子脸上抹了黑灰用衣襟给拭净)看你把个脸鼓捣的这个

260

样儿！（捡了一穗苞米给小宝）

小宝：妈！我要两穗！

关妻：要一穗还不行？

小宝：不给么。（自己动手要掰）

关妻：（制止）不许你瞎掰！我给你。

二丫：小宝！你看那边有人过来了，走，咱去要路条去！

小宝：（顾不得再要苞米向前边跑边喊）喂！站住！站住！看看路
　　条！路条！（和二丫跑下）

刘妻：你家宝儿从小就这么机灵，这孩子长大了一定有出息！

关妻：咳，一天到晚可淘气啦。

刘妻：（笑着）还不是着你惯的！

关妻：（笑起来）哈哈（挎起篮子）你刘大婶还得一会儿呀，我先回
　　去啦！

刘妻：你头里先走吧！

关妻：（走出苞米地儿不知不觉地边走边唱）

　　　五更里呀，月牙儿落下来呀，

　　　散了会回到家里来呀，

　　　心里真喜欢啦！

　　　诉了苦那个申了冤，

　　　诉了苦那个申了冤，

　　　哎呀！我说那个乐呀！乐呀！

　　　乐呀那个乐不完啦！

　　（转唱第十二曲）

　　　一路唱着走得快，

　　　不知不觉到家来，

（转五更调）

哎呀！我说那个乐呀！乐呀！

乐呀那个乐不完哪！

（向内）老李大婶！有人到我家来吗？

内声：没有啊。

关妻：天都到晌午歪了，他咋还不回来呀？（下）

第四场

景：关德海家。

　　（一阵狗吠声，范四老婆拉着女儿上）

范妻：（装模作样地）（唱第十三曲）

　　　　身上穿着破布衫，

　　　　缩着脖子端着肩，

　　　　端着瓢儿拉着棍，

　　　　假装挨饿把腰弯，

　　　　手拉金环往前走，

金环：娘儿俩装穷来要饭，

范妻：东门出来西门串，

金环：一家一家都走遍，

范妻、金环：给咱咱也不知情，

　　　　不给咱也不稀罕，

　　　　穷棒子们全饿死，

　　　　也不至于轮到咱。

范妻：金环！咱们在这家要吧！

金环：这是农会主任家，看！他准不给。

（两人站在门边）

范妻：大叔！

金环：大婶儿！

范妻：大爷！

金环：大奶奶！

范妻、金环：给点儿东西吃呗！

范妻：（唱）你们今天把身翻，

金环：多积德来多行善！

范妻：俺们饿得没办法，

金环：一家子出来要了饭。

金环、范妻：善心的大爷大奶奶们啦！

范妻：（唱）你看孩子多么苦！

金环：你看我妈多可怜！

范妻：灶坑儿几天不冒烟，

金环：（不留神走了口）几天没有吃白面。

范妻：（戳了下金环额头）你个死丫头！

范妻、金环：（急改口）（唱）几天没有吃上饭。

范妻：大叔！

金环：大婶儿！

范妻：大爷！

金环：大奶奶！

范妻、金环：可怜可怜我们吧！

　　（关德海老婆手里缝补着一件破旧坎肩，从屋里走出来）

关妻：（唱第十四曲）

　　　正在屋里做针线，

听见有人来要饭，

穷人全都翻了身，

为啥还有人来要饭？

走出屋门看一看，

范四家娘儿俩在门边，

身上穿得破破烂，

补丁补了一大片，

拉着棍儿端着瓢，

肚子饿得把腰弯，

我这人素来心肠软，

叫人看着怪可怜！

（走过去）你娘儿俩咋出来要饭啦？

范妻：（装腔作势地）唉！没吃没喝的不出来要饭咋整？

关妻：给你家留的那粮食都吃完啦？

范妻：谁给留啦？满打满算就那么点儿破家当，给整了个溜干净，连颗粮食粒儿也没给剩啊！

关妻：咳！今年年成不好，虫吃、雹打、雨潦，俺家也是没有粮食吃，你等着！我去给你们拿两穗苞米去。（向屋里）小宝！把咱家苞米去拿出两穗来！

（小宝拿苞米上）

小宝：妈！你要苞米干啥？

关妻：去给他们去！

小宝：不！凭啥给他们？才不给他们呢。

关妻：好孩子听说！给他们吧！

小宝：不！就不给！

关妻:听妈的话！来给妈吧！（去取小宝的苞米）

（关德海上）

小宝:（一眼看见,把苞米塞给妈）妈！爸爸回来啦。（跑过去）爸爸你回来啦。

主任:（见自己老婆拿苞米给范四母女生气地）干啥？

关妻:她娘儿俩没吃的到咱这儿要饭来啦,把咱家苞米给她们两穗吧！

范妻:（故作可怜相）唉！几天没揭锅了。

主任:（劈把手把苞米从范妻手里夺过来摔在地上）拿过来吧！别他妈装蒜啦。

（唱第十六曲）

你们打的什么算盘？

为啥跑这儿来要饭？

小宝:（对金环）你为啥到俺家要饭？

范妻:（唱第十三曲）

要不是饿得呛不住,

谁愿串房根来溜房檐？

关妻:（唱第十七曲）

谁有吃的谁要饭？

看她娘儿俩多可怜？

主任:（斥妻）

老娘儿们家懂得啥？

这事儿不许你发言！

（回头追问范四老婆）

留下的粮食干了啥？

为啥跑到这儿装洋蒜？

小宝：（推金环）你装啥洋蒜！

关妻：（拦住小宝）小宝！

范妻：粮食哪给留多少？

前些日子早吃完。

主任：（按不住火）你们的诡计瞒不了我，

走！我跟你到家去看看！

关妻：（上前拦住）看你！

不给你让她们走，

何必这么把脸翻！

范妻：（见势不妙）不打发也不要紧，值不当地起这么大火！走！金
环，咱娘儿俩另赶门儿去！（拉着女儿急急溜下）

主任：（向她们背影）快滚回去！不许你们在这屯子里绕处串！

小宝：滚！滚！

关妻：干啥？她爱串串去，你管得这么宽！

主任：不管？！她特意地弄到咱们眼皮子底下晃来晃去，这是挖苦咱
们哩！

关妻：睁一只眼闭一只眼不就过去啦。

主任：你真是好了疮疤忘了疼！早头咱妈死的时候，买不起棺材，借
了他家四块板儿八个钉子，给他家扛了三年大活都没还利索，
这会儿你还可怜她呢，咱那咱几天揭不开锅，她借给过咱一粒
儿粮食吗？

关妻：咳！过去的事儿啦，还提它干啥？走，回屋里吃晌午饭去吧！

主任：不！（望望妻子手里活计）我的坎肩你补上了没有？

关妻：（指手里的坎肩）这不吗，才补上。

主任：给我！（从妻手里拿过来）

关妻：你还干啥去？

小宝：爸爸你上哪儿去？

主任：（脱下小褂换着坎肩）找你们妇女主任合计合计明儿个斗争范四的事儿。

关妻：不已经斗了两三茬了吗，怎还斗啊？

主任：这回跟前两回可不一样，要把他的家底儿一锅端了，整个儿的"包圆"。

关妻：咳！算了吧，他家还有啥呀？那不是白耽误工夫吗！

主任：有啥？船破了有帮，帮破了有底，底破了还有三千六百钉子呢，剥削咱们几辈子了，金银财宝还不有的是。

关妻：你别穷疯啦！凭啥整人家的金银财宝啊？

主任：咳！你这脑瓜筋还没开哪！那些东西他们哪儿来的呀？既不是天上掉下来的，又不是打他娘肚子里带出来的，还不是咱穷人拿汗珠子给他们换来的！

关妻：人家不定把东西早埋藏在哪儿啦，还能叫你找着了！

主任：咳！办法是人想的，孩子是人养的。他藏在石头缝里我也把它抠出来！

关妻：把他们的家底儿都给"划拉"干净了，可叫人家怎过呀？

主任：你真是操心不怕老得快！饿不死的耗子晒不死的葱，怎也饿不死他们。

关妻：嗨！杀人不过头点地，把他们的房子地也都分了，他们人也老实了……

主任：（打断她的话）他们老实？！他们比猪尾巴老实！不得势了在一边"眯"着，得了势，还有咱穷人活的路！（把换下来的小褂

交给妻）给,抓工夫给我洗出来！我明儿个还要穿。（下）

关妻：嗯哪。（接过衣服）

小宝：爸爸！爸爸！我跟你一块儿去。（追下）

关妻：小宝！宝！你不吃晌午饭啦！（望着丈夫背影,想了一下,点

　　　点头）（唱）

　　　他刚才说的那些话,

　　　想来想去真不差,

　　　大树要不连根拔,

　　　久后必定要发芽！

　　　翻身要不挖财宝,

　　　穷人怎能安下家？

　　　拾起苞米回屋去,

　　　做好饭来等着他。

　　（拾起地上苞米下）

第五场

景：刘大成家门口。

　　（范四老婆母女上）

范妻：（唱第十三曲）

　　　我到关家去要饭,

　　　碰上那该死的关德海,

　　　翻脸把我骂出了门,

　　　娘儿俩只好走出来。

　　　哪天让我翻了把,

　　　一定要你这个脑袋！

（恶毒地）不用你关德海吹胡子瞪眼的,你等着,总有一天会让你认得老娘了!

金环:（指着前边）妈! 你看妇女主任过来啦。

范妻:哼! 看美得连走路都不知道迈哪条腿啦。

金环:她穿的那褂子那不还是你的那件吗?

范妻:让她穿去吧,等着装老呢。

（刘妻上）

刘妻:（脸一沉）你们出来干啥?

范妻:（换副笑脸）你刘大婶! 给俺金环两穗苞米吧!

刘妻:看你说得比唱得还好听呢! 这是俺们穷人拿汗珠子换来的,凭啥给你?

范妻:给两穗吧,你大婶!

刘妻:（把篮子往地上一摔）给你,都给你!（稍停又拉过自个儿身边）就怕你不敢要!

范妻:行行好吧! 几天没吃饭啦。

刘妻:没吃饭怨你嘴懒!

范妻:家里揭不开锅了! 你不信问问俺家金环。

刘妻:别赚鬼啦,看你娘儿俩吃得像个肥猪! 你家要揭不开锅,像俺们穷人早就饿死了。

范妻:（尖刻地）哎,你们都翻了身啦么!

刘妻:（生气）翻身! 翻身不好吗? 翻身不乐吗? 你气不愤怎的? 哼! 你生气也是癞蛤蟆垫桌子腿儿,干鼓肚!

范妻:看,一口一个大婶儿叫着,这干啥?

刘妻:我用你叫? 我稀罕你叫? 我这大婶是穷人叫的,你呀,我担当不起,别把我烧死!

金环：(拉妈一把)妈！咱走吧！

范妻：(无赖地)不给就不给吧，干吗起那么大火，你还把谁吃了？

刘妻：(气极)我请你去啦？我叫你来的呀？你给我躲开这儿！

金环：快走吧，妈！

范妻：怕啥？要饭又不犯法呀？这也杠不着砍头的罪过！

刘妻：好，你等着！咱们到妇女会说理去。(把苞米篮挎下)

　　(关德海上)

主任：(赶过来)你嘟囔啥？

范妻：(软下来)我哪说啥啦？这儿不打发，俺娘儿俩另赶门儿去。

　　(拉金环溜下)

主任：你再这么乱串，别说我把你抓到农会去！

刘妻：(从屋里追出来)我再见你登门儿，非弄你妇女会斗你不可！

　　(转回身余怒未熄)装穷装了个匀乎！

主任：让她装吧，妈的明儿个她就不装了。

刘妻：你啥时候回来的？

主任：才回来不大会儿。

刘妻：挖财宝的事儿，工作队让不？

主任：怎不让，工作队这回放开手让咱们自个儿干。

刘妻：(高兴地)真的呀？！(唱第十九曲)

　　　　一听这话好喜欢！

　　　　早就应该这么办。

主任：(唱)

　　　　你们妇女开个会，

　　　　看看谁有啥意见？

刘妻：咱屯妇女我保证，

　　　大伙儿一定起来干。

主任:留神不要走了风,

　　　地主们知道就麻烦!

刘妻:这回翻身一定要翻好!

主任:这回斗争一定要斗倒!

刘妻:翻身要是翻不好,

主任:穷人永远吃不饱!

　　　斗争要是斗不倒,

刘妻:地主翻把不得了!

　　　对! 咱们多咱动手啊?

主任:明儿个吧。你快把你们妇女们召集到一块堆儿,动员一下!

刘妻:嗯哪。

主任:你约莫着咱们这回能起出东西来吧?

刘妻:鱼过千层网,网网都有鱼,怎起不出来!

主任:(笑起来)哈哈! 你跟大伙儿的想法一样。(稍停)刘大成呢?

　　(刘大成恰巧一脚踏进来)

刘妻:这不他吗,回来了。

主任:(向大成)你干啥去啦?

大成:(怀着鬼胎)没干啥。

主任:你给范四家割地去了是不是?

大成:(掩饰)这……没有啊!

主任:没有啊?! 有人看见了你还赖!

大成:谁看见啦?

主任:你别问是谁啦,有没有这么回事儿吧?

大成:(不认账)没有。那是他给我造谣!

主任：为啥不给别人造单给你造谣？你坦白坦白吧！是不是去了？

大成：我坦白？你自个儿拿镜子照照吧，别净舰着脸子说人！

主任：咦！我照啥镜子？一步俩脚印，没给咱姓穷的丢过砢碜。

大成：好听的谁不会说？反正自个儿做的事自个儿知道。

主任：我做了啥错事儿啦？

大成：那谁知道？

主任：我不和你胡搅乱缠，把话可是点给你，你要不坦白，闹到大会
      上大伙儿批你的评，可别怨别人！

大成：凭啥批我的评？

主任：凭啥！凭你背地里去走"地主路线"。

大成：（发急地）我啥会儿走"地主路线"啦？我一不给地主走风放
      水，二不给地主溜须跑腿，凭啥说我走"地主路线"？

刘妻：（向丈夫）你着的啥急？你起的啥火？心里没病死不了人，把
      话说明白了，不就完了。

主任：（耐不住）心正不怕影儿斜！你干吗跟我脸红脖子粗的？

大成：你平白无故地来找寻我么！

主任：你别拿着好心当作驴肝肺！我好心好意地来问问你，还不是
      为了你好！

大成：我不用你管！（气哼哼闪在一边）

刘妻：你们这是干啥？自个儿这么窝儿里反，也不怕让人家地主们
      知道了笑话！

主任：（一赌气子）好好！我不管，我不管，我走！（转身就走）

刘妻：（随到门外）你关二哥！别生气啊！你还不知道他吗？就是这
      么个藏脾气，过去就完了，你先回去，我来问问他，弄清楚了，
      把底里情由再去告诉你！

主任:对,你问问吧!没这回事儿,不更好吗。(下)

刘妻:(回身进来赔着笑脸)砂锅不打不漏,话不说不透,这也值得当
地生那么大气!你饿了吧?我给你煮苞米去!

大成:我不饿。

刘妻:我给你烧点儿水喝?

大成:我不渴。

刘妻:你是不是给范四家割地去了?

大成:(犹豫了一下)你问这干啥?

刘妻:告诉我怕啥?

大成:(低头不语)……

刘妻:(追问)啊?

大成:(仍不语)……

刘妻:看,我又不是外人,啥事儿还用得着背着我!

大成:(吞吞吐吐)去啦。

刘妻:去了几天啦?

大成:一天半。

刘妻:我不信,你净糊弄我!

大成:看,我糊弄你干啥?(从衣袋里掏出钱来)这不吗,把工钱都算
来了。

刘妻:(又气又恨劈手把钱打翻在地上)唉!你,你,你,你呀!你呀!
你真办出这号事儿来啦!

（唱第二十曲）

本来我还不相信,

弄了半天全是真,

你树枝长大忘了本!

你见了钱财忘了恩！

穷人要有穷志气，

再穷也不能变了心！

别人也是吃不饱，

为啥不登地主的门？

范四为啥单找你？

这里头一定有原因！

想要把你来收买，

叫你和穷人两条心！

（稍停冷静下来，走到丈夫身边婉和地）

你低下头来想一想，

用手摸摸自个儿良心！

哪来的房子哪来的地？

衣裳粮食谁给分？

世上除了共产党，

谁把咱们当成人？

穷人要不抱团体，

咱们怎么能翻身？

这些你全不去想，

把钱看得那么亲！

要让大伙儿知道了，

你有啥脸去见人？

大成：（愧悔地）唉！（唱第六曲）

她跟我说的这些话，

一句一句打在心！

越思越想越后悔，

我这成了什么人？

刘妻：我不能跟着你丢这份儿人！你倒是怎么个打算吧？

大成：（没主意）已经错误了，你说怎整？

刘妻：自个儿梦自个儿圆，问你么！

大成：（一跺脚拾起钱来）妈的给他送回去。

刘妻：真的？

大成：（坚决）真的。

刘妻：走！咱俩一道去！

（夫妻俩下）

第六场

景：关德海家门口。

（于老疙瘩上）

疙瘩：（唱第二十二曲）

范四让我请老关，

一路走着直犯玄！

老关的脾气我知道，

不贪吃喝不爱钱，

明说一准他不去，

不挑明了怎么办？

来到门口停住脚，

低下头来打算盘。

（沉思了一下，硬着头皮）咳！丑媳妇难免见公婆！我在这儿发半天愣，当得了啥？我进去编个瞎话，把他给诓了去再说。

（走进门向屋里）农会主任在家吧？

主任：（内应声）谁呀？进屋来吧！

疙瘩：你出来下吧！有事儿。

　　（关德海上）

主任：（正端着饭碗在吃着）老疙瘩呀！啥事儿呀？

疙瘩：这……（凑到跟前低声地）范四的儿子偷着跑回来了。

主任：真的吗？

疙瘩：我才刚打他家门口过，和我碰了个照面儿，他一闪就进院了，
　　　没看清楚，渺乎着可是像他。

主任：你等下！（回屋里拿出一支大枪，一条绳子）走！抓王八造
　　　的去！

疙瘩：你就这样去，不穿上件衣裳？

主任：（指着那边）小褂才洗了还没干呢，就这样走吧！

　　（二人下）

第七场

景：范四家里。

　　（范四手拿一个红布包上）

范四：（唱第二十三曲）

　　　穷棒子要来挖底产，

　　　不由我心里窜了烟！

　　　安排下钓鱼金钩计，

　　　想法儿脱过这一关，

　　　（打开红布包，露出两个大元宝）

　　　白花花的大元宝，

两个足有六斤半，

为了家底儿能保住，

狠心拿它送老关，

关德海他要收下了，

我就保住了半边天。

"老爷儿"快要落西山，

老疙瘩怎还不照面儿？

（把元宝放在摆满酒、菜的桌上，动手整理杯、盘、碗、筷。范四老婆和金环上）

范妻：（气哼哼地把破瓢烂罐往地上一扔）你净出这号馊主意，明儿个你出去要去！

范四：又跟谁怄气了？

范妻：谁不是这样？到哪儿不把你斥打得跟小狗子一样？

范四：（安慰）算了吧！咱们如今晚儿是老虎掉在山涧里仇人太多！别生气了，把自个儿身子气坏了多不值得！

范妻：金环！去！（指着地上的破瓢烂罐）把这倒在后面猪槽里喂猪去！

金环：（捡起地上讨饭家具向屋后边走边叫）哩根儿……哩根儿……哩根儿……（下）

范妻：（望见桌上的酒、菜、元宝）你这是干啥？你还烧包啊？怕受穷等不到天亮怎的？

范四：我打发老疙瘩去请关德海来这儿，想……

范妻：（俩眼珠子瞪得溜圆）请他干啥？请他干啥？凭啥请他？凭啥请他？

范四：看你！没等说完，你就这么乒乓五六地瞎叫唤！现在穷棒子

们要来整咱的老家底儿,我想把他请来,用酒抹一抹他的嘴头子,再拿这两个元宝买动他一下,咱好躲过这一关去!

范妻:吓!你真舍乎得?你家里开着金库哪?

范四:咳,挤到这一步了,有啥办法?这比搬我的心尖子都疼啊!可是只要能保住咱的老家底儿,咱把犁杖挂在房檐上,也还能吃他二十年!

范妻:(反诘)咱那家底儿埋藏在哪儿,他知道?

范四:那他怎会知道!

范妻:这不结啦!刀搁在脖子上,咱也不说,他们谁能整得出来?何必花这份儿冤钱!

范四:哎,你不用管!在一边儿看着,赌好儿吧!

范妻:我不管?(上前夺元宝)你舍乎得我可舍不得!

范四:看!给你说了半天,你怎还这么死脑瓜!

范妻:今天凭你说出个天来,我也不许你给关德海!

(关德海同于老疙瘩上)

范四:(点头哈腰地)关大兄弟来啦!

主任:(脸一沉)谁是你大兄弟?(提着大枪四处找了找跑进里屋去)

疙瘩:(悄声向范四)我编了个瞎话把他诓了来的。

范四:呃。(一回身元宝被妻抢过去,急赶上前夺取)快拿来给我!

范妻:(争夺)说啥也不能给你!(二人争夺元宝失手落地,刘大成夫妻跨进门来)

范四:啊,刘大兄弟来啦!

大成:(脸色阴沉)谁是你大兄弟?!

刘妻:范四你过来!

范四:(惊疑地)你们干啥?

刘妻：(手指范四破口大骂)你个贼心烂肠的范四啊！(唱第二十

四曲)

　　骂声范四你瞎了眼！

　　为啥给俺两万元？

　　早头受穷那些年，

　　你怎不借给一个钱？

　　今天大伙儿要整你，

　　你想拿钱收买咱！

　　呸！我们不能忘了本！

　　我们不是下三烂！

　　别看身上没衣穿，

　　别看灶坑不冒烟，

　　你家就是摆酒筵，

　　俺们穷人准不沾！

　　你有黄金千万两，

　　别想能够买动咱！

　　穷人今天像铁筒，

　　掰不开来拆不散！

　　受罪大伙儿一块儿受，

　　翻身大伙儿一块儿翻，

　　一天把你整不倒，

　　咱们和你没个完！

(从丈夫手里一把抓过钱来)

　　给你给你还给你，

　　还给你那造孽钱！

（掷了范四满头满脸,散得满地都是）

刘妻:（对丈夫）走! 咱们回去!

（关德海从里屋跑出来）

主任:刘大成! 怎回事儿?

大成、刘妻:（俩人出其不意地一怔）啊?!

刘妻:农会主任你怎在这儿哪?!（望望桌上的酒饭,地上的元宝）

大成:（挖苦地）哼! 人家又不走"地主路线",怕啥?

刘妻:你在干啥?

大成:人家这是工作积极呗,大家还没动手呢,自个儿就先跑来挖财
宝啦。

主任:刘大成! 你没把事情弄清楚,可别这么糟践人! 我是上这儿
捆范四他儿子来啦。

大成:捆的那人呢?

主任:这……（对范四）你儿子呢? 快把他交出来!

范四:（趁风驶船）他没回来呀?

大成:（对关冷笑）嘿! 你还有啥话说?

主任:（着急）你不信,咱们问老疙瘩。（一回头不见老疙瘩）老疙瘩!
老疙瘩!（进屋后寻找）

范四:（奸猾地）刘大兄弟! 这事千万可别让农会大家伙儿知道,你
两口子心明眼亮就算了。

大成:啐!（转身对妻)走! 走! 咱们回去!

刘妻:（走出门口停住脚转回身来）咱们偷着听听他们说些啥?

大成:（气愤地）走吧! 走吧! 人家桌上又是酒又是饭又是大元宝
的,这还不是秃脑袋瓜上的虫子,明摆着啦嘛! 走! 走!

（夫妻二人下）

范四:(得意地奸笑)嘿嘿!(俯身拾起元宝藏在身边,关德海上)

主任:(见刘大成夫妻俩已经走了想去追赶)刘大成!刘大成!

范四:(拦住)已经走远了。(挑拨地)妈的一个疯疯癫癫!一个野野吊吊,停着主任的面,连点儿规矩都没有。(向关德海赔着笑脸)来!来!农会主任请坐!

主任:(站在桌边两眼圆瞪)你儿子呢?他倒是回来没回来?快把你儿子交出来!

范四:主任别着急!听我说。我呢,自打被分了,跟大家一样,也算变成那"无产阶级"啦……

主任:(声色俱厉地)没问你这个!你儿子藏哪儿啦?快把他交出来!

范四:哎,我实话实说,请别生气!我那小子没有回来,这是我让老疙瘩编的瞎话,把你老请了来……

主任:什么?!

范四:嘿嘿!没有别的意思!在早头,我有很多地场对不起你,今儿个整了点儿酒,向你赔个礼,赔个罪儿,听说上面又订下了新章程,让大伙儿挖底产,我现在脑筋也开了,(拿出元宝送到关的面前)这是我祖辈传留的这俩元宝,情愿献给主任!权当我……

主任:(怒火冲天一拍桌子)你简直是骂我十八代祖宗!(上去一个耳光)你个王八造的!(猛地把桌子一下掀翻,杯、盘、碗、筷,连酒带菜,摔了个稀碎,关德海气愤下)

(老疙瘩溜上,金环吃惊地跑出来)

范妻:(抱怨地)看!我说你不听!你这不是自个儿找的呀?

范四:(一跺脚咬牙切齿地)好你不识抬举的关德海呀!(唱第二十

五曲）

你百么不懂这么混！

硬把我当作对头人！

四大爷今天豁出去，

倒看看黄河有多深？

（满脸凶气）一不做，二不休！老疙瘩！你是你爹做的不是！

你有种没种？

疙瘩：（直瞪着俩眼）干啥？

（金环蹲下来把地上的钱，一张张捡起）

范四：你要有种，今儿下晚儿，你到关德海家里，偷上他一件什么东

西拿着，你再去把刘大成的麦子垛，放把火给点了，把那件东

西丢到旁边，这一下把事情嫁到关德海头上，管教他跳到黄河

也洗不清，不死也得扒层皮！

疙瘩：（恐惧地）我可不敢！这放火的勾当，可非同小可！要让人家

逮住，我这条小命儿可就交待了！

范四：你真他妈的黑瞎子叫门，熊到家啦！今儿黑夜要不把关德海

整了，明儿个他能轻饶得了你？大伙儿还不把你打面糊了！

疙瘩：（哭丧着脸）唉！这可怎整啊？这……这……这……

范四：发昏当不了死，只好打破头搁扇子扇，豁出去啦，除此没有别

的招儿。

疙瘩：（不敢）这个马蜂窝可是捅不得！

范妻：白让你披了一张人皮，连这点儿胆儿都没有？

范四：怕啥？一见风头不顺，咱们带上值钱的东西，背上我那两支马

盖子，往山上一拉，当胡子去，他们能把咱怎着？

范妻：去吧！深更半夜的谁知道？

疙瘩:(低头不语)……

范四:怎么样?

疙瘩:(叹气)唉!

范妻:(不耐烦)不去拉倒吧,兔子多咱也驾不了辕!

范四:(威胁)好,你不去,我自个儿去,反正闹砸了,也是一根绳儿拴俩蚂蚱,跑不了我,也蹦不了你!

范妻:还是你去好,老疙瘩!

疙瘩:(一跺脚)哎,是福不是祸,是祸躲不过,妈的豁出去啦!

范四、范妻:这不结啦。

范四:你等着,我去取点儿东西去!(匆匆下)

范妻:(把金环拾起的钱塞给老疙瘩)把这钱你拿去花去吧!万一出了漏子,你千万别把你姨夫抖搂出来,他在外边好想法儿救你!记住!

(范四手拿一瓶酒、一只茶杯上)

范四:(斟酒)先喝两口酒壮壮胆儿!(把茶杯的酒递给老疙瘩,把酒瓶交给老婆,从身边掏出三个大纸包)这是火药,你把它塞到麦垛里头,点着了,你就赶快躲开,(把纸包交给于老疙瘩)快去吧!我让你老姨替另整点儿菜,等你回来,咱爷儿俩一块儿喝。

(于老疙瘩下)

范四:(得意地)哈哈!(唱二十三曲)

　　老疙瘩上了我的套,

　　永远别想能摘掉,

　　等他放火转回来,

　　再让他把农会烧。

范妻：（拾起地上元宝）把这咱藏到哪儿去啊？

范四：那包零碎首饰呢？

范妻：在身边带着呢。

范四：放在身边不把牢，咱把它和这元宝还埋起来吧！

范妻：我看送到金环她姥姥那儿寄放着去吧！

范四：那也好，那就让她这会儿去吧！

范妻：金环！把那破罐子提过来！

　　（金环把捡起的钱交给她妈，跑过去提过罐子，范四夫妻把元宝和从范妻身上掏出的一布包首饰包裹在一起，放在罐里，上面用撒在地上的饭菜掩盖起来）

范妻：（把罐交给金环）把这偷偷交给你姥姥去，别让人看见！

金环：嗯哪！（提罐下）

范四、范妻：（同时长出一口气）唉！

　　（范妻拾地上碎碗片）

范四：先别拾掇那个啦，走！回屋里先把那些值钱的东西，找个角落（读作嘎腊）咱们刨个坑儿快埋起来去！

（二人下）

第八场

景：刘大成的打麦场附近。

　　（于老疙瘩挟着一件白小褂鬼鬼祟祟上）

疙瘩：（唱第二十六曲）

　　　　刚才溜到老关家，

　　　　偷了一件白小褂，

　　　　今晚时气还算好，

284

幸亏没有碰上他！

（四外望望）我把关德海晾在院里的这件小褂，给偷出来了，（掏出一包火药装在小褂兜里）我把范四给的这火药，装到这口袋里一包，我去把刘大成的麦垛放把火给点着了，我把这（指小褂）给偷偷撂在旁边拉儿，这一来，一下子毁了俩，买一个饶上一个，我姨夫的招儿真绝！哎！我今儿晚上怎么心里直扑腾？眼皮子也跳得厉害！别耽误着啦，我快走吧！（唱）

偷偷摸摸往前走，

心里越想越害怕！

佛爷菩萨多保佑！

今晚千万别出岔！（溜下）

（刘大成冈冈走上）

大成：（唱第六曲）

想起白天那件事儿，

心里真是气不平！

农会主任关德海，

平常说得多好听，

原来是个两面派，

把咱骗得可不轻！

明天到农会找大伙儿，

要把这事儿去说清。

（关德海上）

主任：刘大成！走，咱们到农会开会去！

大成：我不去。

主任：你这会儿干啥？

大成：啥也不干。

主任：那你去一下，咱们把今儿下晚儿这事儿，当着大伙儿的面儿，

　　　都撕掳清楚，明一明心，我背不起这个黑锅。

大成：既怕就别干，用不着这么又想吃鱼又嫌腥的！

主任：谁又吃鱼又嫌腥啦？

大成：谁心里有病谁知道。

主任：你说谁？

大成：我说你。

　　　（刘妻上）

刘妻：黑更半夜的你们俩这是干啥？ 等明儿个到农会开会再说么，

　　　放一夜还能把事儿放馊了？

主任：我来找他到农会去，把今天这事弄清楚，让大伙儿听听他

　　　不去。

刘妻：（对丈夫）你就去一下么！

大成：我呀？ 没那闲工夫。

刘妻：（对关）你头里先走吧！ 让他随后就来。

主任：那好，我先去找老疙瘩去。（下）

刘妻：（对丈夫）走！ 咱俩一道儿去。

大成：不去！ 不去！

刘妻：去一下怕啥？

大成：我又不是磨棚的驴，这么听喝！

刘妻：咱们也听听倒是怎回事儿呀！

大成：听啥？ 他仗着当农会主任，把大伙儿召集到一块堆儿，先嘀咕

　　　好了，画眉刁嘴地想把大伙儿糊弄一阵子。

刘妻：咱就没张嘴啦？

286

大成:咱能说得过人家? 人家平常拿假积极早就把大伙儿给糊弄住了。

刘妻:哎,是真假不了,是假真不了,大伙儿的眼睛是亮的,走,咱们去一趟!

大成:要去你去,我不去。

（狗乱吠,火光冲天）

大成、刘妻:咦?! 哪儿失火啦?

大成:（大惊）哎呀! 咱家麦垛着啦! 他妈的怎着的呀?（跑下）

刘妻:哎呀! 这可怎办呀?（大喊）金祥! 二牛! 李全大哥! 大伙儿快来呀,俺家麦垛失火啦! 快救救火呀! 大伙儿快来呀! 救火呀!（跑下）

（一群男女农民手拿叉、锨、锄、镐、棍、棒,担着水桶,熙熙攘攘,拥向火光处）

（关德海跑上）

主任:小宝他妈! 小宝他妈! 咱家水桶呢?

关妻:（上）怎的啦?

主任:外边失火啦!（跑进屋里挑副水桶就走）

关妻:（吃惊）哪儿失火啦? 哎,你穿件小褂再去!

主任:不用啦,不用啦! 顾不上。

（二人分头下）

第九场

景:范四家门口。

（范四上）

范四:（唱第二十八曲）

我把巧计来安排，

一心要害关德海，

站在当院抬头看，

吓！西边大火着起来！

关德海呀关德海！

你有本事拿出来！

给你惹的这场祸，

看你怎么脱得开？

（得意忘形高兴地跪在地上遥对火光一面磕头一面祷告）哈哈！老天爷！快起风吧！起风吧！火神老爷！有灵有圣！我明儿个给你上猪头大供！你驾着大火烧啊！烧啊！烧得干干净净！烧得一点儿也别剩！

（正在磕头，于老疙瘩迎头急急走上）

疙瘩：姨夫？！

范四：（一惊急忙爬起，见是老疙瘩松了口气）老疙瘩呀！好！好！好！不错不错！

疙瘩：（摸着胸口）吓得我这会儿心口还直扑腾呢！（从衣袋里掏出了一个纸包）给你姨夫！还剩下了一包火药。

范四：（命令口吻）老疙瘩！你给我去把农会盛东西的那间西厢房，也给狗日的点着去！

疙瘩：（大惊）你说去烧他们那果实呀！那我可不敢去！农会大院里，每天都有民兵放着哨。

范四：趁着这会儿他们都在外边忙活着救火，你把这（指火药包）瞅冷子就给他塞到后窗眼儿里了。

疙瘩：（畏缩）别的都行，这我可不敢！

范四:(变脸)好！你不去！不去拉倒！我到农会报你个告,就说刘大成的麦垛是你放火给点的!(装作要走)

疙瘩:(上前一把拉住)哎呀! 姨夫! 姨夫! 你这么一来,可就害苦了我啦!

范四:(逼迫)要不你就去!

疙瘩:(为难地)唉……!

范四:(紧逼)你去不去?

疙瘩:(屈服)我去,我去!(央求地)民兵要是放着哨,我到不跟前,我可就回来!

范四:只要处心干,还能到不了跟前! 快去吧!(等于老疙瘩走后,转回头来狠毒地)你穷棒子们等着分斗争果实! 哼!(唱第二十八曲)

　　我把它点上一把火,

　　教你谁也分不成,

　　狗咬尿泡空欢喜,

　　竹篮子打水一场空!

范四:(忽然想起什么,跑进去拿着刘大成的镰刀上)我趁此机会再去给关德海家也放上一把火,把刘大成的这把镰刀,丢在旁边拉儿,让他们两家去闹去!

　　一不做来二不休,

　　我偷着去到村东头,

　　再给那老关放把火,

　　让他们两家结成仇!(下)

第十场

景:刘大成打麦场上。

（幕后人声嘈杂，救火声、泼水声、呼喊声混成一片。稍停，渐渐静下来。男女群众紧张地把烧剩的残麦，往返地往场上搬运着）

农乙：（搬着两捆残麦）妈的真玄！好好的麦垛，怎么自个儿会着起来啦？

屯长：（对农乙）往那边放！往那边放！

农丙：（挟着一捆麦捆上。麦秆里尚带残烬）麦垛还会自个儿着起来？我看这里头，准有个说道。

妇甲：（对农丙）看！二牛！你那捆还着着呢！（农丙把麦捆放在地上用脚踏熄）

（刘大成妻满面泪痕把挟的麦捆往地上一扔，呜呜咽咽地哭起来）

妇乙：（走近身旁）刘大嫂！刘大嫂！你别难过了！

妇丙：（也赶过来）你刘大婶！想开着点儿！你难过趟子，又当得了啥？

刘妻：（悲痛地）唉！三嫂！俺这穷命怎这么苦啊！（群众越聚越多）

（唱第十六曲）

　　早头给人来耪青，

　　成年溜辈受着穷！

　　自从翻身分了地，

　　经心经意去侍弄，

　　睡半夜来起五更，

　　瞪着俩眼盼收成！

　　谁承想闹了这一手，

　　一下给俺烧干净！

　　苦巴苦业一年整，

290

　　　叫俺怎么不心疼！

妇丙：（同情地）你心疼又有啥办法？已经是烧了。

妇甲：（劝慰）不用难过了！有大伙儿吃的还没你吃的？

农乙、妇乙：你放心！大伙儿都翻了身，还能眼瞅着让你两口子
　　　挨饿？

农丙、妇丙：真是的，大伙儿一人省出一口来，也绝不能瞅着你们
　　　不管。

农甲：这话不假，如今晚儿跟早头可不一样，大伙儿哪能抄着手不
　　　管呢。

　　　（刘大成拿着一件白小褂急急走来）

大成：喂！你们大伙儿看看，这件小白褂是谁的？（群众围拢上来）

农甲：这好像是咱们农会主任的那一件！

屯长：（从人丛里挤上来）我看看！

农乙：（肯定地）是关德海的。

农丙：对，是他的。这就是咱们上回分斗争果实分给他的那一件。

大成：真是他的？！

农乙、农丙：那还能错了。

金祥：对，没错，这不前天我俩打抓着玩呢，扯丢了一个扣子，还没钉
　　　上呢。

大成：（怒气冲天）好你关德海个王八犊子啊！（唱第三十一曲）

　　　你狼心狗肺真可恶！

　　　原来是你放的火！

　　　你当狗腿怕俺说，

　　　想拿这来吓唬我！

群众：（莫明其妙）怎回事儿！怎回事儿！

大成:(把一包火药交给大伙儿看)你们大伙儿看！这是啥？

屯长:这是一包火药！哪儿来的呀？

大成:哪儿来的？就在这小褂兜里装着来着,这火不是他点的还有谁？

屯长:你在哪儿捡的这件小褂？

大成:就在我那麦垛不远遏儿。

屯长:(想不通)他既放火,为啥还把小褂丢在那儿？

大成:这还用说,准是他把火点着了,咱们奔跟前一去,他怕人看见,净顾慌慌张张地溜了,一下忘在那儿的。

屯长:(将信将疑)关德海跟你又没冤没仇的,这是为啥？

群众:关德海平常不是这号人哪？怎么做出这种事儿来？

大成:(愤激地)他不是这号人是什么人哪？大伙儿还蒙在鼓里呢！他是他妈地主的狗腿子！

屯长:咦！就事儿论事儿,别逮着么说么！

群众:(七嘴八舌)没根没底儿的话,可不能乱说！

大成:我要不是亲眼瞅见,也不能这么说！今晌午我和我屋里的到范四家里去……

群众:你们上范四家去干啥？

大成:这……唉！(难于出口)

屯长、金祥:说呀！去干啥？

刘妻:说么！怕啥？

大成:(惭愧地低下头)……

金祥:去干啥去了？

刘妻:(忍不住)看！你不说我替你说。(唱第三十二曲)

　　　提起这事儿都怪他！(指大成)

　　　偷偷给范四把地割，

　　　算好工钱回家转，

　　　俺们俩人吵一架，

　　　我和他一道找范四，

　　　进门把他一顿骂，

　　　把他给的两万元，

　　　我也一下摔给他，

　　　咱们那主任关德海，

　　　那会儿正在他们家。

刘妻、大成：（唱）

　　　桌上摆着酒和菜，

　　　一对元宝这么大！

　　　你们大伙儿想一想，

　　　他们这是干些啥？

群众：真有这么回事儿？！

刘妻：我还能给他造这个谣？

大成：要有半点儿虚的，你们大伙儿就把我毙了！

屯长：谁能够做见证？

大成：于老疙瘩也在场，不信把他找来对一对。

群众：对，把关德海和于老疙瘩都找了来，咱们对证一下。

　　（关德海上）

屯长：这不么，关德海来啦。

主任：怎回事儿？

大成：（手指着关大骂）关德海！（唱第三十一曲）

　　　你为啥给俺来放火？

为啥给俺烧麦垛?

拼着一命抵一命,

今天有你没有我!

（关德海冷不防让刘大成打了两个耳光）

主任:你凭啥打人? 凭啥打人?

群众:（上去拦住）哎,别打! 别打! 别打!

屯长:别打么! 事有事在,弄清楚了再说!

主任:谁烧你麦垛了? 谁烧你麦垛了?

大成:你! 你! 你! 你自个儿干的事儿,你还不认账!

主任:你有啥凭据?

大成:有凭据怎办?

主任:怎么罚,我怎领。

大成:（把小褂摔在关的面前）给你看! 这小褂是不是你的,兜里还
装着火药呢,你还不认账!

主任:（一惊）啊!

大成:看你还赖?!

主任:这小褂是我的,火药不是我的。

大成:不是你的是谁的?

主任:别人栽的赃,想害我!

大成:谁给你栽赃?

主任:这……这我怎知道?

大成:妈的我给你栽的赃! 我给你栽的赃!（上去又要打,被大伙儿
隔开）

群众:别动手! 别动手! 有话好说!

大成:（急得跳脚）他当主任,就这么压迫人,你们就不管哪? 好,不

管拉倒！（指着关）关德海！

（唱第三十一曲）

　　你当主任掌大权，

　　你就这样欺负咱，

　　今天我也豁出去，

　　咱们俩人没个完！

　　（一跺脚气愤跑下）

主任：（紧赶几步）刘大成！刘大成！（见已走远回转身来）咳，这是
　　　怎么说的！

屯长：（向农丙）二牛！你跟去劝劝去！

　　　（农丙下）

主任：（着急地）我跟他既没冤又没仇，你们说我怎能干出这号事儿
　　　来呢！

刘妻：农会主任！你向大家坦白坦白，你到范四家去了没有？

主任：（毫不迟疑地）去啦。

群众：干啥去了？

主任：嗨！（唱第三十五曲）

　　都怨他妈老疙瘩！

　　下晚儿跑到我们家，

　　说范四儿子跑回来，

　　我跟他前去把人抓，

　　原来是范四定的计，

　　把我诓到他们家，

　　想拿元宝收买我，

　　别把他的底产挖，

我翻脸掀了桌子面，

扭头离开他们家，

酒菜一点儿我没动，

元宝一个我没拿，

大伙儿要是不相信，

你们去问老疙瘩。

屯长：实情这么回事儿？

主任：上有天，下有地，当着大家的面我要说一句瞎话，大伙儿愿意
 怎么处治我怎么处治我。

金祥：他妈的我早就看着于老疙瘩这小子不地道！

群众：走！咱们找于老疙瘩去！（远处两声枪响大家一怔）咦！哪儿
 打枪？

主任：（对农乙）小山子，你跑头里看看去！是怎回事儿？

 （农乙下）

群众：走！走！走！（蜂拥而下）

第十一场

景：关德海家。

 （关妻上）

关妻：小宝！小宝！这孩子瞅眼不见就又溜了。（唱第三十六曲）

 刚才西头起了火，

 一下烧红了半边天，

 谁家摊上这件事，

 一家老小可怎办？

 （关切地）唉！这场大火，也不知道把谁家的麦垛给烧了？地

主们一个个被斗了,庄稼这咱还在地头上没割回来,要是富农们的,倒还经得住,倘或像俺这样户,摊上这件事,一家老小可指望啥过呀?火已经救灭了,他怎还不回来呢?又到农会去啦?(想起丢的小褂,四处乱找)真是怪事!怎么没啦?

(唱第三十六曲)

我把那件白布衫,

洗了晾在这当院,

俺们两个都没拿,

为啥转眼就不见?

(望望墙外)别是让风刮到墙那边拉去了?(下)

(范四像幽灵似的从暗影里悄悄溜上,四外望望,急忙从窗下抱了一抱柴草钻进屋里,放起火来,一出屋门,迎头撞见关妻)

关妻:(一把抓住)啊!范四!你跑到俺家放火来了!你想跑啊!你不能走!你走不了!(大喊)大伙儿快来呀!抓住放火的啦!快来人哪!(死命抓住范四不放,两个挣扎成一团,范四触到身后镰刀,回手抽出来,向关妻连砍几刀。关妻撒开手惊呼)

哎呀!杀人啦!快救命啊!救命啊!救命啊!……

(范四把关妻按在地上,向她头项猛砍一刀,丢下镰刀仓惶遁去)

(关德海、小宝、金祥、刘妻和男女群众奔上,一面救火,一面抢救屋里的家具、衣物……人声鼎沸,秩序大乱)

金祥:(发现关妻)啊?!这是谁呀?(仔细一看大惊)哎呀!大伙儿快来看看!这……这是怎的啦?

(一些男女群众围拢过来)

群众:怎回事儿?怎回事儿?哎呀!怎整的?这是谁呀?

（关妻满脸血污，一时难于辨认）

刘妻：这好像是关二嫂！

刘妻、妇甲：农会主任！关二哥！快来看看！

主任：（放下水桶走过来）干啥？干啥？

金祥：（指着关妻）你快看看！这是你屋里的不是？

主任：啊！（把妻搬起身半吃惊地）宝他妈！宝他妈！这是怎整
的呀？

刘妻、妇甲：关二嫂！关二嫂！

小宝：（哇的一声哭起来扑在妈身上）妈！妈！

主任：（唱第三十八曲）

　　一见她满脸血淋！

　　好比钢刀扎在心！

　　凶手跑到哪里去？

　　谁和俺仇恨这么深！

刘妻、妇甲：关二嫂！关二嫂！

小宝：（大哭）妈！妈！妈呀！

主任：（唱第三十九曲）

　　我从小，给人家，成年溜辈扛大活，

　　可怜你，跟着我，受苦受罪受折磨，

　　又没穿，又没戴，十冬腊月打哆嗦，

　　忍着饥，挨着饿，三天两头不揭锅，

　　受罪受了半辈子，

　　一句闲话都不说，

　　好容易今天翻了身，

　　眼看就有好日子过，

不承想你,你,你……(一跺脚)

要让我知道仇人是哪个,

我一定去和他拼个死活!

小宝:(哭叫)妈呀! 妈呀!

妇甲:这是谁干的呀? 心这么狠哪! (拉起小宝)宝! 别哭了。

金祥:(拾起地上镰刀看了一下)看! 这不是么,就拿这玩意儿砍的,

这上边还带着血呢!

主任:啊! (一把抢过镰刀来看了看,猛地往地上一摔气得浑身

发抖)

群众:看看是谁的镰刀?

李全:(拾起来一看)这不是刘大成那把吗? (对刘妻)你看这是你家

的不是?

刘妻:(吓得目瞪口呆)啊!

主任:好你刘大成啊! 咱们没冤没仇的,麦垛并不是我给你点的啊,

你就狠心烧了我的房子,砍了我的人呀!

李全:(把镰刀一扔向农甲)走! 王德奎! 妈的咱俩整他去! (和农

甲跑下)

刘妻:(惶急地)李全! 李全大哥! (回转身)屯长! 这事儿不是他干

的呀,他老实巴交怎能干出这号事儿来呀! (唱第三十四曲)

大成是个老实人,

人小受苦到如今,

杀人放火他不敢,

穷人怎能害穷人!

真是祸从天上降,

这可屈了他的心。(哭起来)

屯长：今晚儿这事儿，越闹越大扯，越弄越糟啦！（对农乙）老夏大兄
　　　弟！你快去派民兵把咱屯四周都放上哨，一个人也别放出去，
　　　再派个人到区上去送个信儿，快去！

（农乙下）

（李全、农甲绑刘大成上）

大成：（咆哮）凭啥绑我？凭啥绑我？我犯了啥条款啦，你们绑起
　　　我来？

李全：这房是不是你点的？这人是不是你砍的？

大成：（恐惧地）啊！这我不知道啊？！

李全：不拿出证据来，你是不认账！（拾起地上镰刀）你看！这是你
　　　的镰刀不是？

大成：（大惊）啊！这镰刀是我的，这人我可没砍哪！

群众：（一部分）不是你，你说是谁？（唱第四十一曲）

　　　你烧了老关家的房，

　　　你杀了老关家的人，

　　　一个麦垛能值多少钱？

　　　你不该这样下狠心！

　　　真气人！真气人！

　　　真凭实据都在这儿，

　　　你还不承认？你还不承认？（气愤地）

　　　他不说就揍！（上前要打）

刘妻：（哭求）父老们！大伙儿别打，这不是他干的呀！

主任：（上前拦住）大伙儿先别动手！别动手！（向农乙、丁等）小山
　　　子！老张！四柱儿！你们去，去，快去把咱屯的地主全给抓起
　　　来！抓起来！一个也别放跑了！

农乙、农丁:这会儿抓他们干啥?

主任:穷人跟穷人没这么大的仇,下不了这么辣的手! 这一定是地主们干的! 地主们干的! 快去! 快去! 把他们都抓起来!

农乙、农丁:走! 走! 走! (和农戊三人下)

小宝:(哭)妈! 我要妈! (扑在妈的身上)妈呀!

关妻:(渐渐苏醒,声音微弱地)宝!

小宝:妈! 妈!

(大伙儿惊喜地围拢上来)

刘妻、妇甲:关二嫂! 关二嫂!

主任:(扶起半身来)宝他妈! 宝他妈!

关妻:(痛苦地)范——四! 范——四!

群众:啊! 范四个王八犊子砍的呀!

大成:(突然想起)咳! 关二哥! 这把镰刀我想起来了,今儿个晌午我给范四家割完地,去算工钱,他给了我两万块钱,我不要,他把我一下推出门来,一下就把门插上了,我把镰刀忘在他们家啦。他妈的我去抓王八×的去! (跑下)

妇甲:(对关妻)范四怎么砍的你呀?

屯长:(制止)她刚缓醒过来,别让她多说话了,来,拿块手巾给她包上,就近便先抬到我那儿去。

(大伙儿用手巾给关妻包扎好,用门扇抬起来,小宝随下)

群众:范四来了! 范四来了! (刘大成、农乙等押范四夫妻上)

(喊口号)

有仇报仇!

有冤申冤!

打倒范四地主!

打倒恶霸坏蛋！

大成：（抓住范四）范四啊！（唱第四十二曲）

　　你狗狼心！

　　你放了火，你杀了人，

　　你一心安赃害我们，

　　扒你的皮来抽你的筋，

　　也解不了我的仇和恨！

群众：你放了火，你杀了人，

　　你一心安赃要害人，

　　扒你的皮来抽你的筋，

　　也解不了我们的仇和恨！

群众：打！打！

农甲：你们看，这不么，他手上还有血呢！

群众：啊！

主任：（赶过去）（唱第四十三曲）

　　范四范四你好狠的心！

　　你的心比姜还辣，

　　你比蝎子毒十分，

　　贼心不死要翻把，

　　你怕穷人翻透身，

　　放火烧了我的房，

　　拿刀要杀我的人，

　　扒你的皮来抽你的筋，

　　也解不了我的仇和恨！

群众：（唱第四十曲）

咱给老关来报仇，

咱给老关来解恨，

要把大树来砍倒，

要把坏根挖干净！

（群众激愤拳足交加）打！打！打！

主任：好你个王八犊子，胆子真不小啊！你想翻把啊！

群众：（唱第四十三曲）

你的心比姜还辣，

你的胆子这么大，

两天没有留神你，

转过头来要翻把！

主任：你敢跑来杀人放火，你的心这么狠哪！

群众：（唱第四十四曲）

你好狠的心，

你好大的胆，

千方百计怕咱挖底产，

杀人又放火苦害咱，

今天和你把账算！（拥上前乱打）

主任：（拦住大伙儿）先别打了！先别打了！让他把财宝交出来！

群众：（对范四）说！快说！你的家底儿在哪儿埋着呢？

妇女：（对范妻）你把衣裳首饰都整到哪儿去了？快坦白！

范四：（狡赖）我的东西大伙儿不是早给我整得溜干二净了吗？

范妻：都让你们整干净了，那还有啥？

群众：放屁！放屁！

妇女：胡说！胡说！

群众：（唱第四十三曲）

　　　　你霸占土地五百垧，

　　　　一年就是千石粮，

　　　　我们分了才多少，

　　　　下剩的你在哪儿藏？

妇女：（唱第四十三曲）

　　　　你家是个大粮户，

　　　　金银财宝没有数。

群众：快讲出来！快讲出来！

妇女：快坦白！快坦白！

主任、刘妻：你不说还等啥呀？

主任：你还想等"种殃军"过来好翻把呀？哼！你别妄想了！

全体：（唱第四十六曲）

　　　　你等啥？你等啥？

　　　　等得铁树开了花，

　　　　等得石头发了芽，

　　　　等得骡子生了马，

　　　　等得哑巴说了话，

　　　　万辈子你也等不上他，

　　　　"种殃胡子"就要打垮，

　　　　咱们把蒋介石来活抓，

　　　　千刀剁！万刀剐！

　　　　从今后是咱姓穷的天下！

主任、刘妻：东西都藏在哪儿啦？快说出来！

全体：快说！（拥上前）妈的不说就揍！

（农庚、农丙押于老疙瘩上）

农丙：老关！关德海！

农庚：（推着老疙瘩）走！走！

群众：怎回事儿？怎回事儿？

农丙：抓住放火的啦。

群众：谁呀！谁呀！

农庚：他妈巴子这小子真胆大包天，跑到咱农会，想把咱们盛果实的
　　　那两间西厢房给点着了。

全体：（群情激奋）啊！（唱第四十五曲）

　　　大伙儿跟你有啥仇？

　　　大伙儿和你有啥冤？

　　　为啥放火烧农会？

　　　你真胆大包了天！

　　　（大伙儿一拥齐上，拳足交加）妈的揍！揍！揍！揍死个王八
　　　犊子！

主任：先别打了！先别打了！咱们问问他！（对老疙瘩）谁让你去放
　　　的火？

疙瘩：（面如死灰）这……没……没有谁。

群众：妈的不坦白还揍！

李全：不坦白妈的把你搁在这儿！（把大枪推上子弹）

疙瘩：哎呀！别开枪，别开枪！我坦白！

主任：快坦白！

疙瘩：范四逼着我去偷了关德海的小布衫，随后把刘大成的麦垛给
　　　点着啦……

刘妻、大成：（按住就打）啊！弄了半天是你个王八×的给俺点的呀！

主任：别打！别打！等他说完了！

疙瘩：我把小布衫丢在旁边拉就溜了，等一回去，范四又让我去烧农会，我不去他就……

群众：好你该死的范四啊！这些事儿都是你干的呀！把你要整不倒，就没俺穷人们活的路啦！（上前又是一阵乱打）

主任：（对老疙瘩）老疙瘩！范四家的财宝埋在什么地场，你一定知底，你要坦白出来，将功折罪！

疙瘩：我要坦白了，大伙儿能宽大我？

群众：快坦白！宽大你！

疙瘩：东西都埋在……

范四：老疙瘩！你怎么……

大成：（上去一个耳光）妈的不许你吱声！

群众：（对老疙瘩）快说！埋在哪儿啦？

疙瘩：他那小马架地窖里，西屋炕洞里，茅楼儿里，猪圈里，好几个地场都埋着呢。

群众：走！走！走！咱们大伙儿一堆儿挖去！

（全体押范四夫妻下）

第十二场

景：村头上。

群众：（幕后唱第四十八曲）

满架的葡萄一个根，

天下的穷人一条心，

砍倒大树翻透身，

挖了财宝大伙儿分！

（刘大成、李全、金祥、农民甲、农民乙各背着才挖出来的包袱皮箱等物，以及两支刚出土的马枪上）

大成：走啊！走啊！咱们快点儿走！

李全：（对农甲）王德奎！你背不动了，来！我给你背着。

农甲：行了，行了，这不已经到了。

（关德海、屯长和男女群众上）

主任：（迎上来）你们回来啦！挖出多少东西来？

金祥、大成、李全：可老鼻子啦！

大成：装了满满一大车都没装完，（指大伙儿身上背着的）这不么，这
　　　些车上装不下，我们背回来了。

主任、屯长：枪也起出来啦？

大成：起出来了。

李全：在他妈的范四后园子里刨出来的。

金祥：老关！咱们在他家后园子里还起出来一本账呢，你看！

大成：他妈的把咱们谁搿了多少地，谁分了几间房，都记得清清楚楚
　　　的，在头一篇上还写着"纸笔千年会说话，子孙三代要报仇"。

主任：（对大伙儿）看！咱们说得对吧？地主还有贼心不死！

群众：妈的地主心不死，咱们也不死心，看谁整得过谁！

大成：喂！老关！咱们去县里的人回来了没有？

主任：早回来了，县里已经批准了，许可咱们把财产分给乡亲们，把
　　　他屋里的罚五个苦工，给参军家属干活。

大成、李全、金祥、农甲、农乙：（高兴地）好啊！好啊！

主任：大家父老们！我说一句话，范四这回翻把，让咱们处治了，以
　　　后更要多加小心，别再上了别的地主们的当！范四的儿子，跑
　　　到"种殃军"那边儿去了，咱们还没抓回来，非把蒋介石这个老

坏根挖掉了,咱们才能过安生日子,青年小伙子们赶紧参军,

下剩的在家里好好生产,大伙儿说对不对?

群众:对! 对! 就这么办!

主任:走! 咱们回去合计去。

群众:(唱第四十八曲)

　　　满架的葡萄一个根,

　　　天下的穷人一条心,

　　　砍倒了大树翻透身,

　　　挖了财宝大伙儿分,

　　　穷人翻身坐天下,

　　　打倒地主"中央军",

　　　永远跟着共产党,

　　　祖祖辈辈不受穷!

　(全体欢笑齐下)

　　　　　　　　　　　　　　　　　　　　　　　（全剧终)

　　　　　　　　　　　　　　一九四七年十月十六日于拉林

　　　　　　　　　东北书店 1948 年 5 月初版

收　　割

时间:秋收。

地点:解放区的农村。

人物:大娘。

　　　儿媳。

　　　班长。

　　　战士甲、乙、丙。

第一场

大娘:(背着一捆谷子吃力地出场)(唱第一曲)

　　　一阵秋风一阵凉,一场白露一场霜,

　　　勤劳耕种多辛苦! 老天不负一年忙。

　　　(白)你看那……

　　　高粱红了谷子黄,家家户户收割忙,

　　　自从翻身分了地,男女老少喜洋洋!

（白）想不到……

偏偏我儿得了病！一头躺在炕头上，

我只好自个儿到地里，割下谷子背回庄。

（白）压得我……

腰酸腿软骨头疼，头昏眼黑心发慌，

放下谷子喘口气，将身坐在大路旁。

大娘：（放下谷子坐在路旁边，一面擦着汗）唉！紧走一步赶上穷，慢
走一步穷赶上。早先咱没有地，一年到头，愁吃愁穿，自从共
产党到了这儿，帮着咱翻了身，把地分到手里，一天到晚，汗珠
子砸脚面，苦巴苦业地好容易盼到庄稼熟了，偏偏赶上我儿子
这几天又害起病来，我老婆子只好自个儿跑到地里，割一点
儿，背一点儿，背一点儿，落一点儿，总比烂在地里强啊！（捶
着自己的腰）唉！人老了，这么不中用啦！

（班长上）

班长：（唱第二曲）

自从参加八路军，一心一意为人民，

出身本是庄稼汉，树叶归根不忘本。

军爱民来民拥军，军民本是一家人，

老百姓和咱一条心，咱们才能扎住根。

班长：（一眼望见大娘，急忙赶过去）老大娘！你老人家这么大年纪
啦，怎么还自个儿下地呀？

大娘：（叹了口气）唉！自个儿不下地怎么着呢？跟前就是一个儿
子，病在炕头上四五天啦，总不能眼巴巴地让这庄稼烂在地里
头啊！

班长：家里再没别人了么？

大娘：还有一个儿媳妇，那顶什么用啊？

班长：让别人给帮帮忙么！

大娘：找谁呀？ 这大秋价，大伙儿都忙得一个顶三，你花多少钱也雇不着人哪！

班长：来，老大娘！ 我帮你背回去。（走到谷子跟前）

大娘：（将身遮住）哎呀！ 那怎么敢劳你呀？

班长：没有什么，咱们八路军就是给老百姓做事的。

大娘：哎！ 可不敢，让我自个儿慢慢弄回去吧！

班长：（把谷子抢着背在身上）我给你背吧，你这么大年纪啦，别再压坏了。

大娘：（站起身，不过意地）看，这……？ 这……麻烦起你来啦，叫我老婆子心里怎么过意得去呀！

班长：这不算什么！ 你就只当是你儿子给你背着不就得啦，好，走吧！

大娘：（拍拍身上的土）好，那就叫你多受累吧！（两人向村里走去）

班长：（唱第二曲）

　　我把谷子背在身，帮着大娘送回村。

大娘：（唱第二曲）

　　让你替咱来受累，我把恩情记在心！

班长：老大娘不要说这话，咱们本是一家人。

大娘：我老婆活了半辈子，没见过军队这么亲。

班长：我背着谷子前面走。

大娘：我老婆紧在后面跟。

班长：说说笑笑走得快。

大娘：不知不觉进了村。

（齐下）

第二场

（儿媳手拿连枷走出来）

儿媳：（赶着院里的鸡）嗽——失，嗽——失。（回头望望屋门叹了口
　　　气）唉！（唱第三曲）

　　　我男人，得了病，不吃不喝；

　　　我家里，只剩下，我和婆婆；

　　　地里的，庄稼呀，没人收割；

　　　老人家，她只得，下地做活。

儿媳：（赶鸡）嗽——失，嗽——失，嗽——失，（走到大门口，向远处
　　　瞭望）到这时候啦，也该回来啦?！（唱前曲）

　　　一清早，我婆婆，去收庄稼，

　　　为什么，到这会儿，还不回家？

　　　可不要，累坏了，她老人家！

　　　真叫我，在家里，放心不下。

　　　（转身进来，把门闩好：用连枷把地上晒的谷子拨弄了几下，便
　　　打起场来）

　　　（大娘和班长上）

班长：（唱第二曲）

　　　老人家请你前面走！

大娘：（唱第二曲）

　　　我头前带路你后面跟。

班长：只见大娘停住了步。

大娘：叫声儿媳妇快开门！

312

大娘：（拍门）开门来！

儿媳：（放下连枷，跑过去开了门）妈回来啦！

大娘：（跨进来）清天白日的你怎么把门又插达上啦！

儿媳：（接过婆婆手里的镰刀）刚才咱家那几只鸡，吃院里的谷子，我才把它们哄出去，就顺手把门插上啦。

大娘：（向班长）就放在这儿吧！（班长把谷子放在地上）

儿媳：娘！怎么这会儿才回来？

大娘：要不是咱们同志给帮忙，这会儿还回不来呢，你快去给同志烧点儿水喝吧！

　　（媳下）

班长：不要烧水，我不喝。

大娘：哎！哪能到家里来，连口水也不喝的呀？咳！请你就在这院子里歇一歇吧！房里这几天让病人糟蹋得不像个样子，我也就不让你到屋里坐啦，你可不要见怪啊！

班长：老人家你太周到啦！（坐在谷捆上）你儿子是害的什么病呀？

大娘：唉！同志。（唱第一曲）

　　前几天夜晚回到家，肚子疼得绕炕爬，

　　一阵发烧一阵冷，昏昏迷迷说胡话。

班长：没请人看看吗？

大娘：（唱前曲）

　　我把大仙请到家，说是狐仙撞上他，

　　只要许下随心愿，这点灾病不算啥。

班长：（站起）咳！老人家！人吃五谷杂粮，谁保得住不生病啊？（唱第一曲）

　　你可别信这一套，有病还是去吃药，

快请医生来看看,病越耽误越难好!

大娘:这村里没有看病先生啊,可上哪儿请去呀?

班长:(唱前曲)

我们那里康医生,也给老乡来治病,

不要东西不要钱,都是为了老百姓。

大娘:康医生在哪儿住啊?

班长:村西头李家大院你知道吧?

大娘:知道。

班长:就在那里,你去一问就找到啦。

大娘:咳!那敢情好啦,只要能把我儿子的病早点儿治好,哪怕我老婆子一步一个头磕了去呢。

儿媳:(从屋里端着一碗水送到婆婆面前)妈!

大娘:(接过来递给班长)看!咱庄户人家,连点儿茶叶也没有,你就喝碗白水吧!

班长:(接过水碗)好!老人家太客气了。

(在班长喝水的时候,大娘向儿媳低声地不知说了一句什么,儿媳转身返回屋里)

大娘:看!我也忘了问你贵姓啦?

班长:姓杨,以后见面你就叫咱杨同志吧。

大娘:噢!杨——同——志。

班长:老人家种着多少地呀?

大娘:在早头,房无一间,地无一垄,自从你们来了,咱翻身才一下翻来了这间半房,三垧地。

班长:那你儿子三两天恐怕还不会好利索了,你一个老太太怎么收割得了啊?

大娘：（叹了口气）唉！有啥办法，别说咱家没钱，就是有钱在这大秋上，谁都忙得脱不开身，你上哪儿雇人去呀？

班长：找你们翻身会长、村长们给想想办法嘛！

大娘：咦！他们这会儿都忙着给咱村里军人家属们收割呢，连自家的都还没动手呢！

　　（儿媳从屋里拿出一管长烟袋和一个盛烟叶子的小笸箩交给婆婆）

班长：（把碗还给大娘）好吧，我回去给你们想想办法。

大娘：咳！忙什么啦？（把烟袋烟笸箩塞过去）你抽袋旱烟歇会儿再走。

班长：不啦，老人家。

大娘：哎！这是咱家自个儿种的烟叶子，你尝尝。

班长：谢谢你吧！老人家，我不会。（下）

大娘：（望着背影）有工夫来家坐啊！（转回身）唉！活了半辈子，真没见过这么好的队伍！（向儿媳）他怎么样，好点儿吗？

儿媳：妈走后，他折腾了一阵子，这会儿又稳住点儿啦。

大娘：那你再去拿出把连枷来，趁着这会儿，咱娘儿俩把这谷子打一下吧！

儿媳：哎！（随手把水碗、烟袋等带回屋里）

　　（大娘将才背回的谷子，搬开一边，俯身拾起地上的连枷来。儿媳抱着一把连枷、两把木叉上）

儿媳：（把木叉放在地上）妈！让我打，你歇会儿吧，别把你老累坏了。

大娘：不要紧，咱娘儿俩一块儿打吧。（婆媳打场）

大娘、儿媳：（合唱第五曲）

谷子呀，金黄黄，咱们娘儿俩来打场。

种庄稼，一年忙，谁受辛苦谁打粮！

一口黄连，一口糖，苦尽甜来见了太阳！

自从来了八路军，家家户户享安康。

（婆媳俩放下连枷，拿起木叉扬场）

八路军，共产党，给咱穷人做主张。

不怕旱，不怕荒，不怕胡子鬼中央！

八路军，是咱亲骨肉，共产党好比亲爹娘。

孩子啊，离不开娘，咱们离不开共产党。

（班长上）

班长：（向内）就是这家，你们在这儿等一等吧！（跨进院里）老人家！

大娘：（抬头）噢！杨同志。

班长：你家的庄稼在哪块种着呢？

大娘：做啥呀？

班长：咱们来了几个弟兄，帮你收割一下去。

大娘：咦——你们有这份儿心，我就知情不尽啦，可不敢当。

班长：这算不了什么，老人家！咱八路军和老百姓是一家人么，见你
　　　们有了困难不管还行，快告诉我在什么地方吧？

大娘：刚才已经叫你受累啦，这怎能行呢！

班长：没什么，快告诉我吧！大伙儿还在胡同口等着呢。

大娘：咳！请同志们进来呀！（向门外走去）

班长：（拦住）老人家，别耽误啦，大伙儿还等着走呢。

儿媳：妈！你就领着同志们去一趟吧！

班长：不用，告诉地方就行。

大娘：就在村西头，不到一里地，地边上有三棵大杨树那儿就是。

班长：好吧，咱还缺一把镰刀，请把你家的借用一下。

大娘：（向儿媳）去！你给拿出来去！

（媳下）

班长：（从衣袋里掏出两个纸包）老人家！我刚才回到连里，正碰上康医生，我把你儿子病的情形给他讲了一下，他叫把这两包药面先吃下去，等到下晚儿他腾出空儿来自己再来。

大娘：（接过药包）咳！叫你们都这么费心，这怎补报你们啊?！

班长：咦！老人家，说这话可就远啦。

大娘：（感动地笑着）哈——哈——对！对！（把药包放在鼻子上嗅了一下）这药怎个吃法呀？

班长：用白开水送下去。

大娘：忌不忌口啊？

班长：不，什么也不忌。

（战士甲、乙、丙等得不耐烦，跑了出来）

战甲：怎么还不出来？

战乙：喊他一声。

战丙：班长！

战甲：班长！

班长：有。（儿媳拿镰刀上。班长接过来，跑出门外）走，咱们走吧！

战甲、乙、丙：走！走！

大娘：（赶到门口）同志们进来坐会儿再去吧！

战甲、乙、丙：不啦，早点儿去，早点儿完。（班长和战士下）

大娘：（转回身向儿媳）咱家存的白面，还有多少？

儿媳：上回拿黄豆换的那十斤面，纹丝还没动呢。

大娘：你去把它都烙成饼，等会儿咱给同志们送到地里吃去。

儿媳：妈！烙得了那么多？

大娘：你知道啥！同志们年轻力壮的吃得多。

儿媳：哎。（转身要走）

大娘：咱家的鸡蛋还有吗？

儿媳：（停下来）还剩下十几个吧。

大娘：那就多搁点儿油，把它全炒了吧。

儿媳：哎！（转身走了两步）

大娘：还有。（把药包交给儿媳）这是杨同志给的药，你弄点儿开水服侍着他吃下去。

儿媳：哎。（下）

大娘：（把地上的连枷、木叉捡起来，自言自语）唉！就是自己的亲生儿女，也未必有这样好啊！（下）

第三场

（班长率领战士们正在地里收割）

班长：（领唱第四曲）

谷子熟了一片黄，

战士：（合）

咱给老乡来帮忙，

出身本是庄稼汉，

庄稼活咱们不外行。

班长：（领唱）

咱们大家来比赛！

战士：（合）

看看谁的本事强，

割得快来收得净，

不许糟蹋一颗粮。

班长：（领唱）

今天咱们在后方，

战士：（合）

拿起镰刀帮老乡，

反攻时机一来到，

好似猛虎出山岗。

班长：（领唱）

要把反动派一扫光！

战士：（合）

叫那美军滚他娘，

也像这谷子一个样。

（大家齐用力狠狠地一割停下来）

众：（大笑）哈……哈……对！抓住蒋介石，咱们就用这镰刀一人先
来他这么一家伙！

班长：同志们！咱们快割吧！割完了再休息。

战士：对，加油！

班长：（指着一角）来！咱们从这儿往那头割。

战士：好，加油！加油！

（重复唱着后段歌词，一面割着下场）

（婆媳俩每人担着一副担儿上场）

大娘：（唱第五曲）

同志们，为了咱，跑到地里去流汗。

儿媳：（唱）

咱娘儿俩,一块儿,去给他们来送饭。

大娘:(唱)

　　家常饼,

儿媳:(唱)

　　炒鸡蛋,

大娘、儿媳:(合)

　　小米绿豆熬稀饭,拿人心,换人心!

　　给他们吃来咱情愿!

大娘:(唱前曲)

　　回想起,在从前,见了当兵的打战战!

儿媳:(唱)

　　一个个,像判官,两眼瞪得滴溜儿圆。

大娘:(唱)

　　打粳米,

儿媳:(唱)

　　骂白面,

大娘、儿媳:(合)

　　翻箱倒柜乱抢钱,逼得咱,老百姓,

　　不死不活苦连天!

大娘:(唱前曲)

　　八路军,不一般,这样好的队伍真少见。

儿媳:(唱)

　　有困难,帮着咱,不要咱百姓一条线。

大娘:(唱)

　　打胡子,

儿媳:（唱）

　　抓坏蛋，

大娘、儿媳:（合）

　　帮助穷人把身翻,他真是,咱们的救苦救难活神仙。

大娘:到啦。（婆媳俩把担儿放在地上,大娘望着割下的一大片谷
　　　子,笑得合不拢嘴）哎——呀！一个个都生龙活虎,不到半天
　　　工夫,看！割了这么一大片,要叫我老婆子,得割到哪辈子去
　　　呀！（对着远处）杨同志！叫同志们快来吃饭吧！

　　（内声:来！大家休息一下！班长和战士们满头大汗连说带笑
走出来,丢下镰刀,把被汗浸透的军衣,一边放在地上）

班长:（一眼瞥见担儿）老人家！这是干什么？

大娘:给你们送饭来啦。

班长:嗨！老人家,你快担回去吧,可不能这样。

战士:嗨！你费这个心干什么,请你快担回去吧,老人家！

大娘:咦！哪里,人是铁,饭是钢。哪能饿着肚子干活的呀？（向媳）
　　　你把那菜快给同志们盛出来！

班长:不,不,老人家,我们不吃,我们自己带着呢。（向战士们）拿出
　　　咱们的干粮来吧！

　　（战士们从衣袋里,掏出自己带来的馒头大嚼起来）

大娘:（并没看见,只顾低着头捡饼）咱们庄户人,没啥好的吃,就烙
　　　了几斤家常饼,炒了几个鸡蛋,熬了点儿小米绿豆……（一转
　　　身,见战士们都在吃着馒头）啊！你们怎么……（不高兴地）谁
　　　叫你们自个儿带来的呀？

班长:正赶上我们今儿早上吃馒头,我们一个人就带出了几个来。

大娘:别吃那个啦！那冰凉梆硬的,你们快带起来,这饼是现烙的,

来,吃这个!（硬往战士们手里塞去）

战士:（赶紧躲闪开）不,不,老人家,一样一样。

班长:一样,这发面的更软和。

大娘:（过去把一篮子饼,提到战士们面前）看! 怕你们不够吃,我烙了十斤面的饼,这你们不吃,可怎整呀?

班长:把它带回去,留着你们自己吃嘛!

儿媳:（端着两碗鸡蛋）妈!

大娘:（把饼放回篮里,接过一碗鸡蛋来）那你们就就着这菜吃吧!

班长:不,我们有这咸菜就行啦。（咬了口咸菜）

大娘:（劈手夺过来掷到地上）这腌萝卜条子齁咸的,给吃这个。（把菜碗塞到班长手里,又去端另一碗）

班长:（将菜碗放回篮边）哎! 老人家,留着你们自己吃吧!

大娘:（把菜塞给另一战士）给,吃这菜!（又去端另一碗）

战士:我们不吃,老人家!（放回去）

大娘:（又端起一碗塞给战士）你们不吃,可不行!

战士:谢谢你吧! 我们吃饱啦。

（大家推过来,让过去）

班长:（一使眼色）大家要是吃饱啦,咱们就动手吧!

战士:对,对,走! 走!（战士们拿起镰刀跑下）

大娘:（抓起地上班长的镰刀）你们这样儿,叫我老婆子心里怎么受哇!

班长:嗨! 咱们都是一家人嘛,帮助你们是应该的。

大娘:一家人,你们连一口东西也不沾我的?

班长:我们上级有命令,给老乡帮忙,谁也不许吃老乡的饭,我们一定要服从命令。（从大娘手里取过镰刀）老人家,麻烦你再挑

回去吧!（下）

大娘:（回头望见稀饭罐）喂!你们喝咱两口稀饭汤总行啊!

　　（战士们在内声:"不,我们不喝,老人家。"随即腾起收割的健壮歌声）

　　（大娘呆立那里,望着远处,感动得流下两滴老泪）

儿媳:（走过去）妈!你老人家怎么又难过起来了?

大娘:（用衣襟揩揩两眼,叹口气）唉!人心谁不是肉长的呀?同志
　　　们不吃咱,不喝咱,死命地这么苦干活,叫妈心里怎么受哇?

儿媳:在家的时候,我不就和妈说了吗?人家准不吃咱的,你看
　　　是不?

大娘:唉!瓜子不饱是个人心,大老远地挑了来,哪怕吃上一口呢,
　　　叫咱心里也痛快呀!（俯身整理担儿）

儿媳:（指着旁边一堆衣服）妈!你看!他们的衣裳,让汗溻得那么
　　　脏啦,咱们带回去,给他们洗一下吧!

大娘:对!亏你想到啦,我去告诉一声杨同志去。

儿媳:（急忙拦住）妈!看你,让他们知道了,准又不让咱们洗了。

大娘:（提醒）噢!可不是,（没了主意）那怎整呀?

儿媳:我看咱俩偷偷带回去,不叫他们知道。

大娘:咦!可是你知道人家那兜兜里有啥呀?

儿媳:有啥咱又不要他的,洗完了再还给他嘛!

大娘:对!就这么办,你瞭着点儿!

　　（跑去整理地上的衣服）

儿媳:（回头）妈!（大娘以为战士们来了。丢下衣服,慌忙躲开）你
　　　瞧同志们割得多快呀!像这样,顶不到黑,就都割完了。

大娘:（埋怨）看!我当他们回来了呢,吓了我一跳。

儿媳:没有,他们都在低着头割谷子,连头也没回。

（婆媳俩赶紧把衣服拣在一起,分做两份,挂在自己的担儿上,悄步离开,跑了一段路,回头一望见已离得远了,婆媳俩相视一笑,高兴地向村里走着）

大娘:(唱第五曲)

八路军,好弟兄,送了饭去他们不用。

儿媳:(唱)

咱娘俩,不吱声,偷了衣裳回家中。

大娘:一件件,

儿媳:洗干净,

大娘、儿媳:(合唱)

给他们做活咱高兴! 洗的洗,缝的缝,报答同志们的好心情!

（婆媳下）

第四场

（幕后传来战士们收割谷子的劳动歌声,夹杂着:"加油! 老张!加油!"紧跟着哄起一片在一个工作最后胜利完成时,所特有的欢笑。班长和战士们擦着满头大汗,有的哼着《兄妹开荒》里"向劳动英雄们看齐"的小调,一齐出场）

班长:(兴冲冲地)咱们还真不算慢,这三垧地,没等没太阳咱们生给
　　　　割完了。

战甲:(停住正在哼着的小调)这不是吹,要有,顶到黑咱们还能了它
　　　　两垧。

众:两垧? 再有三垧,也把它割完了。

战乙:(拍着丙的肩膀)老张! 你今天可是背乌龟啦。

战丙：（不好意思地躲开来）才放一年来的，妈的就撂下啦。（坐在地上又哼起《兄妹开荒》小调）

班长：（数着远处割的谷捆）一五、十、十三、十四……（转回身）我看咱们一人先给老乡背一捆回去，下剩的回头把咱班的人，全动员了来，再一趟弄回去。

战甲：（不同意）不，班长！下剩的顶到黑，我一个人包啦。

众：（争先恐后）我包啦！我包啦！班长！我包啦！

班长：（止住大家）好！大家别争，那就这样吧，咱们大伙儿割的，还是咱大伙儿背，你们看怎么样？

众：同意，同意！赞成，赞成！

班长：好！那咱们就穿上衣服背吧。

战丙：（发觉衣服不见）咦！班长，咱们的衣服怎么不见啦？（大家四处寻找）

战乙：真是怪事，怎么丢啦？

战甲：真玄，没见有人来呀？

班长：（猜透几分）我看许是老太太捎回去了。

战甲：（失口）她怎么偷咱的衣服啊？

战乙：（制止）喂！

战丙：（同时）喂！

班长：（批评）不要这样说话嘛！人家准是看咱穿的脏啦，拿回去，给咱洗去啦。

战甲：（一时磨不开）看，怎么也不告诉一声？

班长：你看，老太太明知道，要是告诉咱，咱们还能让她洗吗？走吧，咱们快把谷子给人家背回去吧！

众：走！走！（大家跑下去，每人背了一大捆谷子上）

（合唱第二曲）

咱帮老乡收庄稼,三垧谷子都割下,

要为人民来服务,情愿给穷人当牛马!

咱们救人救到底,送人一定送到家,

把这谷子背回去,快快交给老人家。

（齐下）

第五场

（大娘喜笑颜开走上）

大娘:（唱第一曲）

我儿早上吃了药,身上慢慢退了烧,

同志们待咱这么好! 这样恩情怎么报?

大娘:（赶开院里正在吃粮食的鸡群）嗽——失,嗽——失（咒骂着鸡子）该挨刀的! 收下来,人还没吃呢,你们倒先吃起来啦! 嗽——（想起什么,对着屋里）儿媳妇,你出来!

儿媳:（在内声）妈! 干什么? 我在折衣裳呢。

大娘:先出来一下。

儿媳:（上）啥事呀? 妈!

大娘:来,咱俩把咱家的鸡抓两只杀了,等同志们回来,吃晚饭当菜。

儿媳:妈! 人家要是又不吃,那不是白白地杀了?

大娘:（沉吟）这……不要紧,等会儿他们来了,你把大门插上,站在门跟前,同志们有规矩,又不能拉你扯你的,他们出不去,不就得吃啦。

儿媳:不行,妈! 同志们心眼儿可多呢。

大娘:你不要管,叫你抓,你就抓。

（婆媳俩满院追了半天,才捉住两只大公鸡）

大娘:（在地上捡了条绳子头捆着）衣裳都干了吗?

儿媳:（也在捆鸡）干啦。

大娘:（接过儿媳手里的鸡）你去把它拿出来,我给同志们送去。

　　（儿媳下,大娘一面捆着鸡）（唱第一曲）

　　　公鸡公鸡红花花,好容易喂到这么大!

　　　过节没有舍得卖,过年也没舍得杀,

　　　同志们待咱恩情大,两只公鸡算个啥,

　　　把它杀了快炖好,欢迎同志们到咱家。

儿媳:（拿着折得整整齐齐的衣服上）妈! 给你。

大娘:（接过衣服）你把这两只鸡快杀了炖上!（走到门口,恰巧同班

　　长和战士们碰了个对面）看! 她还说去呢,你们倒回来啦。

众:老人家! 都给你割完了。（走进院里）

大娘:（感激地）噢! 可累坏了你们啦!（指着一个角落）就都堆在这

　　儿吧!

　　（大家把谷子堆在一起）

班长:（一眼望见大娘洗的衣服）哈! 看! 我们就猜是老人家拿来给

　　洗了。

大娘:嗨! 洗得不干净。

众:（认领自己的一件穿起）老人家,真好! 谢谢你!

大娘:咦! 我都没谢你们呢,你们倒谢起我来了!（向儿媳一努嘴）

　　儿媳妇……

　　（儿媳走去把大门插上,站在门边）

班长:（抽出腰里的镰刀交给大娘）还你这把镰刀,老人家!

大娘:（接过）噢!

班长：(从她婆媳俩的行动和地上捆着的鸡,猜透了几分,招呼大家)
　　　走！咱们还背去。

大娘：(挡在门边)先别背啦！一天啦,吃了饭再去。

众：不,我们不饿。

大娘：不管饿不饿,也得吃,你们一顿饭还能吃穷了我老婆子？我就
　　　是雇人,不也得花钱呀？

班长：咳！老人家你别费这个心啦……

大娘：(打断话头)你别说啦,今天你就是说出个大天来,也不行。这
　　　不么(指地上的鸡),咱庄户人家也没什么好吃的,就这两只
　　　鸡,你们哪怕喝上一口汤,撂下筷箸就走,我也不怪你们；不然
　　　的话,说什么也不能让你们出这院子。

班长：(稍一犹豫,立刻打定主意)好吧,那就谢谢你啦,老人家！你
　　　拿出把刀来,这鸡让我们来宰。

大娘：(信以为真)哎！

战甲：(不赞成)班长！你……怎么……

班长：(一使眼色)老人家既费心啦,咱们就吃上一顿吧！

大娘：(高兴地笑了)哈……哈……这多痛快。(匆匆下)

战丙：(走到儿媳前)老乡？请借给个针线使使。

儿媳：缝啥？

战丙：衬衫上掉了一个扣子。

儿媳：(从发髻上取下针线)你脱下来,我替你缝！

战丙：行啦,我自己来……

　　　(班长趁儿媳不注意的时候,早悄悄一拉战士乙的衣角,两人把
　　鸡的绑绳偷偷解开放了)

班长：(假装吃惊地)哎呀！跑了。快捉,快捉！

328

战乙:(一把没抓住)跑啦！跑啦！

众:快捉！快捉！

（连儿媳也随着大家四处追起鸡来）

大娘:(从屋里跑出来,把刀放在地上也跟着追鸡)吓！怎么弄跑了?

班长:(一面捉鸡)这绳没捆结实。

众:哎！飞到墙外边去了,快追！别跑了！

（班长趁机开开大门,一个个溜了出去）

大娘:(赶到门口)咦！你们别走哇！你们别走哇！（见人全走了,回
身责备儿媳)叫你看着门,你怎么让他们都走了呢?

儿媳:净顾抓鸡啦,一时没留神就……

大娘:(无可奈何)吓！你什么事儿也办不了。

儿媳:我早就说,同志们心眼儿可多呢！

班长:(手提两只大公鸡,跨进院里,交给大娘)给你老人家抓回来
了。（回头就走)

大娘:喂！杨同志,你们别走哇!

班长:我们还给你背谷子去。

大娘:(紧赶两步)杨同志！杨同志！（见已走远回身把抱着的公鸡,
交给儿媳一只)来！把它杀了炖上,等着他们回来……

儿媳:妈！我看别杀啦。你看不出来吗？你杀了人家也是不吃。

大娘:(没了主意)那你说怎整呀?

儿媳:我看咱不如送到连部去,让他们指导员给他们吧!

大娘:对！那也好,咱娘儿俩一块儿去吧!

大娘、儿媳:(合唱第五曲)

　　　　　共产党,八路军,一心一意为人民,

　　　　　和咱们,一条心,好比骨肉一样亲,

军爱民，民拥军，亲亲热热一家人，

鱼和水，不能分，开花结果扎住根。

（锣鼓声中，婆媳欢跳齐下）

选自《翻身秧歌集》，东北书店 1947 年 2 月

◇柳　顺

换工插犋

人物：赵贵发——模范互助组长，三十多岁。

王之立——互助组员，二十多岁，爽快，能干的青年农民。

李大嫂——勤俭，泼辣，能办事的劳动妇女，二十四岁，变工
组员。

孟东——十八九岁，不大能干活的庄稼人。

孟老头——五十七岁，思想顽固的老头儿，孟东父。

孟老太——五十多岁，能干活的老农妇。

孟珍——十四五岁的小姑娘，孟东妹。

小凤——十岁，天真，活泼的小学生，赵贵发的姑娘。

第一场

时间：一九四九年春耕前几天。

地点：赵贵发的家门口。（开场赵在刨粪）

赵：（唱）春天里来暖洋洋，送粪倒粪家家忙，

刨碴子来敲土块,准备春耕好插秧。

(越唱越起劲儿,刨得也更快)

光荣模范不白当,带头生产称榜样,

还要组织插犋组,自愿两利互相帮。

(白)我今年一定要多费点儿力气,让这个插犋组比去年还好,我这组不多打他二十石粮不算数。前些日子王之立说,还要和我挑战呢!(满意地笑)凭着我这个粪堆吧,也敢比比。(小凤背书包上)

凤:爹!爹!我们学校放假了,放十天。

赵:还没到放暑假的时候,放假干什么?

凤:老师让来家帮着种完地再上学,爹咱们多咱种啊?

赵:快了!顶谷雨就要种,住不几天了。

凤:爹!你种地我给你捻种不行吗?

赵:(笑)你能干什么?没有一块豆腐高。

凤:(不满意地)你说我怎么不能?怎么不能?

(狗咬声,王之立在外面喊:小凤给我看狗啊!他妈这个小狗真厉害)

凤:(望一下)爹,爹!西头王二叔来啦!(跑边幕条看狗,敢咬!)

(王之立上)

王:哎,大哥!你粪还没送上啊?

赵:早送上了,就这点儿黄粪没烧好,今天捣一捣,二兄弟到屋坐吧。

王:不用,外头更暖和,日阳阳的。(找个石头坐下,拿出烟袋要抽)

赵:凤,家去点火去。

(凤下)

王:我带的火。(燃着抽起来)

332

赵：你今年粪水怎么样？

王：不大哩，一亩地能上个十五六堆，我还拉了些碱泥。

赵：下这么些粪，今年的粮食定准不能少，（逗笑）老二，我还要比不
　　过你呢！

王：（笑）哎！咱哪能比过劳模。

赵：哈哈，我倒不说，我们的插犋组还得好好组织，今年还要争个
　　模范。

王：（惊疑地）啊！你们的插犋组都组织好啦？我这回可晚了。

赵：怎么？你也想参加我们的插犋组吗？你们那闾没组织吗？

王：他妈的组织个屁，没有一个对手的人，谁和懒家伙、耍奸头的人
　　插犋，老孟头的儿子孟东，成天跟在我屁股后面哽唧，我也不搭
　　理他，就凭他爹那个耍奸头的劲儿，我也不和他插，俺们那个闾
　　非垮台不可，去年搞了一个大集体，今年又组织不起来，这不眼
　　瞅着要种地啦，犋就算插不起来，又没有车，我的粪还没送完呢！
　　你看这怎么办？

赵：那你就参加我们这组吧，你还有一头牛，咱两家的地隔着也不
　　远，咱们组织起来，送完粪就要开犁啦。

王：能行吗？你们不是插妥了吗？

赵：现在才有三家，都是去年在一组的，我们这闾我还没都去问，多
　　个三家两家怕什么！人多力量大，只要大伙儿愿意合得来，咱们
　　就组织一起，谁也亏不着谁的，订个计划照着做。哎！我看看西
　　院李祥在没在家，就便找来咱们合计合计。

　　（向边幕喊：李祥在家吗？）（内媳妇应声：不在家呀，干什么赵
大叔？）

赵：我们想合计合计插犋的事。

（李内应：插犋的事，我去！）

赵：这个人也挺能干活，办事还咔嚓。

（李上）

李：（唱）赵大叔，要组织，换工插犋。万不能，把我家，撂下不理。孩子爹，进城去，留下嘱咐。别看他没在家，我能做主。

（白）李祥上城里买东西去啦，别看他没回来，有什么事我办！插犋组俺们怎么的也得参加。

赵：就为了商议这个事，你们今年还愿意参加吗？咱这可是自愿两利，不愿意也不强迫。

李：怎么不愿意？

（唱）我家里四口家，分地八亩八，若指望我和他，那算是白搭。一上火眼发花，铲地把苗挖，插犋来分工，干啥不用挂。

（白）大叔！忙的时候我也下地帮助干，俺们家还有牲口可就差不多吧，亏工我给钱——

赵：李祥媳妇办事就是认真，行啊，谁也亏不着谁的。哎！王之立参加咱这组你同不同意。

李：王二叔！可真是老实庄稼人又能干活，怎么不愿意，这回咱这组干的劲儿更大啦。

王：俺们那闲可倒好，去年闹了一个糊涂组，干赚二流子占便宜啦，耍奸头的耍奸头，订的纪律也不遵守，孟东一到忙时候就装病，真是把好人都气糊涂啦。

赵：（笑）糊涂组？咱这不叫糊涂组，叫换工插犋互助组。

（孟东手拿鞭子急急跑上）

孟：（喊）王二哥在这吗？

王：（不语）

孟：王二哥，你不知我插犋啦？我想使你的牲口送粪呢？

王：使我牲口等一等，谁和你插犋！

（唱）去年组织糊涂组，真把俺们熊得苦，一到忙时你装病，蹲在家里把活儿误。

（白）你多咱也不遵守纪律，硬偷懒，耍奸头，谁要你。

李：（唱）变工自愿来结合，插犋换工出活儿多，自愿两利互不吃亏，那才能够做好活儿。

赵：入换工组可得遵守纪律呀，调皮，捣蛋，耍花拉子咱可不要。

王：谁和你组织，就凭你那个爹吧，倔眼子，封建脑瓜不开，专想占便宜，我不和你插，我参加赵大哥这组啦。

孟：我也参加这组不行吗？我自己实在干不起来。

赵：要想入这组，再可不许耍奸头偷懒哪！

孟：我以后一定不能。

王：不要你。

孟：唉！王二哥！（唱）这些事情千万别怪我，这些都是俺爹的错，他说在变工组年轻的多，打打闹闹不出活儿，不出活儿。我装病来是我的错，今后一定要改过，大家允许我参加变工组，决不懒惰多干活儿呀，多干活儿。

李：（唱）你说你能好好干活儿，家里头还有你的爹爹，忙时候他再一扯腿，违犯了纪律没法说呀没法说。

王：（唱）你犯了纪律不要紧，你家的土地有十八亩多，去年我们给包了种，今年可不那么糊涂。

孟：（白）亏工我还工还不行嘛！为什么自愿参加还不要。

王：自愿！自愿还得两利呢，今天说什么也不能要你。

（孟老太太手拿棍子怒怒冲冲上）

335

太：(唱)小兔崽子你是听，你为什么不正经，变工组里不要你，我看你可怎么整？

(白)你呀！什么也不懂。

(唱)没有犁杖怎么把地蹚，不插秧来地种不上，你一点儿不想想，你这东西真混账。(举棍要打，拉开)

赵：别打！别打！这个事别打他，他不说怨他爹吗？你回去给大爷通通思想就好！不是大伙儿不要他，怕忙的时候，大爷再扯腿。

太：(气愤地)真是歪歪葫芦，歪歪瓢，爷俩儿没一个好货，(拉东)走！快走！滚回家去。(下)

赵：咱这个计划待一会儿再订吧，孟东叫他妈拉回家去定要吵架，咱们去看看劝劝他，要是能好，咱们就要他入组，孟东也不是太懒的人，就是叫他爹惯的，在互助组里大伙儿就带起来啦。

王：就是那个老头子"格眼"，保守旧一套，老脑筋耍奸头。

赵：大伙儿劝劝他，转转脑筋就好啦，人多力量大呀。

众：对！(下)

(凤在后面喊：爹！爹！吃饭呢。)

赵：你们先吃吧，我一会儿回来吃。(下)

第二场

时间：紧接一场。

地点：孟老头家里。

开幕：(老头儿坐在炕上抽着旱烟，在翻看皇历)

头：今年六龙治水，年成可不能错。(自语着)

(老婆气愤愤地领孟东上，见老头儿翻皇历越发来火)

太：你呀，就知道坐在炕上翻皇历，不想种地啦？

（唱）老头子听我言呢，你呀你真"格眼"，不叫儿子参加换工组，真正是老封建（重句）。

头：（唱）老婆子你哪来的火呀，听我对你说，年轻人组织到一起，打闹不出活儿。

太：（唱）怎么不出活儿呀，你呀你胡说，看看咱家的粮食囤，粮食怎么那么多。

头：（唱）粮是地里出呀，为什么要换工组，不换一亩打一石，换工也不能打一石五。

太：（唱）老头子你胡说呀，怎么打不多，不叫分工又细作，就打不了那么多。

头：（唱）多铲又多蹚呀，不拌工也一样，自己下力好好干，更比拌工强。

太：（唱）你那儿子小啊，手脚又不巧，咱家十八亩地，怎能拾弄了。

头：（唱）怎么拾弄不了，他不会我教，忙的时候都下地，一定能拾弄好。

太：（唱）咱家无犁缺牲口，你说愁不愁，一家老小都下地，也不能顶个牛。

头：（唱）咱家无耕牛呀，拌工也不能有，人家的犁杖咱蹚地，也不能白使。

太：（发火）（唱）你呀不要脸哪，专找便宜占，变工种地你不干，钻起牛角尖。

头：（更发火）你妈个老混蛋哪，你把牛角钻，嘴里咬住驴屎蛋，给你麻花你不换。

太：你才是老混蛋。（气极）

头：你他妈是老混蛋。（望望四周，挽起袖子就要打）

太：（上前）打吧！打吧！

　　（孟东及孟珍上）

东：（拉头）妈呀！

　　（众齐进）

珍：（拉太）

赵：你们老两口儿要干什么？

李：怎么又打起架来啦。

王：（看不惯地）老孟大爷，你怎么不听人家的话，动不动就要打。

　　（唱）你这老人真不对，不该为这事来吵嘴，组织插犋有道理，反倒不听不理会。

头：好处！在哪里？一天到晚在一块儿混搅。

赵：哎！

　　（唱）插犋组里真公平，记工算账搞得清，按着季节算工账，趁着雨天把工评。

头：（拿起烟袋抽烟）他妈的，年轻人哪？还能干活儿。

王：年轻人不一样吗？

　　（唱）插犋组里有纪律，不怕年轻的在一起，不敢打闹不干活儿，人多说笑干活儿还不累。

　　（白）大爷！你没看见不知道，这个插犋组可不是去年组织的糊涂组。

　　（唱）变工纪律订得严，起早贪黑把活儿干，大家使上一股劲儿，省出工来把钱赚。

　　（白）你看好不好？

赵：大爷！你还有顾虑吗？去年怕秋后归大场院，削尖，怕麻烦耽误工，今年还怕吗？

王:(唱)去年糊涂组得到好处,拾弄好你家地十八亩,金黄黄的粮食
　　装满仓,怎么还糊涂。

头:若是糊涂组我可不干! 一天在一块儿乱搅,也不好好干,我干了
　　一辈子庄稼,也没参加过糊涂组。

赵:(着急)哎! 大爷,没告诉你吗? 去年大集体的不记工,换工的糊
　　涂组不好,搞垮台了,咱今年组织的是你们老人常说的那个插犋
　　拌工,又省工,活儿出得还多。

头:就是插犋? 那么你们一天到晚组织组织的不离口,把我们都闹
　　糊涂啦,还是拌工啊,我寻思老婆子撒谎呢!

孟:爹! 让我入了吧!

头:入就入呗,我不管,我看你们这组倒好不好。

太:你又不管啦? 你也想开了吗? 你倒再说呀? 不是不插也一
　　样吗?

珍:妈! 别说啦。

头:得了别叨咕啦,我不是不知道吗?

众:(笑)再可别扯儿子后腿啦。

赵:对啦,老孟大爷的脑筋也开啦,大伙儿讨论能不能叫孟东参加咱
　　的插犋组。

众:这回行!

王:(对赵)嚷嚷了这么个时候,咱那会怎办? 开不开啦?

李:他们这屋挺宽敞,我看就在这开吧,好不好?

赵:大伙儿说行不行?

众:行!

赵:咱这个组人数决定了,有孟东、李祥、李祥嫂、王之立,加上我们
　　后院老钱和老周太太,他们今天没在家,咱们是不是把纪律先订

一下？

众：对！

李：我先提一个。

（唱）参加拌工要和好，团结互助要周到，不打架来不争吵，谁也
不准乱胡闹。

孟：（唱）不打架来不吃亏，实行民主才是理，（太接唱）谁的先干和后
干，大伙儿讨论才能对。

王：（唱）参加拌工要勤快，分工合作不依赖，起早贪黑不偷懒，深耕
细作还要快。

众：对！懒可不行！

赵：（唱）变工账目要记清，不能专想占香盈，勤评勤算又勤记，咱们
还要勤换工。

王：哎！不识字不会记账怎么办？

李：那倒有办法，你不好搞烧火棍在墙上画，横是整工，竖是半工，圈
是牛工，怎么还不好记，等咱以后学的字多啦，自个儿就能记
账啦。

众：（笑）倒是李大嫂有办法。

李：咱换工组的计划可得好好订。

（唱）换工组里要订计划，选举组长领导咱，轻重活计分工干，按
劳力来评工价。

（白）咱大伙儿选个组长吧，好领导咱，我看赵大叔行，大伙儿同
意不？

众：（齐声）同意，我拥护！我也拥护！

赵：（笑）（唱）咱们纪律订得清，有大伙儿讨论明，我也不能闹独立，
大伙儿合计才公平。

李:(唱)咱们组里包一家军属,大伙儿要好好来帮助,咱组合力早干
　　完,还要帮助别的组。

赵:生产计划订得清,咱们组里要保证,多开荒地多上粪,增加产量
　　定能成。

众:对!(唱)以上纪律共八条,我们每人要做到,样样事情做得好,
　　"模范变工组"跑不了。

　　(白)咱们秋后定要争个"模范变工组"。

头:(自语)纪律真严哪!

王:大爷,你不说年轻人到一块儿打闹不出活儿吗? 这么些纪律谁
　　还敢违反。

头:可真严,严点儿好。

众:(笑)

赵:没有事咱就散会吧!

　　(小凤跑上)

凤:爹! 爹! 你还不家去吃饭? 哎,李大嫂! 你家小红英睡觉醒啦!
　　直哭我也哄不好,还不家去看看!(拉李)走吧!

李:不订计划了吗?

赵:晌午歪啦,大伙儿还没吃晌饭,会不开吧,订计划等抽空再订。
　　从明天就开始干吧,粪没送完的快送,我有车。

众:对! 晚上订,走回家吃饭去。

头:不坐一会儿啦?

众:不坐啦。(边下边唱)
　　换工插犋组织好,订的纪律也不少,大家一定要遵守,一条一条
　　都做到。

凤:快走!(拉赵下)

太：你大嫂子不多坐一会儿啦？

李：不啦，大娘，孩子哭了，饭还没做呢。（下）

第三场

时间：距二场有八九天之久，春耕开始。

地点：村头的地里。

开幕：有村头的远景，道旁有小树，是个种地场面，孟东在前面撼粪，赵贵发、王之立二人刨坑，小凤随在赵后面用小葫芦点种，李大嫂在后面捻种。众边唱边干活儿，场面可以随便走各种花样。

众：（唱）（一）春天里地开冻，太阳红又红，庄户人家忙春耕，蹚得呀蹚得深，撒种呀撒哟，遍地黄土变呀么变成金，多生产，多生产，人人要想发家多多来生产。

赵：哎！老钱他们怎么没影儿啦？

凤：那不是吗，往西刨呢！

王：（望一望）干得真快啊！咱们也得欢干哪！

（唱）（二）三月里杏花开，大家组织起来，换工插犋闹生产，撼粪呀撼得厚，扶犁来蹚垄沟，深耕细作多呀么多打粮，多打粮，多打粮，人人要想发家多多来打粮。

孟：（摸摸头上的汗）咱们干得这么快，不一会儿一块地就完啦。

王：给你家干嘛！还不得快点。（笑）

李：你看你才真使力气啦！累了一头汗

王：你今年不在家装病啦？（闹笑）

孟：（不好意思地）那不是过去的事吗！还提它干什么。

凤：爹！不歇歇一会儿吗？我没有劲儿啦。

李：你这么点儿小劲儿，还想来种地呢！（用手抚摸小凤）

赵：大伙儿累啦，咱就歇个晌吧，好送饭来啦！

王：（向右看）那不？他们那几个人也歇歇啦。

（众坐下，有的在抽烟）

李：小凤！来，教我一个字，捻种那个捻字怎么写的？

凤：一个提手加个念字。

李：念字怎么写的？

凤：就是念书那个念字。

李：我知道就是念书的那个念字，怎么写的？

凤：（不耐烦地）就是那个念字呗！

孟：（笑）小凤！你不教明白人家怎么能知道。

凤：哎！连这么个字也不会写，（拾起草棍）就这么写的。

李：啊！它呀！（用棍练习写）

凤：认识吗？

李：看见过！

凤：（调皮地）看见过的倒多哩！

王：小姑娘真调皮，我看看怎么写的。（也用草棍在地上写）

凤：（拍手笑）不对呀！哎呀，都写分家啦。

（孟老太太与孟珍，拐筐，挑饭担上）

太、珍：（唱）青草发芽冰雪化，自愿两利把稷插，挑起担儿去送饭，不
　　　　觉来到地头边。担子挑的米干饭，筐里拐的煎鸡蛋，送给他
　　　　们吃了好休息，有了力气加劲儿干。

凤：送饭来啦！（跑上前）大奶，大奶，什么饭？

太：好饭，好吧！凤儿！（拿碗盛饭给大伙儿，又去拿鸡蛋）吃吧，我
　　炒了几个鸡蛋。

李:大娘,做这么好的饭,俺更得加劲儿干哩。

赵:再别吃这么好的啦! 咱现在应该节省点儿,省钱置个家底什么
　　的,留着鸡蛋卖两个钱,买个洋火、油、盐、酱、醋什么的!

太:我看你们干活儿怪累的,特意做了点儿干饭和鸡蛋,让你们吃得
　　饱饱的。

赵、王:吃饼子还不行,倒用做干饭;忘了去年粮荒饿得都躺在地
　　里啦。

太:去年可真把人饿得够呛!

孟:(吃完饭)没有水吗?

珍:有! 在桶子里。

　　(孟舀水喝)(众各放下碗)

赵:老钱他们在哪块地? 快给饭送去吧!

太:晚上你们愿意吃稀的,我给熬稀粥。

赵:别费事啦!

　　(婆与珍挑饭担下)

王:咱们这块地就要干完啦,下午给谁干?

李:给赵大叔种吧,他的地洼!

赵:不用,先给李祥种吧!

李:俺们的地晚一两天行。

王:赵大哥给你种就种吧,该怎么的是怎么的,讲的是互不吃亏嘛!

孟:赵大哥,我是不是该你两个人工三个牛工?

赵:嗯! 晚上回去再算吧,快干。

众:对!

凤:爹! 葫芦里没种啦。

赵:地头上有,再装点儿!

　　(凤跑地头上拿回来)

344

王：干吧！

（奏春耕曲，大伙儿在种）

凤：就剩两垄啦！（一会儿种完）

孟：真快，不一会儿种完啦！我寻思这么大的一片地也得明天才能
　　种完！

赵：照这么快，咱们的地咱有三天就都能种完，种完啦，帮助没有人
　　手的家种种，军属今年有包耕的，差不多都种上啦。哎！老二你
　　们那闾有没有人手缺种不上地的户？

王：没有孤寡，就是老张家我看够呛，就指一个人种地，又病倒啦！
　　（想起来插犋的事）可也不多，头些日子我要和他插犋他不干，寻
　　思，自个儿家是个中农又有牲口又有车的不插犋也能干起来，这
　　回怎么样？人病了看怎么办？

赵：哎，别那么说，他是不懂得换工组的好处啊！他老是病不好，咱
　　就帮助干干吧，还能眼瞅着让他撂了地。

李：人谁不求谁，若是撂了地，秋天那一大家子吃什么？

凤：爹，你倒快走哇，上咱家地里去！

　　（老头儿上）

头：怎么还歇晌啊？

众：干完啦，大爷！

头：（惊疑地）啊！干完啦！这么快，多少人干？

赵：我们分两伙儿干，他们在地西头。

头：干得真快，你们还要上哪去？

王：上小岗地给赵大哥种去，大爷！你看，你家的这一大片地都给你
　　种上啦！

头：（看看满意地笑）小伙子到一块儿干得真欢哪！

李：（故意地）你不说，年轻人在一块儿打闹不出活儿吗？

众：（笑）大爷开脑筋喽！

头：你们上哪儿去？我也去帮助干点儿什么，卖卖我这个老力气。

王：不用你呀！

凤：你老了不能干活儿，俺不要老头儿。

头：他妈的，你怎么知道我不能干活儿！

赵：（向右喊）哎！完了没有，走吧！（后声：完了，上哪去？）小岗地。

（应：啊）

众：（愉快地）（齐唱）多出力多流汗，绿油油一大片，齐齐小苗往上

长，勤锄地，勤铲蹚，秋天呀多打粮，五谷丰收堆满仓。多打粮，

多打粮，发家致富好风光。（边唱边下场）

（全剧终）

选自《换工插锄》，东北书店辽东总分店 1949 年 6 月初版

◇ 轻　影

平鹰坟

大店区有个大店村，大店村有个大恶霸，

大恶霸外号庄阎王，横行霸道称孤道寡，

庄阎王祖上做大官，专靠着刮地皮贪赃卖法，

置下好地四万八千亩，盖下了富丽堂皇的高楼大厦，

喂着骡马牛羊一群又一群，吃的是山珍海味油里炸，

真是"杀不了穷人积不了富"，佃农们叫苦连天受欺压，

吃了上顿愁下顿，当掉棉被赎回锄头和镰把！

（击板）

庄阎王害人本事更大，和衙门里周县官勾勾搭搭，

私设监狱团练兵，挨门挨户把人抓，

谁敢大胆说个"不"，管叫你一命呜呼地下爬。

每当黄金麦子快要熟，庄阎王就把狠心下，

找点儿岔子赶走佃户抽回地，吃个现成的笑哈哈。

要是碰上一个欠收年，穷人挨饿更抓瞎，

347

庄阎王倒是眉开眼笑高了兴，坑人的把戏要上一耍，

派人下乡去放债，到头来穷人的一点儿土地都归了他。

他还开了个大钱庄，自己出票子一打又一打，

穷人取钱一块顶一块，拿票子买他粮食他不花，

穷人有冤不能说，只因为财主们霸了天下。

庄阎王是个色迷鬼，不知有多少妇女被他糟蹋，

强奸民女霸占人妻，姑娘媳妇们两眼哭瞎，

他倒说：（白）"女人是盆洗脸水，蹬了这盆来蹬那盆！"

得意地扁着那张薄嘴，露出两排焦黄的牙。

（击板）

有一个农民叫王五，受压榨受剥削生活没法。

卖光了土地当佃户，租种庄阎王土地养全家。

打下粮食七算八算被拆弄了去，自己含着眼泪把糠菜咽下。

还得给庄阎王做工修房进孝敬，一年出六百个工是白搭。

王五的儿子王大力，一天早起拾粪手拿粪叉。

大街上拐弯处没有留意，粪叉碰在庄阎王的墙角下。

石灰墙上划了几道印，这滔天大祸降临全家。

恰好碰上庄阎王的看家虎，"阿三爷"这个混账老王八。

立刻进去报了告，庄阎王翻着白眼大声骂。

抄起条棍子出了门，朝着王大力满嘴满脸使劲儿打。

王大力头破血流倒在地，庄阎王还把他拖到牢房去扣押。

王大力被押不要紧，庄阎王养的那地痞流氓抓了刀把。

成天大吃大喝胡乱弄，花的钱都叫王大力家拿。

可怜王大娘年岁老，一心想把儿子赎回家。

全家财产卖了个净，一条黄狗也没能剩下，

一家四口出去要饭，家里东西一点儿不准拿。

庄阎王在门上加了锁，"大抹头"害了王五全家。

（击板）

（白）：这是一个小段还不算厉害，庄阎王行凶作恶的事情多着呢！

闲话少说言归正传听我慢慢唱来，

庄阎王吃饱肚子没事干，带着洋狗和鹰还有坏"阿三"，

清闲寻乐去打猎，威威风风胡乱转，

一天来到王家庄，魏老头家门在眼前，

三只大草鸡正在"咯嗒咯嗒"叫，庄阎王把鹰一撒飞似箭。

鹰抓鸡本是拿手戏，登时有两只到了阎罗殿。

老鹰正抓住第三只，魏老头看见急得直气喘。

他以为是野鹰来抓鸡，哪知是庄阎王的活神仙。

急忙举起竹竿往下打，连鹰带鸡打死在一团。

这一下可是糟了糕，庄阎王贼眼圆睁怒气冲天。

立刻纠合了众团练，把魏老头捆绑在大树端。

拿着皮鞭浑身来抽打，魏老头疼痛喊叫苦连天。

魏老头的老娘跪在一旁，苦苦哀求请他格外恩宽。

老人心痛哭倒在地，好像抽在她老身上一样般。

哪知庄阎王理也不理，打了左边又打右边。

直打得魏老头死去活来，直打得魏老头不能动弹。

最后把他拖了走，关在牢房里活受熬煎。

几天后魏老头终算还活了，整天倒在牢房两眼泪哭干。

可恨那庄阎王又来到，不要魏老头的命心不甘。

硬逼着魏老头卖掉所有的三亩地，扎了素鸡纸兔元宝和纸钱，

雇了八个吹鼓手，笛儿喇叭鼓喧锣天，

买了个油漆棺材来出殡，把鹰装在棺材里边。

强逼着魏老头披麻戴孝哭"鹰父"，走一步叫一声拿着纸幡。

魏老头跌跌撞撞跟着鹰灵，想起自己的遭遇真可怜。

想起庄阎王狼心狗肺真可恨，想起这穷人佃户冤上加冤。

真气得心肝要破裂，真气得浑身上下哆哆战。

呜咽啼泣不成声，眼泪湿了破衣衫。

哪个父母不疼儿，谁愿叫儿子受苦难。

魏老头的娘心痛如刀割，年迈苍苍把气叹。

眼看着儿子挨打受苦，双眼一闭晕倒大门前。

不到几天气死了，一命呜呼归阴间。

魏老头有苦往肚里吞，好比哑巴吃黄连。

破席头卷起娘的尸身，把她埋在了大路边。

村里穷人齐声说："咱们的命还不如财主的鹰值钱！"

这一场人祸可不浅，害得魏老头倾家荡了产。

上天无路入地无门，魏老头抱起破瓢去要饭。

可怜他两腿被打坏，疼痛难挨不能动弹。

魏老头忍气吞声活下去，苦苦支撑了没几天。

皮烂骨断不能翻身，肚子饿得"咕呱咕呱"直叫唤。

苦痛一阵一阵涌上心来，眼看寿命不长远。

魏老头挣扎抬起头，把老妻儿子叫到身边。

他说道：

你们别伤心别落泪，咱们穷人迟早要把身翻。

忍饥挨饿也要活下去，等到讲理的那一天。

你们要替我大报仇，你们要替我来申冤。

魏老头冤枉死去了。咽了气还白白瞪着两只眼。

（击板）

光阴似箭日月如梭，不久到了一九三八年。

日本鬼子杀来了，"中央军"一枪不放退到峨眉山。

庄阎王重整旗鼓出头露面，恭恭敬敬把鬼子请到大店。

按上据点修炮楼，自己做区长当了汉奸。

仗着鬼子势力照样行凶。横行霸道要税要捐。

老百姓受苦受难翻不了身，还是被人家踩在脚下边。

庄阎王好比老狐狸，毒辣狡猾黑心肝。

他只怕据点按不长，他只怕这汉奸不久远。

低三下四不害臊。日本祖宗他连声喊。

三番五次去请求，叫鬼子打八路给他保平安。

青年小伙子朱玄苍，中华民族的好儿男。

组织起百姓保家乡，领导抗日游击队来抗战。

庄阎王一见着了慌，急忙勾结鬼子伪县官。

把朱玄苍装在麻袋里，偷偷暗害死得惨。

又把游击队缴了枪，一网打尽了众好汉。

这事给八路军知道了，同志们听说都心酸。

不忍再叫百姓活受苦，不忍再让同胞受熬煎。

四三年夏天一个夜晚，洁白的月亮圆又圆，

八路军大队出动了，趁着月色来作战，

手榴弹轰轰开红花，机关枪嗒嗒响连天，

鬼子伪军被消灭，一夜苦战克服了大店。

（击板）

老百姓从此得了救，马上建立起民主政权，

实行减租和减息,穷人的生活要改善,

万恶的庄阎王心还不死,听说要减租他暗打算盘,

想出了妙计心里笑,威胁利诱挑拨离间,

对着佃户他就吓唬:"谁要说减租就是造反,

我养活了你们好几辈子,现在跟我来捣蛋;

谁要减租我就抽回地,看你们还是减不减?"

一面又假装挺进步,人面兽心真阴险,

把好地租给村干部,他说是甘心情愿,

背后他又对百姓说:"你们是白费力气糊涂蛋;

村干部们光种好地,你们种不上白瞪眼!"

想叫老百姓反对村干部,他好再来掌大权。

干部明白庄阎王捣鬼,马上召集农会解释一番,

拿出好地给最穷的种,还借给农具和贷款。

庄阎王的诡计被揭破了,庄阎王的阴谋没有实现。

全村老少都高兴地说:"现在的日子不像从前,

民主政府给咱们做主,不帮着阎王欺压咱,

帮助咱们过光景,叫咱们有吃又有穿。"

区干部马上下乡来,跟大家讲解追求根源,

到底是地主养佃户,还是佃户养着地主白吃饭,

农救会上展开讨论,大家伙儿热烈发言,

最后大家清楚了,打开脑筋明理端,

粮食是农民自己种,风里雨里流了汗,

布是工人自己织,织布机旁胳臂酸,

一年到头出大力,还是挨饿受冻苦难言,

地主们清吃生穿不费劲,庄阎王还要横行霸道为哪般?

提起来真是咬牙切齿,想起过去苦难说不完。

这账不算没天理，穷人现在要把身来翻。

（击板）

听说区里要减租减息，大家决定把庄阎王斗争一番，

有仇报仇有冤报冤，要跟庄阎王来个总清算，

一传十来十传百，百传千来千传万，

一村接着一个村，周围几十里的村庄都传遍，

佃户们拿着旗子往前走，好像决了堤的黄河般，

人们涌进了大会场，真是人山人海一大片，

真吓得庄阎王不敢把头抬，在会场正中坐立不安，

魏老头的儿子高声叫："你要给我父亲把命还！"

三步并做两步走，跳到了庄阎王眼跟前，

一把揪起衣裳领，叫他仰着脖子脸朝天，

恨不得把他咬一口，出了这几年的闷气才心甘。

王大力也从人群中跳起来，唾沫星子喷满脸：

"你的棍子打得我好疼呀，'大抹头'逼着我全家去要饭。"

说着说着跑向庄阎王，举起棍子高声喊：

"这棍子打人不知有多少，今天一定给它折断。"

紧接着人声像滚了锅的水，"咕噜呱嗒"喊成一片，

这个说：

"他打我六十棍子我要捞回来，今天好好跟他算一算。"

那个说：

"他把我妹妹糟蹋死，我定叫他亲自把命还！"

争论发言的竟有二三百，一个接着一个没有间断，

把几十年没敢说的冤枉事，一件一件详详细细跟他算。

同时又把他当汉奸，勾结敌伪据点，

欺压百姓做区长，要大税来又要大捐，

伤天害理的事，从头至尾也说了一遍，

庄阎王好比精疲力竭的落水狗，好比受了伤的恶狼般，

出气嘘嘘不敢哼声，埋着脑瓜子闭上眼，

会场上拳头高高举起，大家表决枪毙他来来还愿，

庄阎王一听偷抬头，张起眼角往上一掀，

看见无数手臂正摇晃，喊声怒声正向他耳朵里钻，

庄阎王两眼发了黑，又搭拉下脑袋装洋蒜，

眼看着狗命就要死，不由他浑身抖成一团，

杀人的应该要偿命，欠债的应该要还钱，

庄阎王本是杀人魔王吸血鬼，人们怎能把他来可怜？

（击板）

斗争大会开完了，三千群众还不散，

要替魏老头大报仇，斩草除根来报冤，

敲着锣呀打着鼓，喇叭响着人声呐喊，

浩浩荡荡来到王家庄，鹰坟不远在面前，

魏老头的儿子带着头，几个青年攀起锄头和铁锨，

你一锨来我一锄，我一锄来你一锨，

锨锄相碰叮当响，土块翻飞迷了天，

万恶的鹰坟平毁了，时间不到抽完一锅烟，

参观的群众摇旗子，高高兴兴蹦蹦跳跳真喜欢，

雷样的口号声响起来，飘在那自由的天空间：

"这是头一回劳苦穷人翻身日，几辈子第一次见了青天。"

（完）

东北书店 1947 年 12 月初版

◇ 晋　驼

炼　狱

在哈尔滨市大动脉里流动着的，都是你们的热血！

——谨以此，献给电车厂全体工友，职员们。

晋驼

1948 年 2 月 29 日深夜，于哈大

序

中国革命的特点之一是从乡村到城市。很自然地，首先被革命的文艺工作者们所描写的是农民。现在，我们控制了许多的大小城市；将来，还要控制更多的——所有的大小城市。"为什么没有写工人的剧本呢?"这要求，日渐地普遍，日渐地迫切了。

作者是一个"改了行"的文艺工作者，写剧本经验更少，因为居住在城市，岗位工作又有些余暇，所以大胆地，近于不自量力地做了一番尝试；下工厂不过半月，也只是访问式地搜集材料：能够写出来的，自然是"一颗青杏"——这就是《炼狱》。取材于哈尔滨市电车

厂,主题是写敌伪统治下工人阶级所受的压榨和反抗。它的原名是《归正》——写一个工人打算从零工变为正式工人,中间所受的折磨;折磨受尽了,终于还是"归"不了"正";最后,他英勇地反抗起来——因为和"改邪归正"的"归正"字面上很混同,所以改成现名。我所至诚地希望着的,是它能够成为一块"引玉之砖"。我清楚地知道,它也只能够是一块"引玉之砖"。

晋驼,一九四八年六月六日教师节,于东北科学院。

人物表(共三十四人)

王玉厚——二十五岁,焊工,为了妻子,为了生活,他不能不用超
　　人的忍耐压抑着他的愤怒和反抗(简称王)。

王母——六十岁,一位看透了吃人的旧社会而又无可奈何的倔
　　强的老人(母)。

王妻——二十岁,精明强干,进取心很旺盛,她还有些怀疑社会
　　是否真像婆母说的那样坏(妻)。

张德山——四十五岁,钳工,对敌人走狗坚硬如钢铁,对阶级弟
　　兄慈爱如母亲,久历风霜,精通世事(张)。

山本——四十岁,日本浪人兼中国通,能说流利的中国话,工厂
　　主任(山)。

吴延寿——二十七岁,翻译,山本的爪牙,他总是企图谋害你还
　　让你感激他,但他做得并不妙(吴)。

吴妻——二十三岁,她具有出色的艳丽和无耻,是吴延寿的"好
　　内助"。

李明义——三十五岁,工头,吴延寿的一匹猎狗,凶恶、卑鄙而又
　　怯懦(李)。

工人甲——二十四岁,卷线部工人,好做无谓的剖白(甲)。

乙——二十一岁,铁工,是一个所谓"愣葱"。

丙——四十二岁,旋床工人,积极的破坏者。

丁——十九岁,车台组学徒。

戊——二十岁,检车工人。

己——焊工学徒,十七岁。

庚——十五岁,木匠学徒,一位活泼的青年工徒。

(另有第二幕第一场前台工作工人,数目约六名)

车掌——十六岁的新手(掌)。

其他邻人二男(甲,乙)一女(李大娘,五十多岁)。警察五人,职员、医生、老妈、杂役各一人。

第一幕

时间:一九四五年早春。

地址:王玉厚家。

布景:炕上有破旧被褥和很明显是一些揽来的针线活儿,如很多破袜子等等。炕下有破桌一,破椅及凳子三四个;洋铁炉、烟筒及煤球、马粪若干,但未生火。

幕启:炕上孩子哭。(后台效果)

妻:(持碗筷,急忙跑上)呀!小崽子,嗓子都快哑啦,妈要是不去吃粥,妈要是饿干巴了,还有奶给你吃吗?你看,手脸都冻成这个样子啦,妈给暖暖。(坐下奶孩子,一面缝活儿)

王:(上,行动迟缓,坐椅上,一语不发)

妻:咋的啦? 见着李大舅啦?

王:见着啦,妥啦。

妻：你说啥？妥啦——就是交通会社吗？

王：是。妥了。还是个临时的，一天才给两块钱，买不了二斤苞米面，学手艺有啥用！

妻：才上去，先别嫌挣得少，省得担心抓劳工，省得天天去赶粥锅，吃这碗下眼皮子粥——（兴奋地）咳，一个八杆子打不着的李大舅，在街上碰见啦，想不到还真能得上他的劲儿啦。

母：（唠唠叨叨地上）打我？你敢！就这么推推搡搡的就不行！穷了人穷不了志气，喝你们一口粥，就比你们小三辈啦……（咳嗽）

妻：妈，又咋的啦？

母：你回来以后，我想早一点儿回来抱孩子，好让你做活，跟前边一个小生儿说好啦，我俩换了换地方。戴眼镜的那小子嫌我往前挤啦，嘴里不干不净的，说："晚一会儿就饿死你啦，就你这个死老婆子调皮捣蛋。"（咳嗽）人有脸，树有皮，我是一个六十岁的人啦，我能让他吗？他来推我，我上去就给他一巴掌，他举起文明棍想打我，我说：你敢动我一指头，看我穷老婆子不把你闹个底朝上！别人过来拉开啦……（咳）

妻：妈，谁让咱穷到这个样子，喝人家一口粥，总是跟人家吵架。

母：用不着你小毛孩子多嘴！喝他们的粥？你知道他们的粥是打哪里来的？（接过孩子去抱）

妻：还不是人家万字会的？还不是人家那些大老官儿们舍善舍来的？

母：舍善！哼！他们哪一个不是贪赃枉法吃肥的？我吃他们的粥，我恨他们！我……（咳嗽）

妻：别说啦！妈，你儿子的地方找妥啦。

母：妥啦就妥啦呗，卸下碾子套上磨，穷棒子到哪里还不是当牛马。

（咳嗽）你爷爷给人家种份子地，扛大活，饥荒越拉越多，还不起，蹲笆篱子蹲死的。你爹拉大锯，一棵大树身子倒下来，砸得吐了血……

妻：妈，别说你那些陈年老辈子的事啦。咱们好多日子没吃顿饱饭啦，今儿个你儿子的地方也找妥啦，我去李大娘家借点儿米，做顿干饭吧。（下）

母：你可要小心着点儿！你那个八杆子打不着的大舅——李明义那小子可不是个好鸟儿！在家大伙儿叫他李二混子……

李：（得意洋洋地上）你看：要是早碰见我，哪能让你们受穷罪——前天我和吴二爷说，我的外甥来啦，二爷安排个地方吧，二爷说："我一定帮忙……"

母：我知道你打腰，我还不知道你！

王：大舅，请坐。

李：你看，果然，昨下晚儿吴二爷跟日本人一说，就妥啦。真够面子！

王：大舅，冷吧？我架点儿火。

李：不用，不用，你们小人家捡点儿柴火可不易，我那个屋子我倒嫌它太热——不过呢，这年头找个地方也真难：吴二爷跟日本人说了半天好话，你的事情才妥了的。

王：我这个拙嘴笨舌的，话也不会说，你替我谢谢吴二爷吧。

李：谢谢，那倒容易，咱们爷儿俩没啥说的，吴二爷那里呢——唉，就凭咱们的心吧，一句空话能过得去吗？

王：那咋办呢？大舅，你看看我这个家吧。

李：其实呢，也用不着大破费，吴二爷也不是那种人，只是请他吃顿饭也就行啦。

王：那要多少钱呢？

李：就算吃个套菜吧，来几壶酒，加上小柜儿啥的——有个四五十的
　　也就够啦。

王：这年头钱很毛的，照说，四五十的也算不了啥。可是，大舅，不瞒
　　你说，我连四五块都没有，我们一家人靠赶粥锅活着。

母：好哇！地方还没住上呢，圈套就套上来啦，你还是孩子的大舅
　　呢！（咳）

李：二姐，你这是怎么说！这是我要人情咋的？这是——

母：算了吧，地方咱们也不住啦，咱们打不起那份儿人情。

李：（看王，王在愁苦地想）那好吧，真是好心当成驴肝肺，不干就辞
　　退了吧，我走啦！

王：大舅，你再坐一会儿！

妻：（提一小包米上）大舅来啦，你坐呀——这是咋的啦？

李：咱们"满洲国人"就是这个脑袋！老实说，这年头找事情还有不
　　打人情的？不打人情也进不去，进去也干不长。我只是说，请吴
　　二爷吃顿饭，你妈就火啦。真是江山易改，禀性难移，越老越倔！

王：大舅，让我想一想，你再坐一会儿。

李：（坐）你看你妈，我的话还没说完呢。钱嘛，我借给你们！谁让咱
　　们是亲戚。我这个人就是这个脾气，成全人就成全到底！

王：大舅，那要干多少日子才能归正？归了正式工人能挣多少钱？

李：是的呀！进去好好干，吴二爷那里答对好，干个三个月两个月
　　的，有你大舅在，还不就归了正啦。一归了正式工人，一天六块，
　　一个月是——三六一百八，那时候还能领配给粮，领工人服，领
　　烟，领糖——比在外边买贱老鼻子了，苞米面一斤才几毛钱……

妻：大舅，请吃饭要多少钱呀？

王：（抢着接过去）要四十块。

妻：（想了一下）好，大舅，你看着办吧！

李：是吗！外甥媳妇还懂得人情，好吧，钱嘛，我借给你们。我这钱是放印子的。咱们远近总算是亲戚，就算你们三分利吧。现在钱毛得快，按一块二一斤，折合成三十三斤苞米面，一年还清。这不是我小气，咱们先小人后君子，这年头我也不容易：孩子又多，应酬又大。要不，几十块钱咱们爷们儿还过不着？——哪一天请啊？

王：我这个笨手笨脚的，也拿不上桌面去，你就替我请了吧，反正我拿四十块钱。

李：好吧，我走啦。

王、妻：大舅，吃了饭再走吧？

李：不行啦，要上班啦。（下）

母：看吧，这一下子你就叫他套住了。他去请人家吃？吃个屁！

王：妈，你的话句句都对，我也都明白，可是，咱们不认头又怎么办呢？

妻：你也不用发愁，刚才我都划算好啦。咱们三口人，一天二斤苞米面，喝稀粥也够啦；二斤是两块四吧；烧的呢，妈出去捡点儿煤球，扫点儿马粪，凑付着也就不用买啦；献金啦，水道啦，电灯啦，一天再打四毛：一共是两块八。你一天挣两块；我缝活儿——就算有个孩子吧，一天也能挣个一块来的：这不是三块？一天剩两毛，一个月剩六块，十个月就是六十块。他的本钱四十块，利钱十个月十二块，一共是五十二块，十个月不就还清啦。再说，过几个月你若归了正，一天挣个五块六块的，咱们就能吃上窝窝头啦。

母：唉！不知道愁的孩子！——好吧，如意算盘你就打吧。（咳）你不是借米来了吗？做饭吧，吃饱了再说。

（幕落）

第二幕

第一场

时间：王玉厚进厂数日后。

地址：工厂工房。

布景：设"阎王殿"，殿外有工作案、电滚、木箱各一，为工房。

幕启：山本坐阎王殿内，殿外卷线、虎钳、木工、焊工……在做工。杂
　　　役在擦玻璃。

吴：（带王上）照说，你还是我用上来的，我还能不向着你。可是，咱
　　们都是吃人家这碗饭的，我也不敢不公事公办——你刚来，就敢
　　在班上偷窝窝头吃，胆子可也真不小。（进殿，说日语）这是前几
　　天用进来的零工王玉厚，刚才在班上一面焊东西，一面偷吃窝
　　窝头。

王：我饿得实在受不住啦。看见猪槽下边有半个窝窝头，寻思反正
　　是猪吃剩的，丢在那里也是白扔——拿回来才吃了一口……（递
　　窝窝头给山本）

山：（检查窝窝头，发现上边有泥，用日语说）是的，这大概不是偷的，
　　有泥，他才来，这一回可以不处罚他。告诉他，再有这样的事可
　　不行！

吴：（日语）他才来，不知道我们的规矩，还是让他看看别人受处
　　罚吧。

山：（日语）好。

吴：主任看见窝窝头上有泥，证明不是偷的；可是，你在班上吃东西，还是犯规的。主任看你才来，这一回先不处罚你，只是让你看看别人受处罚，看看我们的规矩——就在那个墙犄角站着。

李：（带工人甲、乙、丙上）站好！咱们"满洲国人"就是这副骨头，不打不行——你来！（向山本鞠躬）报告主任，这小子是卷线部的，一个电滚装了半个月还没装上，说他，还不服气。

工甲：电滚子不是闹着玩的，装不好敢往外抬吗？要是出了事我们不管，我两天给你们装一个！我……

山：（不等说完就打嘴巴；打完）好好干，磨洋工，不行！

李：你来！这小子是铁匠，在那里穷捣蛋，半天连一块铁板，一根铁棍都没接上。

山：（站在那里不说话）

山：你的说话，没有？

乙：没有！咱们说了也不算。

山：（摸起一把铁尺，劈头打去，周身乱打）

乙：（屹立不动）完了吗？

山：没有。（又打，最后气喘了）

乙：完了吗？

山：完了！明天的，乱七八糟，再来！

乙：（一下台阶，昏倒在地）

吴：（见大家想过来扶，出殿镇压）他装相，干你们的活儿——走，走！
（出手枪）

李：你来——他是旋床子上的，他把风钢刀也缺折（舌）啦，刀架子也碰掉啦……

丙：那块铁上床子以前，我就跟班长说忒硬，怕不行，他不听，硬叫上上去,怪我吗?

山:你的说话,不要!(抽皮带打)我的看看。乱七八糟,宪兵队去!
(与李、丙下)

吴:(向乙)别装相啦,睡着啦?(踢乙,乙不醒)来两个人,把他搭出
去!(杂役与庚把乙扶起来,乙睁眼叫痛,庚与杂役抹眼泪,下。
吴下殿巡视)磨洋工的磨洋工,破坏的破坏,犯到人家手里,那就
只好公事公办。再说,吃人家的饭,不给人家好好干活,良心都
长在胳肢窝里啦。

张:(故意摔断一根铁锉,吐上吐沫,其他工人纷纷往后台丢东西)咱
们的良心长到胳肢窝里啦;可是咱们总还有良心,总还没给人家
当狗腿。

吴:张德山,你这是什么意思?我又没说你,别仗着你是个老家伙,
"麻歇儿",满嘴喷粪——你说,谁是狗腿?!

张:谁是谁知道。

吴:你们大伙儿都听见了,他说我是狗腿。(掏出日记本记)

庚:(上)我没听见呐!你说啥?

众:咱们都没听见。

吴:好,这不是,你破坏了一把锉,你还说我是狗腿……

张:你说是你就是你!

吴:好!老张头,这么说,咱们就公事公办!

张:大伙儿摊钱办伙食,一个月十五块,一顿分三个小窝头,大伙儿
都要饿倒啦,你们的猪可吃肥啦,这叫公事公办;花好锉的钱买
坏锉,锉折(舌)了怪我们,这叫公事公办——你看,这是新碴儿,
是旧碴儿?

吴:(接过断锉看了一会儿)这倒是一半新碴儿,一半旧碴儿(纳闷儿

地摇头）……

张：七厘五的铁板买成五厘的，不结实也怪我们破坏，这也叫公事
　　公办……

吴：张德山，你说哪一块铁板是五厘的，明明都是七厘五。

张：哪一块，就这一块（量给吴看），你看，这是几厘？

吴：啊！也许买错啦？

张：没买错，你们的账上是七厘五，你们花的钱也是七厘五的——要
　　是真买成七厘五的，你们还吃啥？

吴：张德山，名誉攸关，你可不能胡说八道！山本听见也不能答
　　应你。

张：山本不愿意听，咱们去见厂长好了，走！拿给你们厂长看看！

吴：张师傅，你这个人总是这么倔，有话慢慢说，咱们自己人有啥过
　　不去的？老实说，这年头谁还不是糊弄鬼儿。你要报告了我，把
　　我的饭碗子敲了，让我一家子挨饿，你心里也过意不去。我知
　　道，你是个直性子，将来我和山本说说，给你个班长啥的干干，也
　　能多挣个几吊子……

张：放着你那些甜言蜜语说给日本人听吧！咱们没有漂亮娘儿们，
　　咱们就是这个黑抓子命。

（众笑）

吴：你说啥？告诉你，吴二爷可不是好惹的！你看！这是什么？（掏
　　出特务证、手铐、手枪）二爷挂着五处特务衔：特务科，宪兵队，特
　　务机关，协和会，还有南岗署，愿意送你到哪里，就送你到哪里！

张：放着你吴二爷那一套吧！砍掉脑袋也不过落个碗大的疤拉——
　　打残废的让他们给打残废啦，送宪兵队的让他们给送宪兵队
　　啦——他妈那个屄！我今天就报告你，走！（拉住吴的胳膊往

外走）

吴：啊！你拉扯起我来啦，你要暴动！他妈的，我枪毙你！（枪指张）

张：收起你的枪来吧。它放不响，放响的日本人也不会给你，走！

吴：张师傅，张师傅，怪我不对行不行？

（众笑）

张：（把吴推一个跟头）报告！到日本人那里去报告，咱们还不
会！——这倒不是可怜你，咱们不愿意跟日本人说话。

吴：（整理衣服和眼镜）是吗！咱们好赖都是"满洲国人"。

张：你是"满洲国人"——不管你是哪一国人，以后对咱们这些黑手
抓子要客气点儿！

吴：说天地良心话：我在日本人面前给你们说了多少好话，你们听不
懂……（山本与李带工人丁、戊、己上。吴趁势步入阎王殿。山
本一句话不说，抓过丁来往壁炉上撞头，乙惨叫被推出时，血流
满面）

山：（指李，比画自己的衣服）他的。统统的，不要，外边去！

李：脱光，到外边去冻一会儿！

戊：不行啊！你们要打就打吧！这么冷的天，风这么大，要冻死
我呀！

吴：公事公办，早晚也是这么一回事儿。（小声地，假慈悲地）你看，
这有什么办法呢？老老实实地冻一会儿也就过去啦。

李：（把戊衣服剥光，推出去）他妈的到这时候还赖，咱们"满洲国人"
就是这副骨头。（随下）

山：（指己）他的，"钢钟"举起来！

己：（上殿，举起钢钟）

山：（提一桶水挂在一头儿，吴提一桶水挂在另一头儿）动的不行！

366

（皮带打）

李：这小子是车掌，舞弊啦，车务监督送回来的。

山：舞弊？好！脱下来！

掌：我是前天才上车的，我哪里会舞弊呀！车到了道外十六道街，一
　　数，少了一块八，一定是多找出去啦，（哭）我不会舞弊呀！……

李：咱们"满洲国人"就是这个脑袋，舞弊还用学？在他妈的娘胎里
　　就会啦，（把车掌衣服剥光，往外推）出去冻着去！

山：（向李）什么的，你的说话，八生牙卢！（按车掌入水槽）凉水的
　　给吧！

李：（深深地一鞠躬）是。（下去提上两桶水）

　　（水浇声，前台后台三个人的惨叫声，后台风声，山本的骂声，皮
带打人声混成一片）

山：（指王）他的，去吧！

吴：王玉厚，看见了吗？以后你要是犯着呢，公事公办，这就是榜样；
　　你要是好好干呢，我就跟主任说，早一点儿让你归正。

王：（用衣袖擦汗，踉踉跄跄地走下）

　　（前后台惨叫声、风声、骂声、打声又起——幕徐徐落）

第二场

时间：前场之翌日黄昏。

地址：同前场。

布景：同前场。

幕启：工人们手脸洗完，换上出厂衣服，准备下班。

甲：（问乙）胳膊不疼啦？

乙：（头上缠满药布）不疼？我拿铁尺把你揍一顿试一试。

甲：（向戊）你回去可得找大夫看看，（摸头）你烧得厉害。

戊：尽说些废话，你给我开发药钱？

　　（后台喊声：张德山，张德山！到账房来一趟！）

众：张师傅，张师傅——睡着啦？账房叫你！

张：（从箱子上爬起来）他妈的，账房叫我干啥！（下）

山：（带李上）统统的衣服的换换，回去的不行！加班！

甲：一连加了五个下晚儿了，今下晚儿实在不行啦！你看看：又是
　　伤，又是病，又是困，又是饿……

山：（打甲嘴巴）你的说话，不要！你们的，加不加？

众：一连五个下晚儿啦，实在支不住啦！

山：统统的，心坏啦，站好！

李：（见众人不动）主任叫你们站好！一个对一个地，排起来！

　　（众不动，他动手排，面对面地排好）

山：打！（做打嘴巴手势）

李：主任让你们打协和嘴巴。

众：咱们不会这个，要打你就打吧！

山：（大怒，解下皮带乱打）八歹牙卢！（下）

李：真他妈的，咱们"满洲国人"，就是这副骨头，不打不行。刚才顺
　　顺溜溜地打两下不就过去啦？非再挨一顿皮带不价。再说，加
　　班有加班费，困了吗，瞒上不瞒下地就睡一觉，——他妈的，你们
　　寻思我不知道？你们哪一个下晚儿不睡？……

甲：我们一连加了五下晚儿啦，都快站不住啦，你是哪一国人？

丙：你管他干啥？你叫他站在那里自己说给自己听吧。

吴：（急上）我已经跟山本说好啦，嘴巴可以不打，班还是要加。

众：不是不愿意加班，实在加不成啦！

吴：（问甲）你为啥不加？

甲：又困又饿……

吴：困了睡一会儿，饿了吃一顿儿：不是理由——过来！（问丁）你呢？

丁：我们老娘们儿今下晚儿生产……

吴：她生她就生呗，你又不是老娘婆：不是理由——过来！（向戊）你呢？

戊：昨天让你们冻坏啦，身上直……

吴：我眼看你的活得好好的：不是理由——过来！（问王）你呢？

王：我倒是愿意加班多，挣几个钱，我妈有痨病，今下晚儿怕不行啦。

吴：不是还没有死吗？不是理由——过来！（问庚）你呢？

庚：饿！

吴：一会儿我和山本说，一个人一块钱吃夜饭：不是理由——过来！（问己）你呢？

己：困！

吴：不是理由——过来！（问乙）你呢？

乙：不是理由——没有理由！

吴：真他妈的捣乱！你没有理由站在这里干什么？——过来！（问丙）你呢？

丙：我呀！你一连再加十个下晚儿也不要紧，放心吧！

吴：你们看！他是老家伙，老倔头儿，今下晚儿也这么痛快，你们还说啥？

众：加！他妈那个屄！给他加！

李：真他妈的，早加不就对啦，偏叫吴二爷费事。（下）

吴：好吧！我去和山本说，一会儿发钱给你们吃饭，还能叫饿着肚子

干啦！（下）

张：（上）咋的啦？咋还没走？

众：走，往哪里走？还得他妈的加班！

山：（带吴、李上）张先生，给！你的加班的不要，回家。

吴：张师傅，你怎么这么客气！主任给你，你就接着呗，还让主任跑来给你送。这是主任给你的孩子们买的，拿回去吧。（递一包饼干给张）

张：（接过来打开）来！大伙儿吃饼干啦！

众：（一抢而光，几个人都咽住啦）

山：（愤怒）什么你的统统给？不行啊！（狠狠地下）

张：你不是给我的吗？我愿意给谁就给谁呗。

李：他妈的，咱们"满洲国人"就是这个脑袋——工厂里几百个黑抓子，就连我们这些职员都在内，主任给哪一个送过礼？往他嘴里抹蜜糖倒往外吐，还有这么不知道好歹的！（下）

吴：（阴狠地）老张头，你也不要太不自量了！（下）

张：脑袋砍掉了不过落个碗大的疤拉，他妈的，随你们的便吧！

庚：张师傅，这个饼干可真甜哪——这是咋的一回事？

丙：他们怕你领头不加班才喊你去的吗？

张：不光是这个。他们想牢笼我，让我当班长，我不干；送给我饼干，我给他扔回去啦；还不死心，还要跟到这里来，我叫你跟来！

甲：张师傅，我们是走不成啦，你回去吧，你也一连加了五下晚儿啦。

张：（往下走，想一想又回来）不，大伙儿在一起热闹，我不走啦。

甲：（问丙）你刚才是咋的啦？为啥那么痛快？你不累？

丙：你不痛快能咋的！他妈的，啥都不是理由，还能说啥？——我今下晚儿弄坏他三个电滚就睡大觉，明天让他出车，我让他们给电车出殡！

庚：（好奇地）告诉我，那咋弄啊？

丙：那还不容易，找一个小洋钉砸进电滚里去，明天电一来，就刺啦刺啦地燃烧起来啦。

庚：哈哈，他妈的，我又学会了一手儿。

王：（问丙）昨天他跟你去看，后来咋的啦？

丙：咋的啦？他懂个屁！我说，你看看这块铁硬不硬？他装麻歇儿，用手掐，用锉锉，后来班长也过来了，说：那块铁就是太硬，不怪他。他就糊弄过去啦！

王：你是净意儿的？——啊！说着说着就睡着啦？（问丁）你是为啥？

丁：我是车台组的，又困又饿，齿轮没上紧，车一开出去，就用别的车顶回来啦。

王：（问戊）你为啥？

戊：我是检车组的，钢钟油槽出了口子，我没给他修理，把天线挂坏啦，半头晌也没有出成车。

王：（问己）你呢？

己：我焊大瓦，他妈的，总也焊不平，我一生气，一榔头就砸坏啦，往外一扔，正好扔到鬼子身上。

王：你们都是净意儿的吗？

戊：你刚来不知道，这叫"阎王殿"，别的组一组有一个高台阶，日本人在上边看着大伙儿干活儿，那叫"望乡台"。有错也好，没有错也好；净意儿的也好，不是净意儿的也好：只要人家一不高兴，就要揍一顿，到阎王殿来的，都要一顿胖揍的。

甲：我从前顶怕事啦，总寻思好好干吧，咱惹不起人家，还怕不起人家吗？一点儿错都不敢犯。哪知道越小心，越出错。净意儿不净意儿，鞭子打到身上是一样疼啊！后来我才想开啦：不擦滑儿的，不破坏的，不偷的，都是孬种！四十三台车，坏了就拆，拆了再凑，凑上又坏，现在能出的只剩下四五台啦。

庚：(猛地坐起来)张师傅！张师傅！

王：他睡着啦，别喊他吧，他脾气挺倔的！

庚：他倔是对他们，对咱们你见他啥时候倔过？（摇张）张师傅！张师傅！

张：我困了就睡，不要就给我算账！

庚：是我——我有一句话要问你！

张：啥？

庚：昨天可把我闷坏啦！我眼看着是你把锉摔折(舌)的，为啥他看见有旧碴儿呢？

张：那还不容易？你没见我吐吐沫吗？吐沫有咸，吐上吐沫的那一半，马上就变成旧碴儿了。

庚：哈哈，他妈的，我又学会了一手儿！（睡倒）

王：张师傅，那几块饼干真把我救啦。可是，现在肠子又疼起来啦。——刚才不是说给一块钱吃夜饭吗？咋还不送来呀！

张：谁说的？

王：那个姓吴的，他说：还能让饿着肚子干吗？走的时候还说了一遍。

张：你听他的！他的话屁都不顶。还是去偷窝窝头吧。

众：(突然地都醒了)窝窝头？窝窝头？窝窝头？在哪里？在哪里？在哪里？（只有戊不醒）

王：你们不是睡着了吗？

张：唉！饿得肚子咕咕叫,谁能睡得着啊！

乙：他妈那个屄！枪毙也不怕,我去偷窝头！

张：你那个愣头愣脑的哪能行,等下半夜还是我去吧——上一回一
　　个车掌去偷,叫李明义看见啦;老大司釜没报告,把他俩吊起来,
　　抽了半天鞭子。

王：你们都去睡吧,我磨着干着的给你们打更。

庚：我知道,你是怕查班的来看见你睡觉,你就归不了正啦。告诉
　　你,累死你也归不了正;要归正吗,可以容易——

甲：你给姓吴的那小子打打进步——送点儿礼就行啦。

张：你别傻啦,凭干活儿是归不了正的——你们都睡吧,我打更。一
　　到晚上,山本他们都他妈的搂着娘儿们睡大觉去啦,查班的都是
　　班长们,我来对付。

丙：不,我来打更吧,我今下晚儿有事——张师傅,你一连打了两下
　　晚儿更啦,你也去睡吧——明天我叫他出车,我叫他们给电车
　　出殡！

张：好吧,咱们老哥儿俩替换着打——喂！天也不早啦！你们三个到
　　车棚上去睡,你们三个到底沟去,箱子里睡一个,后边的立柜归
　　我们俩,好替换着打更。可不准乱找地方,下半夜偷来窝窝头好
　　找你们。

甲：醒醒！醒醒！

　　（戊不动）

庚：偷了窝窝头来了！

　　（戊不动）

众：糟了,他病倒了。

王：到账房里去求求他们,让他回去吧。

张：求谁？山本要是还在，一定又疑心是假装的，先打一顿再说，不
死也给他打死啦；山本要是走啦，大门有守卫，也不能出入啦。
把他放到这个箱子里吧，睡一夜也许就好啦。

众：（抬入箱子，戊说迷糊话，喊妈）

乙：要是死了，这箱子就是他的棺材！

甲：咱们这不像蹲笆篱子一样吗？这日子啥时候才过到头儿哇？

丙：（想一会儿）不忙，熬干了这灯油就到头儿啦！

丁：真的，这日子啥时候才是个头儿！

　　（钟响十二下，有手风琴声远远地传来，屋顶风吹房盖响，偶有
汽车喇叭叫，庚渐渐地哭泣起来）

张：真的，这日子啥时候才是个头儿呢？

　　　　　　　　　　　　　　　　　　　　　（幕徐徐下）

第三场

时　间：前场的下半夜。

地　址：王玉厚家。

布　景：同第一幕。

幕　启：王母病危，王妻与邻人二男一女守候。

妻：妈！你觉得好些吗？——李大娘，你看，我妈又不说话啦！

娘：（摸脉）不要紧，脉又好起来啦。她就是这么迷糊一阵醒一阵。
今下晚儿怕是撑不过去啦！去叫玉厚回来吧？

邻甲：这些日子下晚儿街上紧得很，一过十二点就断绝路行人。

娘：家里要死人啦。还能不叫娘儿俩见见面？盘问的时候，好好跟
他们说说；再说，离他们厂子又近……

邻甲：大娘，我去吧？

娘：去吧，快！（向邻乙）你去请隔壁金大夫来。

　　（邻甲、邻乙同下）

母：大妹子，儿子我愿意见一见，我拉着棍子要着吃，把他拉巴大，（咳，喘）大夫我可不要——孩子们吃饭都没钱……

妻：妈，你的脉又好起来了，大夫给治一治，也许就好过来啦！

母：傻孩子，啥事儿你都想得那么容易，那么好（咳，喘），以后家里的事全靠你啦，别太心实了，小心上当啊！（咳，喘）你把孩子抱过来。

娘：老姐姐，你憩一会儿吧，你的病还能好的。

母：我知道，人死的时候总要明白一阵儿的——把孩子抱过来！

妻：（抱过孩子来，泣不成声）

母：（半知觉地用手摸孩子）孩子，奶奶不能再抱你出去玩啦。好好地长，赌着一口气往上长，穷孩子不赌一口气就长不大（咳，嗽）。你也快一生日啦，学着懂点儿事儿，妈出去揽活儿，奶奶又死啦，不要总是哭（咳，喘）。一想起你，奶奶就不愿意死啦，还没把你拉巴大……

　　（后台敲门声。邻乙："金大夫，行行好吧，眼看就不行啦！"女音："金大夫今儿下晚儿闹不自在，你去请别人吧！"邻乙："金太太，我给你跪下啦！"男音："好啦，好啦——起来啦，起来啦。"）

母：外边有人嚷是不是？

娘：是。不知道嚷嚷个啥。

母：我都听见啦，李大妹子，一个穷老婆子死了有啥要紧（咳，嗽）……

妻：妈，妈！

娘：不要叫她啦，还有脉，不要紧。叫她憩一会儿吧。

（邻乙带金大夫上）

金：（听了一会儿脉）不行啦，预备后事吧。

妻：大夫，你行行好，给开个方吧。

金：不是我好说你们，有病不早点儿请医生，等快死啦，就让我们来现眼！

妻：不是不请，是请不起呀！

金：你们也是真苦，我知道；可是，我们的苦你们也该知道哇。张三家死了人啦，谁治的？金大夫；李四家死了人啦，谁治的？金大夫。好像病人一着金大夫的手，一定没活。（一面开药方）——医生要是倒了牌子还吃啥？

娘：金大夫，你给咱们这些穷人治病，就当是舍善才行。

金：舍善我得舍得起呀！在咱们这几道街上住的，哪一家不是穷人？要是舍起来，我们全家就要扎脖子。再说，警察、特务老爷们治完病是一篇儿账——白费；穷人治完病是一顿头——还有磕响头的呢，顶啥？——我舍的也不少啦。再舍下去——我知道，这样下去，不用多，再有二年，我就要到北江沿儿去扛大个儿啦——好吧，夜里出诊费是四元钱，收你们两元；药吗，我那里没有，你们到别家去抓吧！这倒不是怕你们不给钱，你给钱也没有——我的药现在是卖一样少一样啦。

妻：金大夫，我们一毛钱都没有，等孩子他爹回来，给你送过去行不行？

金：行！我知道又是这么一回事——可有一宗：不要去给我磕头。干净利索：我不要啦！

邻乙：咱们不欠他这份儿情，我给他。（掏出钱给金）

金：你们给我，我也不能不要，给我就是救济我呀。（下）

邻甲:(被一个警察押上来)先生,你看,是不是这一家病人快死啦?

警:管你死不死!现在是戒严,你乱跑就不行!有什么大不了的事,都要等天明再办!这要在市内大街上,早就把你一枪撂倒啦!

娘:人都不行啦,先生!你行行好,让他们娘儿俩见一面吧。

警:你们都不是他们家的人?这也不行!黑灯半夜的,三个人以上聚到一起是犯法的,走!都回你们家去!出了乱子我可担不起!

娘:先生,我这里有几块钱,你拿去喝杯茶吧。

警:(接过了钱往窗外看了看)现在天已经毛毛亮啦,咱们瞒上不瞒下的,你去一趟吧,走!我告诉你一个走法——不走这条路,你还得碰回来。

众:谢谢先生!(邻甲随警下)

邻乙:大娘,我去抓药吧!

娘:能行吗?不是他们放枪打人吗?

邻乙:管他放枪不放枪,人都快不行啦,药还能不吃?

娘:带着钱呢吗?

邻乙:带着呢。(持药方下)

母:大妹子,我不行啦,怕看不见玉厚啦。孩子他妈,可不要买棺材,就是这领席……(呼吸微弱下去)

娘:(贴耳听呼吸,喊)老姐姐呀!老姐姐呀!你儿子快回来啦!

妻:(哭喊)妈!妈!你等等他!你等等他呀!

母:(坐起大声地)天老爷呀!你瞎了眼啦:我们祖宗三代,老实巴交,没干过一点儿缺德的事,我们的日子一辈子一辈子的总是这样吗?——我拉着棍子要饭养大的儿子,就不让我见一面呀!(咳,喘,猛地倒下)。

娘、妻:(同时哭喊)

警：（推门入）死啦？告诉你们，这屋的人不准出去，外边的人也不准
　　进来，我们打电话给大夫，让他来检查一下，看是不是百斯
　　笃——百斯笃就是鼠疫，也叫黑死病。要是从这里传出黑死病
　　去，我可担当不起！

妻：我妈是肺痨病，四邻八家谁都知道，金大夫也知道。

警：有诊断书吗？

娘：金大夫开的药方去抓药去啦，一会儿就回来啦。

警：回来也不顶事，他那个医院也算个医院就是了。要真是百斯笃，
　　抬到医院里去烧了就完了，省得你们买棺材。

妻：（下地磕头）先生，你抬抬手我们就过去了，等出了殡，我们孩子
　　他爹再去谢你。

警：出殡？没有抬埋证你就出殡？（见王、张、工人甲乙丙及邻乙上，
　　王刚刚伏到炕上哭出一声"妈！"）你们是干啥的？这一家死人还
　　没检查，不知道是不是黑死病，对不起，先请你们出去！走！走！

王：黑死病？现在哪里有黑死病？我妈是痨病。

警：就因为现在没有，要是第一个出在我的管界，我就更担不起。

张：闲话少说，大伙儿凑一凑吧。（众会意，零票凑需要足五元钱）

丙：给你！拿去！

警：（接过钱来）你是打发叫花子啦？你对警察官就这个样子吗？

甲：别跟他一样，他喝了点儿酒。

警：他妈的！话是横着出来的，真咽人！你叫什么名字？

乙：票子不咽人吧，吃多了也会咽死的！

警：这小子也来啦。你们这些黑抓子没有一个好做儿，都是他妈的
　　反满抗日，走！跟我走！（把钱丢下，掏出手枪）

张：（摆手制止住愤怒的群众）带了走，大家都麻烦。你们派出所人

不少吧？回去一分,你还捞个啥！算了吧,人家这是摊丧事啦!

警:看在这个老头儿的面子上,看在大家的面子上,看在这家主人的面子上,今天先放过你们去——骑驴看唱本:走着瞧!——(向丙)你叫什么名字？(向乙)你叫什么名字？

张:我叫张德山,有事你就找我吧。(拾起钱来交警)

警:去吧,去个人跟我领抬埋证去。(下,邻甲随下)

张:在这时候你们惹这些狗干啥？——你们两个去义地,你们俩去买棺材——就是上一回你们去过的,我的老乡那一家,告诉他,一两天就把钱送过去。

(甲、乙、丙、丁齐下)

王:张师傅,一两天我可没有钱哪!

张:钱不用你操心,大伙儿凑——要哭就痛痛快快地哭一场吧!一会儿保不住又出什么岔头儿呢!

王、妻:(同时大哭)

(幕急闭)

第三幕

第一场

时间:王玉厚进厂七个月之后。

地址:王玉厚家。

布景:同第二幕第三场。(去掉炉子)

幕启:王妻正在缝活儿。

李:(一路上,一路嚷)玉厚这孩子眼皮太死,你看,一直干了半年啦,总也归不了正……

妻：大舅，请坐！——他是老实人，啥事还得大舅照顾他。

李：这还用说，你妈一死，我就是你们的老人啦——不，其实呢，咱们
　　这种远房亲，说亲戚，还不如说是朋友——你们的事还不跟我的
　　事一样？可是，玉厚这孩子脑袋瓜子是块木头——在厂子里，跟
　　那些坏家伙弄到一起啦，看见大舅就像看见仇人一样。要不是
　　看在外甥媳妇的面子上，老实说，今年春上我就不管他娘儿们
　　的事！

妻：大舅是多心啦，他哪能呢？要不是你李大舅，他也住不上那个
　　地方。

李：真是，我常跟你大舅母说，外甥媳妇可是一百个头儿的！你说论
　　人品：漂亮，洒脱！论心计：十个玉厚也赶不上……

妻：大舅这是说哪里话？要不是我们娘儿俩累住他，他也不至于作
　　这些难，吃这些累，受这些鳖犊子气！

李：这些日子，吃的还有吗？

妻：有。

李：没有了去找你大舅母要，那老家伙就是埋汰、邋遢；缺点儿啥的，
　　找她还能成。再说，有我的话，她也不敢——夏天都过去啦，到
　　北江沿儿去逛逛没有？

妻：（怀疑地看李）没有。

李：不用说，电影啦，戏啦，也都没看呗——今天我请客。

妻：（觉察，愤怒地低头缝活儿）……

李：（凑到炕前去）孩子这么大啦，也该抱出去玩玩，老是闷在屋里，
　　看闷出病来。

妻：……

李：你这手活儿做得真好。（摸手）

妻:(压抑地推开)大舅,你坐吧!

李:你妈也死啦,以后我们改成朋友好啦,不要再叫我大舅啦。(摸脸)

妻:(猛地放活计,狠狠地打李两个耳光)你们这些狗腿子!你们是牲口!一口一个大舅叫着你,你瞎了眼啦,你看我们穷人好欺负!走!你跟我到大街上去!

李:怪我瞎了眼,看错了人,原谅我——原谅我这一回吧!

妻:不行!你不去,我去!

李:你真要往外嚷咋的?你给我嚷出去,明天我就把你男人算下来!

妻:我们不怕,我们饿死不干你的事——李大娘!李大娘啊!

李:(拦路跪下磕头)你饶了我吧!饶了我吧!再不敢啦,再不敢啦!

妻:(痛苦地想了一会儿)要我不给你嚷出去,那要有一条……

李:只要你不把这件事嚷出去,什么条件都可以……(起立)

妻:你要保险我们的地方能住长,啥时候出了岔子,啥时候就给你往外嚷。还有,你要保险我们孩子他爹马上就归正。还有,再不准你进我们的门!

李:可是,你也不能当玉厚说,他要知道了,一定不能饶我,闹个乱七八糟,我也没办法……

王:(推门入内)……

李:(惊慌不知所措)

妻:(机警地改变面色)正好你回来啦,大舅等你半天啦,就要走啦。

李:(惊魂未定)可不是,来到这里我才想起来:你今天不是白班吗,咋回来啦?

王:你回去跟他们说说,我不干啦!

妻:又咋的啦?

王：刚才开支，一毛钱也没有啦，说不干也不让，他妈的！ 这算卖给
　　他们啦！

妻：你不是说，扣去借的，扣去还有李大舅的账，还有十五块吗！

王：硬给入了生计所的股啦，他妈的，配给东西咱们啥都没有，生计
　　所卖东西，比外边都贵——反正不能干啦！

李：玉厚，你没听我的话，吴二爷那里你就没答对好了；要是答对好
　　啦，归了正不就好啦。我今天来，就是为了你这个事。后天是吴
　　二爷二少爷的生日，你去送上一份礼，也不过是花个十块八块
　　的，我再从中给你一说，保险马上就归正——后天去，客多，显不
　　着你，你最好是明天就去。

王：我没有钱！

李：钱好说，我这里有，我给你带来啦。

王：我还不起这份账。

李：十块八块的，爷俩儿还过不着咋的？ 这一回不让你还……

妻：（愤怒地）你说啥？！ ——（机警地改换语气）李大舅，我们有钱，
　　我们用不着。

李：（惊恐地把钱装回去）好，好，就那么办吧，我回去跟吴二爷说说，
　　明天还去上班吧，不要紧！

妻：李大舅，走啦，不送啦！

王：这小子神气不大对，是咋的啦？

妻：嗯？ ——你是说他的神气？ ——我当着他骂狗腿来着，他觉景
　　啦，他正要走……

王：这些鳖犊子气算受够啦！ 饿死也不干啦。

妻：你看，你这股劲儿又来啦！

王：这回说啥也不干啦，我也养活不起你，你自找方便吧，孩子送人。

妻:孩子他爸,看在死去的妈妈身上,看在你儿子身上,再忍耐这一
　　回吧!(痛哭,孩子也哭)

王:(一拳打在桌子上)别哭啦,就算我该你们的,欠你们的! ——要
　　干,那就想法归正。

妻:(痛哭不止)

王:你这是咋的啦,我还干就是了呗!

妻:(痛哭不止)

王:他妈的,说一句不干就得罪你啦?(抓妻头发)哭,你到大街上
　　去哭!

妻:孩子他爸! 我——我不——不——不是哭这个呀!

王:嗯? 那你哭啥? 嫌我穷?

妻:(哽咽,说不出话)……

王:嫌我穷,你给我滚! 滚!

妻:我是——我是哭着哭着就想起咱妈来啦,她的话都对呀!

王:(想了半天)要干吗,那就想法归正,这份零工算是不能干啦。

妻:你看李大舅这小子,跟那个姓吴的说一说,行不行?

王:姓吴的那小子说一说咋能行? 不见兔子,不撒鹰,东西到了手他
　　都不会干的——刚才李明义借给钱,你为啥不要?

妻:他那钱哪,咱们可不能要——(机警地改换语气)要了不是又拉
　　下一份饥荒?

王:对,黄鼠狼子给鸡拜年,不知道他安的啥心肠哩! 他那四十块
　　钱,还了七个月啦,还得四五个月才能还清,够咱们呛的啦!

妻:后儿个是姓吴的孩子过生日吗?

王:管他过生日不过生日,送给他礼物他总会高兴。

妻:就当是喂狼喂狗好了,再喂他们这一回吧。

王:钱呢？还不得十来块？

妻:(巡视室内)还有被窝——你去当被窝吧!

王:对,(拿起被窝看)不行,这床被也许能当五块钱,还得磕头央告
　　人家。

妻:把这两床褥子也拿去吧。

王:那还铺啥、盖啥呢?

妻:现在天又不冷,炕上铺些草,上边铺上这床烂毯子也就行啦;被
　　子嘛,咱们三口人盖一床。

　　(王想一会儿,猛地拿起被褥;跑下。妻伏床上痛哭——幕徐
徐下)

第二场

时间:前场之翌日。

地址:吴延寿家。

布景:一个漂亮的办公室兼客厅。

幕启:吴妻从山本怀里坐起来。

吴妻:我不! 总也不来,来了好好谈谈多好,动手动脚的多么不雅观
　　　哪——呸!

山本:好太太,请坐!(嬉皮笑脸地扶吴妻坐沙发上)有话儿您请
　　　谈吧!

吴妻:我还没有领教过,你的"满洲国话"这么好,为什么还要用个翻
　　　译呢? 这算摆的什么谱儿?

山本:你说什么? 谱儿? 什么叫谱儿?(掏出日记本记)

吴妻:谱儿就是官架子——你又想把话岔开啦。

山本:不! 太太,我没有这个意思——这倒不是摆什么谱儿——假若

我不用翻译的话，您的先生怎么办呢？

吴妻：那有什么难办的？你就把他荐举到别的机关就是了呗，像市公署啦，省公署啦，铁路局啦，省得天天和那些黑抓子们生闲气。

山本：太太，请您不要忙吧，只要战争过后，有的是官做，有你这样一位太太，吴先生还能没有官做吗？况且，近来科长又爱上您啦，您去求求他不就妥了？

吴妻：你看，咳呀！又吃起醋来啦，我和老头子是真心吗？我和他多少发生了一点儿爱情的关系，马上就告诉你啦，可是，咱们俩的关系，我并没有告诉他呀，谁远谁近，这不是很好的证明吗？

山本：太太，您有您恋爱的自由，这个我不管——不过，吴先生现在在厂里，也就是一位副主任了。

吴妻：亏你说得出！副主任，副主任，一天到晚和那些臭工人混在一起，回家来闹得我满屋子都是臭油味儿。

山本：哈哈，哈哈，假若打个 kiss 呢，那一定把您闹得满口都是臭油味儿了，来，请您让我闻一闻。（搬吴妻脸）

吴妻：刚来过了又来啦，也不嫌个絮烦。人家和你说正经话，总不肯听！

山本：是，太太，敝人错了，有话您请谈吧。

吴妻：张德山那小子准是个反满抗日，收拾了没有？

山本：他学徒的地方，他做工的地方，他的家庭、亲戚、朋友，都调查了，一点儿什么证据都没有。他是个老工人，假若把他拉过来，那就好啦。

吴妻：拉他干什么吗？一个臭黑抓子。

山本：太太，您不知道，用处可就大了！他的技术是全厂第一；他在厂里做工二十年，甚至于每一台车、每一个机件他都明白：假若把他拉过来，谁捣乱也瞒不过他。不过呢，拉他也太难了！

吴妻：又是要证据，又是有用处，反正我求你的事总不成——他都把吴先生欺负苦啦！——咱俩这算什么爱情呢？

山本：思想不好就是证据，那倒不成什么问题。不过——他只是脾气大点儿——自然，既然拉不过来，也可以答应您的要求。不过，我现在就有个要求……

吴妻：你那个要求先候一会儿，话还没有谈完呢。刚才我说吴先生的事，是正经话。他在厂子里得罪人太多啦。你装着不会"满洲国话"，那些黑抓子们，总以为吴先生在你面前说坏话；再说，你又尽装好人，在他面前说不要的事，到你那里倒反说妥啦……

山本：太太，这一点真是对不起，我们用人就是这个用法，我一个人不能做坏规矩。假若我们用的人倒装好人，那我们也就不必用了。

吴妻：就是呀！你们的招儿可真绝。可是，如果这个仗打得——你坐上火车就回国啦，剩下我们……

山本：那没有法子！你们好坏还是一国人，总比我们好吧。（突然觉得不对，声色俱厉地）你说什么？你说这个战争大日本帝国打不胜？这话是从哪里听来的？

吴妻：我是说——我是说……

山本：（狠狠地打吴妻两个耳光）听谁说的？你说！你说！

吴妻：（抱脸，假哭）你真狠心哪！话听不明白就打人。

山本：你再说一遍。

吴妻：我是说，等战争打完啦，你就坐上火车回国啦，不管我啦——

你不是说,那时候你就回国吗? 我是要求你回国的时候,把我带去观光观光,什么富士山啦,樱花树啦——这有什么不对呢。

山本:太太,对不起,真是对不起! 不过,这是个小误会。

吴妻:(又假哭)听不清就打我,反正你也不把我放在心上,我不能活啦! 我要自杀!

山本:哈哈! 何必这么小题大做? 请! 到您房子里去,我给您赔个罪也就是了。

吴妻:不行,你一定要答应我的要求,把吴先生荐举出去。

山本:好吧,请你收回你的嘴巴去吧,这是我欠你的。(拉吴妻手打自己的嘴巴)

吴妻:(破涕为笑)谁屑打你,胡子挺扎手的!

山本:(用两个食指打手势,扶吴妻去内室)

吴妻:我不,我不,我不,……(忸怩着随山本往下走,突然外边有敲门声)坏啦,他回来啦。

山本:吴先生回来啦? 这有什么大惊小怪的! 告诉他,我在这儿,请他先到别处去一会儿。

吴妻:不,他是去见科长的,大概是和科长一起来啦。

山本:科长? 倒霉! 怎么又是科长。

吴妻:你还是从后门走吧!

　　(山本急下)

吴妻:(开门,见是王,大怒)你不是那个焊匠吗? 你来干什么? 我们的水桶、水壶、魏大锣都没有坏,用着你的时候,会去叫你,去吧,大清早……

王:(改换姿势,把礼物拿到前面)……

吴妻:啊! 这是怎么说? 你花钱干吗? 咱们都是自家人,你又挺苦的——你贵姓？

王：我叫王玉厚，我来得太早啦，一会儿就要上班啦。

吴妻：我们家客多，你看，你给我们焊过好多回东西，我把你的名字
　　　都忘啦！刘妈，倒茶！

　　　（刘妈上，倒茶，下）

王：吴太太，我来是为了求你一点儿事。

吴妻：什么事？你说吧！

王：你看，我进厂半年多啦，还是个零工……

吴：（推门入，一面说）进家来说，有什么大不了的，看把你吓得那个
　　样子……

李：（随入）这个事可不得了哇！昨晚我轧死一个日本人……

吴：（看见王，用手势制止李）你不是王玉厚吗，你来这里干什么？！

吴妻：这不是，王先生可客气啦，还买来的礼物。

吴：啊！这是怎么说？你花钱干啥？咱们都是自家人，你又挺苦的，
　　你——你有什么事吗？

王：你看，我到厂子里半年多啦，还没有归正……

吴：啊！可不是，这件事我就忘记啦。（向李）你看，你外甥的事，你
　　就不当我提一提，真是对不起——好，今天我和山本说说，马上
　　就归正。

李：是的，这事不怪吴二爷，是我疏忽啦！

王：谢谢你，我一会儿到账房去吧？

吴：一会儿到账房来，找我！（见王下）——你这人真是，不看看屋里
　　有没有人，开口就说！

李：真是把我吓昏啦！吓得眼都起了蒙啦，我没看见他——二爷，我
　　找你一早晨啦！

吴：到底是怎么一回事？

李：昨晚一点多钟，我开了一台车，上道里送朋友，回来开得太快啦——你知道，我是玩票的，又刚学开车，眼看着前边有一个人——大概是喝醉酒啦，在车道上晃晃荡荡的，可是停不住啦——看样子还是个日本军官……

吴妻：啊！日本军官？

吴：唉呀！这个事可不好办。

李：二爷，你老人家要是不管，那我可就完啦！平常不敢说有交情吧，我给二爷拉的套也不少啦。你能看着我去死吗？二爷，你可怜可怜我一家妻子老小吧！（跪下）

吴妻：（扶李）起来，有你二爷在，总会有办法。

吴：（踱，沉思）昨晚你这辆车上有几个人？

李：就是我一个人，赖别人也赖不上。

吴：昨晚你知道还有谁开车去送人没有？

李：（想）有。那是山本的朋友要回道里，司机都下班啦，正好张德山也有朋友要走，张德山开去的。

吴：谁？张德山？这就有办法啦。真是他妈的冤家路窄——他把我都欺负苦啦！这回该他回老家啦！就给他安上！现在我就打电话——是哪个警察署的管界？

李：南岗警察署，在车站半拉。

吴：好办。（挂电话）

吴妻：（把电话按住）你一天净闹这些闲事，我的事你就不管，我花得一毛钱都没有啦！昨晚打牌输了三百多，借的人家孙太太的——今天你要把我这个事办完再说别的！

吴：好太太，还能缺你钱花吗，我现在腰里没有。

李：(掏出一叠票子)吴太太,这是五百,你先拿去花吧,等事情平平
　　安安地过去……

吴妻：好啦,我的事完啦,打吧。

吴：喂! 找你们署长。(以下日语)昨晚轧死一个人——是的,我们
　　查清楚啦,开车的叫张德山——来吧——(放电话)妥啦,一会儿
　　他们到厂里来抓他。

李：二爷真是我的救命恩人。(跪下)

吴妻：可是你们这个事姓王的那小子听见啦。再说,送这么点儿礼
　　　就答应他归正,也太便宜他啦。你就是这么冒冒失失的!

吴：你知道个屁! 就因为他听去啦,才不能不把他安抚住——这个事
　　太大啦,王玉厚这里是个大漏洞——那是你的外甥,你有把握吗?

李：那小子忘恩负义,和张德山他们弄到一起啦,我有什么把握?

吴：那就把他也收拾了,要不,你这个事就有后患。

李：不过——

吴：你舍不得外甥是不是?

李：一个八杆子打不着的远房亲,什么外甥?! 只是——唉! 事到如
　　今,不说也不行啦——不瞒二爷说,他的娘儿们很不错,我寻思
　　那还不是落到我网里的鱼啦,想不到昨天我叫她整个浪儿地给
　　卷出来啦。永远不让我再到他们家去还不算,还要保险他们的
　　地方住得长,保险能归正。要不,她就把昨天的事嚷出去——要
　　是嚷出去,远近也算个外甥媳妇,我就没办法见人啦!

吴：你这真是抓不住鱼,落一手腥——当时不是没嚷出去吗?

李：没有。

吴：这种事要在现场才能制人,过后再嚷,还不是往她自己的鼻上抹
　　灰? 你就说她穷极无聊,讹你,赖你。

李:二爷说得对,我还没有想到这一层,那,二爷就看着办吧。

吴:我让他归正!我让他归阴!——那时候,你老李的外甥媳妇也就想到手啦!

李:那怕办不到,那小娘儿们可厉害啦!

吴:那时候又有那时候的办法,她丈夫收拾啦,她还有什么咒念?我不信:世界上还有不怕饿的人。

李:二爷真是神机妙算,救了我,又成全了我,下一辈子我变牛变马……(下跪,幕急闭)

第三场

时间:紧接前场。

地址:工厂账房。

布景:一个像样的办公室。(前场的道具变一下位置)

幕启:山本、吴和职员一人正在批阅文书。

王:(上)先生,我来啦!

吴:王玉厚,主任看你干得还不错,今天要给你归正。

王:谢谢先生。

吴:你谢我干什么?这是主任的意思。

王:(向山本)谢谢。

山本:(日语)就按照你的意思——先给他两块五吧!

吴:主任的意思,每天给你加薪五毛——两块五。你看:一加就是五毛。

王:什么?!两块五?我不干啦!给我算账吧。

吴:哪有这么方便的,要来就来,要走就走,这里不是小店。

王:我受够你们的啦!正式工人明明是六块,你们一天就吃我三块

五，你们是狼心狗肺！

吴：看你跟我这么大的火干啥？告诉你，这是日本人的意思。

王：不管日本人不日本人，你们都是王八蛋！我禽你祖宗，我揍死
　　你。（一拳把吴打下椅子来）

山本：八生牙路，绑起来！宪兵队去！

李：（跑上）咋的啦？你这个小子真是找死！（与吴共同把王两臂反
　　缚绑起来）

　　（四警察上）

吴：你们从哪里来的？

警甲：南岗署的——你们这里有个张德山，昨下晚儿轧死了日本军
　　官，我们来逮捕他。

吴：唉！这有什么办法呢？虽说是我们的工人，犯到这里啦，你们带
　　去吧——李明义，把张德山找来，不要说是什么事。

李：是。（鞠躬下）

王：不是张德山轧死的，是李明义——我禽你祖宗！你们的心都
　　黑啦！

警乙：这小子是怎么回事？

吴：反满抗日。

王：（向警）你们听真话不？刚才我在他家听来的……

警甲：谁听你的？混蛋！好好站在那里，一会儿带你走！

张：（上）找我干啥？

王：张师傅，李明义轧死人，他们要往你身上安……

警丙：（打王耳光）不许你说话——（向张）这小子还装迷糊呢，你自
　　己轧死人还不知道？

张：轧死人我知道，那是李明义开出去的五号车，上边还有血呢，我

开的是十号,你们去看一看。

吴:事情已经这样啦,老张,你也别往别人身上推啦——进去你就放心,有我吴二爷,一定给你想办法,好赖咱们同事好几年啦!

王:张师傅,别听他这一套,他们安排好啦,我在他家听见的……

张:这不是:有证人,也有证物,你们还讲点儿道理不?

警甲:先把你带去,不是你就放回来,署长叫我们带你去。

张:嘿,你们干得真绝呀!我禽你妈!(先打山本和吴、李,后来乱打起来)

警:这小子拒捕行凶,罪上加罪,给他带上。(出镣、铐)

(吴、李按住咆哮着的王玉厚,四个警察勉强把张德山抓住,戴上手铐、脚镣,四个人前后左右十字形押着走。张靠近谁,谁就往后退,对面那个人就挪近些,总保持二尺的距离:怕张用手铐打他们)

警丁:把这小子也带走吧。

吴:不,不,不,他要往宪兵队送。

(警押张下,后台人声:不是他,放开他,放开他!警:带去调查,如果不是他,就放他。众声骚乱,枪声四下,人声渐寂)

吴:(向职员)刚才我们都叫人家打啦,你是本厂职员,你为什么不动?

职:我管不着——我不是管这个的。

山本:八生牙路!你的不要啦!走!

职:走就走!不要还赖到你们这里啦?(气愤地下)

吴:(向王)你们反满抗日,厂子里有多少同志,说出来就放了你。

王:你妈的屄!

(电话铃响)

山本:(接电话)……(面色骤变)好的,放开他,一天八块的给!八块,好不好?

吴:什么? 八块? 咱们的正式工人,顶多一天才六块。

山本:好的,六块,六块。(急取衣帽下)

吴:(沉思,大悟状)啊! 大概是——坏啦!(与李急下)

王:他妈的,这是捣啥鬼呢?

　　(后台:日本鬼子投降啦! 苏联红军进街啦! ……众拥上)

众:山本呢? 吴延寿呢? 李明义呢?

王:跑啦,穿了兔子鞋啦?

　　(众把王解开)

众:跑了和尚跑不了寺,一会儿到他们家抓回来!

甲:怪不得他们不让谈国事呢,他妈的,真把咱们装到葫芦头里啦。

乙:喂! 我听我哥哥说,苏联红军过来咱们黑抓子就得地啦。

丙:(站在桌子上)这个话我在肚子里闷了十来年啦,咱们厂子里就
　　有共产党啊! 那时候下晚儿加班,常常有纸片飞进来——不,那
　　叫传单。上边写着:工人弟兄们起来! 打倒日本! 打倒"满洲
　　国"! ——你看,我老糊涂了,日本下面还有几个什么字——这
　　是从哪里来的呢? 大伙儿很纳闷儿,后来才知道撒传单的就是
　　老赵(擦泪)……

众:说呀! 老赵咋的啦?

丙:十多年来,我一想起他来就心痛啊! 他不是个司机就是车掌,我
　　记不清啦。因为闹罢工——大兵、警察、特务,把咱们的厂子包
　　围啦,车掌、司机差不多快抓完啦! 老赵也不见啦。

众:后来呢?

丙:后来就再也听不见他的消息啦,我只记得他一句话,怠工破坏也
　　是斗争——他的话句句都是真理呀! 那句话是他对张德山和我

讲的,十多年来,他们一欺负我,我就想起来啦。

王:张师傅叫他们抓走啦!咋办哪?

庚:他们不敢挨近张师傅,不敢坐车,四个人十字花地厢着走,我跟
　　到大门去看来的,走得可慢啦!

众:咱们去撵回来……

王:我这个命是捡来的啦,我带头,跟我走!——大伙儿都拿着个家
　　巴什儿,他们要放开张师傅,就拉倒;不放,就打——救回张师傅
　　来再去抓坏蛋!

众:走哇!走哇!(分持斧、锤、尺、榔头……)

（幕急闭）

（全剧完）

光华书店 1948 年 2 月

存　目

丁洪

两天一夜

小波

幸福

王家乙

光荣匾

文泉

接收小员

平章

报喜

田稼

捡宝

史奔

十一运动

西虹

梁万金,决心干!

庄中

白玉江光救活了老李吗?

苍松

状元过年

李熏风

卓喜富扭秧歌

张绍杰

陈树元挂奖章

陈戈

大兵

抓俘虏

陈明

夜战大凤庄

武老二

小英雄

郑文

送郎参军

赵云华

姑嫂做军鞋

胡青

李有才板话影词

胡莫臣

兄弟

昨非

机智英雄丁显荣

侯相九

灯下劝夫

铁石

铁石快板

奚子矶

义气

高水宝

自找麻烦

黄红

治病

黄耘

新小放牛

崔宝玉

翻身

鲁亚农

百战百胜

丁洪、陈戈、戴碧湘、吴雪等

抓壮丁

正平、维纲

捉害虫

合江省鲁艺农民组

王家大院

军大宣传队

天下无敌

祁继先、侯心一

演唱戴荣久

苏里、武照题、吴因

钢筋铁骨

张为、吴琼

翻身年

雪立、宁森

坚守排

韩彤、赵家襄

破除迷信

敬　告

　　《1945—1949 年东北解放区文学大系》为展现东北解放区文学的整体风貌而编辑出版。丛书选取此间最具代表性的作品，以纪录这段波澜壮阔的历史时期内东北解放区所发生的翻天覆地的变化。由于丛书所收录的作品众多，时代不一，加之编辑出版时间有限，至今尚有部分收录作品未能与原作者或继承人取得联系。为保护作者著作权益，我社真诚敬告：凡拥有丛书所选录作品著作权的，请与我们联系，我们将按照国家规定及时付酬。

　　感谢社会各界对我们的理解与支持。

黑龙江大学出版社